서브 남주가
파업하면 생기는 일
3

숙임 장편소설

서브 남주가 파업하면 생기는 일

목차

1. 그에게는 비밀이 있다 ··· 7
2. 맞불 ··· 38
3. 왕족의 반격 ··· 69
4. 과녁 ··· 110
5. 작전명 베로나 ··· 165
6. 황제 왈츠 ··· 216
7. 신국의 화륜을 이끄는 자 ··· 247
8. 부탁드립니다 ··· 289
9. 황태자가 되는 곳 100m 전 ··· 331
10. 이장과 천사 ··· 395
11. 그리고 오래오래 행복하게 살았답니다? ··· 427
12. 낮달이 뜨는 식탁 ··· 438

1. 　　　　　　　　　　✦ 그에게는 비밀이 있다

-푹!

뭐가 뭔지 재깍 파악이 안 됐다. 나는 눈앞을 가로막은 사내와, 그의 하얀 머리칼이 천천히 무너지는 것을 멍하니 바라보았다. 무슨 일이 벌어진 거지?

"윽…"

"헤인스 경?"

뇌의 판단보다 내 목소리가 더 빨랐다. 풀썩, 하고 요한 헤인스 경이 극장 바닥에 주저앉았다. 나는 반사적으로 그의 어깨를 붙들고 이곳저곳을 살폈다. 당황한 크리스텔이 빠르게 이쪽으로 다가오고 있었다. 모습을 복제하던 마수, '에스프리'는 이제 흔적조차 보이지 않았다.

"헤인스 경, 피가 납니다."

"괜찮아요."

"안 괜찮아 보입니다."

그의 하얀 셔츠 옆구리가 순식간에 시뻘겋게 젖어들고 있었다. 내 말소리며 손끝이 모두 조금씩 떨렸다. 나는 곧장 눈을 감고, 머릿속으로 그간 외워둔 '지혈'의 치유 서클을 그렸다. 당황한 탓에 한 번에 성공하지 못할 것 같았는데 무사히 해냈다. 시동어始動語를 읊는 것도 잊지 않았다.

[선언하건대, 주신의 샘물은 마르지 않을 것입니다.]

-사아아아…

푸른 에테르 서클이 나타났다. 나와 헤인스 경을 감싼 원형圓形이, 느릿느릿 시계 방향으로 돌며 하늘빛 입자를 만들어 내기 시작했다. 알갱이들은 헤인스 경의 옆구리로 분주하게 모여들었다. 크리스텔이 후다닥 그의 앞에 쪼그려 앉았다. 커다란 눈동자는 경악과 죄책감으로 촉촉해져 있었다.

"어떡해요, 선생님. 저 때문에. 어떡해. 죄송해요."

"공녀 때문이 아니에요… 제가 말하는 걸 잊은 거죠."

헤인스 경이 뒤편의 객석에 몸을 기댔다. 피가 확실히 멎어가는지, 그의 셔츠 얼룩은 더 커지지 않았다. 하지만 이마에는 땀방울이 맺히고 있었다.

"에스프리는, 아주 어릴 적에 보고 처음이라. 놈에게 이빨이 있다는 걸 깜빡했어요. 죽일 때 조심해야 하는데…"

"그게 뭐예요. 오징어 이빨도 아니고…"

크리스텔이 인상을 찌푸리며 우는 듯 웃는 듯 말했다. 나는 그녀의 어깨를 가볍게 토닥였다. 괜찮아요. 당신 탓이 아니야.

"그럼 지금 이빨이 몸에 박힌 겁니까? 혹시 독이 있나요?"

내가 최대한 침착하게 물었다. 만일 그렇다면 '해독' 서클을 열면 된다. 놈은 하급 마수였으니 내가 외운 입문용으로도 충분히,

"독은 없어요. 그런데, 음…"

그가 난감하다는 듯 미소했다. 민트색 눈동자에 또렷한 고통이 비쳤다.

"살을 조금씩 파고드네요. 아무래도 저를 관통할 셈인가 봐요."

나와 크리스텔의 입이 조금 벌어졌다.

"엘리자베트. 백작저에 부친이 와있나?"

짧은 침묵을 깬 것은 세드리크 황자의 목소리였다. 나는 황급히 시선을 돌렸다. 어느새 실내로 들어온 엘리자베트 경이, 황자의 옆에 서서 상황을 파악하고 있었다. 그녀는 단호한 눈빛으로 친구에게 말했다.

"와 계셔. 우리 집으로 가자."

* * *

"헤인스 경, 무테 백작저는 오페라 극장에서 5분 거리라고 합니다. 황궁보다 훨씬 가까워요. 조금만 참으십시오."

내가 빠르게 마차에 오르며 말했다. '지혈'의 치유 서클은 줄곧 유지한 채였다. 처음에는 피가 멎는 듯싶었지만, 이빨이 환자의 몸을 파고들며 계속해서 새로운 상처를 내고 있었다. 통증이 심할 텐데도 마차에 누운 헤인스 경은 놀라우리만치 조용했다. 내 옆자리에 탄 가나엘이 상비약으로 챙겨온 진통제를 내밀었다. 이 정도의 부

상엔 잘 듣지 않겠지만 없는 것보단 나았다.

"가나엘, 나는 여기 남아서 현장을 정리해야 해."

엘리자베트 경이 마차 문을 잡고 서서 말했다. 내 신탁의 효과로, 다행히 극장 앞은 크게 소란스럽지 않았다. 하지만 황실 부근위대장의 일이 끝난 건 아니었다. 가나엘은 침착하게 머리를 끄덕였다.

"댁에는 제가 잘 말씀드릴게요. 걱정 마세요."

"응, 너만 믿을게."

소백작이 소년과 한 손으로 깍지를 꼈다 놓았다. 이어 나와 헤인스 경에게 묵례하고는 서둘러 문을 닫았다. 그러자 기다렸다는 듯 마차가 움직이기 시작했다. 나는 작은 숟가락으로 진통제를 덜어 헤인스 경에게 먹인 뒤, 그의 목을 살짝 들어 입안에 물을 흘려 넣었다.

"진통제입니다."

"지금도 참을 만한걸요."

"대주교급 성기사는 아무나 하는 게 아니네요."

내 말에 그가 피식했다. 평소에도 조금 피곤한 낯빛인데 지금은 아예 파리해 보였다. 나는 재빨리 창밖을 살폈다. 황자를 태운 황실 마차가 앞서 달리고 있었고, 뒤로는 뱅자맹이 합석한 사르네즈 공작가의 마차가 보였다. 호위 인력을 태운 마차도 눈에 들어왔다.

"무테 변경백의 부군이 의사인 줄은 몰랐어요."

헤인스 경이 중얼거렸다. 나는 고개를 주억거리며 동의했다. '퇴계공' 세계관에서 의술을 쓰는 건 치유 신관뿐만이 아니었다. 황궁의 태의들처럼 내외과 진료를 보는 평범한 의사도 존재했다.

특히 평민들은 지위와 경제적 문제로 치유 신관을 만나기 어렵기에, 어지간하면 일반 의원을 찾는다고 들었다. 신관처럼 순식간에 몸을 고치진 못해도 어쨌든 낫게 할 수는 있으니까. 나는 환자를 조용히 내려다보다가 입을 열었다.

"감사합니다, 헤인스 경."

"뭐가요?"

"저를 구해주신 거요. 마수의 이빨이 제 가슴팍으로 날아오는 걸 봤습니다."

그러자 그가 눈꼬리를 살짝 휘었다.

"할 일을 했을 뿐입니다."

그의 대답에 절로 미간이 찡그려졌다. '할 일'이란, 그가 엘리서 왕세녀의 의뢰를 받아 나를 지키는 행위를 의미했다. 그걸 여태 몰랐던 것도 아닌데…

"그래도 어느 정도는 몸을 사리셨으면 좋겠습니다."

내가 말했다. 그가 의외라는 듯 눈을 조금 크게 떴다. 근세 서양풍의 세계관에서, 기사가 목숨을 걸고 누군가를 지키는 건 분명 명예로운 행동일 터였다. 그가 막아서지 않았다면 내가 죽을 뻔했다는 것도 잘 알고 있었다.

그러니 이런 말을 하는 건 심각한 모순이었다. 하지만 나는 21세기를 살던 보통의 한국인이었다. 다른 사람이 나를 대신해 다치고 아파하는 건, 솔직히 무서웠다. 미안함도 컸다. 아무리 여기가 소설 속이라고 해도.

"저는 기사가 아니고 피를 본 적도 많지 않아서요. 심약하다고 생각하셔도 좋습니다. 저를 지키지 말아 달라는 미련한 요구를 하는 건 아닙니다. 다만… 헤인스 경도 건강하셨으면 합니다."

거기까지 말하고 나는 입을 다물었다. 나도 이게 무슨 소린지 모르겠다. 심란했다.

"…왕자님께서는 듣던 대로,"

-히히힝!

말 울음이 헤인스 경의 문장을 끊었다. 창밖을 보니, 웅장한 무테 백작저가 밤의 어둠 속에서 밝게 빛나고 있었다. 마차가 느려지며 철문 열리는 소리가 났다. 곧 저택 내부로 진입한 행렬이 완전히 움직임을 멈추었다. 바깥쪽에 앉은 가나엘이 즉시 마차 문을 열었. 백작저의 기사 하나가 다가왔다.

"황실에서 어인 일로, 칼라마르 공자님?"

"네, 저예요. 아버님께 수술이 필요한 환자가 있다고 전해주세요. 앞선 마차에는 황자 전하께서 타고 계십니다."

"아, 알겠습니다. 바로 모시겠습니다!"

기사가 정중히 예를 차리고는 빠르게 몸을 놀려 사라졌다. 가나엘이 나를 돌아보며 빙긋 웃었다. 엘리자베트 경하고 친한 사이인 건 알았는데, 이제 보니 남매 수준이네.

* * *

헤인스 경은 마차에서 내리자마자 들것에 실렸고, 즉각 엘리자베트 경의 부친인 미셸 무테 경의 집무실로 옮겨졌다. 수술 준비 때문에 미셸 경이 직접 우리를 맞지 못했지만 황자는 신경 쓰지 않았다. 나는 한숨 돌리며 백작저 시종들의 인사를 받았다. 다들 가나엘이 아주 친근한 눈치였다.

"예서 왕자님?"

그때, 익숙한 목소리가 귓전을 울렸다. 고개를 돌리니 이곳의 손님인 에바 블랑케르가 잠옷 위에 가운을 걸치고 나와있었다. 나는 그제야 소공녀의 존재를 기억해 냈다. 와, 얼마나 정신이 없었으면.

"에바, 잘 있었습니까?"

말을 놓아달라고 하는 걸, 차마 그렇게는 못 하고 이름을 부르기로 합의했었다. 내 인사에 에바가 씩씩하게 대답했다.

"네. 오빠가 없어서 조용하고 좋습니다. 그런데 왜 엘리자베트 경은 안 오시고, 일행분들이… 힉!"

흑갈색 눈동자가 튀어나올 듯 커졌다.

"화, 황자 전하를 뵙습니다! 안녕하세요, 사르네즈 공녀…"

아이는 얼굴을 발갛게 물들이고 허리를 숙인 채 어쩔 줄 몰라 했다. 분명 소공작의 결투 장소에서 본 얼굴들일 텐데도, 뭐가 그리 쑥스러운지 가운의 소매며 허리끈을 쉼 없이 만지작거렸다. 그날 포커페이스를 유지한 게 용할 노릇이었다. 종교적 반려 자리를 원한다더니, 과연 진심으로 상대를 동경해 온 듯했다.

"안녕하세요, 블랑케르 공녀. 접때는 제대로 인사를 못 했네요. 백작저에 계신 줄은 몰랐습니다."

크리스텔이 씩 웃으며 아이의 인사를 받아주었다. 그녀가 소공작에게 엄청난 악의를 보였던 타라 조금 걱정했는데, 다행히 동생에게는 아무런 감정도 없는 듯했다. 크리스텔의 성격을 생각하면 당연하지만.

"옷, 옷 갈아입고 올까요? 갈아입고 오겠습니다."

"아니에요, 곧 잘 거잖아요. 지금도 괜찮습니다. 귀여운데."

주인공의 말에 에바의 얼굴이 불타는 고구마처럼 변했다. 황자는 묵묵히 응접실로 향했다. 제집처럼 편해 보이는 게 자주 와본 모양이었다. 우리는 그를 따라 소파에 앉았다. 시종들이 부지런히 커피와 다과를 가져다주었다. 그로부터 한 시간 정도가 흘렀다.

"제가 너무 흥분했었나 봅니다. 그놈을 냅다 베는 게 아니었는데."

크리스텔이 커피잔을 노려보며 중얼댔다. 나는 손톱 거스러미를 자꾸 괴롭히는 그녀의 손을 살짝 잡아 말렸다. 그러다 피난다.

"공녀, 간단한 수술이라고 했으니 마음 놓고 이것 좀 드셔보세요. 밤 조림이 맛있습니다."

빈 접시에 밤 조림 두 알과 프레지에 한 조각을 올려 내밀자, 그녀는 포크로 밤을 푹푹 찌르더니 한입에 와앙 넣었다. 양볼이 동그랗게 부풀어 올랐다. 스트레스받으면 많이 먹는 타입이구나.

나는 쓴웃음을 지었다. 나였어도 죄스러운 마음이 들 것 같았다. 이빨의 존재를 몰랐다고 해도, 고의가 아니었다고 해도 일단 내 손끝에서 벌어진 일로 사람이 다쳤으니까. 크리스텔은 잔정이 많으니 앞으로도 오늘의 일이 마음에 걸릴 터였다.

-똑똑

"들어와."

노크 소리에 황자가 즉답했다. 문을 연 시종 뒤로 낯선 중년인이 모습을 드러냈다. 짧게 깎은 진회색 머리와, 깊은 회색 눈이 돋보이는 남자였다. 황자가 드물게 자리에서 일어나기에 우리도 몸을 일으켰다. 저 사람이군.

"미셸 경."

"전하."

두 남자가 악수했다. 미셸 무테 경은 허리를 살짝 숙였지만, 다른 손으로 황자의 손등을 토닥이는 걸로 보아 가까운 사이인 듯싶었다.

"수술은 잘 끝났습니다. 제거한 이빨도 곧장 불태웠지요. 요행히 장기 손상은 없었고, 환자는 기본적으로 몸이 튼튼하니 금방 회복할 겁니다."

"수고했습니다."

황자가 답했다. 나와 크리스텔은 크게 숨을 내쉬었다. 다행이다.

"치유력을 써주신다면 사나흘 안에 나을 상처입니다. 에서 왕자님."

미셸 경이 은근한 눈빛으로 나를 보며 인사했다. 나는 마주 고개 숙이며 감사를 표했다. 사흘을 목표로 노력해 보자.

"어디 보자, 내 예비 사위도 와있구나."

이어 미셸 경이 내 뒤쪽으로 팔을 뻗었다. 네?

"아버님."

가나엘이 대답했다. 응?

"그래, 그새 키가 큰 것 같아."

미셸 경은 온화하게 웃으며 가나엘을 한 번 끌어안았다. 두 뺨에 번갈아 쪽쪽 소리를 내기도 했다.

1. 그에게는 비밀이 있다

…어?

*　*　*

"확실히 본 거지?"

"…"

세드리크에게선 답이 없었다. 엘리자베트는 그것이 긍정의 의미임을 알았다. 오페라 극장의 극장주와 비서를 황도 수비대에 인계하고, 근위대를 시켜 목격자 진술을 확보하고, 뒷수습까지 끝낸 뒤 귀가하니 자정이었다.

환자인 헤인스 경이야 그렇다 쳐도 세드리크와 에서 왕자, 크리스텔 공녀까지 백작저에서 묵게 될 줄은 몰랐다. 집에 친구를 우르르 들인 건 오랜만이라 재미있기도 하고 웃기기도 했다. 오페라 개막 공연 관람은 분명 별것 아닌 일정이었을 텐데, 어쩌다 일이 이렇게 커졌을까 싶었다. 세드리크, 왕자님, 크리스텔. 이렇게 셋이 모이면 꼭 사건이 터진단 말이지.

"얼마나 뒤져볼까?"

"출생 시점부터 현재까지."

"뭐야, 그렇게 심각해?"

황자는 부연하는 대신 창밖을 바라보았다. 맑은 달빛이 백작저를 다정하게 비추고 있었다. 그는 극장에서 자신이 본 광경을 똑똑히 기억했다. 공녀의 검에 맞은 하얀 이빨과, 그것이 그리던 비정상적인 궤적.

튕겨 나간 각도는 기이했으며 뒤이은 성기사의 행동은 수상했다. 공기 속성의 대주교급이, 어째서 자신의 몸을 방패로 쓴단 말인가? 에테르의 본능보다 몸이 더 빨랐다고 말할 셈인가?

그는 손가락 하나 까딱하지 않고도 이빨을 구석으로 처박아 버릴 수 있는 자였다. 놀란 왕자와 공녀는 그런 것에 개의치 않는 듯했으나 황자는 달랐다. 프레데리크 리에스테르의 아들은, 본 것을 못 본 척할 수 있는 남자가 아니었다.

"거슬리는군."

그가 낮게 말했다. 편히 잠들지는 못할 것 같았다.

* * *

다들 알고 있었다고? 이걸 나만 몰랐다고?

"왕자님… 타르트 노르망디 더 드릴까요?"

가나엘이 내 눈치를 보며 물었다. 나는 가만히 있다가 번쩍 소년을 올려다보았다.

"응? 아니야. 괜찮아. 배부르네."

"그렇지만, 한 판밖에 안 드셨는데…"

아이는 어젯밤부터 줄곧 내 안색을 살피고 있었다. 점잖게 선 뱅자맹은 오늘따라 참 즐거워 보였다. 나는 애써 웃으며 고개를 저었다. 그래. 모를 수도 있지.

가나엘과 엘리자베트 경은 나이 차이가 꽤 나고, 둘이 먼저 내게 얘기한 적도 없으니까 눈치를 못 챈 게 이상하진 않았다. 사생활인데 내가 반드시 알아야 하는 것도 아니다. 어련히 당사자와 집안 어른들이 알아서 풀어 갈 일이었다.

-딸그락

…아니, 근데 진짜. 나는 포크를 내려놓았다.

"가나엘."

"네, 왕자님."

디저트 시중을 들던 소년이 허리를 세웠다. 나는 가나엘을 빤히 보았다.

"행복해? 약… 약혼자분이 잘해주시지?"

"네? 네, 정말 행복해요. 올해는 하루하루가 즐겁습니다."

벌꿀색 눈동자가 부드럽게 휘어졌다.

'물론 왕자님께서 쓰러지셨을 때나, '마수 대토벌' 때는 하나도 즐겁지 않았어요.'

하는 말이 따라왔다. 왜 행복하다는 말만 해? 약혼자가 잘해주냐고도 물었잖아. 나는 고개를 끄덕이며 불쑥 솟는 불안감을 억눌렀다. 어제 미셸 경의 '예비 사위' 운운을 들은 뒤로, 백작저에서 어떻게 씻고 잠들었는지 기억조차 가물가물했다. 정신을 차려보니 아침 식사가 끝나있었다.

빨리 충격에서 벗어나자. 나는 조용히 스스로를 격려했다. 곧 헤인스 경에게 치유력을 써주러 가기로 했고, 에바의 소가주 쟁탈전에 관한 논의도 해야 했다. 가나엘에 대해서는 걱정하지 않아도 됐다. 엘리자베트 경은 멋지고 어른스러운 사람이니 좋은 배, 우자가 되어주겠지.

-똑똑

"들어오세요."

내가 노크 소리에 응답했다. 문 너머로 엘리자베트 경이 모습을 드러냈다. 양반은 못 되는 사람…

"안녕히 주무셨습니까, 왕자님."

"안녕하세요, 엘리자베트 경. 댁에 신세를 지게 됐습니다. 죄송합니다."

"아닙니다. 오히려 백작가의 영광입니다. 그리고…"

그녀가 씩 웃으며 문을 활짝 열었다. 그러자 아주 반가운 소리가 났다.

-끼이잉!

"데미?"

데미를 위시한 레서판다 세 마리가, 와다닥 방 안으로 들이닥쳤다. 나는 놀란 와중에도 무릎을 기어오르는 녀석들을 하나씩 품에 안았다. 레아는 겁이 많고 페리는 낯을 가리는데, 어떻게 여기까지 왔는지 놀라울 따름이었다. 데미가 내 가슴팍을 꾹꾹 누르며 벌떡 일어섰다. 불만이 있는 모양이었다.

-끼으으으!

"어, 미안해. 형이 말도 안 하고 외박했다. 그치."

-끼이, 끼이이!

"아이고, 너무 잘못했네. 데미 야식도 안 주고."

-꾸르르릇

"반성의 의미로 종일 데미랑 붙어있을까?"

쪼끄만 게 의사 표현은 확실했다. 나는 데미의 앞발을 잡고 사과의 악수를 한 뒤, 세 녀석의 꼬리며 뒤통수를 열심히 문질러 주었다. 엘리자베트 경이 소리 내어 웃었다.

"역시 왕족 신관은 다르시네요. 산트 사제님이 제법 고생했다고 합니다. 뚝심이는 크리스텔 공녀의 방에 있습니다."

"황궁에 있는 아이들을 백작저까지 데리고 와주신 겁니까?"

눈이 조금 커졌다. 녀석들은 모두 내가 이름을 주고 길들였으니, 산트가 에테르를 풀어도 이끌기는 쉽지 않았을 터였다. 곧 환궁할 텐데 뭐 하러 이곳까지?

"'나간 김에 너희끼리 며칠 있다 와라. 황궁이 조용하니 좋군.' 폐하의 전언이십니다."

"네?"

이게 뭔 말인가 싶어 되묻자, 그녀가 테이블로 다가와 호사스러운 황금빛 카드를 건넸다. 겉에는 체리색 실링 왁스로 황제의 문장이 찍혀있었다. 나는 엘리자베트 경의 전언이 고대로 쓰여있는 카드를 반복해서 읽었다. 거칠고 자유분방한 필체였다. 이거 혹시…

"저 쫓겨난 겁니까?"

"그 반대입니다, 왕자님."

은은히 웃는 낯을 하고 있던 뱅자맹이 설명했다. 내가 반쯤 비운 잔에 솔잎차를 채워주는 것도 잊지 않았다.

"왕자님을 어느 정도 믿으시기에 자유 시간을 주신 듯합니다. 곁에는 황자 전하도 계시니까요."

볼모에게 자유 시간이라니. 앞뒤가 맞지 않는 문장 같았다. 마음

놓고 좋아해도 되나 싶으면서, 한편으론 '집돌이라 밖에서 할 것도 없는데' 하는 생각이 들었다. 내가 아무런 야망 없는 놈이라는 걸 드디어 알아준 거라면 기쁘지만.

"오페라 극장에서 마수를 잡은 포상이라고 생각하셔도 좋겠습니다."

엘리자베트 경이 말했다. 이쪽이 더 그럴듯하긴 했다. 내가 고개를 주억거리자, 그녀는 이만 물러가겠다며 절도 있게 인사했다. 그러고는 가나엘을 향해 짧게 눈웃음쳤다. 와, 잠깐만.

"엘리자베트 무테 경."

내가 그녀를 불렀다.

"예?"

"이리 와서 앉아보십시오."

역시 더는 못 참겠다. 나는 빈 의자를 탁탁 두드렸다. 가나엘의 얼굴이 하얗게 질렸다.

* * *

"왕자님. 그게요."

"너는 조용히 있어, 가나엘."

내 말에 소년이 입을 합 다물었다. 나는 맞은편에 몹시 불편한 얼굴로 앉은 엘리자베트 경을 묵묵히 바라보았다. 내 양옆에는 두 시종이 자리했다. 지금 느긋한 건 커피 한잔의 여유를 즐기는 뱅자맹뿐인 것 같았다.

"그… 저번에 쓰레기라고 해서 죄송합니다."

내가 입을 열었다. 나는 분명, 황궁 신전에서 에바를 타이르며 그런 이야기를 한 적이 있었다. 스물넷이 열여섯과 결혼을 생각하는 건 쓰레기라고. 그때는 엘리자베트 경의 사정을 몰랐고 그녀를 노리고 한 말도 아니었지만, 문화의 차이로 상처를 주고 싶진 않았다. 그러자 고양이 같은 회색 눈동자가 동그랗게 변했다.

"네? 아, 아뇨. 괜찮습니다. 그런 말이 나오는 것도 이상하진 않다고 생각합니다."

엘리자베트 경이 쓰게 웃으며 손을 내저었다. 오른편의 가나엘이 안절부절못하는 게 느껴졌다. 소백작은 차분히 말을 이었다.

"가나엘은 지난 2월에 열여섯이 됐습니다. 왕자님께서 생각하시는 대로, 성인이 되자마자 약혼하는 게 제국에서 흔한 일은 아닙니다. 저도 가나엘이 어리다는 건 알고,"

"제가 고백했습니다!"

응? 가나엘이 불쑥 끼어들었다. 나는 놀라서 소년을 돌아보았다. 금색 눈이 비장하게 빛나고 있었다. 레서판다 세 마리가 긴장한 방청객처럼 내 셔츠를 꾹 붙들었다.

"제가 여섯 살 때, 무테 경에게 청혼했습니다. 그랬더니 무테 경이 '10년은 이르다'고 해서… 그래서 10년 뒤에 다시 말한 거예요."

뱅자맹의 어깨가 위아래로 출렁거리기 시작했다. 나는 아연하여 엘리자베트 경과 가나엘을 번갈아 바라보았다. 소백작이 재빨리 말했다.

"그렇다고 진짜 10년 후에 다시 청혼할 줄은 몰랐습니다. 정말입니다, 왕자님."

"저희 가문, 칼라마르 자작가와 무테 백작가는 수백 년간 교류해 왔습니다. 그래서 저도 어릴 때부터 무테 경과 가깝게 지냈고요. 무테 변경백님과 미셸 경은 제가 너무 어리다고 반대하셨지만… 저는 괜찮았습니다. 좋아하니까요!"

순정 만화 같은 소년의 대사에, 내 얼굴이 다 벌게졌다. 그로부터 약 30분. 나는 뭐라 대꾸도 못 하고 가나엘의 TMI 폭격을 고스란히 받아내야 했다. 소년이 재잘거리기를 좋아한다는 것만 알았지, 이렇게 논리력이 뛰어나고 웅변에도 능한 줄은 미처 몰랐다. 가나엘은,

1. 엘리자베트 경이 어릴 적부터 자신을 상냥하게 대해준 데다 2. 똑똑하며 검술에도 뛰어난 재주꾼이고 3. 그런 그녀가 자신의 첫사랑이기에 4. 용기 있는 자가 미인을 얻는다는 프랑수아 뒤엠 후작의 충고에 따라 5. 성인식 날 정식으로 청혼했다며 6. 둘의 결합으로 얻을 수 있는 사회경제적 이익까지 구체적으로 설명했다.

기승전결이 너무 뚜렷해서 중간에 끊을 수도 없었다. 후작은 왜 안 끼는 데가 없어? 천만 영화의 명품 조연 같은 거야?

"…그래. 축하한다. 예쁜 사랑 하길 바랄게."

"망극합니다, 왕자님!"

소년이 달맞이꽃처럼 활짝 웃었다. 정신력이 바닥나다 못해 아주 가무는 기분이었다. 곧 출근해야 하는 엘리자베트 경도 벌써 기가 쭉 빠진 낯을 하고 있었다. 많이 부끄럽고 민망한 듯했다. 씨암탉. 엘리자베트 경에게 씨암탉을 잡아 줘야만…

"혹시 제가 알아야 하는 다른 비밀은 없습니까?"

나는 마른세수를 하며 물었다. 데미가 내 품에서 새근새근 졸기 시작했다. 세 쌍의 시선이 내게 모여들었다.

"진짜 비밀을 말해달라는 건 아닙니다. 그냥, 저만 모르는 게 또 있나 궁금해서요."

그러자 뱅자맹이 결국 너털웃음을 터뜨렸다. 그가 이처럼 크게 웃는 건 드문 일이라, 나도 그냥 따라서 웃고 말았다.

* * *

같은 날.

"…그래서, 저는 오빠를 밀어내고 블랑케르 소공작이 되고자 합니다."

―삐르르르! 삐삐삐!

에바가 드레스 자락을 쥐고 서서 씩씩하게 말을 맺었다. 뚝심이가 황자의 어깨에 앉아 효과음을 넣었고, 크리스텔이 작게 환호했다. 나는 분위기에 휩쓸려 하마터면 손뼉을 칠 뻔했다. 따끈한 돌 위에서 한 덩이로 뭉쳐 낮잠을 자던 레서판다들이, 호응하듯 꼬리를 살랑거렸다.

무테 백작저의 온실은 천장이 훌쩍 높고 널찍했다. 황궁에도 거대한 온실이 있지만, 쥘리에트 궁과는 제법 멀어서 가본 적이 없었다. 이곳으로 대리 만족을 해도 좋을 듯싶었다. 헤인스 경은 오늘까지 자리보전하기로 했기에 방 밖으로 나오기 어려웠다. 나는 그간 외운 치유 서클의 대부분을 그에게 써본 것에 의의를 두기로 했다.

"의지만으로 후계자가 될 수 있다면 누구나 해냈겠지."

에스프레소를 마시던 세드리크 황자가 말했다. 에바의 표정이 흐려졌다. 나는 황자 놈의 옷깃을 슬쩍 당겼다. 그가 불만스러운 눈길로 나를 바라보았다.

"의지만 있는 게 아닙니다. 에바는 신물의 축복을 받았잖습니까. 정당성까지 갖춘 거죠."

"공녀의 이름을 부르는군."

내 말 듣고 있냐? 나는 작게 한숨을 삼켰다. 에바는 엘리자베트 경의 출근길에 동행하겠다고 했다. 황궁 신전 청소를 하러 가기 위해서였다. 책임감 있고 기특한 아이였다. 나는 그런 소공녀를 붙들고, 황자와 크리스텔을 불러 지금과 같은 자리를 마련했다. 미셀 경은 '친목 도모를 위한 젊은이들의 다과회군요' 하며 장소를 제공해 주었다. 아주 틀린 말도 아니었다.

"저는 세 분이 인연을 쌓으면 서로에게 좋을 거라 생각합니다."

내 선언에 주황빛 눈끝이 가늘어졌다. 크리스텔은 흥미롭다는 듯 목을 기울였다. 그러니까, 내가 보기에는 셋이 서로를 잘… 이용해 먹을 수 있을 것 같았다. 말이 좀 그렇지만 사실이었다. 프레데리크 황제와 부티에 추기경은 망나니 소공작의 실각을 기대하는 분위기였다.

그 과정에 황자가 도움이 되면 훗날 덕을 볼 수도 있다고 생각하는 듯했다. 그때는 역시 정치인이라며 혀를 내두르고 말았지만, 돌이켜보니 그건 '퇴계공'의 전개에도 좋은 일이었다.

"두 분의 도움과 지지로 에바가 소공작이 된다면, 황자님께선 국경을 접한 영지에 든든한 동맹을 얻게 되시는 셈입니다. 블랑케르는 명망 높은 마법사 가문이니 황자님의 정치적 입지에도 보탬이 되겠죠."

그렇게 흘러가면, '수목의 신궁'은 두 남녀의 수중에 있는 것과 마찬가지였다. 보통 사람에겐 말도 안 되는 계산이지만 주인공들이니 가능했다. 크리스텔이 신물을 원하는 이상, 신궁은 그녀의 편에 서는 게 순리였다. '비렴의 방주' 때처럼 주인으로 선택받지는 못하더라도 말이다.

"에바는 꿈꿔온 권력을 가질 수 있어 좋을 테고요."

또, 블랑케르 가문의 황실 연줄을 본인 대에서 재건할 수도 있을 터였다. 나는 겨우 조연이고 볼모이기에 에바에게 유의미한 도움을 주기는 어려웠다. 하지만 다리를 놓아주는 일 정도는 할 수 있었다.

"어떻게 생각하십니까?"

어쩌면 그날 결투 장소에서, 내가 로베르 블랑케르의 죽음을 막은 건 이런 인연을 위한 포석이었을지도… 음. 거기까지 가지는 말자. 자의식이 비대해져선 안 됐다. 나는 그냥 좋은 기회를 최대한 활용하고자 할 뿐이었다. 이왕이면 정은서가 아끼는 두 주인공에게 유리한 방식으로.

"…"

"…"

황자와 크리스텔이 말없이 나를 쳐다보았다. 그거 하지 마, 무서

우니까.

"게다가 에바는 뛰어난 신관입니다. 열여섯인데 벌써 주교예요. 필요하면 두 분의 에테르를 채워드릴 수도-"

"역시 그랬군."

황자 놈이 날카롭게 말을 끊었다. 그의 홍채에서 불꽃이 타오르는 듯했다.

"의무를 저버릴 생각인가?"

뭔 소린데. 왜 갑자기 급발진을 해?

"의무는 모르겠고, 왕자님 눈이 반짝반짝하시더라고요. 권력 투쟁 좋아하시나 싶었습니다. 저도 사르네즈 소공작 할까요?"

크리스텔이 양손으로 턱을 받치며 생글생글했다. 너는 왜 또 혼자 생각이 그쪽으로 튀었어요!

"저, 저 때문에 싸우지 마세요. 저야 좋지만!"

결국 에바가 울상을 하며 외쳤다. 뚝심이가 온몸을 갸웃거렸. 총체적 난국이네.

* * *

상황이 정리되기까지는 20여 분이 걸렸다. 나는 황자에게 '연례 기도회가 끝날 때까지 절대 다른 신관에게 에테르 보급을 떠넘기지 않겠다'라고 약속해야 했다. 크리스텔에겐 내가 정치적 야심이 없는 집돌이란 사실을 여러 번 상기시켰다.

그녀야 10대의 몸에 들어가 10대로 대우받고 있으니 행동까지 어려지는 게 이해가 갔다. 하지만 황자는 스물넷이나 먹은 놈이 가끔 너무 철없이 굴어 걱정스러웠다. 혹시 '세이디'가 본체인 거 아니냐?

"저도 블랑케르 공녀를 도울 마음은 있습니다. 소공작 새… 지금의 소공작은 그런 자리에 있어선 안 된다고 생각하거든요. 게다가 어린 동생에게 그따위 짓을 했다니, 무조건 벌을 받아야죠. 제일 소중하게 여기는 걸 보란 듯이 빼앗아 줘야 해요."

크리스텔이 잇새로 말을 씹어 뱉었다. 에바 앞에서 오빠인 블랑케르 소공작의 상욕을 하지 않기 위해 노력하는 기색이었다. 결투 날에 이미 실컷 한 것 같은데.

"그런데 어떻게 도와드려야 할지 모르겠네요."

"저, 부모님께 부치려고 써놓은 편지가 있습니다."

에바가 긴장한 얼굴로 답했다. 나는 품을 뒤져 곱게 접힌 서신을 꺼냈다. 오페라 관람 전에 에바에게 받은 것이었는데 결국 지금까지 펼쳐보지 못했다. 내게서 편지를 건네받은 세드리크 황자는 내용을 한 번 훑더니, 곧장 종이를 크리스텔에게 넘겼다. 표정 변화가 없어서 감상을 파악하기 어려웠다.

"어떻습니까? 공작 부부를 설득할 만합니까?"

"흠. 잠시만요."

내 물음에 크리스텔이 편지를 살피며 대답했다. 청회색 눈동자가 신중히 빛났다.

"노선을 정해야겠습니다. 내용 증명 느낌으로 보낼지, 아니면 부모님의 눈물을 자극하는 호소문 형식으로 보낼지. 지금은 문장이 조금 정리가 안 됐어요."

"내용 증명이 뭔가요?"

에바가 고개를 갸웃거리며 크리스텔에게 물었다. 나는 살짝 긴장해서 황자를 바라보았다. 이쪽 세계에도 내용 증명 같은 개념이 있나 싶었다. 황자 역시 조금 의아한 눈빛이었다. 그런 거 없구나.

"그게, 음. 공문 같은 겁니다. 공적인 우편물은 사적인 우편물과 형식이 다르잖아요."

그럴듯한 설명이었다. 그러자 에바가 우리를 보며 조심스레 운을 뗐다.

"부모님과 저희 남매는 그렇게 친하지 않아서… 제가 떼를 쓰면 들어주긴 하시지만, 이번만큼은 어른스럽게 제 자리를 찾고 싶어요."

의젓한 태도였다. 나는 부드럽게 웃으며 소공녀의 잔에 라벤더 차를 따라주었다. 공기 중으로 퍼지는 향긋함에 아이가 방긋방긋했다. 크리스텔이 에바의 붉은 곱슬머리를 쓰다듬었다.

"그럼 이모, 아니. 언니만 믿으세요. 언니가 공문은 잘 쓴답니다."

"어, 언니…"

에바가 뺨을 발갛게 물들이고 기뻐했다. 오빠라고 하나 있는 놈이 오빠 노릇을 한 적이 없으니, 따뜻한 동생 대접을 받는 건 처음일 터였다. 내가 챙겨온 깃펜을 내밀자 크리스텔은 편지지 뒷면에 새로운 내용을 적기 시작했다.

나는 그녀가 글을 쓰며 먹기 편하도록 오페라 케이크를 가까이 밀었다. 에바에겐 푸아르 벨 엘렌과 함께 디저트 스푼을 쥐여주었다. 단숨에 첫 문장이 완성되고 있었다.

'1. 귀하와 영지의 무궁한 발전을 기원합니다.'

아니, 진짜 공문이잖아. 나는 웃음이 터지려는 것을 참으며 황자의 빈 접시에 슈케트를 놓았다. 자극적인 음식을 좋아하는 크리스텔과 달리 이놈은 삼삼한 맛을 선호했다.

"저대로 보내도 괜찮을까요?"

"아니."

내 질문에 황자가 즉각 대답했다. 그는 슈케트를 쏘아보고 있었다. 독 안 발랐다고.

"놈은 소가주가 된 후 가문에 자신의 사람을 심었겠지."

나는 고개를 주억거렸다. 맞는 말이었다. 아무리 공작 부부의 영주성이라고 해도, 내부에 소공작의 수족이 없을 리 만무했다. 에바의 우편물이 부모님에게 즉시 전달되지 않을 가능성, 아예 빼돌려질 가능성은 얼마든지 존재했다. 집중한 두 공녀를 보며 내가 잔머리를 굴렸다.

"황태자 책봉식이요."

슈케트를 씹던 황자가 나와 시선을 마주했다. 전에는 육포 하나 먹이기도 힘들었는데 많이 성장했다.

"귀족들의 초대장은 이번 주에 발송한다고 들었습니다. 그편을 이용하면 어떻겠습니까?"

"…"

"황실 문장을 찍어 보내는 귀한 우편입니다. 시종이나 소공작이 열어볼 수는 없겠죠. 공작 부부가 가장 먼저 확인하게 될 겁니다. 거기에 공녀의 서신을 동봉하면요?"

그는 잠깐 생각에 잠긴 듯하더니, 슈케트를 삼키고는 답했다.

"황실에서 공녀를 조종한다고 여길 수도 있어."

"하지만 소공작이 황자님을 모욕했다가 가문에 큰 불명예를 안긴 것도 사실이니까요. 공작 부부는 남매에게 공평하게 애정이 없으니, 에바에게 명분이 있다는 걸 알면 아들을 딱히 보호하려 들진 않을 겁니다."

"…나쁘지 않군."

"고맙습니다."

내가 씩 웃었다. 말은 짧지만, 황자의 문장엔 내가 원하는 대로 손을 쓰겠다는 의미가 담겨있었다. 그가 계산하기에도 에바를 돕고 소공작을 갈아치우는 게 수지맞는 장사임은 분명했다.

일이 잘 풀렸다. 이제 결정은 공작 부부의 몫이다. 나는 표면에 캐러멜이 생긴 쌀 푸딩을 떠먹기 시작했다. 무테 백작저의 사람들도 손맛이 좋았다. …그러고 보니 친구 집에 온 건 빙의하고 처음인데. 경황이 없어서 집들이 선물도 못 챙겼네.

"이거 완성하고, 이따 밤에 파자마 파티 할까요? 엘리자베트 경까지 우리 셋만."

"파자마 파티가 뭐예요?"

"에구. 밤에 잠옷 입고 같이 노는 거예요. 수다 떨고 술도 마시고 베개 싸움도 하고?"

"와. 재미있을 것 같아요!"

크리스텔의 해설에 에바가 눈동자를 반짝반짝 빛냈다. 보기 좋은 모습이었다. 역시 이어주길 잘했다.

"내일은 쇼핑 가요. 르고 종합 무역소에 벌써 F/W 신상이 들어왔대요. 과소비하는 요령부터 알려줄게요."

"좋아요!"

애한테 뭘 가르치는 거야! 나는 목에 푸딩이 걸려 캑캑댔다.

"공녀, 에바가 좋은 소공작이 될 수 있도록 지도 부탁드립니다."

"걱정 마세요. 남에게 돈 쓰는 맛도 함께 일러주겠습니다."

이대로 괜찮을까? 나는 곤란한 웃음을 지었다. 이제 와서 둘을 떼어놓을 수도 없으니 중간에서 도움이나 받는 게 나을 듯했다.

"그… 괜찮으시다면, 혹시 제 것도 하나 사다 주실 수 있습니까?"

"어머. 왕자님이 웬일이세요?"

그러자 크리스텔이 안색을 밝히며 기뻐했다. 내가 평소 갖고 싶어 하는 게 없어서, 가나엘과 뱅자맹도 생일 선물 준비로 골을 썩였던 기억이 났다. 하지만 이번에 필요한 건 내 물건이 아니었다.

"백작저에 온 건 처음인데 변변한 선물도 준비하지 못해서요. 돈은 드리겠습니다."

"아, 집들이 선물 찾으시는구나."

그녀는 순식간에 '그럴 줄 알았다'라는 표정을 했다. 에바가 나와 크리스텔을 번갈아 보며 물었다.

"왕자님께서 직접 사러 가시면 안 되나요?"

"저는 황궁 바깥으로 나갈 수 없습니다."

내가 대답했다. 에바의 낯이 더욱 미묘해졌다.

"여기도 황궁 밖인걸요. 이곳에 며칠 머무신다고 들었습니다. 함께 나가면 괜찮지 않나요?"

"글쎄요. 그건…"

나는 애매하게 입꼬리를 올리며 황자를 바라보았다. 크리스텔과 에바의 시선도 그에게 모였다. 그는 묵묵히 마지막 슈케트를 먹고 있었다. 내가 어딜 갈 수 있고 없고는 오직 리에스테르의 황족이 결정할 문제였다. 물건을 직접 보고 설명까지 듣고 사면 좋겠지만, 안 될 공산이 크니 부탁을 한 거였고. 황자는 냅킨으로 우아하게 입을 닦았다.

"먼저 일어나지."

그러고는 불쑥 입을 열며 몸을 일으켰다. 용건이 끝난 사람의 태도였다. 느닷없는 말에 우리 셋의 눈이 커졌다. 그의 어깨 위에 있던 뚝심이가 보르르 날아 크리스텔의 정수리에 안착했다.

"갑자기요?"

"…"

사내는 크리스텔의 질문을 무시하고 온실 입구 쪽으로 걸었다. 낮잠에서 깬 레아와 페리가 천천히 돌 위에서 내려왔다. 간만에 황자를 따라갈 모양이었다. 나는 발치를 지나가는 녀석들의 등을 한 번씩 쓸어주었다. 너무 말썽 피우지 말라는 의미였다.

"'빙점하의 귀공자'라는 말이 사실인가 봐요."

에바가 조금 풀 죽은 목소리로 중얼거렸다. 인성과 얼굴의 격차가 큰 한데, 못 나간다고 화 안 내는 게 어디야.

"저는 괜찮습니다. 원래 집에 있는 걸 좋아합니다. 사람 많은 곳은 부담스럽고요."

-끼잉

달래듯 말하자, 어느새 다가온 데미가 내 종아리에 몸을 비볐다. 소공녀는 작게 입술을 비죽였다. 내일은 수첩 정리나 해야지.

* * *

그날 밤.

"에바가 황자 전하를 결혼 상대로 고려했었다고요? 결투 아니고?"

거나하게 술이 들어간 크리스텔이 목청 높여 말했다. 엘리자베트는 웃음을 참지 못하고 베개에 얼굴을 묻었다. 그녀의 새로운 친구는 입만 열면 너무 재밌는 소리를 했다. 아프기 전엔 이런 성격이 아니었다고 손가락질하는 이도 간혹 있다지만, 엘리자베트는 '새로운' 크리스텔이 무척 마음에 들었다. 공녀는 마수를 토벌한 영웅이었고, 털털하며 유쾌한 사람이었다.

"사촌이라서 어차피 혼인은 못 합니다."

"그래도 그렇지 열여섯이 스물넷하고? 딸이다, 딸!"

"푸흐흑."

그리고 지금처럼 나이에 맞지 않는 말로 그녀를 웃게 하곤 했다. 엘리자베트는 그 숫자가 자신에게도 적용된다는 사실은 까맣게 잊은 채 흐느꼈다. 기분 좋은 술기운이 돌고 있었다. 크리스텔은 체온으로 데워진 코냑을 홀짝거렸다. 거대한 침대 위에서, 널브러져 앉은 두 사람과 꿈나라로 간 소녀 하나가 파자마 파티를 즐기고 있었다.

"아가는 뱅쇼 한 잔 마시고 잠들어 버렸네요."

"부모님께 보낼 서신을 쓰느라 피곤했을 겁니다."

"제가 베개 싸움을 너무 격하게 가르쳤나 봐요."

크리스텔이 말했다. 엘리자베트가 잠든 에바의 머리칼을 귀 뒤로 넘겨주는 사이, 공녀는 소백작의 빈 잔에 드라이진을 따랐다.

"열여섯이면 하고 싶은 거 다 하면서 지내야죠. 결혼은 나중에 고려해도 괜찮아요. 권력을 원하면 권력도 가져 보고, 배우고 싶은 거 있으면 배우고, 여행도 하고. 친구 많이 사귀고."

또 어른 같은 투였다. 소백작은 잔을 받으며 피식피식 웃었다. 문득 크리스텔이 번쩍 검지 하나를 치켜세웠다.

"물론 예랑이는 예외예요. 걔는 싹이 다르니까. 여섯 살 때부터 결혼 생각한 애를 어떻게 이기겠어요."

엘리자베트가 파안대소하며 침대에서 내려왔다. 열여섯이 어떠니 하며 나이 이야기를 하고 있자니, 문득 크리스텔에게 보여주고 싶은 것이 떠올랐다. 그녀는 맨발로 바닥에 서서 침실 서랍을 뒤지기 시작했다. 잔을 기울이며 코냑의 여러 빛깔을 감상하던 크리스텔이, 돌아오지 않는 친구 쪽을 살폈다.

"엘리자베트 경?"

"찾았습니다. 이것 보십시오, 공녀."

침대로 복귀한 엘리자베트가 작은 꾸러미를 내밀었다. 안에는 낡고 빛바랜 카드와 종이가 가득했다.

"이게 뭐예요?"

"제가 어릴 때 친구들과 주고받은 서찰입니다."

"우와."

크리스텔은 색색의 종잇장을 하나하나 열어보았다. 삐뚤빼뚤한 글씨와 맞춤법에 맞지 않는 문장들이 귀엽고 우스웠다. 아이들의 글답게 내용은 전부 시시콜콜했다. 그래도 귀족가의 자녀들이라고, 말미에는 최대한 멋지게 이름을 써넣은 게 깜찍했다.

"이건 세드리크가 보낸 겁니다. 보자, 열한 살 때네요."

"그분이 안부도 물을 줄 아십니까?"

"하하하하."

엘리자베트가 크게 웃었다. 크리스텔은 덩달아 실소하며 카드를 읽었다. 도수 높은 술을 꽤 마셔서인지 슬슬 글자가 머리에 들어오지 않았다. 그녀는 눈을 한 번 질끈 감았다가 맨 아래로 시선을 내렸다. 정말, 별생각 없이 그랬는데.

"⋯이거, 전하의 중간 이름인가요?"

"어?"

크리스텔의 말에 엘리자베트의 회색 눈동자가 천천히 커졌다. 두 사람은 삽시에 술이 확 깨는 것을 느꼈다. 소백작이 급히 카드를 살폈다. '세드리크'와 '리에스테르' 사이에, 멋들어지게 자리한 단어가 보였다.

"⋯"

"맞는구나."

"아, 비밀인데⋯"

엘리자베트는 마른세수를 하며 침대에 벌러덩 드러누웠다. 이어 끙끙 앓기 시작했다. 크리스텔은 방금 본 것을 믿을 수가 없어 헛숨을 들이켰다. 이건 가까운 가족이나 절친, 연인이 아니면 알 수 없는 정보였다. 안 본 뇌 삽니다.

"중간 이름이 참 반어적이다."

"네?"

"그 성격에 이런 이름이라니까 너무 웃겨요. '열림 교회 닫힘' 같은 거야?"

"응…?"

엘리자베트가 반쯤 감긴 눈으로 물었다. 깜짝 놀라서 턱을 벌릴 때는 언제고, 머리가 침대에 닿으니 졸린 모양이었다. 하긴 그녀는 오늘 풀타임 근무까지 한 사람이었다.

그런 모습을 보고 있자니 크리스텔의 눈꺼풀 역시 무거워졌다. 어이가 없어서 실실 웃음이 나는데, 그것과 별개로 머리는 자꾸 기울었다. 그녀는 저항하지 않고 곧장 자리에 누웠다. 마지막으로 본 것은, 서랍 위에 놓인 엘리자베트의 술잔이었다. 저걸 저기다 두고 왔네… 근데 진짜 중간 이름이 그거? 왕자님은 감금하는 놈이.

2.　　　　　　　　　　　　　　　　　　　　　✦ 맞불

다음 날도 평화로웠다.

"이만 나가보게."

"예, 예."

뱅자맹의 말에, 무테 백작저의 시종들이 화들짝 놀라 움직이기 시작했다. 나는 빙그레 웃으며 그들 쪽을 바라보았다. 눈이 마주친 몇몇이 방황하다가 서로 부딪치기까지 했다. 더 지켜보면 방해가 될 것 같아 수첩으로 시선을 돌렸다.

발코니를 활짝 열어놓은 덕에 황도의 여름 공기가 들어왔다. 열기가 도는 낮이었지만, 새콤달콤하고 시원한 페슈 멜바를 한 입씩 떠먹으니 딱 좋았다. 나는 지금껏 써온 수첩의 내용을 꼼꼼히 복습했다.

"…음."

일단 내가 가진 능력에 관해서는 알고 있다. 나는 신물 '소원의 성반'에 깃든 힘을 흡수했고, 덕분에 가장 순수한 형태의 에테르를 다량으로 보유하게 됐다. 다만 한 번에 과용하면 에테르 고갈이 오는 건 다른 신관과 똑같고, 에테르 폭주를 일으키면 몸이 감당하지 못하는 것 역시 동일했다. 두 경우 모두 기절했었으니까.

깃펜 끝으로 긴 화살표를 그렸다. 내가 '퇴계공'에 빙의한 건, 성반에 누군가가 소원을 빌었기 때문이었다. 그래서 나는 다른 신물, '화성의 혜검'에 대고 집으로 돌려보내 달라 기도해 봤다.

물론 아무 일도 벌어지지 않았다. 작가는 예서 왕자의 생존이 확실해질 때까지 나를 놔줄 생각이 없는 듯했다. 펜촉에서 또 다른 화살표가 나와 반대편으로 향했다. 크리스텔과 세드리크 황자. 나는 빙의 첫날부터 두 남녀와 엮이지 않겠다고 결심했다.

둘은 퇴계공의 공식 커플이고, 예서 왕자는 이들의 사랑을 위해 희생하는 인물이기 때문이다. 살아남으려면 주인공들과 인연을 맺지 않는 게 최우선이었다. 하지만…

"왕자님과 친구분들의 모험담이 궁금한가 봅니다."

문을 닫은 가나엘이 말했다. 나는 소년을 보며 애매하게 웃었다.

철저하게 교육받은 황궁 시종들과 달리, 백작저의 시종들은 내게 말을 붙이고 싶어 안달 난 기색이었다. 호감과 호기심 뒤섞인 눈빛이 온종일 꽁무니를 따라다녔다. 그러니까 이게 문제였다. 친구. 내가 주인공들과 얼결에 친구를 먹어버렸다, 이 말이다.

"으음…"

나는 시럽에 익힌 복숭아와 바닐라 아이스크림으로 양볼을 가득 채웠다. 입안이 차가워지면 뒤통수가 찌르르하면서 정신이 번쩍 나야 하는데, 둘을 떠올리니 그마저도 안 되고 맛있기만 했다.

나름대로 피한다고 노력한 결과가 이거였다. 무례하게 굴어보려고도 했지만 이 분야 갑인 황자의 입지가 너무 굳건했다. 평생 살아온 성격을 버리긴 어려웠다. 눈에 밟히는 사람만, 주변 사람만 챙기면서 살려고 했는데 정신을 차려보니 상황이 이렇게 됐다.

"제가 두 분하고 친해 보입니까?"

"실제로 많이 친해지셨지요."

"네! 엄청요!"

'두 분'이 누구라고 말도 안 했는데 뱅자맹과 가나엘이 재깍 반응했다. 나는 적당한 답을 찾지 못했다. 이곳 사람들에게, 특히 주인공들에게 정을 붙이면 곤란하다는 건 내가 제일 잘 알았다.

언젠가는 집에 가야 하는데 서로 상처를 주고받긴 싫었다. 하지만 나는 지극히 평범한 인물이라 어쩔 수가 없는 모양이었다. 정신적으로 아주 단단하거나, 감정을 차단하는 스킬도 없는 보통의 인간.

"…어렵네요."

내가 중얼거렸다. 정은서 형이 있는 집으로 돌아가야 하는데, 더는 방법이 떠오르지 않았다. 그렇다고 포기할 수도 없었다. 나는 숟가락을 깨끗이 비우며 수첩의 새로운 페이지를 펼쳤다. 어차피 연례 기도회까지는 두 남녀와 함께하기로 약속이 되어있었다. 그렇다면 그다음에 벌어질 일을 조금이라도 대비하는 게 나았다.

"뱅자맹. 혹시 부탁드렸던 걸 지금 받을 수 있을까요?"

"네, 여기 있습니다."

뱅자맹이 안주머니에서 종이 한 장을 꺼냈다.

"감사합니다."

"더 자세한 정보가 필요하시면 언제든 불러주십시오."

나는 고개를 끄덕이며 그가 건넨 것을 수첩 사이에 끼웠다. 별건 아니고 하반기 주요 일정이 적힌 표였다. 볼모인 나야 당연히 정해진 스케줄이 없었다. 하지만 대외적으로 공개된 황실 일정이나 제국의 연례행사를 미리 알아두면, 어떤 식으로든 도움이 될 것 같았다. 또 모른다. 읽다 보면 은서가 들려준 퇴계공의 내용이 번뜩 떠오를지도.

"그럼 슬슬 내려갈까요?"

내가 밝게 말했다. 점심 먹고 수첩 정리도 했으니 헤인스 경에게 치유력을 써주러 갈 시간이었다. 다녀와서 잠깐 쉬었다가 새로운 치유 서클을 외우면 될 것 같았-

-톡톡, 토도독

갑자기 비가 내리는 줄 알았다. 열린 발코니 문을 두드리는 소리였다. 우리는 빠르게 고개를 돌렸다.

"뚝심, 거기서 뭐 하냐?"

작은 굴뚝새가, 팔랑팔랑 날갯짓하며 부리로 유리문을 괴롭히고 있었다. 나는 수첩을 품에 넣고 화다닥 발코니로 다가갔다. 레서판 다들하고 뜰에 있는 줄 알았는데.

-톡, 톡톡

"안 돼, 창문 아야 해. 깨지면 너도 다쳐. 이리 와."

아침에 많이 쓰다듬어 줬는데 느닷없이 왜 이러지. 나는 한 손을 녀석에게 뻗었다. 뚝심이는 몸을 갸웃거리며 검지 위에 내려앉더니, 이내 포르르 날아 지상으로 내려갔다. 변덕이 죽 끓듯 했…

"어?"

나는 눈을 깜빡였다. 저택 바로 앞에 늘어선 황실 마차 행렬이 보였다. 그리고,

"왜 저기 있대."

과하게 잘생긴 흑발의 사내가 발코니를 올려다보고 있었다. 마주친 주황색 눈동자는 초여름의 햇살로 더욱 찬란했다. 그의 머리 위에 앉은 뚝심이가 아무것도 모른다는 눈빛으로 삐뽀삐뽀 울었다. 황자 심부름으로 나를 불러낸 거였어? 당장 환궁하자는 건가 싶어 입을 떼는데, 그의 입술이 먼저 움직였다.

'쇼핑.'

…뭐?

* * *

"우와…"

넓다 못해 광활한 '르고 종합 무역소'에, 손님이라고는 우리 넷뿐이었다. 황자가 이곳을 오늘 오후 동안 통째로 빌린 탓이었다. 시종 다비드의 설명에 따르면 마땅히 사비를 썼다는데, 그야말로 입이 쩍 벌어지는 씀씀이었다. 크리스텔이 '이건 이름값 인정이지' 하고 작게 감탄했다. 한국에서도 실제로 본 적 없는 퍼스널 쇼퍼를 여기서 만날 줄은 몰랐다. 이게 말로만 듣던 VVIP 쇼핑이라는 건가.

"여기부터 저기까지 다 주세요!"

"잘했어요, 에바. 하나를 가르치니까 열을 아네."

크리스텔이 다정히 에바의 곱슬머리를 어루만졌다. 에바는 칭찬이 몹시 기분 좋았는지, 허리에 양손을 얹은 채 줄곧 무역소를 진두지휘했다. 지체 높은 공녀의 호령에 직원들은 포장하는 손길을 잠시도 쉬지 못했다.

2%의 악녀 본능을 억누르지 못한 에바가 '왜 이렇게 손이 느려요? 오늘 에스카르고 먹었어요?', '끈이 없으면 비단으로 묶으면 되잖아요?' 같은 말을 악의 없이 하기도 했다. 대체로 사과와 수습은 내 몫이었다.

"이건 왕자님 거예요. 왕자님은 하얗고 금발이시니까요."

"…고맙습니다. 잘 쓰고 잘 입겠습니다."

다섯 번째 매장에서 계산을 마친 에바가, 내게 커다란 종이 가방을 내밀었다. 어차피 뒤따라오는 직원 중 한 명이 들게 될 테지만 물건 확인은 반드시 직접 해야 한단다. 소공녀는 이어 황자에게도 큼직한 짐을 건넸다. 무척 어려워하는 표정이었다.

"그리고 이건… 황자 전하께 바치는 저의 작은 성의입니다. 전하께서는 밤하늘의 베텔게우스처럼 황홀하게 빛나시며, 석양이 지는 호수 같은 눈동자를 품으셨기 때문입니다."

수식어 차이가 너무 심하지 않냐? 나는 잠깐 그렇게 생각하면서도 달갑게 에바의 선물을 열어보았다. 번쩍거리는 다이아몬드가 박힌 금빛 연회복과, 하얀 공단 셔츠가 여러 벌 들어있었다. 온갖 장신구도 한 아름이었다. 이대로 황궁에 가져가도 의상실 실장님에게 보이진 못하겠지만.

"그럼 이제 저쪽, 구두와 장화를 볼까요?"

"네, 좋습니다!"

크리스텔의 제안에 에바가 씩씩하게 답했다. 아이는 태어나서 한 번도 쇼핑이라는 걸 해본 적이 없다고 했다. 블랑케르 가문에서 돈을 써대는 건 주로 오빠인 소공작이었고, 에바에게 필요한 물건은 늘 공작 부부가 먼저 사준 탓이었다.

동부에서 꼬마 악녀로 소문난 데다 사교계 데뷔를 하지도 않아, 여태 무언가를 선물할 친구도 사귀지 못했다고 했다. 두 공녀가 신발 매장 쪽으로 멀어졌다. 나는 기다란 소파 옆자리의 황자에게 말했다.

"에바에게 황실 금고 얘기를 하지 않으신 거, 고맙습니다."

"…"

그가 슬쩍 미간을 찌푸리며 나를 바라보았다. 무슨 뜻인지 알면서 꼭 이러더라.

"원래 이런 선물은 못 받지 않습니까."

당연한 거였다. 지금까지 귀족들이 내게 보낸 물품과 편지는 모조리 황실 금고로 들어갔다. 황자가 그런 이야기를 대놓고 하지 않아, 오늘은 에바 앞에서 받는 시늉이라도 할 수 있었다. 아이의 기분을 배려해 준 건가 싶었다.

"…알아서 챙기도록."

"네?"

"금고에 공간이 부족해."

그가 그렇게 말하며 시선을 돌렸다. 나는 놀라서 황자를 한 번 봤다가 뒤에 선 다비드를 보았다. 중년인이 입술을 꾹 깨물며 고개를 저었다. 와, 진짜 금고가 꽉 찼나 보네. 황실이 부유한 게 좋긴 좋다.

"알겠습니다."

내가 대답했다. 금품에 큰 욕심은 없지만, 선물을 간직할 수 있다는 건 기꺼운 일이었다. 나는 기분이다 싶어 황자에게 다시 말을 걸었다.

"어제 다과회에서 그렇게 일어나신 건, 오늘 쇼핑을 준비하기 위해서였습니까?"

"…"

맞네, 맞아. 나는 씩 웃으며 황자의 얼굴을 살폈다. 겉으로는 티를 안 내고 오히려 싫어하는 듯하지만, 속으론 크리스텔과 제법 친밀진 게 분명했다. 그러니 쇼핑을 돕기 위해 무역소 전체를 대여하고 황실 마차까지 태워주지 않았겠는가. 로메로 궁에 따로 초대도 했다고 들었다. 로판 남주답게 착실히 진도를 빼는 그를 보고 있자니 뿌듯하기까지 했다. 그간 밀어준 보람이 있었다.

"감히 조언 하나 드리자면, 황자님은 프레젠테이션 능력이 부족합니다."

"뭐?"

"이렇게까지 잘하시는데… 그걸 말로 표현하는 부분이 조금 아쉽다고 할까요."

정은서가 이놈을 격일로 욕한 이유 중 하나일 터였다. 《이성과 감성과 신성》의 주연들이 답답하게 느껴지는 것도 이래서였고.

"…"

황자는 비판을 받아들이기 어려웠는지, 나를 끓여버릴 것처럼 쏘아보더니 자리에서 일어나 다른 곳으로 가버렸다. 다 생각해서 해 준 소린데. 너무 꼰대 같았나.

* * *

"오늘 정말 즐거웠습니다. 감사합니다, 전하. 예서 왕자님. 크리스텔 공녀."

건물 앞에 선 에바가 예의 바르게 인사했다. 무역소 직원들과 백작저에서 따라온 시종이 찻간에 바삐 짐을 싣고 있었다. 전부 오늘 구입한 물건들이었다. 황자가 턱을 한 번 까닥이자, 에바는 먼저 마차에 올랐다.

나는 엘리자베트 경의 이름으로 불꽃 저항이 있는 맞춤 제복을 주문하고, 백작저 온실에 설치할 수 있는 마석 살수기도 샀다. 전자는 황자와 대련하는 소백작이 옷을 자주 태워먹는 것 같아 생각해 냈는데, 그녀가 편할 때 와서 치수를 재면 곧장 제작에 들어간다고 했다. 후자는 온실 가꾸기를 좋아하는 미셸 무테 경을 위한 아이템이었다. 부녀 모두 마음에 들어 하면 좋겠는데.

"그럼 저희도 탈까요?"

크리스텔이 싹싹하게 말했다. 네 시간 이상 돌아다녔는데 조금도 지친 기색이 없었다. 내가 혀를 내두르며 마차 문을 열 때였다.

"할머니, 여기서 이러시면 안 된다니까요. 귀한 분들 계시는데!"

"밀지 말게. 나는 앞이 안 보이잖나."

얇은 노인의 목소리가 소란을 뚫고 귀에 박혔다. 나와 크리스텔, 황자가 동시에 서로를 돌아보았다. 가장 먼저 움직인 건 크리스텔이었다. 둥글게 우리를 호위하고 있던 황실 근위대가 그녀의 접근에 두어 걸음 비켜났다. 나는 후딱 뒤를 쫓았다.

"할머니, 어디 편찮으세요?"

크리스텔이 물었다. 눈앞에 나타난 노인은 아흔을 훌쩍 넘긴 듯했다. 작고 탁한 회색 눈동자가 초점 없이 허공을 바라보고 있었다. 낡고 긴 로브를 뒤집어쓴 탓에, 그녀가 정확히 어느 곳이 불편한지는 알기 어려웠다. 노인과 대치하던 무역소 직원이 우리를 보고 놀라 허리를 숙였다.

"송구합니다, 전하. 이자는 근처에서 자리를 깔고 점을 보는 노파인데…"

"그런데요?"

내 물음에 직원이 흠칫했다. 주인공이 수수께끼의 점쟁이나 예언가를 만나는 클리셰라면, 다른 매체에서도 본 적이 있었다.

"그것이, 하루 쉬라고 일당을 쳐줬는데도 말을 듣지 않았습니다. 용서해 주십시오."

"…"

요컨대, 황자 일행이 오기 전에 '보기 좋지 않은 것'을 거리에서 치우려고 했다는 의미였다. 나는 그의 설명에 이마를 찌푸렸다. 비틀거리는 할머니의 팔을 살짝 잡아 지탱하는데, 그녀가 불쑥 입을 열었다.

"이곳 분이 아니시군요."

"네?"

 순간 철렁했다. 그야, 당연했다. 내가 신국의 왕자라는 걸 안다면 누구나 그렇게 말할 수 있었다. 그럼에도 불구하고 그녀의 말은 아주 기묘하게 들렸다. 노인은 내 물음에 답하지 않은 채 천천히 목을 들었다. 그녀의 텅 빈 시선이 황자를 향하고 있었다.

 "그리고 고귀한 분께서는, 인연을 또 잃으시겠습니다. 딱해라…"

* * *

 '인연을 또 잃으시겠습니다. 딱해라.'

 …그건 무슨 뜻이었을까. 황자가 크리스텔과 결별하게 된다는 의미인가? 그럴 리가 없는데. 노인의 말투에는 연민이 스며있었다. 태도가 과장된 것도 아니었기에 더 신경이 쓰였다. 내가 이곳 사람이었다면 웬 사이비가 하는 말이려니 하고 무시했을 터였다.

 하지만 이건 누가 봐도 앞으로의 전개를 암시하는 듯한 장치였다. 사실 여부와 관계없이 뉘앙스가 그랬다. 세드리크 황자는 별 반응 없이 뒤를 돌아 자신의 마차에 올라탔다. 나는 마부에게 양해를 구하고 마차 문을 붙들었다…

 -끼잉

 "왜, 긴장돼? 괜찮아. 다른 주교님들은 너희 안 만져."

 나는 파뜩 상념에서 깨어나, 발치를 맴도는 데미를 안아 들었다. 최근 '비행기'에 재미를 붙인 데미는 내가 자신을 높이높이 올려주는 걸 무척 좋아했다. 비행기를 몇 번 태워주니 녀석이 만족스러운 듯 입을 방긋거렸다. 레서판다를 무릎에 내려놓고 레아와 페리가 뚝심이와 술래잡기하는 것을 보며, 나는 다시금 생각에 빠져들었다.

'괜찮으십니까? 너무 마음에 두실 필요는,'

'마음에 두는 것처럼 보이나?'

그날, 창밖을 보던 황자가 내게 눈길을 돌렸다. 주황색 눈동자엔 어떠한 동요도 비치지 않았다. 그는 정말로 아무렇지 않은 얼굴이었다.

'플뢰르 드 리스는 내 죽음을 예언했었지.'

'...'

'저 노파의 허언 따윈 아무것도 아니야.'

'플뢰르 드 리스'. 내가 중얼거렸다. 그들은 황제 직속 마법사 자문단으로서, '마수 대토벌'의 정확한 날짜와 '유월 열풍'의 시기를 예측한 집단이었다. 제국의 대소사를 예고하는 것은 플뢰르 드 리스의 고귀하고도 유일한 책무였다.

황제의 초청을 받은 자만이 합류할 수 있는 명예로운 직위였으며, 여기엔 예지의 특기를 지닌 고위 마법사가 소속되었다. 그런 것치고는 예언이 100프로 정확하지 않고, 번복이 이루어지기도 하는 모양이지만.

"...죽음을 예언했었다고."

나는 데미를 쓰다듬으며 입속말했다. 그게 언제였는지는 모르겠으나, 황자가 가끔 세이디로 변하는 것과 관련이 있을 수도 있겠다는 생각이 들었다. 헤인스 경은 그의 에테르 상태가 '근본적인 고갈'에 가깝다고 평했다.

"왕자님, 고민이 있니?"

나는 퍼뜩 고개를 들었다. 오렐리 부티에 추기경의 목소리였다. 바로 옆의 제1신관실에서 건너온 그녀가, 화려한 정복 차림으로 서 있었다. 그녀의 손짓에 시종들이 일제히 곁방으로 물러갔다.

드높은 주교관이 마법 조명의 빛을 받아 보석처럼 번쩍거렸다. 오늘의 연례 기도회를 한 달 이상 준비한 탓에 조금 야윈 얼굴이었다. 나는 곧장 자리에서 일어났다.

"별일은 아닙니다. 그냥…"

"그냥?"

추기경의 베이지색 눈동자가 나를 쫓아왔다. 오 선생님은 눈치가 어찌나 빠른지, 이렇게 바쁜 와중에도 귀신같이 내 심기를 알아차렸다. 나는 대충 둘러댈까 하다가 솔직하게 입을 열었다. 그녀를 속이고 싶지 않았고, 속여서 얻을 것도 없었다.

"저희 넷이 무역소에 갔을 때 말입니다."

"세드리크가 겨우 하루 전에 무역소를 빌려서, 황도를 발칵 뒤집어놨던 사건 말이구나."

발칵 뒤집히기까지 했어? 나는 쓰게 웃으며 말을 이었다.

"그날 어느 점쟁이를 만났습니다. 그자가 불길한 소리를 했는데 황자님은 전혀 개의치 않더군요. 그러면서 하는 말이, 플뢰르 드리스가 황자님의 죽음을 예언한 적도 있다고 했습니다."

"그랬니?"

그녀가 내 매무새를 가다듬어 주었다. 정복은 오랜만이라 적응이 쉽지 않았다. 연례 기도회에 나가지 오게 될 줄은 몰랐지만, 이제는 주인공들의 일에 휘말리지 않는 게 더 이상하게 느껴졌다. 그래도 오늘 이후로는 다른 신관 파트너를 찾게 되겠지, 둘 다.

"그 애가 아주 어릴 때였단다. 한 살쯤?"

대답은 예고 없이 흘러나왔다. 나는 조용히 그녀를 바라보았다.

"태어나자마자 에테르 고갈이 심각했으니까. 그런 예언이 나온 것도 당연했어. 물론, 우리가 상처받지 않은 건 아니었지."

역시 그랬구나. 무의식중에 시선이 내려갔다. 그러자 추기경이 부드럽게 웃으며 내 뺨을 잡아 주었다.

"상냥하게도. 그래서 네게 의지하려는 거야."

-똑똑

그때, 추기경의 시종 나탈리가 열린 문을 두드렸다. 내게도 살며시 묵례했다.

"전하, 나가실 시간입니다. 모든 준비가 끝났습니다."

　　　　　　　　　＊ ＊ ＊

-*끼이이!*

"그치, 엄청 크다."

-*끼잉, 끼이!*

"응. 황궁 신전하고는 비교가 안 되네. 거기가 아파트 놀이터면 여기는 롯데월드네."

품 안의 데미가 앞발을 흔들며 놀라움을 어필했다. 나는 꼬박꼬

박 답을 속삭여 주었다. 레아와 페리가 앞서거니 뒤서거니 했고, 뚝심이는 그새 어디 갔는지 보이지 않았다. 분명 녀석에게도 엄청난 구경거리일 터였다. 나는 목을 젖혀 높다란 천장을 바라보았다. 해와 달, 물과 불, 바람과 대지를 의인화한 벽화는 꼭 살아 움직이는 것 같았다. 감탄이 절로 나왔다.

"레아, 저기 봐. 네가 좋아하는 낮잠 쿠션도 준비해 주셨네."

-꾸릉

제국 중앙 신전은, 황도의 중심지이자 최대 번화가인 르고 지구에 위치했다. 〈파드트루아의 유령〉을 상연하는 오페라 극장이나 무역소와도 가까웠다. 수백 명의 신자를 수용하는 황궁 신전도 제법 크다고 생각했는데, 이제 보니 그곳은 최소 조건만 갖춘 시설이었다.

나는 어둑한 중앙 신전을 채운 2천여 명의 주교를 보며 숨을 삼켰다. 그마저도 멀찍이 거리를 두고 앉은 것이었다. 빽빽하게 자리하면 두 배는 족히 들어갈 듯했다. 나와 신수들이 나타나자 장내에 웅성거림이 일었다.

"페리, 이쪽으로 와. 거기는 촛불이 있어서 위험해."

-낑

단상을 밝힌 성화^{聖火}에 호기심을 보이던 페리가, 짧게 울고는 총총 돌아왔다. 리에스테르 사람도 아닌 내가 이곳에 초대받은 이유는 간단했다. 황궁에 머무는 신수가 궁금했던 주교들이, 두어 달 전부터 추기경에게 어마어마한 양의 서신을 보낸 탓이었다. 내용은 대충 세 줄 요약이 가능했다.

'제발 신수님도 데려와 주십시오. 저 환갑이에요. 데미 없으면 죽어.'

그래서 나는, 아이들의 보호자 자격으로 참석하게 됐다.

"저쪽에 앉으시면 됩니다."

"감사합니다."

단상 뒤편에 다다르니, 하얀 베일을 쓴 시종이 자리를 안내해 주었다. 의식이 진행되는 신전에서는 성직자가 아니면 모두 저렇게 포(袍)를 써야 했다. 나는 내게 꽂히는 시선들을 애써 무시하며 의자로 향했다.

"어서 오세요, 왕자님."

"…사르네즈 공녀?"

선객이 있었다. 그녀가 긴 베일로 낯을 가린 데다 신전 안이 어두워 먼저 알아보지 못했다. 나는 크리스텔과 한 칸 띄워 앉은 남자를 바라보았다. 역시 흰 망사를 쓰고 있어 표정을 읽기 어려웠다. 아직 정식으로 서임 받은 성기사가 아니기에 일반 신자처럼 얼굴을 가려야 하는 모양이었다. 신랑 신부 같고 보기 좋네.

"황자님."

내가 인사를 건넸다. 베일 너머 또렷한 시선이 느껴졌다. 비어있는 가운데 의자에 착석하자, 두 남녀가 동시에 긴 숨을 내뱉었다.

"제1,048회 리에스테르 주교회의 연례 기도회를 시작하겠습니다."

누군가의 목소리가 울렸다. 은은하게 장내를 밝힌 수천 개의 촛불이 엄숙하고 신비로운 분위기를 자아냈다. 단상 한가운데 서있던 부티에 추기경이 입을 열었다.

[위대한 대륙의 긍지 높은 주신께 기도드립니다.]

-파아아아…!

그녀의 성소가 펼쳐지자 실내는 백야처럼 밝아졌다. 눈이 튀어나올 것 같았다.

-끼잉! 끼으!

아니, 이건 성소가 아니었다.

"성지聖地… 성역聖域."

내가 넋을 놓고 중얼거렸다. 성소聖所는, 제대로 된 신관이라면 누구나 개방할 수 있는 에테르 서클의 '최소' 단위였다. 물론 주신교 교계제도에서 가장 아래인 부제급은, 아직 수양하는 단계이기에 성소를 열지 못하는 경우가 더 많았다.

그러나 사제가 되기 위해서는 반드시 성소를 전개할 수 있어야 했다. 주교급이 되면 성소의 크기는 더욱 커졌다. 주신의 축복으로 대주교급에 오른 신관은, 두 번째 에테르 서클을 개방하게 된다.

그것이 바로 차원이 다른 정교함의 '성지'였다. 성소의 최대 직경이 30미터인 데 반해, 성지의 최대 직경은 100미터에 달했다. 내 1차 목표도 성지를 깨우치는 것이었다.

"세상에."

그리고 세 번째 서클인 '성역'은, 오직 추기경급 신관만이 주신의 권능을 빌려 임재臨在할 수 있는 공간이었다. 성서에 기록된 최대 직경은 500미터.

"이것 보세요, 왕자님. 서클의 문양이 움직입니다."

크리스텔이 소곤거렸다. 바닥을 가리키는 그녀의 손끝이 금빛으로 물들었다. 나는 고개를 주억거리며 부티에 추기경의 황홀한 성역을 바라보았다. 끊어지지 않는 금색의 곡선들이, 난을 치는 붓끝처럼 사방으로 춤을 추며 뻗어나갔다.

어느 부분에서는 돌고래처럼 허공으로 튀어 올라 빛을 뿌렸다. 신기하다 못해 즐거워서 웃음이 나왔다. 성지나 성역은 아무 때나 공개하는 게 아니라고 배웠는데, 과연 그만한 이유가 있었다. 이 정도로 에테르 소모가 크다면 추기경의 종교적 반려인 황제도 황궁에서 흐름을 감지했을 게 분명했다.

"이렇게 아름다운데, 에테르 자체는 느낄 수 없어서 아쉬워요."

"그렇습니까?"

"성약은 단 한 사람과 영혼을 공유하는 계약이니까요. 치유 서클을 여시는 게 아니라면 저나 황자 전하는 감지하기 어렵습니다."

크리스텔이 설명했다. 에테르 흐름에 민감한 성기사의 감상은 또 다른 모양이었다.

*[…주신의 아낌없는 사랑과 충만하신 은총으로, 드디어 대*스*리에스테르 제국의 역사에 두 명의 성기사가 출현했습니다.]*

우리 앞에 선 추기경이 기도를 이어갔다. 나는 그제야 신자석의 눈치를 살폈다. 주교들이 모두 눈을 감은 채, 입술을 달싹이며 기도를 올리고 있었다.

"저희도 기도할까요?"

"저는 기도할 필요가 없을 것 같습니다. 접때 그 점쟁이 할머니가 말씀하셨거든요."

크리스텔이 장난기 어린 투로 속닥거렸다. 나는 반사적으로 몸을 기울였다.

"인상이 너무 좋대요. 기운이 참 맑다고. 세상의 중심에 가까운 분이라고."

"큭."

나는 급히 소매로 입을 막았다. 조금 전까지 그 어르신을 떠올리며 심각해져 있었는데, 크리스텔의 말을 들으니 갑자기 실소가 샜다. 정말 어디서 많이 들어본 멘트였다. 촘촘한 베일 아래의 그녀가 별처럼 미소했다. 헛된 근심 따위는 하지 말라는 듯이.

"그런데 그분도 참 재밌어요. 세상의 중심이면 중심이지, 중심에 가까운 건 또 뭐야."

나는 소리 없이 어깨를 들썩였다. 무릎 위의 데미가 크리스텔의 다리를 꾹꾹 눌렀다. 그녀가 나를 괴롭혔다고 생각한 듯싶었다.

"소리 낮춰."

황자가 지적했다. 나는 작게 헛기침을 하며 그를 돌아보았다가, 하마터면 또 터질 뻔했다.

"애들이 왜 다 황자님한테 가있습니까?"

"내가 묻고 싶군."

낮잠 쿠션은 본체만체한 레아가, 꼬리로 황자의 발목을 감고 있었다. 페리는 그의 의자 한편을 차지한 채 쿨쿨 자는 중이었다. 뚝심이가 너른 어깨 위에서 이따금 견장을 쪼아댔다.

"브레멘 음악대 같네."

크리스텔이 종알거렸다. 나는 입술을 꾹 깨물었다.

* * *

[첫 번째 질문입니다, 의장님!]

목소리가 컸다. 나는 깜짝 놀라 잠에서 깨어났, 쿵!

"윽. 죄송합니다."

졸다가 황자의 어깨에 옆머리를 들이받았다. 그 역시 내 주교관에 부딪힌 듯했지만 대놓고 불만을 표하진 않았다. 갑자기 내가 자세를 바로 하자, 이쪽으로 머리를 숙이고 있던 크리스텔도 '꽁' 하고 내 어깨에 이마를 박았다.

"악."

견갑골이 부서질 것처럼 아팠다. 박치기로 마수를 혼비백산하게 만든 주인공다웠다.

"쓰읍…"

크리스텔이 눈앞에 드리운 망사로 침을 닦으며 몸을 세웠다. 어느새 뚝심이가 그녀의 재킷 주머니에 몸을 구기고 들어가 있었다. 나는 품 안에 꼬깃꼬깃 뭉친 레서판다들을 쓰다듬으며 황자에게 물었다.

"기도는 다 끝난 겁니까?"

"강론과 신앙고백까지 끝났지."

그가 시니컬하게 대답했다. 혼자 듣느라 애썼다, 그래.

"그럼 지금 순서는…"

[전하!]

나는 눈을 깜빡였다. 어느 틈에 단상 앞에는 낯선 대주교가 나와 있었다. 보아하니 그가 리에스테르 주교회의 '의장'인 듯했다. 의장이 추기경을 크게 부르자, 중앙에 선 그녀가 조금도 흐트러지지 않은 자세로 답했다.

[오전에는 프레데리크 폐하와 국정에 관한 회의를 진행했어. 연례 기도회가 끝난 후엔 황도 대교구의 주교들과 만찬 회의를 가질 예정이야.]

뭐가 어떻게 돌아가는 건지 알 수 없었다. 모두가 자신의 성소를 틔운 채 신탁을 발하고 있었다. 갑자기 일정은 왜? 추기경 세워놓고 대정부 질문이라도 하는 건가?

[투르쿠앵 대주교!]

의장이 호명했다. 그러자 투르쿠앵이라는 사람이 벌떡 일어나 발언했다.

[고결하신 추기경 전하께서는, 세드리크 황자 전하와 크리스텔 드 사르네즈 공녀의 성기사 서임을 다음 달로 앞당겨야 한다는 20개 대교구의 공통된 의견에 관하여 어떻게 생각하십니까?]

굉장히 전투적으로 말씀하시네⋯ 잠깐, 다음 달? 오늘 30일이잖아.

* * *

[세드리크와 크리스텔이 시작점부터 평범한 성기사와 달랐던 건 사실이야. 타고난 힘과 주신의 축복이 맞물린 경우지.]

부티에 추기경이 답을 내놓았다. 한자리에 모인 제국의 주교들이 숨죽여 그녀의 말을 경청했다.

[교황청에서 파견된 요한 헤인스 경에 따르면, 두 사람은 당장 서임을 받아도 주교급을 상회할 거라고 해.]

역시 그것도 알고 계셨군. 추기경의 설명에 중앙 신전이 소란스러워졌다. 주교들은 몸을 숙여 귀엣말을 주고받고, 고개를 끄덕이거나 가로저으며 열띤 분위기를 조성했다. 나는 양옆에 앉은 황자와 크리스텔을 번갈아 보았다. 망사 아래 언뜻 비치는 표정은 똑같이 덤덤했다. 이럴 때는 또 닮았단 말이지.

[전하, 수많은 리에스테르 백성 또한 두 분의 경이로움을 알고 있습니다. '마수 대토벌'을 관전한 이들과, 황자 전하의 결투를 지켜본 귀족들이 입을 모아 찬탄했으니까요. 이렇듯 성스러운 능력은 결코 '견습'이라는 꼬리표에 가려져선 안 됩니다!]

자리에서 일어나 있던 투르쿠앵 대주교가 침을 튀기며 비장하게 말했다. 무슨 영국 의회 같았다.

[옳습니다!]

[재청합니다!]

신자석 곳곳에서 주교들의 외침이 쏟아졌다. 헤인스 경에 따르면 성기사 서임까지는 최소 1년이 예상된다고 했다. 그것도 두 주인공이 워낙 탁월하기에 짧게 잡은 거고, 보통은 사제급 성기사 한 명이 나오는 데 5년에서 10년은 걸린다고 들었다. 종자 시절의 수련까지 포함하기 때문이었다.

[페네티안 신국의 엘리서 왕세녀는 겨우 여섯 살에 사제급 성기사가 됐습니다. 놀라운 소질을 인정받았기 때문입니다. 예서 왕자

님이 계시는데 외람된 말씀이지만, 그분이 과연 서임을 위해 1년 이상의 혹독한 수련을 거쳤을까요? 저는 그렇게 보지 않습니다!]

어느 대주교가 불쑥 일어나 발언하자, 주교들이 재차 웅성거렸다. 2천여 쌍의 시선이 한꺼번에 내게 쏟아졌다. 나는 괜히 졸아붙지 않으려고 레서판다들을 끌어안았다. 황자와 크리스텔이 불편한 기색을 드러냈다.

그러니까, 옆 나라 왕세녀도 재능발로 여섯 살에 서임을 받았는데 우리 황자님과 공녀님은 왜 안 되냐는 소리였다. 선례가 있으니 억지라고 하기도 뭐하고, 제국의 자존심이 걸린 문제라고 생각하면 저런 반응도 이해가 갔다. 최초의 케이스니까 더 민감하게 나올 수밖에.

"가만히 있는 사람은 왜 물고 늘어져?"

크리스텔이 꿍얼거렸다. 나는 작게 웃으며 괜찮다고 대답했다.

[20개 대교구의 청원은 나도 꼼꼼히 읽어봤어. 논거가 타당하던걸.]

추기경이 답했다. 회의가 이렇게 흘러갈 것을 예상한 듯, 평소처럼 차분한 목소리였다.

[혹시 반대 의견이 있니?]

장내가 쥐 죽은 듯 조용해졌다. 주교들은 열렬히 그녀를 올려다보고 있었다. 반대자의 존재를 상상하기 어려운 분위기였다. 추기경이 다시 입을 열었다.

[그럼 둘을 교황청으로 보내는 것에 대해서는?]

[주신이시여!]

잠잠하던 실내가 폭발하듯 시끄러워졌다. 성기사 서임은 교황의 성무聖務 중 하나이기에, 정식으로 성기사가 되는 자는 반드시 교황청에 가서 작위를 받아야 했다.

그러나 이레너 교황의 선종 이후 성위盛位는 줄곧 공석이었고, 뒤에 태어난 성기사들은 모두 다른 추기경들의 승인을 받아 서임되었다. 음, 역사서 읽은 보람이 있네.

[그것 또한 아니 될 말씀입니다. 엘리서 왕세녀는, 신국의 왕성에서 추기경들의 축복 속에 편히 서임 받았습니다. 고귀하신 황자 전하와 사르네즈 공녀께서 수고로이 먼 길을 나설 이유가 없습니다!]

[말씀 한번 잘하십니다!]

이번에는 상대적으로 젊은 주교 하나가 의견을 개진했다. 몇몇 주교가 고개를 끄덕이며 박수했다. 이쯤 되면 연례 기도회가 아니라 무슨 정기 총회 같은데.

[그렇구나. 여기에 대한 이견은?]

[…]

물 끼얹은 듯한 침묵이 되돌아왔다. 추기경이 무슨 말만 하면 요란해졌다가 조용해지기를 반복하는 게 은근 재미있었다. 내가 웃으며 눈길을 돌리는데, 신자석 앞쪽에서 작게 손짓하는 인형이 보였다.

"…에바?"

나는 눈을 동그랗게 떴다. 커다란 주교관을 눌러쓴 채, 묵직한 정복에 파묻힌 소녀가 이쪽을 향해 방긋거리고 있었다. 그러고 보니 에바도 갓 서품받은 주교였다. 대부분 주교가 40대 이상으로 보이는데, 이제 겨우 열여섯인 아이가 틈바구니에 앉아있는 게 안쓰럽고 기특했다. 나는 크리스텔과 함께 마주 손을 흔들었다. 부모님에게 쓴 편지도 제대로 발송됐다고 했지. 잘 풀렸으면 좋겠다.

[카스텍스 대주교!]

의장이 큰 소리로 호명했다. 어느새 두 번째 질문으로 넘어간 모양이었다.

"아까 그건 잘 해결됐나 보네요."

내가 황자에게 속삭였다. 중저음의 답이 돌아왔다.

"교황청에 추기경 파견을 요청한다는군."

역시 그렇게 됐구나. 나는 머리를 주억거렸다. 오늘날의 성기사는 세 명의 추기경이 심사하고 그중 둘 이상이 동의하면 서임을 받게 된다고 했다. 제국의 추기경은 지금껏 부티에 추기경 하나뿐이었는데, 셋이나 오게 된다니 신기했다. 과연 주인공들의 서사엔 거칠 것이 없는 듯했다.

[황자 전하와 사르네즈 공녀에게 아직 고정된 신관 짝이 없다는 일각의 지적에 관하여, 추기경 전하께서는 어떤 입장을 갖고 계십니까?]

드디어 제일 중요한 질문 나왔네. 그때쯤 시종 몇이 우리에게 음료와 간식을 가져다주었다. 회의가 길어지는 것을 의식한 모양이었다.

"뭐 있어요? 잘 안 보입니다."

"음료는 두 분 커피하고 제 루이보스입니다. 간식은…"

말로 설명하기가 좀 그래서, 양해를 구하고 크리스텔의 베일을 올려 쿠생 드 리옹과 크루스타드를 보여주었다. 크리스텔은 배가 고팠는지 따끈하게 구워낸 기러기 고기 크루스타드를 집었다. 이어 황자의 망사를 걷고 먹을 걸 고르게 하는데…

[예서 왕자님께서는 페네티안 사람이시지 않습니까. 보조는 가능해도 영구적인 짝으로 활동하시는 것은 어렵다고 봅니다.]

"지랄."

어느 주교가 주장했다. 크리스텔이 빵을 한 입 크게 물며 쏘아붙였다. 나는 쓰게 웃다가 황자와 시선을 마주했다. 주황색 눈동자가 태양의 흑점처럼 어두워져 있었다. 이놈 이거 위험한 눈빛인데.

"사탕 드십시오, 사탕."

내가 달래듯 말했다. 안 그래도 그럴 생각이었다는 듯, 황자는 쿠생 드 리옹을 두세 개 집더니 곧장 입에 털어 넣었다. 으드득으드득 깨무는 소리가 살벌했다. 나는 망사를 내려주며 덧붙였다.

"그러다 옥수수 나갑니다. 조심하세요."

로판 남주가 임플란트를 하면 좀 슬플 것 같았다.

[성기사와 신관의 관계는 아주 특별하답니다. 굳이 성약을 맺지 않아도 말입니다. 예서 왕자님께서 그간 두 분과 각별한 우정을 쌓으셨다는 사연이야 제국에 모르는 이가 없습니다만, 그렇다고 에테르를 왕자님께 의존하는 건 국가 안보의 문제로 이어질 수 있는…]

"지가 하고 싶다는 얘기를 정성스럽게도 포장하네."

크리스텔의 일침에 실소가 흘러나왔다. 나는 아이스 아메리카노를 들이켜는 그녀에게 속닥였다.

"그래도 지게 맞는 말이기는 합니다. 볼모를 짝으로 두시면 정치적으로 곤란한 일이 생길 겁니다."

 물론 이곳에 모인 주교들이 모두 애국심에 저런 이야기를 하는 건 아니었다. 다수는 황자나 크리스텔과 얽혀서 한몫 잡아보겠다는 심산일 터였다. 리에스테르 주교회의는, 일차적으론 거대한 권력 집단이니까.

 "그럼 왕자님은 어떠십니까?"

 "네?"

 "그런 외적인 문제 말고, 딱 왕자님의 마음만 떼놓고 보면요. 저희랑 지내는 게 불편하십니까?"

 크리스텔이 나를 똑바로 보며 물었다.

 "…"

 그 순간만큼은 신전이 조금도 어둡지 않게 느껴졌다. 북적하던 장내가 순식간에 귓가에서 멀어졌다. 청회색 눈동자가 홀로 선명한 빛을 내고 있었다. 숨이 턱 막히는 느낌에 나는 반대편으로 고개를 돌렸다. 고요히 타오르는 시선이 내 멱살을 잡아챘다.

 "흠."

 나는 목을 가다듬었다. 대답을 해야 하는 분위기인데, 이들에게 거짓말을 하고 싶지는 않았다. 말을 돌리는 재주도 없었다. 퇴계공을 읽던 정은서는 '인간아, 표현을 해! 입 다물고 있으면 누가 알아줘!' 하며 폰 액정을 찰싹찰싹 때리곤 했다.

 그건 원작의 황자와 예서 왕자 모두에게 적용되는 비판이었다. 뱅자맹이 쓴 《이성과 감성과 신성》의 인물들 역시, 늘 애매하게 진심을 전하는 바람에 오히려 상황을 배배 꼬았다. 그런 전개를 내 입으로 만들기는 싫었다.

"…저는 두 분이 좋은 사람이라고 생각합니다. 짝꿍으로서도 괜찮다고 보고요. 하지만 솔직히, 제게 위해가 올까 무섭습니다. 겁이 많다고 여기실 수도 있겠지만 저는 원래 이런 성격이라 어쩔 수가 없습니다. 실제로 암살 시도를 당한 적도 있으니까요."

"…"

"…"

지금으로서는 이것이, 시한부 서브 남주가 내놓을 수 있는 최선의 답이었다. 돌아오는 반응이 없어 조금 민망했다. 이 정도면 정중한 거절 같은데. 나는 손바닥 위로 쫑쫑 올라온 뚝심이의 가슴을 쓸어주었다.

[이건 내가 말할 수 있는 부분이 아닌 것 같아. 당사자들의 의견이 가장 중요하지 않을까?]

추기경의 나긋한 음성이 단상을 울렸다. 이어 크리스텔이 자리에서 벌떡 일어났다. 황자를 보며 입을 떼는 목소리가 의외로 밝았다.

"제가 다녀오겠습니다."

그러자 황자 놈이 턱을 까닥였다. 뭔지 알고 바로 오케이 하는 거냐?

-또각, 또각, 또각

힘찬 발소리가 났다. 추기경의 뒤로 다가간 크리스텔이, 공손하게 절하고는 그녀의 귓가에 뭐라고 소곤거렸다. 그러자 추기경은 미소와 함께 옆으로 한 걸음 비켜주었다. 우리의 주인공이 기다렸다는 듯 보랏빛 튤립으로 장식한 제단을 꽉 붙들었다. 그리고는,

시야에 거슬리는 베일을 단박에 벗어 던졌다.

[맙소사!]

[세상에!]

주교 중 일부가 몸을 일으키며 경악했다. 나도 흠칫했다. 기선 제압 좋네.

"안녕하세요. 주교님들의 진심 어린 조언과 걱정은 참 감사합니다만, 추기경 전하께서 말씀하신 대로 짝꿍 문제는 저희가 결정할 일입니다. 실은 이미 정했고요. 그러니 무의미한 논쟁을 벌이실 필요는 없습니다."

아니… 이게 무슨 소리냐. 내가 눈을 깜빡였다. 낭랑한 음성은 마이크 없이도 쭉쭉 뻗어나갔다. 주교들이 놀란 얼굴로 서로를 보며 수군거렸다. 크리스텔은 직진을 멈추지 않았다.

"황자 전하와 저는 여기 계신 주교님들이 아닌 그분과 짝이 될 겁니다."

[잠깐만요, 공녀. 그건 상대방이 한 명이라는… 뜻입니까?]

그때까지 묵묵히 상황을 관전하던 의장이 크리스텔을 보며 물었다. 설마 하는 표정이었다. 나 역시 같은 마음이었다. 설마, 완곡한 거절 파트는 흘려듣고 앞에 나온 좋은 말만 기억한 거야?

"네."

"콜록, 콜록!"

식겁해서 기침이 나왔다. 나는 재깍 소매에 입술을 묻었다. 야, 은서야! 네가 시킨 대로 했는데 결과는 똑같이 답답한 전개다. 이게 무슨 일이냐!

[하지만 그런 일은 제국의 역사에…!]

"제국의 역사엔 이 모든 게 처음 아닌가요? 성기사가 나타난 것, 서임을 받는 것, 짝을 고르는 것까지 전부 다요. 그래서 오늘 결정하시지 않았습니까. 서임은 당장 다음 달로 앞당기기로 했고 교황청에 저희를 보내는 일도 반대하셨죠. 신국에서 남긴 선례가 있다면, 그대로 맞불을 놓기로 하신 줄 알았는데요."

[…]

말발이 너무 좋았다. 계속 듣고 있다가는 나까지 넘어갈 것 같았다.

"세 사람이 짝꿍이 된 경우라면 있습니다. 로메로 선황 폐하의 연인이었던 율리터가, 두 명의 성기사와 짝이었던 것으로 추정된다는 기록이 남아있더군요."

[오, 주신이시여!]

나와 레서판다들의 입이 쩍 벌어졌다. 그런 건 언제 조사했어? 나만 몰랐나? 급히 황자를 돌아보았으나 그는 약간의 동요도 없었다. 나만 몰랐잖아!

"신국에 경쟁의식이 있는 건 아니지만, 주교님들께서 앞다퉈 그쪽 이야기를 하시니 저도 예를 들 수밖에 없었네요. 반박은 안 받겠습니다."

주교들은 미친 듯이 술렁이면서도 그녀에게 맞서지 않았다. 다른 누구도 아닌 율리터, '쥘리에트'의 사례가 나온 게 찜찜할 법도 한데 반박을 안 받는다니까 진짜로 반박을 못 했다. 와중에 그게 너무 웃겨서 헛숨이 터졌다.

"감사합니다. 그럼 들어가세요."

그녀는 몹시 한국적인 멘트로 입장 표명을 마무리한 뒤, 추기경에게 예의 바르게 인사하고 자리로 복귀했다. 아까 내팽개친 베일을 주워서 다시 쓰는 것도 잊지 않았다. 쇼맨십과 일상의 구분이 철저한 편이었다.

"정치적인 부분은 전하께서 해결해 주십시오."

황자의 앞에 선 크리스텔이, 그렇게 말하며 주먹을 내밀었다. 황자는 그녀의 손을 한참 바라보더니 주먹을 들어 맞댔다.

"뭐야?"

내 의식이 입으로 흘러나왔다. 방금 뭐한 거야? 둘이 뭔데?

"신경 쓸 것 없어. 그대는 지금 이 시각부터-"

황자가 어둠 속 불티 같은 눈으로 나를 돌아보았다. 신경 쓰지 말라는 말이 묘하게 들렸다. 방금 나 견제한 건가?

"귀화를 고려하도록."

…미안하다, 딴생각했어. 뭐라고?

3. 왕족의 반격

누가 뭐래도 주인공이라 이거지. 결정은 자기들끼리 하고, 나는 사후에 통보받는 조연인 거다. 이튿날이 되어서도 어수선한 마음이 가라앉지 않았다. 새벽까지 잠도 설쳤다.

"왕자님, 괜찮으십니까?"

"네? 네. 괜찮습니다."

엘리자베트 경의 목소리에 문득 고개를 들었다. 테이블 맞은편에 앉은 그녀가 걱정스러운 얼굴로 나를 보고 있었다. 정확히는 내가 쥔 깃펜 끝에서 시커멓게 물든 수첩을 보고 놀란 듯했다. 나는 대충 웃으며 페이지를 넘겼다.

어느 순간부터 황궁 야외 연무장에 마련된 피크닉 구역은, 이렇듯 나와 손님들을 위해 쓰이고 있었다. 헤인스 경의 수업이 끝났는데도 연무장이 소란스러웠다.

-쿠르르르…!

"데미야, 잠깐! 너 지금 누나 주리 트는 거야? 악!"

-끼이잉!

우리의 주인공인 크리스텔과 세드리크 황자가, 두 시간째 레서판다들의 '놀이 시터' 역할을 수행 중이기 때문이었다. 땅속에서 자라난 전봇대 굵기의 덩굴이 두 남녀를 칭칭 감고 있었다. 크리스텔은 물 속성이라 대지 속성에 약했고, 황자는 레아와 페리의 애정 공세에 속수무책이었다. 그래, 너희는 반성 좀 해야 돼.

"많이 화나셨습니까?"

"화난 건 아닙니다. 그냥…"

소백작의 질문에 나는 말끝을 흐렸다. 둘 때문에 난감한 상황에 처했느냐고 묻는다면 사실 그렇지는 않았다. 교묘하고 영리한 크리스텔은, 어제의 연례 기도회에서 내 이름을 한 번도 언급하지 않았으니까.

'황자 전하와 저는 여기 계신 주교님들이 아닌 그분과 짝이 될 겁니다.'

그랬다. '그분'이라고만 했지 나를 특정한 적이 없었다. 그녀는 자신과 황자에게 내정된 신관 파트너가 있음을 알리며, 앞으로는 같은 주제로 간섭받지 않겠다고 선언했다. 덕분에 주교들은 혼란에 빠진 가운데서도 나를 두고 더 왈가왈부하지 못했다. 눈 가리고 아웅도 이쯤 되면 너무한 것 아닌가 싶었다. 그런데 오늘 오전에 만난 부티에 추기경의 말은 달랐다.

'맞불이 제법 효과적이던걸. 어제 만찬 회의에 참석한 주교들도 갈피를 잡지 못했어.'

'…갈피를 못 잡는다고요?'

'응, 크리스텔이 짝의 이름이나 직위를 이야기하지 않았잖니. 당연히 왕자님일 거란 말도 있지만, 무명의 사제일 거라는 의견도 많아.'

내 입이 저절로 벌어졌다. 의견이 그렇게 갈릴 줄은 몰랐다. 당연히 나인 걸 알면서도 쉬쉬하는 분위기를 상상했는데.

'성기사는 본능적으로 신관을 지키려 드니, 익명성을 이용해 낮은 직위의 짝을 보호한다고 추측하는 거지. 재미있었어.'

보호, 그래. 둘은 나를 보호한답시고 그런 사달을 낸 거였다. 내가 타인의 입에 오르내리는 것을 막고 뒤로는 법적인 절차까지 밟을 심산이었다. 스스로에게 열받는 부분은, 이런 와중에도 두 사람의 심리를 이해할 수 있다는 점이었다.

말이 아예 안 통하면 모르겠는데 묘하게 행동 원리가 파악되니 다그치기 어려웠다. 나는 황자의 시종인 다비드가 전해준 지도를 뚫어져라 쏘아보았다. 제국의 광활한 영토 중 일부가 붉게 강조된 버전이었다.

"황자님이 귀화를 고려해 보라고 하시더군요. 여기서 한 군데 고르랍니다."

"큽, 세상에."

내 말에, 키위주스를 마시던 엘리자베트 경이 냅킨으로 입을 가렸다. 지도를 훑는 그녀의 얼굴에 경악과 납득의 빛이 떠올랐다. 거봐, 이렇다니까.

"확실히… 왕자님을 가장 완벽하게 지킬 방법이긴 합니다."

"그렇죠."

"왕자님께서 페네티안 신국의 국적을 포기하고 리에스테르 귀족이 되신다면, 두 분 전하뿐 아니라 폐하께서도 적극적으로 감싸주실 겁니다."

엘리자베트 경이 말했다. 나는 고개를 끄덕였다. 오직 생존만을 생각한다면 나쁘지 않은 선택지였다. 아니, 어쩌면 이보다 더 좋을 수가 없었다. 국경에서 먼 시골 영지 하나 받아서 지내면 전쟁 때도 한갓지고 평화롭겠지. 하지만 나는 고려해야 할 게 많았다. 시원한 카밀러 차를 한 모금 마신 뒤, 수첩의 앞 장으로 돌아갔다.

-피한다 vs 엮인다
· 엮이면 좋은 점: 정보를 얻기 편할 것임
· 피하면 좋은 점: 전쟁 때까지는 살 수 있음

여름별궁에 피서를 갔을 때 메모한 내용이었다. 그중에서도 두 번째 줄이 중요했다. 나는 분명, 두 남녀를 피해 다니며 원작의 큰 줄기에 끼어들지 않으면 예정대로 전쟁이 발발할 것이라 여겼다.

그런데 상황이 이렇게 되고 보니 별별 생각이 다 들었다. 혹시 나 때문에 전쟁이 벌어지는 건 아닌가? 이제 와 발 빼긴 늦었고, 내가 귀화해서 싸움이 나는 거라면?

"…에반데."

"네? 에바 공녀 말씀이십니까?"

"아뇨, 아닙니다."

내가 손을 내저으며 미소했다. 마주 웃어준 엘리자베트 경이 크리스텔과 황자의 몸부림 감상을 재개했다. 신난 데미의 울음과 다 죽어가는 사람 소리가 들렸다.

-끼잉

"누나 너무 힘들어, 데미야⋯ 5분만 쉬었다 놀자."

-낑, 끼이이!

"예이, 물뿌리개 대령이요!"

-쏴아아아⋯!

나 때문에 전쟁이 터진다니. 이건 엄청난 자의식 과잉인 데다 그간 정은서에게 들은 내용과도 상충했다. 내가 알기로 황자와 예서 왕자는 전형적인 연적 관계였다.

'잘생긴 애들끼리 잘 지내면 좋은데, 싸워도 보기 흐뭇한 건 똑같아. 그니까 난 불만 없어.'

동생의 목소리가 머릿속을 울렸다. 싸워도 보기 좋다는 게 무슨 뜻인지 모르겠지만, 아마 내가 크리스텔과 황자를 보며 뿌듯해하는 것과 비슷하지 싶었다. 아무튼 퇴계공의 두 남자는 서로 귀화를 권유하거나 고려할 만큼 가깝지 않았다. 그러니 원작의 전쟁 원인 역시 이쪽은 아닐 터였다. 뭔가 정치적인 이슈가 있었겠지.

-귀화

· 전쟁의 원인인가?: 아닐 듯, 적어도 원작은 안 그랬음

· 그럼 귀화해도 괜찮은가?

이건⋯ 나는 깃펜으로 종이 위를 툭툭 두드렸다. 예서 왕자의 가

족은, 빈말로라도 화목하다고 할 수 없었다. 미친 국서가 양아들을 죽이기 위해 다른 나라에까지 암살자를 보내는 집안이었다. 동생에게 경호원을 붙이고, 몰래 편지까지 보낸 엘리서 왕세녀는 괜찮은 사람인 듯했다.

그러나 국서가 존재하는 한 내게는 신국 전체가 위험지대였다. 황궁에 있는 지금의 나도 안전하지만, 귀화를 하면 분명 차원이 다른 든든함을 누릴 수 있을 터였다. 훗날 내가 집으로 돌아가더라도 왕자는 이곳에서 평온하겠지.

"음."

그래도 국적을 바꾸는 건 너무 큰 변화 같은데. 왕자가 누나를 다시는 못 보게 될까 봐 마음에 걸렸다. 어린 왕녀와도… 사이가 좋았으려나. 어렵다. 빙의한 뒤로 크고 작은 어려움이 있었지만, 이건 정말 어려웠다.

"데미, 레아, 페리."

내가 아이들을 불렀다. 두 남녀를 인형처럼 갖고 놀던 레서판다들이, 넝쿨을 풀지 않은 채 내 쪽으로 폴짝폴짝 뛰어왔다. 허옇게 질린 크리스텔과 머리가 흐트러진 황자 역시 테이블로 질질 끌려왔다.

"간만에 노니까 재밌어? 좋아?"

-꾸르르르!

나는 물수건으로 녀석들의 발을 닦아주었다. 신수들은 아주 똑똑해서, 내 몸이 자신들의 힘을 감당하지 못한다는 걸 알았다. 그래서 나에게는 꽃을 피워주거나 얇은 줄기로 대롱대롱 매달리는 정도의 애교밖에 부리지 않았다. 오늘처럼 마음껏 힘을 개방하며 뒹구는 건 오랜만일 터였다. 나는 숨을 몰아쉬는 크리스텔을 바라보았다. 그녀가 흠칫했다.

"왕자님, 잘못했습니다. 용서해 주세요."

아주 자동이다, 자동.

"뭘 잘못했는지는 아십니까?"

"왕자님께서 저희가 마음에 든다고, 짝꿍으로서도 합격이라고 하셔서 너무 기분이 좋았던 나머지 왕자님과의 사전 협의를 거치지 않고 짝이 있다는 발표를 해버렸습니다. 게다가 예전에도 이런 적이 있었어요. '르 시프르' 여관에 불을 질렀을 때요. 황자 전하와 제가 둘이서만 작전을 짜는 바람에, 나중에야 사정을 알게 된 왕자님이 속상해하셨습니다. 또다시 존중받지 못하는 기분을 느끼게 해드려 죄송합니다."

와…

일목요연한 사과에 나는 순간 아연했다. 내가 심란한 이유가 뭔지 나도 잘 몰랐는데, 그녀가 제대로 짚어주니 마음속이 일급수처럼 훤히 비쳤다. 이럴 때는 대화가 또 막히는 곳 없이 뻥뻥 뚫렸다. 나는 마른세수하며 헛웃음을 억눌렀다.

"그렇게 잘 아는 분이 그런 행동을 하셨습니까?"

조금 약이 오르기도 했다.

"다시는 안 그러겠습니다. 진짜예요."

크리스텔이 다급히 말했다. 이어 황자를 감싼 레아의 덩굴을 가볍게 찼다. 너도 빨리 사과하라는 몸짓 언어였다. 그러자 황자 놈이 미간을 찌푸렸다.

"…에테르가 부족해."

"아!"

크리스텔이 하늘을 보며 분노했다. 나는 입술을 꾹 깨물었다. 이번엔 진짜 웃겨서 터질 것 같았다. 그래서 빠르게 몸을 숙여 레서판다들을 한 번씩 안아주었다. 뚝심이가 어디선가 물어온 나뭇가지를 고맙게 받는 것도 잊지 않았다. 당연히 에테르가 모자라겠지. 두 시간 동안 신수 세 마리의 에너지를 상대했으니.

"오늘은 에테르 없습니다. 짝꿍도 임시입니다."

"네? 하지만,"

"하겠다고 확언을 드린 적은 없으니까요. 저를 존중한다면 제 의견에 따라주시겠죠."

단호하게 말하자 크리스텔이 입을 다물었다. 황자의 주황색 눈도 불만스레 가늘어졌다.

"귀화 문제도 더 생각해 보고 말씀드리겠습니다. 당장 결정할 일은 아닙니다."

"어째서,"

-툭!

말대꾸하는 황자의 넝쿨을 크리스텔이 재차 걷어찼다. 나는 혀를 깨물어 소리를 참았다. 그새 테이블에 엎드려 우는 엘리자베트 경이 보였다.

"데미, 친구들이랑 가서 또 놀아. 그럼 수고하십시오."

"아니, 뽀로로도 아니고…"

크리스텔이 멍하니 중얼거렸다. '끼아!' 내 말이 떨어지기 무섭게 레서판다들이 연무장 복판으로 달려 나갔다. 넝쿨이 움직이자 두 사람의 몸도 홱! 하고 눈앞에서 사라졌다.

…여기서도 결혼할 때 공증이 필요하겠지. 혼인신고서 한 장 작성해서 내용은 가리고, 두 사람 서명만 받아 날치기로 결혼시킬까. 이루어지지 않을 복수를 떠올리며 나는 작게 웃었다.

"흠, 흠. 집들이 선물 정말 감사합니다, 왕자님."

그때, 겨우 웃음을 수습한 엘리자베트 경이 화제를 돌렸다.

"마음에 들었다니 다행입니다."

"지금 입고 있는 게 왕자님께서 맞춰주신 제복입니다. 어제 받아서 오늘 개시한 겁니다."

저택 주방에서 실험해 보니 정말로 불이 붙지 않았다며, 그녀가 두 팔을 쭉 뻗어 보여주었다. 무역소에서 불꽃 저항이 있는 특수 제복을 주문한 게 벌써 아흐레 전이었다. 두 벌이라 번갈아 입기도 좋다고 기뻐하는 모습에 나까지 기분이 들떴다. 소백작이 유쾌하게 말을 이었다.

"아버지께서 마석 살수기가 돌아가는 걸 보고 깜짝 놀라셨습니다. 나이가 드시다 보니 요즘 나오는 물건은 잘 모르시거든요. 저도 그게 프랑수아 아저씨 작품인 걸 알고 기절초풍했습니다."

"누구요?"

"왕자님께시도 모르셨습니까?"

회색 눈동자를 몇 번 깜빡인 엘리자베트 경이, 이내 입꼬리를 올렸다.

"뒤엠 후작 말입니다. 순간 이동이 특기이다 보니 포털 연구와 개발에 관심이 많습니다. 최근엔 이런 생활용품도 발명한다고 합니다. 돈 나오는 구석은 놓치는 법이 없죠."

그녀가 설명을 계속했다. 후작이 개발한 마석 살수기 또한 작은 포털과 같다고 했다. 두 개의 부품 중 하나를 수조에 넣고 다른 하나를 온실에 설치하면, 부품에 새겨진 마법식이 작동할 때마다 수조의 물이 옮겨져 온실에 뿌려지는 원리였다. 무역소에서 간단한 사용법을 듣긴 했는데 그게 후작의 작품일 줄은 몰랐다. 천재인가?

"후작은 정말… 활동 범위가 넓군요."

"말도 마십시오. 동에 번쩍 서에 번쩍입니다. 며칠 전에 황도에서 만났는데, 지금은 무슨 수정판水晶板을 만들고 있답니다."

"수정판이요?"

"네. 마석을 깎아 만든 구슬과 한 쌍이라고… 여하튼 사람의 얼굴을 커다란 수정판에 띄우겠다고 합니다. 그걸 어디에 쓸 수 있을지는 모르겠습니다."

나는 눈을 크게 떴다. 마른침이 꿀꺽 내려갔다. 정은서가 말한, 그… 키스타임. 키스캠. 그게 설마 이건가?

* * *

그날 밤, 내 침실에는 불청객이 들이닥쳤다. 나는 '작전 내용'이 적힌 수첩을 황급히 잠옷 안에 숨겼다.

"언제까지 토라져 있을 거지?"

"…"

그리고 발코니에서부터 거침없이 방 안으로 입장하는 아이를 빤히 노려보았다. 이런 모습으로 온다고 내가 넘어가 줄 것 같냐?

"…에테르가 부족해."

꼬맹이, 세이디가 나를 똑바로 올려다보며 말했다. 낮에 했던 소리와 똑같았다. 이마가 온통 땀에 젖어있었다. 하얀 뺨과 목덜미에 핏기라고는 전혀 없었다. 내가 아무런 답을 내놓지 않자, 꼬마는 분한 듯 고개를 떨어뜨렸다. 작은 몸이 비틀거렸다.

"너,"

나는 후다닥 주저앉아 녀석을 붙들었다. 아오, 진짜. 이…

"불여우."

내가 꿍얼거렸다. 하는 짓이 여우인데, 불을 쓰니까 불여우였다. 나는 아이의 팔을 잡고 천천히 에테르를 풀어내기 시작했다. 한숨이 푹푹 나왔지만 녀석의 호흡이 불안정해서 어쩔 수가 없었다. 피식 웃는 것처럼 들릴 정도였으니까.

* * *

잠든 신수들의 숨소리가 고르게 퍼져나갔다. 에테르 역시 부드러이 소년의 몸속을 돌기 시작했다.

"백작저가 생각했던 것보다 훨씬 커서 놀랐어. 급하게 환궁한 게 조금 아쉽더라. 미셸 경에게 제대로 인사를 못 드린 것 같아."

예서 왕자가 재잘거렸다. '세이디'는 테이블 맞은편의 그가 무슨 소리를 하든 내버려 두었다. 듣기에 거슬리는 음색은 아닌 데다 지금은 자신이 아쉬운 입장이었다. 온종일 순수 에테르가 부족했던 건 사실이었다. 황자는 단지 원활한 수급을 위해 어린 모습을 취했을 뿐이었다.

"그래도 집들이 선물은 마음에 들어 하셨대. 다행이지."

그리고 효과는 예상보다 좋았다. 왕족 신관은 자신의 금빛 성소를 내려다보며 은은하게 웃고 있었다. 아이에겐 언성을 높이거나 화내지 못한다니. 심지어 지금의 왕자는 자신의 정체를 알고 있었다. 우습지도 않은 '모른 척'은 언제까지 할 건지 궁금했다.

집들이 선물이라는 발상 역시 기가 찼다. 공을 치하하고 싶다면 하사품을 내리면 될 일이었다. 어째서 왕족이라는 자가 거리의 필부 같은 생각을 하는 거지?

"미셸 경 덕분에 에바가 편하게 지내고 있어. 헤인스 경도 깨끗하게 나왔고."

그의 말에 세이디가 미간을 찌푸리며 경고했다.

"요한 헤인스 경과는 거리를 둬."

그러자 왕자는 놀란 표정으로 축복받은 눈동자를 깜빡였다.

"왜? 무슨 일 있었어?"

"…믿기 어려운 자야."

세이디는 거기까지 말하고 입을 다물었다. 그날 자신이 오페라 극장에서 본 장면은 확실했다. 그러나 그것만으로 성기사를 추궁하기에는 물증이 없었고 상황 또한 좋지 않았다. 선생은 왕자를 지키려다 상처 입은 환자였고, 완전히 회복한 후엔 왕자와 사르네즈 공녀의 호감을 한 몸에 받고 있었다.

 게다가 그는 입궁할 때 이미 대모님의 내사(內査)를 통과했다. 서류상으론 켕길 부분이 없었다. 엘리자베트를 통해 무테 변경백의 정보를 요청한 것은 그래서였다. 육해의 경계를 지키며 신국과 자주 접촉하는 그녀라면, 새로운 첩보를 입수했을지 몰랐다.

 "나도 처음에는 헤인스 경이 미심쩍었어."

 왕자가 운을 뗐다. 이건 의외였다.

 "그런데 요즘 보면 괜찮은 분 같아. 산트나 사르네즈 공녀도 잘 챙겨주고, 신수들과 시종들에게 친절하고."

 …역시 마음에 들지 않았다. 그가 가면을 썼을 거란 추측은 못 하는 건가?

 "모두가 그대 같진 않아."

 세이디가 대꾸했다. 저 성정에 그런 짐작을 하긴 어려울 터였다. 왕자에게 헤인스 경은 목숨을 구해준 은인이었다. 그는 소년의 말을 어떻게 해석했는지 작게 웃으며 답했다.

 "한번은 내 찻잔도 만져보던데. 독이 있는지 확인한다고."

 "뭐?"

 꼬마의 눈동자에 일순 불이 붙었다.

 "조만간 태의를 보내지."

 그러자 보랏빛 눈이 커졌다.

 "그게 벌써 한 달은 됐어. 그런 식으로 독을 묻혔으면 난 진작 죽었다."

 "검진받도록."

아이가 쏘아붙이듯 명했다. 왕자는 못 이기겠다는 낯으로 고개를 끄덕였다. 그가 타인을 의심하기보다 믿으려 하고, 늘 유하게 대하는 것이 짜증스러웠다.

"따뜻한 우유 줄까?"

왕자가 자리에서 일어나며 물었다. 그래, 바로 이딴 태도가 문제였다. 무슨 꿍꿍이가 있는지 모를 헤인스 경이 찾아와도 똑같이 대할 셈인가? 답답함에 모난 말이 흘러나왔다.

"유모처럼 구는군."

"너 유모도 있었어?"

그런데 왕자는 약간의 타격도 입지 않은 것 같았다. 오히려 웃음을 참는 기색이었다. '하긴 없는 게 이상한가?' 하는 중얼거림이 들렸다. 그는 촛불로 온기를 유지하던 주전자를 들어, 빈 잔에 우유를 따르고 꿀을 넣어 저었다. 밤에 마시는 데운 우유라니. 아홉 살 때 이후로는 입에 대본 적도 없었다. 잠깐.

"그대에겐 유모가 없었다는 뜻인가?"

아이가 눈을 가늘게 뜨며 물었다. 왕자는 그제야 아차 하는 표정이었다. 그가 쓰게 웃으며 잔을 가지고 테이블로 돌아왔다. 세이디는 속으로만 혀를 찼다. 왕자가 날 때부터 베르너르 국서의 미움을 사, 신국에서 제대로 된 대우를 받지 못했다는 소문은 들었다. 그런데 설마하니 유모도 없이 자랐을 줄은.

"그, 음. 플뢰르 드 리스 말이야."

자리에 앉은 왕자가 화제를 돌렸다. 바뀐 주제 역시 편한 것은 아니었는지 그의 시선이 얕게 흔들렸다. 세이디는 코끝으로 긴 숨을 내쉬었다. 무역소 앞에서 어느 노파의 헛소리를 들은 뒤로, 줄곧 자신의 낯빛을 살피던 왕자의 모습이 겹쳐 보인 탓이었다. 딴에는 티 내지 않으려 노력하는 듯했지만 그는 고마움이나 걱정 같은 감정을 전혀 숨기지 못했다. 꼬마가 왕자를 처음 만난 순간부터 그랬다.

"황도의 점술가를 모두 추방하면 만족하겠나?"

"아니, 왜 실직자를 만들려고 하냐."

그가 급히 고개를 내저었다.

"그냥 궁금해서. 나는 관련 기록을 볼 수 없는데, 마법사들의 예언이 번복되기도 한다고 들었거든."

"특정 시점의 사망을 예견하고, 당사자가 그때 죽지 않으면 말을 바꾸거나 취소하지."

마법사 자문단인 '플뢰르 드 리스'에 관해 뭉뚱그려 묻고 있지만, 왕자가 궁금해하는 것은 명백했다. 죽음을 예지받았다는 자신의 이야기를 그냥 넘기지 못한 것이다. 답을 얻은 그의 하얀 얼굴에 통각이 스쳤다. 본인의 일도 아닌데.

"무책임하네. 그럼 예언 때문에 상처받은 사람은 어떡하고?"

"그들은 맡은 일을 할 뿐이야."

세이디는 그렇게 답하며 자리에서 일어났다. 어느새 작은 몸에서 금빛 알갱이들이 떠오르고 있었다. 소년은 눈앞의 우유를 잠깐 노려보다가, 거침없이 잔을 들어 깨끗하게 비웠다. 플뢰르 드 리스의 예언 적중률은 8할에 달했다.

"…그리고 나는 살아남았어."

황자는 2할의 해당자였다. 불쾌한 예지 따위는 거짓으로 만들면 그만이었다. 주신은 변덕스럽지만, 자신의 불꽃은 어쩌면 불길한 힘이 아닐지도 몰랐다. 그는 발코니를 향해 성큼성큼 걸었다. 돌아갈 시간이었다.

* * *

입가에 우유를 잔뜩 묻힌 꼬맹이가 떠나고, 다음 날이 밝았다. 쥘리에트 궁의 여름 정원이 손님들로 복작거렸다. 헤인스 경의 수업이 끝난 직후였다. 세드리크 황자는 일이 바빠 오전부터 코빼기도 보이지 않았다.

"엘리자베트 경, 좋으시겠어요."

"네, 행복합니다. 연례 기도회가 끝나고 살아있기만 해도 기적이라고 생각했는데, 포상 휴가까지 받다니…"

크리스텔의 말에 엘리자베트 경이 감개무량한 얼굴로 대답했다. 옆에 앉은 가나엘도 축하를 전했고, 뱅자맹은 인자하게 웃으며 그녀의 잔에 시드르를 따라주었다. 그녀가 이런 대낮에 황궁에서 술을 마시는 건 아주 드문 경우였다. 어제는 황실 부근위대장이었지만, 오늘은 무테 소백작으로 입궁했기에 가능한 일이었다.

"미리 듣기는 했는데 실제로 가보니 기도회 규모가 엄청나더군요. 늦었지만 정말 수고하셨습니다, 엘리자베트 경."

나도 인사를 건넸다. 그녀가 여름별궁에서 연례 기도회의 경호를 맡게 되었던 때가 떠올랐다. 크리스텔이 주도한 해적선 납치 사건 때문이었지.

'엘리자베트, 행사의 경호는 네게 맡긴다. 그게 네 벌이야.'

'폐하, 차라리 죽여주십시오.'

당시 엘리자베트 경의 반응이 심상치 않았던 데는 이유가 있었다. 연례 기도회는 소백작이 뒤엠 근위대장의 도움 없이 처음으로 홀로서기에 도전한 행사였다. 황도 한복판에서 부티에 추기경과 황자, 나까지 호위해야 하는 황실 근위대의 임무가 막중하다는 건 알고 있었다.

그런데 중앙 신전 경비를 맡은 황도 수비대와의 알력까지 통제해야 할 줄은 몰랐다. 알고 보니 근위대와 수비대는 평시에도 묘하게 서로를 견제하는 관계였다. 그녀는 병사들 사이에 쓸데없는 마찰이 생기지 않도록 온 신경을 기울여야 했다.

"감사합니다, 왕자님."

"휴가 계획은 세우셨습니까?"

내가 물었다. 엘리자베트 경은 유능한 기사였고 리더십도 뛰어났다. 2천여 명의 주교 중 누구도 다치지 않고 행사가 마무리된 건 대단한 성과였다. 이튿날인 어제도 제복을 입고 출근한 게 내심 안타까웠는데, 오늘부터 황제가 일주일간의 깜짝 휴가를 내렸다고 했다. 다행이었다.

"일단 며칠은 백작저에서 푹 쉴 계획입니다. 그리고 다음주에…"

"뒤엠 후작의 폴로 경기가 있답니다. 엘리자베트 경에게도 표가 왔대요!"

크리스텔이 청회색 눈을 반짝거렸다. 묘한 예감이 등줄기를 훑고 지나갔다. 가만히 듣고 있던 헤인스 경이 입을 열었다.

"후작이라면 황자 전하의 결투 진행을 맡았던 분 말인가요? 운동에 관심이 많은가 보네요."

"그렇기도 합니다만, 이번에는 본인이 직접 참여합니다."

엘리자베트 경이 대답했다. 나는 즉시 질문했다.

"마수 대토벌 때처럼 구조대원으로 참가합니까?"

"아뇨. 아저씨는 원래 폴로를 좋아합니다. 황도에 올라오면 아침마다 친한 귀족들과 경기를 하는데, 올해부터는 규모를 조금 키울 생각인 것 같습니다."

조기 축구회 하던 사람이 아예 구단을 차리기로 했다는 거군. 나는 고개를 주억이며 생각에 잠겼다. 다섯 남녀의 목소리가 멀어지고, 멀리 관목 사이에서 신수들과 놀아주는 산트의 모습이 시야에 들어왔다.

제국의 이벤트란 이벤트는 다 뛰면서 영지도 돌보고, 사교 활동에 운동까지 즐기는 데다 틈틈이 발명⋯ 그래, 발명까지 하는 위인이 프랑수아 뒤엠 후작이었다.

'지금은 무슨 수정판水晶板을 만들고 있답니다.'

'사람의 얼굴을 커다란 수정판에 띄우겠다고 합니다.'

어제 엘리자베트 경이 설명했던 후작의 새로운 발명품이 떠올랐다. 그건 분명 퇴계공 세계관에서 전광판 내지는 스크린 역할을 하게 될 물건이었다. 내가 확신하는 이유는 간단했다. 언젠가, 소파 위를 구르며 발광하던 정은서의 모습이 너무나 강렬했기 때문이었다.

'키스 갈겨!'

'깜짝이야.'

'와, 미친… 진짜 했어. 어떡해, 오빠? 우리 애들이 키스캠에 찍혔는데 진짜로 입술 박치기를 해버렸어.'

그때의 나는 '키스캠에 찍혔는데'라는 말을 이해할 수 없었다. 퇴계공은 표지만 보면 기사와 공주가 나오는 근세 유럽풍 판타지였다. 그런데 야구장 카메라가 객석의 커플을 잡아 주며 키스를 유도하는, 그런 게 작중에 나온다고?

'너 드라마 봐?'

'아니, 우리 애들 본다고. 근데 예 서방이 크리스한테 키스함. 아아악! 남들 다 보는데.'

그랬다. 요점은, 황자가 아닌 예시 왕자가 크리스텔과 입맞춤을 하게 된다는 데 있었다. 은서의 '너무 좋아서 못 읽겠어' 같은 난해한 말이나, '서브 남주'가 주인공과 키스해도 괜찮은지 여부는 내 알 바가 아니었다.

설령 원작의 크리스텔이 두 남자 사이에서 '어장 관리'를 했더라도 상관없었다. 문제의 키스타임은… 뒤엠 후작이 자신의 폴로 경기에서 완성된 수정판을 공개하며 시작되겠지.

"아, 속 안 좋아."

"왕자님, 왜 그러세요?"

내 혼잣말에 가나엘이 반응했다. 나는 시원한 레몬차를 들이켜며 괜찮다는 의미로 손을 흔들었다. 크리스텔이 나를 보더니 맑게 웃었다.

"…"

이건 정말 아니었다. 우리는 친구라고. 그럴 생각 없고 해서도 안 되지만, 역시 키스는 죽어도 못 해. 최대한 자연스럽게 다시 신수들 쪽으로 눈길을 돌렸다. 크리스텔의 첫 키스 상대는 황자가 아니라 왕자였다.

그리고 내가 알기로, 왕자와 크리스텔의 키스를 목격한 황자는 태어나 처음으로 질투를 느끼게 된다. 그것이 자신의 마음을 깨닫는 계기가 되는 셈이었다. 모자란 놈. 자극이 없으면 깨우치질 못하니까 정은서가 맨날 네 욕을 하지.

"후우."

그래도 괜찮았다. 후작의 키스캠 데뷔가 이렇게 빠를 줄은 몰랐지만, 어제 엘리자베트 경의 이야기를 듣고 미리 세워둔 작전이 있었다. 나는 가슴팍을 슬쩍 눌렀다. 네모난 수첩과 크리스털 종의 촉감이 느껴졌다.

"저."

내가 입을 뗐다. 귀화 이야기를 하던 이들이 동시에 말을 멈추고 나를 바라보았다.

"후작의 폴로 경기를 관람하러 가고 싶습니다. 추기경 전하께 말씀드리면 보내주실까요?"

아마, 내가 먼저 황궁 밖으로 나가고 싶다고 한 건 오늘이 처음일 것이다.

* * *

그날 저녁. 추기경의 집무실에는 실바람이 불었다.

"…그래서, 성기사 서임 심사를 위한 추기경 파견을 요청했어. 다른 일도 아닌 서임 건이니 교황청의 대응은 빠를 거야. 이르면 다다음 주에 추기경들이 이곳에 도착하겠지."

"그렇군요."

요한 헤인스가 부드럽게 대답했다. 눈꼬리가 처진 데다 입꼬리는 올리고 있어 순한 인상이지만, 민트색 눈동자엔 묘하게 서늘한 구석이 있었다. 그러나 성기사가 내면에 검을 품고 있지 않다면 그것이야말로 어불성설이었다. 그들은 타고나기를 그런 존재였다. 오렐리 부티에는 그를 잠시 바라보다 말을 이었다.

"그때까지 교육을 마칠 수 있을까?"

"물론입니다. 말씀드렸다시피 두 분은 당장 주교급에 올라도 놀랍지 않으니까요. 태도 교육이나 그릇 수양은 서임 이후에도 계속할 수 있고요."

답변이 만족스러운 듯, 추기경이 그림처럼 미소했다. 요한은 그녀를 보며 머릿속으로 '계획'을 수정했다.

* * *

다음 날.

"30초만 더 버텨볼까?"

"윽…"

두 개의 서클이 맞부딪혔다. 금속 갉는 소리와 함께 황금빛 불씨가 튀었다.

-츠츠츠츳…!

이를 악문 채 안간힘을 썼다. 부터에 추기경의 신력은 엄청났고 성소는 강력했다. 나는 성소의 크기를 조금씩 늘려가며, 그녀의 서클이 더 커지지 못하도록 압박하고 있었다.

추기경 집무실에 들어온 첫날과는 완전히 반대되는 수업이었다. 당시엔 그녀가 나를 밀어내 중앙 진출을 막았었다. 그런데 오늘은, 내가 그녀를 구석으로 최대한 몰아붙이는 것이 목표였다.

-키기기긱…!

"옳지. 지금의 집중력을 유지하렴."

"흡."

나는 눈을 부릅뜨고, 시계태엽처럼 맞물린 두 서클의 경계를 뚫어져라 응시했다. 꾸역꾸역 나아가는 에테르의 영향으로 내 원이 미세하게나마 커지고 있었다. 조금만, 이대로 조금만 더…!

"성지聖地를 개방하려면 절실함이 필요해. 간절하게 바라는 걸 떠올려 봐."

'정예서!'

'작은오빠.'

그녀의 말과 동시에, 형과 은서의 목소리가 귓가를 울렸다. 일순 턱 끝에 힘이 풀렸다.

"아."

-파아아앗-!

추기경은 찰나의 틈을 놓치지 않았다. 수습하기엔 이미 늦었다.

내 것이 아닌 에테르가 머릿속을 강하게 내리누르는 느낌과 함께,

-쿠당탕!

"큭!"

그녀의 성소가 순식간에 확대되며 나를 튕겨냈다. 강렬한 힘을 버티지 못하고 내 몸이 책장에 부딪혀 나동그라졌다. 집무실을 밝히는 금색 원은 어느새 하나뿐이었다.

"아으…"

내가 머리를 들며 신음했다. 등과 무릎이 아팠지만 다친 곳은 없는 듯했다. 끽해야 가벼운 멍이 들 정도의 충격이었다. 바닥에서 뿜어져 나오는 추기경의 눈부신 빛살이, 나를 다정하게 감싸며 시계방향으로 돌고 있었다. 코앞까지 다가온 그녀가 손을 내밀었다. 나는 중년인의 도움으로 자리에서 일어났다.

"너무 조급해할 필요 없단다, 왕자님."

"…네."

"왕자님에겐 재능이 있어. 성지는 때가 되면 열릴 테니, 그동안은 에테르 흐름을 더욱 원활하게 해두는 거라고 생각하자."

상냥한 격려였다. 나는 고개를 끄덕였다. 더 성장하지 않아도, 지금도 내가 뛰어난 신관이라는 건 알았다. 하지만 언제 어떤 상황이 닥칠지 모르는데 할 수 있는 노력은 전부 해두고 싶었다. 든든한 이들을 곁에 두는 것도 좋지만, 나 역시 강해지는 게 당연히 생존에 유리했다. 신수들에게도 믿음직한 보호자가 있는 편이 나을 테고.

"오늘 실습은 여기까지야. 한숨 돌리렴."

추기경이 말했다. 나는 깍듯이 인사드린 뒤 소파에 몸을 묻었고,

그녀는 자신의 책상 앞에 앉았다.

"궁금한 건 없니?"

단안경 아래의 베이지색 눈동자가 희미하게 반짝였다. 음. 가장 묻고 싶은 게 있지만, 그건 이따 질문하기로 했다.

"교황청에서 오는 세 분의 추기경은 전부 성기사입니까?"

내가 입을 뗐다. 크리스텔과 세드리크 황자의 성기사 서임 심사를 위해, 부티에 추기경이 정식으로 추기경 파견을 요청했다고 들었다. 운이 좋으면 대지 속성의 성기사도 볼 수 있을지 몰랐다. 내 물음에 선생님의 눈꼬리가 짓궂게 휘어졌다.

"그건 무작위란다. 공정성을 위해 심사위원은 추첨으로 뽑거든. 하지만 오는 건 두 명이야."

응? 서임에는 추기경 셋 중 둘의 동의가 필요하다고 하지 않았나.

"나머지 한 명은 나고."

"선생님?"

"권력 좋다는 게 뭐겠니. 우리 아이들의 미래를 위해서라면 이 정도야 가뿐해."

그녀가 우아하게 웃어 보였다. 특유의 신비로운 분위기가 갑자기 어둡고 오싹하게 느껴졌다. 그러니까, 원칙적으로는 추첨을 통해야 하는 심사위원 결정이 제국의 돈과 힘으로 한 자리 뚝딱 해결됐다는 뜻이었다. 입이 스르르 벌어졌다. 이래도 돼? 아무리 교황이 공석이라지만 너무 부패한 거 아니야? 심지어 그녀는 교황청 소속도 아니었다.

"교황청은 제국보다 신국과 훨씬 가까운 사이니까, 이 정도는 해줘야 균형이 맞지 않겠니? 손 놓고 구경했다면 아이들에게 부정적인 추기경만 셋이 왔을지도 몰라."

자줏빛 눈썹이 슬프다는 듯 아래로 늘어졌다. 이걸 나쁘거나 이상하게 받아들이면 무척 서운할 것 같다는 무언의 압력이었다. 나는 애써 입꼬리를 올렸다. 그래, 주인공들이 잘되면 좋은 거지.

"또 궁금한 건? 아니면 혹시 허락받고 싶은 게 있니?"

그녀가 노골적으로 물었다. 이번엔 웃음이 터질 것 같았다. 어제 내가 먼저 폴로 경기를 보러 가고 싶다고 말했을 때, 뱅자맹과 가나엘은 과장 좀 보태서 울기 직전까지 갔다. 엘리자베트 경과 크리스텔도 몹시 기뻐했다. 저녁이 되자 쥘리에트 궁에는 그 얘기를 모르는 사람이 없었다. 추기경이 이미 알고 있는 것도 전혀 놀랍지 않았다.

"뒤엠 후작의 폴로 경기를 보러,"

"나도 가고 싶네. 세드리크와 동행해도 될까?"

추기경이 냉큼 말했다. 나는 결국 고개를 주억거리며 소리 내 웃었다. 솔직히 거절당할까 봐 조금 긴장했는데, 그녀와 황실이 나를 믿고 있다는 게 느껴져 마음이 놓였다. 퇴계공의 이벤트에 적극적으로 간섭하는 건 처음이지만 자신 있었다. 일단 내가 둘하고 같이 안 앉으면 되는 거 아니겠냐고.

* * *

오후에는 쥘리에트 궁이 북적북적했다. 황궁의 태의와 치유 신관, 그들의 보조가 방 두 개를 가득 채웠다. 황자, '세이디'는 진짜 한다면 하는 놈이었다. 건강 검진이 벌써 한 시간째였다.

금식할 필요가 없다고 해서 안심했는데 제법 본격적이었다. 분주한 사람들 너머로 곁방에 앉은 크리스텔이 보였다. 헤인스 경의 수업이 끝나고 쫄래쫄래 나를 따라온 것이었다. 엘리자베트 경과 에바가 무테 백작저에 있을 텐데, 왜 그쪽에 합류하지 않고 여기 남았는지 궁금했다.

"대체로 건강하십니다. 다만 체중은 늘리시는 편이 좋겠습니다."
"지금도 양껏 먹고 있는데요."
"에테르의 흐름도 안정적입니다. 막힌 곳 없이 체내에 고르게 퍼져있습니다."
"감사합니다."

태의와 치유 신관이 각각 진단했다. 마지막으로 채혈이 진행됐다. 주사기 같은 건 없는 세계라, 소독한 침으로 내 손가락 끝을 살짝 찔러 피를 냈다. 비위가 좋지는 못해 다른 곳으로 시선을 돌렸다. 눈이 마주친 크리스텔이 살짝 웃었다. 좀… 기운이 없어 보이는데. 착각인가.

"정확한 검사를 위해 귀하신 분의 혈액을 얻었습니다만, 워낙 혈색이 좋으시니 독 반응은 없으리라 예상됩니다."
"저도 그렇게 생각합니다."

내 말에 몇몇이 키들거렸다. 나는 진심이었다. 세이디는 눈에 불을 켰지만, 헤인스 경이 내 찻잔에 독을 발랐으리라고는 생각하기 힘들었다. 이윽고 태의와 치유 신관이 떠날 채비를 하자, 뱅자맹과 가나엘을 위시한 시종들도 바쁘게 움직였다. '방해하면 안 되는 일'이 끝난 걸 알고 레서판다들이 조르르 내게 달려왔다. 나는 세 마리를 품에 안은 채 크리스텔에게 다가갔다.

"공녀."

"아, 네. 다 마치셨습니까?"

크리스텔이 표정을 만들며 자리에서 일어났다. 오늘의 그녀는 어딘가 이상했다. 사람이 늘 밝으라는 법은 없지만, 묘하게 힘이 없고 눈빛이 멍했다. 조금 전까지도 그랬다. 평소였다면 내가 검진받는 걸 보며 이런저런 농담을 얹었어야 할 사람이 내내 조용했다. 어제는 괜찮았던 것 같은데.

"무슨 일 있습니까?"

"저요? 아뇨, 아무 일 없습니다."

"그럼 혹시 어디가 불편한가요?"

산트의 에테르만으로는 역시 힘든가?

"멀쩡합니다. 튼튼한 거 아시면서."

그렇다면 다행이지만, 그녀의 꾸민 듯한 낯빛은 그대로였다. 황도의 공작저로 돌아가지 않은 걸 보면 어머니인 이자벨 공작 부인과 이야기할 일도 아닌 것 같았다. 나는 몇 초간 입을 다물었다. 고민은 길지 않았다.

"…잠깐 걸을까요?"

* * *

"고민이 있어서 좋은 점도 있네요. 왕자님이 산책을 다 권하시고."

크리스텔이 농담을 건넸다. 고민이 있긴 하구나. 나는 쓴웃음을 지으며 그녀의 보폭에 맞춰 꽃 덤불 사이를 걸었다. 쥘리에트 궁의 정원이자 로메로 궁의 후원인 이곳은, 내가 생각을 정리할 때마다 나오는 장소였다. 어쩌면 그녀에게도 도움이 될지 몰랐다. 황도의 7월은 볕이 따가웠지만, 하얗고 커다란 구름이 오가며 적당한 그늘을 만들어 주었다.

"저도 괜찮다면 이야기를 들어드리겠습니다."

내가 조심스레 말했다. '나 심란해요'라고 이마에 써 붙이고 다니는 주인공을 차마 못 본 척할 수는 없었다. 그녀의 행복은 정은서의 기쁨과 직결되어 있었다. 그리고 무엇보다도…

"우린 친구니까요."

크리스텔의 커다란 청회색 눈동자가 나를 향했다. 내 발언에 놀란 것 같았다. 나는 머쓱해져서 목덜미를 쓸었다.

"먼저 친구 하자고 하셨으면서 반응이 별로네요."

"아니, 그게… 이럴 때 치고 들어오시니까 좀 감동이라서요."

그녀가 코끝을 쓱 훔쳤다. 묵묵히 몇 걸음 더 걸으니, 옆에서 여상한 목소리가 흘러나왔다.

"사실 정말 별거 아닌데. 말하려니까 좀 민망할 정도입니다."

"황자님을 이틀째 못 봐서 서운하십니까?"

"그건 저의 행복지수를 높였는데요?"

크리스텔의 언성이 높아졌다. 내가 작게 웃었다. 황자는 정무에 참여하느라 종종 어제오늘처럼 수업을 빠지곤 했다. 나는 어깨 위로 날아온 뚝심이의 날개를 쓸어주며 이어질 말을 기다렸다.

"…그냥, 이렇게 살아도 되나 싶어서요."

"…"

"처음에는 너무 좋았습니다. 기억은 없지만 대신 엄청난 능력이 생겼고. 집안에 돈 많고 권력도 있고, 게다가 저는 어리고. 마음만 먹으면 뭐든 할 수 있으니까 참 행복했어요. 지금도 그건 똑같습니다. 그런데…"

"…"

"주변 사람들은 모두 목표가 있더라고요. 엘리자베트 경은 직업이 분명하고 가문의 후계자인 데다 약혼자도 있습니다. 열여섯밖에 안 된 에바는, 벌써 소공작이 되겠다고 열심이고요. 사교계 데뷔를 어디서 하면 가장 효과적일지 분석하고 있대요. 황자 전하도… 삶에 충실해 보이시고요. 그건 부럽습니다."

"…"

"두 번째로 얻은 삶이니까 복잡하게 머리 굴리지 말고 백수로 지내야지, 했는데. 남들이 열심히 사는 걸 보니 괜히 초조해져요. 이러면 안 되는 거 아닌가. 나도 뭐 하나 잡아서 열심히 굴려야 하는 건가 싶습니다. 부딪히고 깨지는 건 이제 지긋지긋한데도…"

'일벌레 근성이 영혼까지 콱 박혀있나 봐요' 하며 그녀가 미소했다. 내가 자신의 정신 상태를 의심하리라 상정하고 내뱉는 말들이었다. 벽에 대고 홀로 넋두리하기보단 낫다고 여겼을지 몰랐다. 하지만 나는, 크리스텔의 문장을 모조리 이해할 수 있었다. 지금 그녀가 느끼는 아주 사소한 감정까지 전부 다.

"깨어난 지 반년도 안 됐는데, 백수 체질은 아니신가 보네요."

"그러니까요. 왕자님께 하고 싶은 거 다 해보겠다고 말씀드린 게 엊그제 같은데. 이젠 뚜렷한 걸 손에 쥐지 못해서 안달입니다."

크리스텔이 손가락을 움직거리며 말했다. 어제 엘리자베트 경의 활약상을 들으며 번민했던 걸까. 나 역시 비슷한 생각을 할 때가 있었다. 나는 집에 돌아가는 게 '목표'지만, 당장 그것에 도달할 방법은 없다시피 했다.

그러니 이제는 귀가하고자 하는 '바람'이 있다고 보는 편이 더 정확했다. 그럼에도 내가 목표라는 단어를 포기하지 못하는 건, 그렇게 정해두지 않으면 내 마음이 언제 어떻게 흔들릴지 모르기 때문이었다.

뚜렷한 지향점이 있는 사람과 없는 사람은 삶에 임하는 태도부터가 달랐다. 크리스텔 또한 그것을 알기에, 특별한 목적의식이 없는 자신을 답답하게 여기기 시작한 것이다. 악착같이 발버둥 치며 살던 사람일 테니까. 그래서 은서가 좋아했겠지.

"…공녀라면 언젠가는 멋진 목표를 찾으시리라 믿습니다."

내가 듣기에도 진부한 소리였다. 민망함에 귀 끝이 슬쩍 뜨거워졌다.

"공녀가 찾아 나서지 않더라도, 목표가 먼저 공녀를 찾아올 만큼 활달하시니까요. 게다가 주변엔 공녀를 좋아하는 사람이 많지 않습니까. 과정이 느려지더라도 다들 응원하며 기다려 줄 겁니다."

'그러니 너무 조급해하지 마세요' 하고 덧붙일 무렵, 오전에 추기경에게서 비슷한 말을 들은 기억이 났다. 나를 돌아본 크리스텔이 함박웃음을 지었다. 한낮에 은하수가 보이는 것 같았다.

"감사합니다."

"뻔한 말이었는데요, 뭐."

"그래도요. 이런 하소연에 바로 그런 반응을 해주실 수 있는 분은 없을 거예요."

그건… 그랬다. 나 또한 빙의한 사람이기에, 그녀의 사정을 알기에 이해할 수 있는 넋풀이였다. 내가 다리에 매달린 레서판다들과 인사하는 동안 크리스텔은 자리에 서서 나를 기다려주었다.

"왕자님은 요즘 걱정거리 없으세요? 저도 들어드리겠습니다."

"저요? 저는…"

나는 말끝을 흐렸다. 귀화도 그렇고, 두 남녀의 임시 파트너 건을 떠올리면 골치가 아팠다. 하지만 요 며칠 신경을 살살 긁는 문제는 따로 있었다. 나는 크리스텔에게 이야기를 할까 말까 하다가 입을 열었다. '메인 남주'가 거슬려 하는 대상이라면, 주인공에게도 알리는 게 나을 것 같아서였다.

"헤인스 경 말입니다."

* * *

"잘 먹겠습니다, 전하."

"네, 저도 잘 먹겠습니다."

헤인스 경이 인사를 건넸고, 나는 웃으며 답했다. 진행이 아주 일사천리였다. 어제 나는, 크리스텔의 고민을 들어주고 나의 고민도 하나 털어놓았다. 고민이라기보다는 손톱 밑에 박힌 작은 가시 같은 거였지만, 주인공이 알아서 나쁠 건 없겠다는 판단에서였다.

세드리크 황자는 명백히 헤인스 경을 경계하고 있었다. 그러나 무슨 일이 있었냐는 나의 물음엔 제대로 된 답을 내놓지 않았다. 그건 의심에 대한 물증이 없다는 뜻이었다. 그렇다고 그의 경고를 못 들은 척하긴 어려웠다.

황자는 퇴계공의 '메인 남주'였다. 나는 주인공의 조언을 무시했다가 첫 번째로 희생당하는 클리셰 단역 같은 존재가 되고 싶진 않았다. 헤인스 경이 내 목숨을 구해준 건 사실이지만, 그가 혹시 숨기는 게 있다면 짚고 넘어가야만 했다.

'황자님이, 헤인스 경과 거리를 두라고 하셨습니다.'

'전하께서요?'

'네. 그런 이야기를 들으니까 찜찜한데, 헤인스 경을 갑자기 멀리하기는 좀… 미안하고 난감해서요. 친절한 분이니까요.'

'그건 그렇습니다. 저도 선생님에게서 이상한 낌새는 못 느꼈어요.'

크리스텔이 대답했다. 그녀와 나는 꽃밭 한복판에서 조용히 생각에 잠겼다. 어떻게 해야 어색하지 않게 속마음을 끌어낼 수…

'밥 한 끼 같이 하시죠.'

'식사 자리를 마련할까요?'

크리스텔과 내가 동시에 말했다. 우리는 서로를 보며 비장하게 고개를 끄덕였다. 역시, 사람의 입을 열려면 먼저 음식을 넣어줘야 했다.

"크로크마담이 훌륭하네요. 제가 먹어본 샌드위치 중 가장 맛있어요."

"로랑스의 손맛은 최고니까요. 입에 맞으신다니 다행이군요."

헤인스 경의 말에, 나는 퍼뜩 현실로 돌아와 답했다. 황궁 신전 뒤뜰은 쥘리에트 궁의 정원만큼 아름답지는 않았다. 하지만 행인이 전혀 없고 조용해서 은밀한 이야기를 나누기에는 제격이었다. 미리 부탁한 대로 뱅자맹과 가나엘은 신전 안에서 대기 중이었다. 멀리, 나를 호위 중인 신전 기사들이 보였다.

"날이 참 좋습니다."

"네. 신국의 7월은 상당히 더운데, 황도는 열풍 기간을 빼면 썩 지낼만해요. 공기가 건조해서 그런지 힘들지 않네요."

헤인스 경이 처진 눈끝을 휘며 말을 받았다. 포크와 나이프를 쥐는 법도 그렇고, 깔끔한 식습관도 그렇고 우아한 귀족 성기사의 전형 같았다. 그의 하얀 머리칼이 연풍에 몇 가닥 흩날렸다. 나는 바삭하게 구워진 빵과 진득이 녹은 치즈, 뜨거운 햄과 달걀부침을 한꺼번에 씹으며 말을 골랐다. 꿀꺽.

"요한 헤인스 경."

"네, 전하."

"그… 용병 생활을 어떻게 시작하셨는지 여쭤봐도 되겠습니까?"

그의 눈이 조금 커졌다. 미소를 잃지는 않았지만, 곤란함과 미안함이 뒤섞인 얼굴이었다.

"제가 제 이야기를 너무 안 했군요. 이런 자리까지 마련하시게 하다니…"

나는 향긋한 동백차로 마음을 다잡으며 헤인스 경의 뒷말을 기다렸다. 남자가 냅킨으로 입가를 정리하고 운을 뗐다.

"저는 성기사로 각성하기 전부터 용병이었어요."

내가 고개를 반짝 들었다. 그는 목을 기울이며 말을 이었다.

"아주 어릴 때부터요. 용병은 돈을 가장 많이 주는 일이었고, 제가 잘할 수 있는 일이기도 했죠. 그래서 서임을 받은 뒤에도 그만두지 않은 거예요."

그렇게까지 돈이 필요한 이유가 궁금했지만, 그건 무례한 질문이었다. 캐물어야 한다는 걸 알면서도 말을 꺼내기가 힘들었다. 영세 귀족이라면 제국에도 많았다. 쌍둥이 암살자에게 희생당했던 베랑 남작가의 아이들 역시, 가난한 탓에 포털을 이용하지 못하고 마차를 탔다. 나는 말없이 찻잔을 쥐었다.

"돌봐야 할 아들이 있거든요."

헤인스 경은 내 속을 간파한 듯했다. 그와 나의 눈길이 마주쳤다.

"매일 약을 먹어야 하는 아이예요. 약값을 대려면 어쩔 수 없었죠."

"…"

"괜찮아요, 전하. 죽을병은 아니에요."

그가 달래듯 말했다. 내 표정이 어떻기에 그런 말을 하는지 알 수 없었다. 찻물에 얼굴을 비춰보려 했지만, 피처럼 붉은 동백꽃이 시야를 가렸다. 헤인스 경의 음색은 여상했다.

"그저 약이 없으면 아프고 괴로운 것뿐이에요."

"죄송합니다."

"궁금하신 게 당연하죠. 저라도 저 같은 사람을 쉬이 믿기는 힘들 거예요."

그가 말을 맺었다.

'크리스텔 공녀의 반사 신경이 갈수록 좋아지네요' 하고 칭찬할 때와 조금도 다르지 않은 투였다. 크루아상에 생크림을 얹는 얼굴이 평소처럼 나른했다. 거짓말인지 아닌지는, 그와 나의 신력 차이 때문에 여전히 확인할 수 없었다.

"또 알고 싶으신 게 있나요?"

먼저 물은 것은 헤인스 경 쪽이었다. 마음이 약해지는 게 사실이지만, 그렇다고 진짜 약하게 나가면 호구가 될 뿐이었다. 기왕 만든 자리인데 한 번에 확실한 답을 얻어야 했다. 나는 신중하게 입술을 움직였다.

"경은 왕세녀 전하의 의뢰를 받아 저를 지키러 왔다고 하셨죠. 편지도 전해주셨고요."

"네."

그 편지는, 헤인스 경의 조작이 아닐 것이다. 그가 내게 정체를 밝힌 뒤로 나는 몇 가지 시나리오를 떠올린 바 있었다. 그중에는 헤인스 경이 직접 편지를 쓰고, 그것이 왕세녀의 전언이라 나를 안심시킨 뒤 훗날 뒤통수를 치는 내용도 존재했다. 하지만 이쪽 노선을 타기에는 '세이디'의 말이 걸렸다.

'본 적이 있는 필체야.'

내 손에서 쪽지를 빼앗아 가던 날 밤, 소년은 내용의 필체가 눈에 익다고 말했다. 왕세녀는 예서 왕자의 볼모 협상에 직접 나섰던 사람이었다. 제국과 신국이 주고받은 협상문에서 황자가 그녀의 글씨를 봤다면, 서체가 익숙한 것도 이상하지 않았다. 쪽지는 왕세녀의 친서일 확률이 높았다.

"혹시 의뢰 내용의 일부가 거짓입니까?"

내가 물었다. 헤인스 경이 크루아상을 접시에 내려놓았다.

"어떤 부분이요?"

"왕세녀 전하께서, 서신을 전한 뒤 저를 죽이라고 명하셨나요?"

"아뇨."

대답은 단호했다. 나는 차를 마시며 생각을 정리했다. 왕세녀가 나를 방심하게 만들고 암살하려던 건 아닐까 싶었는데, 되짚어 보면 군더더기가 많은 가정이긴 했다. 만약 그녀가 나를 정말 죽이려 했다면 굳이 서신을 보내 자신의 존재감을 상기시킬 이유가 없었다. 국서가 어린 살수를 보냈을 때처럼, 예고 없이 치는 게 효과적일 테니까. 그렇다면…

"제게 말씀하시지 않은 다른 의뢰가 있습니까?"

"예를 들면요?"

"베르너르 국서의 돈도 받으셨는지 묻는 겁니다."

내 음성은 생각보다 차분했다. 나는 그와 똑바로 시선을 마주했다. 먼저 눈을 감은 것은 헤인스 경이었다.

[언약을 하죠.]

"네? 잠깐,"

그의 목소리가 신탁으로 화했다. 나는 당황해서 언성을 높였다. 성기사는 '언약'을 할 수 없었다. 아니, 정확히는 어떤 성기사도 그런 위험을 무릅쓰려고 하지 않았다. 언약을 어긴 신관은 '상실'의 신벌을 받는다. 상실의 범위는 넓고도 깊었다.

가족이나 연인을 잃는 이도 있었지만 소액의 돈, 사소한 기억을 날리는 자도 존재했다. 그러나 성기사의 상실은 단 하나였다. 언약을 저버린 성기사에게는 '힘의 봉인'이 따른다. 그것이 성기사들 사이에서 언약이 사문화한 이유였다.

[저는 국서 전하의 돈을 받은 적이 없습니다. 그분은 제 고용인이 아니에요.]

헤인스 경의 나긋한 음성이 신전의 뜰에 울려 퍼졌다. 그는 지금, 자신의 모든 에테르를 걸고 내게 맹세하고 있었다. 시원한 바람이 내 머리칼을 한 번 흩뜨리고 멀어졌다.

[왕세녀 전하께서 제게 의뢰한 건, 서신을 전하고 왕자 전하를 지키는 일뿐입니다. 약속할게요.]

-싸아아아…!

신관이 아닌 성기사이기에 발밑을 밝히는 서클은 없었다. 대신 그의 심장에서 뿜어져 나온 은백색 에테르가, 백발을 흠뻑 적시며 바닥까지 쏟아져 내렸다. 언약이 깨질 경우, 그는 주신의 권능을 빌려 거짓을 서약한 죄로 영원히 힘을 잃을 터였다. 성기사의 명예와 직위를 박탈당하고 여생을 손가락질받으며 살게 되는 것이다.

-사아아…

이윽고 사내의 에테르가 자취를 감추었다. 그는 천천히 눈꺼풀을 들어올렸다.

"괜찮으신가요, 전하?"

"…성기사의 신탁을 다 듣네요."

"하하하."

내 목소리가 삐끗했다. 그는 짧게 웃었다. 성서에 따르면 성기사가 신탁을 내릴 수 있는 경우는 딱 두 가지였다. 하나는 방금처럼 언약을 할 때고, 다른 하나는 추기경급 성기사가 '성흔'을 드러낼 때였다. 전자는 제정신 박힌 성기사라면 누구도 하지 않았다. 대륙에 추기경급 성기사는 겨우 여섯이니, 후자 역시 웬만해선 들을 일이 없었다.

"조만간 성흔도 구경하실 수 있을 거예요."

"그렇겠죠."

내가 대답했다. 다다음 주, 두 명의 추기경이 제국에 도착한다고 했다. 그중 성기사가 있다면 귀한 장기를 볼 수도 있겠지.

"그럼 저는 통과인 건가요?"

"통과하고 자시고 할 게 어디 있습니까. 언약까지 하셨는데…"

나는 트뤼프 오일을 뿌린 스크램블드에그를 듬뿍 퍼서 입에 넣었다. 심란했다. 간병해야 할 아들이 있는 사람이, 안정적인 직장과 주신의 축복을 걸고 내게 맹세했다. 이젠 헤인스 경을 믿는 수밖에 없었다. 도대체 세이디는 왜 그런 소리를 한 거지?

"그래도 국서 전하를 조심하세요. 왕자 전하께서 더 잘 아시겠지만…"

헤인스 경이 쓰게 웃었다.

"무서운 분이니까요. 수단과 방법을 가리지 않아요."

* * *

같은 시각, 페네티안 신국의 왕성은 소란스러웠다. 귀하디귀한 2왕녀가 이틀째 곡기를 끊은 탓이었다.

"전하, 노비^{老婢}의 얼굴을 봐서라도 부디 한 술만 떠주십시오."

"싫어. 오라버니가 없잖아…"

거대한 식탁 앞에 홀로 앉은 아이가 고개를 저었다. 커다란 연두색 눈동자에 눈물이 맺혔다. 손에는 조그만 돼지 조각상을 쥔 채였다. 시종들은 발을 동동 구르며 왕녀의 곁을 맴돌았다. 코르넬리서는 온실 속 화초처럼 자란 데다 겨우 일곱 살이었다.

이렇게 계속 식사를 거부하다가는 건강을 크게 해칠 터였다. 왕녀의 시종 총괄은 한숨을 삼켰다. 딸처럼 키운 분에게 독한 말을 하고 싶지는 않았다. 하지만 또 굶게 두는 것보다는 나았다. 국서는 어느 왕족 신관의 파티에 참석하느라 오늘도 왕녀를 들여다보지 않았다. 그러니 왕세녀 전하께서도 자신을 지지하실 것이 분명했다.

"그럼 폐하께 가시겠습니까? 함께 저녁을 드시자고 청할까요?"

"안 돼. 어마마마는 아프신데, 내가 가면 더…"

아이의 작은 얼굴이 잔뜩 일그러졌다. 크리스타너 국왕은 최근 광증이 심해져 사랑하는 딸들마저도 알아보지 못했다. 정확히는 딸의 얼굴 위로 국서를 겹쳐 보는 탓에 괴로워했다.

코르넬리서는 어렸지만, 어머니가 자신을 보면 힘들어한다는 것 정도는 알았다. 혼자 밥 먹기 싫다고, 오라버니가 약속을 어겼다고 어리광 부리고 싶어도 참아야 했다. 언니는 오늘 아주 바빴다. 그러니 늦은 밤까지 자신은 혼자였다.

"…그럼 한 입만."

"잘 생각하셨습니다, 전하."

시종들이 서둘러 식기를 움직이고 왕녀의 고사리손을 대신해 빵을 찢었다. 그간 물과 주스밖에 마시지 않은 탓에 배가 고플 텐데도, 아이는 빠르게 음식을 넘기지 못했다. 그게 슬퍼서인지 위가 좁아붙어서인지는 알 수 없었다. 아마 둘 다일 터였다.

"왜 오라버니는 100일이 넘었는데도 안 와?"

"전하께서 잘 드시고, 잘 주무시면 꼭 오실 겁니다. 전하와의 약속은 절대 어기지 않으시니까요."

"그치만… 이제 120일이랑 가까워. 나 숫자 잘 센단 말이야."

시립한 시종들이 '훌륭하십니다, 전하' 하며 왕녀를 추켜세웠다. 예서 왕자가 왕성을 떠난 지도 벌써 4개월이었다. 작년까지만 해도 산수를 어려워하던 왕녀가 지금은 혼자서도 정확히 날짜를 계산하고 있었다.

그가 이 모습을 보았다면 필시 기뻐하며 동생을 높이 안아 올려 주었을 것이다. 하지만 잔인한 그는, 약속한 100일 밤이 지나도 신국으로 돌아오지 않았다. 제국의 볼모가 되었으니까.

"그냥 내가 가면 안 돼?"

"예?"

왕녀의 물음에 시종들이 놀라서 반문했다.

"오라버니가 못 오니까, 내가 제국으로 가면 안 돼?"

"그럴 필요 없다."

그때, 낮은 목소리가 식당을 울렸다. 왕녀를 둘러싸고 있던 시종들이 일제히 몸을 돌려 방문객에게 절을 올렸다. 상대가 누구인지,

왜 이곳에 있는지는 재차 확인할 필요도 없었다. 바닥까지 닿는 진한 금발과 새파란 눈동자가 눈부셨다.

"막내야."

"언니!"

코르넬리서가 후다닥 의자에서 뛰어내려 엘리서의 품에 안겼다. 분명 늦는다고 했는데, 몇 시간이나 빠르게 온 언니가 반가웠다. 동생을 꼭 끌어안는 왕세녀의 얼굴은 드물게도 기쁨에 젖어있었다. 달려온 것인지 숨이 가빴고, 이마에는 옅게 땀이 배어 나왔다.

"내가 황자의 심사를 맡았다. 그러니 직접 갈 것이야."

"응?"

막내가 머리를 갸웃거렸다. 엘리서는 아이의 두 뺨을 잡고, 환희에 차 속삭였다.

"제국에 가서, 예서를 만나고 오겠다."

4.   ✦ 과녁

 이후 닷새간, 황궁은 아주 평화로웠다. 사실 내 주변은 대체로 그런 편이었다. 크리스텔이나 세드리크 황자의 일에 갑작스레 휘말리지 않는 한, 먹고 자고 공부하고 고해받는 일상은 늘 비슷비슷했다. 신수들과 놀아주고 주인공의 수업을 참관하는 일정이 추가돼 제법 빡빡한 감도 있었다.

 그리고 오늘은, 간만에 쥘리에트 궁과 로메로 궁 앞이 복작복작했다. 뱅자맹과 가나엘, 다비드와 하인들이 마차에 짐을 싣고 있었다. 주로 피크닉 바구니와 간단한 소품들이었다. 볕이 좋고 정원도 아름다워서 절로 기분이 달떴다.

 "왕자님, 어제 공작저에 어머니가 오셨어요! 제 편지를 받고 생각이 많으셨대요."

 "정말입니까?"

 뒤엠 후작의 폴로 경기에 동행하게 된 에바가, 드레스를 팔랑이며 내 팔을 잡고 흔들었다. 나는 눈을 크게 뜨며 소공녀를 내려다보았다. 크리스텔과 엘리자베트 경 역시 처음 듣는 이야기인 듯 아이에게 시선을 집중했다.

며칠 전 블랑케르 소공작이 영지로 돌아가, 에바는 무테 백작저를 나와 자신의 황도 공작저에서 홀로 지내고 있었다. 그런데 벌써 이렇게 반응이 올 줄은 몰랐다.

"어머니께서 에바가 소공작이 되는 데 긍정적이십니까?"

"그건 모르겠습니다. 어머니는 영주로선 대단한 분이시지만… 저와 사적인 얘기를 나누신 적은 별로 없어서요. 아직 인사밖에 못 했습니다."

에바의 곱슬머리가 축 처졌다. 아무래도 공작은 무뚝뚝하고 기본적인 것만 챙기는 어머니인 듯했다. 자녀들에게 큰 애정이 없다더니 정말이군.

"그래도 직접 오셨다는 건 대화할 의지가 있다는 거죠. 상황을 파악하고자 하신다는 거고요."

내 말에, 아이의 고개가 쏘옥 올라왔다. 크리스텔은 다정히 에바의 머리칼을 쓰다듬어 주었다.

"왕자님의 말씀이 맞습니다. 잘 풀릴 테니 너무 걱정 마세요."

"네!"

금세 회복하고 즐거워하는 모습이 꼭 어린 푸들 같았다. 2주간의 신전 청소를 끝내고 내 칭찬을 기다리던 얼굴과 겹쳐 보였다. 나는 작게 웃으며 정원 쪽으로 다가갔다. 한껏 산트를 괴롭히던 데미, 레아, 페리가 달려와 오롱조롱 내게 매달렸다.

"오늘은 같이 못 가. 미안하다."

-끼이, 끼우

"말들이 예민해서 어쩔 수 없대. 대신 다음에 더 좋은 데 놀러 가자."

서운한 기색이 역력한 레서판다들을 잔뜩 문질러 주며 달랬다. 웬만하면 데려가고 싶었지만, 경기장의 말들이 긴장한 상태라 어려울 것 같다는 답변을 받았다. 나는 마지막으로 데미를 꼭 끌어안아 준 뒤 자리에서 일어났다. 산트가 내게 공손히 절했다.

"꼬맹이들 잘 부탁드립니다, 사제님. 에테르는 많이 주지 않으셔도 됩니다. 떼쟁이들이에요."

"네, 왕자님. 알고 있습니다."

청년이 순박하게 웃으며 답했다. 산트는 선하고 다감한 성격이지만, 낯을 많이 가려 엘리자베트 경이나 에바와는 아직 데면데면했다. 사람이 많은 곳도 힘겨워해서 폴로 관람 역시 함께하지 않았다. 나는 어깨 위로 날아온 뚝심이를 가볍게 쓸어주고 뒤를 돌았다. 헤인스 경이 나를 보며 미소하고 있었다.

"귀한 친구분이 많네요, 왕자님."

"그… 렇게 됐습니다."

나는 애매하게 입꼬리를 올렸다. 그의 말을 들으니 빙의 첫날의 결심이 떠올라 슬쩍 무안해졌다. 분명 주인공들과 엮이지 않고, 귀족들과도 교류 없이 지내겠다고 큰소리 떵떵 쳤던 것 같은데. 오늘은 내가 먼저 폴로를 보겠다고 하는 바람에 모두가 한데 모인 셈이었다.

"서부의 사르네즈 공작가, 북부의 무테 백작가, 남부의 뒤엠 후작가, 동부의 블랑케르 공작가. 신국에서도 유명한 제국의 4대 귀족 가문이잖아요."

"예?"

이게 무슨 소리요. 내가 사혼의 구슬 조각을 모으고 다녔다니, 작가 양반…

"왕자님은 그들 모두와 친분이 있고, 심지어 황실과도 가까우신 거죠. 대단하세요."

헤인스 경은 칭찬으로 하는 말인데, 이상하게 비꼬는 것처럼 들렸다. 아마 내가 스스로를 야유하고 있어서인 듯했다. 빙의하고 겨우 넉 달 됐다. 틈틈이 잘도 주요 집안과 엮여왔구나, 정예서.

"늦어지는군."

그즈음 황자가 짤막하게 불평했다. 주황색 눈동자와 시선이 마주쳤다. 언제부터 저렇게 마차에 기대어 폼을 잡고 있었는지 모를 노릇이었다. 잘나신 메인 남주라 무슨 짓을 해도 화보였다. 등 안 배기냐.

"인원이 많고 짐도 있으니까요."

내가 그에게 다가서며 대답했다. 헤인스 경이 멀어지는 것을 확인한 뒤엔 소리를 낮추었다.

"검진 결과는 들으셨습니까?"

그는 탐탁지 않다는 얼굴로 턱을 까닥였다. 고위 마법사와 치유 신관이 내게서 뽑은 피로 여러 실험을 했지만, 독 반응은 전혀 없었다고 했다. 사람이 건강한 건 경사인데 맘에 들지 않는다는 낯을 하고 있으니 기분이 묘했다. 네가 검진받으라고 해서 받았는데 또 뭐가 불만이냐. 그의 날카로운 눈빛이 크리스텔과 대화 중인 헤인스 경에게 가닿았다.

"다음에는 어디로 갈 생각이지?"

황자 놈이 물었다. '다음에 더 좋은 데 놀러가자'라는 내 말을 들은 모양이었다. 귀도 밝네.

"글쎄요. 제 마음대로 또 나가도 됩니까?"

"목적지를 봐서."

칼 같은 중저음이 돌아왔다. 나는 피식 웃었다. 내가 먼저 위험으로 향할 일은 절대 없을 터였다. 폴로 경기를 보고 싶다고 말한 건, 내가 결국 그곳에 가게 될 게 뻔하기 때문이었다. 아마 잠자코 있었어도 어떤 식으로든 기존의 전개에 맞춰 끌려갔을 터였다.

그러니 이번에는 선수를 쳐서, 내가 할 수 있는 일을 해보기로 마음먹었다. 남들이 보면 '키스 한 번 피한다고 애쓴다'라며 혀를 찼겠지만 나는 진지했다. 아는 것이 거의 없는 세계관에서, 한발 앞서 움직인다는 것은 내게 엄청난 모험이었다.

"왕자님."

그때, 부티에 추기경의 음성이 귓전을 울렸다. 나는 놀라서 돌아섰다. 황제궁은 쥘리에트 궁과 제법 멀었기에, 그녀의 마차는 황궁 정문에서 우리와 합류할 예정이었다.

그런데 추기경이 방향을 돌려 이곳까지 행차한 것이었다. 황자가 그녀의 손을 잡아 에스코트했다. 상황이 심각해 보였는지, 한곳에 모여 수다를 떨던 크리스텔 일행도 이쪽으로 다가왔다.

"왕자님이 가장 먼저 알아야 하는 일이라, 전해주러 왔단다. 나도 방금 접한 소식이야."

 추기경이 한 손을 뻗어 내 뺨을 쓰다듬었다. 차분한 베이지색 눈동자가 나를 들여다보았다.

 "신국의 엘리서 왕세녀가 제국에 올 거야. 세드리크와 크리스텔의 성기사 서임을 심사하는 추기경 자격으로. 괜찮겠니?"

 …네?

* * *

 추기경은 끝내 황궁을 떠나지 못했다. 긴급히 왕세녀의 의전을 논의해야 했기 때문이다. 황도 교외에 있는 뒤엠 후작저까지 어떻게 왔는지 기억이 나질 않았다. 마차에서 내려 후작저 시종들의 안내를 받고, 초록이 가득한 경기장에 들어와서도 내내 멍했다. 정신을 차린 건 귀에 익은 음색 덕분이었다.

 "예서 왕자님! 이렇게 와주셔서 감사합니다."

 "안녕하세요, 후작."

 "듣자니 왕자님께서 주요 관객을 모집하고 좌석 배치도까지 준비해 주셨다지요. 폴로를 이토록 사랑하시는 줄은 몰랐습니다. 저 프랑수아 뒤엠, 왕자님의 성은과 배려에 몹시 감동했습니다!"

 후작이 요란하게 팔을 휘두르며 내게 절했다. 다른 팔엔 챙이 있는 선수용 모자를 낀 채였다. 상념을 쫓아주는 그가 내심 반가웠다. 분홍색 베스트와 꼬리가 긴 코트, 하얀 바지와 흑색 부츠는 후작과 몹시 잘 어울렸다.

늘 과한 복장이었는데 절제된 차림의 그를 보니 느낌이 새로웠다. 그제야 경기장의 모습이 눈에 들어왔다. 짧게 깎은 잔디밭에 말과 선수들이 나와 적응하고 있었다.

반대편엔 낮고 하얀 목제 울타리가 쳐져있었는데, 하인이나 평민들이 편하게 와서 구경할 수 있도록 배려한 듯했다. 이편에는 50명쯤 앉을 수 있는 객석이 마련되어 있었다. 푸른 마석과 아연으로 만들어 꾸밈새가 화려했지만, 의외로 소박한 규모였다. 후작이 우아한 몸놀림으로 우리를 에스코트했다.

"미인의 낯이 어둡군요. 오는 길이 불편하셨습니까?"

"저한테 하신 말씀입니까?"

대사가 너무 오글거려서 하마터면 후작을 혼낼 뻔했다. 내가 정색하자 그는 한 걸음 물러나며 뻔뻔하게 말했다.

"별일 없으셨다니 다행입니다. 다들 왕자님을 살피시는 것 같기에, 저도 가벼이 한마디 보탰을 뿐이지요. 이쪽입니다."

그가 중앙의 상석을 향해 손짓했다. 나는 그제야 곁에 선 일행들을 바라보았다. 황자는 무표정했지만, 크리스텔과 엘리자베트 경을 비롯한 모두가 나를 보고 있었다. 왕세녀가 온다는 소식을 듣고 줄곧 내 안색을 살핀 모양이었다. 심란해서 주변을 신경 쓰지 못한 게 미안해졌다. 나는 애써 웃으며 말했다.

"전 괜찮습니다. 조금 놀랐을 뿐입니다. 다들 앉으실까요?"

"네, 왕자님. 어제 일러주신 대로 앉겠습니다!"

가나엘이 싹싹하게 답했다. 에바는 냉큼 엘리자베트 경의 옆자리에 착석했다.

"저는 신국의 특산 차를 가져왔어요. 나눠 마실 분 있나요?"

"저요!"

헤인스 경의 제안에 크리스텔이 손을 번쩍 들었다. 분위기가 풀리는 것 같아 다행이었다.

* * *

"왕자님, 이거 보세요. 차에서 빛이 나요!"

"그러게, 이쁘네."

"이제 드셔도 됩니다."

왼편에 앉은 가나엘과 뱅자맹이, 헤인스 경의 특산 차를 보며 내게 말했다. 나는 오른편의 헤인스 경에게서 차를 한 잔 받았다. 황실 주방의 음식이 아니기에, 뱅자맹이 은식기로 확인한 뒤 먼저 맛을 보고 30분이 지난 후에야 나 역시 음미할 수 있었다.

차에서는 달콤하고 기분 좋은 향이 났다. 색상은 투명했지만, 청백색의 빛 알갱이가 찻물 속을 떠도는 게 무척 신비로웠다. 무슨 요정의 샘물 같은 걸 마시는 기분이었다.

"'달무리초'라는 식물의 잎을 말려 우린 차예요. 신국의 숲에서만 자라는 탓에 제국 사람들은 접하기 어렵죠."

헤인스 경이 나긋하게 설명했다. 나는 고개를 주억이며 달무리차를 머금었다. 고소하고 은은한 맛이 마음에 들었다. 왕세녀의 소식에 소용돌이치던 마음이 조금 가라앉는 것 같기도 했다.

"보시는 순간, 뒤엠 후작이 득점에 성공합니다! 6대 1입니다, 여러분."

진행을 맡은 앙투아네트 뒤엠 공녀의 목소리가 들렸다. 나는 머리를 반짝 들어 정면을 바라보았다.

-다각, 다각, 다각…!

관객들이 점잖게 박수를 보냈고, 몇은 휘파람을 불며 환호했다. 말에 탄 후작이 맬릿을 두어 바퀴 돌리며 환하게 웃고 있었다. 웬일로 멀쩡하니 멋있었다. 귀밑에 붙이는 포털 멀미약, 마석 살수기, 시대를 앞서간 수정판을 만드는 괴짜로는 보이지 않았다. 뒷자리에 앉은 크리스텔이 내 어깨를 톡톡 두드리며 속닥였다.

"저러니까 평범한 미남 같습니다, 그죠?"

"동의합니다."

"저 방금 살짝 설렜어."

"네?"

나는 깜짝 놀라 그녀를 돌아보았다. 크리스텔이 씩 웃었다.

"잘생겼지, 돈 많지, 운동 신경 괜찮지. 제가 데리고 살까요?"

"공녀."

"나이 차이는 괜찮습니다. 좀 일찍 헤어지는 거죠, 뭐."

아니, 내가 널 어떻게 여기까지 데려와서 황자 옆자리에 앉혀놨는데! 소리도 제대로 못 내고 입을 벙긋거리자, 내 표정을 본 그녀가 숨죽여 킥킥거렸다.

"이제야 좀 왕자님 같으시네요."

그러고는 다시 좌석에 등을 기댔다. 혹시 들었나 싶어 그녀의 옆에 앉은 황자를 살폈지만, 그는 조각 같은 얼굴로 경기에 집중하고 있을 뿐이었다. 절대 안 될 말씀이다. 나는 달무리차로 타는 목을 적셨다. 5회부터 수정판을 객석으로 들여온다고 했으니, 두 주인공은 곧 진한 접촉을 하게 될 터였다. 괜히 심장이 벌렁거렸다.

*　*　*

"8대 5! 점수 차가 좁혀지는군요."
"와아아…!"
"윽."
뒤엠 공녀의 목소리와 환호성 사이로, 나는 짧게 신음하며 허리를 숙였다. 조금 전부터 몸 상태가 이상했다. 한 번 놀란 심장이 끊임없이 벌렁대더니, 이제는 머리가 깨질 듯 아프고 속이 울렁거렸다.

어떻게든 원인을 찾아보려 손바닥 여기저기를 주물렀지만, 빙의하고 나서 늘 건강했기에 짐작 가는 바가 없었다. 스트레스성인가. 왕세녀를 만나면 어떻게 대응할지 고민하느라…

"왕자님, 괜찮으십니까?"
가장 먼저 이상을 눈치챈 뱅자맹이, 내 등을 짚으며 속삭였다. 나는 한참을 끙끙거리다 머리를 가로저었다. 삐이이이-

이명이 울렸다. 이건 아무리 생각해도 괜찮지 않았다. 수정판이고 뭐고 당장 황궁으로 돌아가서 태의를 만나야 했다. 오늘 먹은 음식들을 모조리 떠올려 봤으나, 전부 가나엘이나 뱅자맹이 함께 입을 댄 것들이었다. 그리고 둘은 지금껏 멀쩡했-

"헉!"

송곳이 뇌를 찌르는 듯한 통증에, 나는 숨을 들이켰다. 무서워서 소름이 돋을 만큼 날 선 감각이었다.

"저, 저 환궁해야겠습니다."

"알겠습니다. 준비하겠습니다."

뱅자맹은 침착했다. 내 낯빛이며 목소리가 말이 아닐 텐데도 전혀 흔들리지 않았다. 그가 옆자리의 가나엘에게 뭐라고 말하는 음성이 들렸다. 나는 주먹을 꾹 쥐고 눈을 질끈 감았다. 그러자 오른쪽에서, 헤인스 경의 크고 서늘한 손이 다가와 내 어깨를 잡았다.

"제가 모셔다 드릴게요, 왕자님."

온몸에 힘이 탁 풀리는 것 같았다. 나는 고개를 끄덕였다.

* * *

"왕자님, 어디 안 좋으세요?"

뒷자리에서 가장 먼저 이상을 감지한 건, 당연하게도 크리스텔과 세드리크였다. 에서 왕자의 에테르가 흔들리고 있었기 때문이다. 고갈이나 폭주 증세와는 거리가 멀었지만, 그는 분명 불안정한 상태였다.

뱅자맹이 왕자의 손에 들린 찻잔을 빼내고 잽싸게 짐을 정리했다. 가나엘은 어느새 입구로 달려가 마차를 준비시키고 있었다. 장내가 소란해지지 않도록 조용히 움직이려는 듯했다.

"좀, 스트레스를 받은 것 같습니다. 태의에게 보이면 괜찮을…"

왕자의 목소리가 작아졌다. 늘 핏기가 돌던 뺨도 창백했다. 황자는 크리스텔이 마시던 달무리차를 증발시킬 듯 쏘아보았다. 사내의 시선을 느낀 그녀가 급히 저쪽에 앉은 에바를 살폈다.

같은 차를 마셨지만, 소공녀의 낯빛은 다른 이들과 마찬가지로 멀쩡했다. 신관에게 특수한 작용을 하는 차는 아닌 듯했다. 왕자의 말대로 급성 스트레스 반응이거나 알레르기인 것 같았다. 아이는 한 박자 늦게 상황을 파악하고 놀란 눈치였다.

"사촌. 치유력을 쓸 수 있나?"

황자의 중저음이 울렸다.

에바는 '사촌'이 자신을 부르는 호칭임을 파악하고 깜짝 놀랐다.

"아, 아뇨. 송구합니다. 저는 치유 신관이 아니라…"

엘리자베트가 괜찮다며 아이를 위로했다. 세드리크는 혀를 찼다. 왕자가 특이한 경우인 건 익히 알고 있었다. 치유 신관은 힘든 길이었고, 처음부터 치유자가 되겠다고 결심한 게 아니라면 구태여 치유 서클을 공부하는 신관은 거의 없었다. 곧 헤인스 경이 왕자를 부축해 자리에서 일어났다. 동시에 황자도 몸을 일으켰다.

"전하."

아니, 일으키려고 했다. 그의 오른팔을 잡은 것은 서느런 물의 기운이었다.

"놔."

"저희가 함께 나가면 또 시끄러워집니다. 왕자님에게 부담이 될 거예요."

크리스텔의 청회색 눈동자가 그를 똑바로 바라보았다. 황자는 움직임을 멈추었다.

"연례 기도회 이후로 왕자님을 주시하는 눈이 많습니다. 아시잖아요."

"…"

주황색 홍채가 어둡게 가라앉았다. 왕자는 적국의 볼모라는 이유로 많은 헛소문을 홀로 감당하고 있었다. 그를 찬탄하는 이가 다수였으나 경계하는 이도 적지 않았다.

지난 기도회로 황자와 크리스텔이 얻은 교훈은, 파트너를 지키기 위해 언제나 앞으로 나서기만 해서는 안 된다는 점이었다. 둘은 자신들의 지위를 고려해야 했다. 지금 그를 더욱 주목받게 할 순 없었다. 헤인스 경은 그들에게 묵례한 뒤, 왕자를 부축해 경기장을 빠져나갔다.

"저기. 후작저의 주치의야."

엘리자베트가 가리켰다. 경기장 측면에서 대기하던 의사가, 앙투아네트 뒤엠의 손짓에 이쪽으로 달려오고 있었다.

"돌려보내."

황자가 낮게 명했다. 에테르 문제가 겹친 듯하니 황궁의 대모님께 보이는 게 가장 효과적이었다. 경기를 중단할 게 아니라면 이곳의 유일한 의사를 빼낼 순 없었다. 세드리크는 자신의 친우를 돌아보았다.

"기사가 몇이나 따라왔지?"

"나, 7급 검사 둘, 5급 마법사 둘."

"너만 남고 나머지는 전부 왕자에게 붙이도록."

엘리자베트는 재깍 고개를 끄덕인 뒤 근위대원 하나를 불러 명령했다. 황자의 판단은 빨랐다. 요한 헤인스는 대주교급 성기사였다. 7급 두 사람이 전력을 다하고 5급이 견제한다면 아주 까다롭진 않을 것이다.

"언약을 했잖아요. 괜찮을 겁니다."

크리스텔이 차분히 속삭였다. 두 남녀는, 헤인스 경이 왕자에게 언약을 했다는 이야기를 들은 바 있었다. 자세한 내용까진 모르지만 그가 성스러운 힘을 걸고 맹세한 것은 확실했다.

무테 변경백이 전해온 새로운 첩보도 없었다. 그러니 별일은 없을 터였다. 그래야만 했다.

* * *

"으…"

나는 작게 신음하며 눈을 떴다. 황실 마차가 황도의 교외를 달리고 있었다. 멀미를 할까 봐 걱정했는데 다행히 컨디션이 나아지는 것 같았다. 머리는 확실히 덜 아팠고, 속도 많이 가라앉았다. 이명은 여전했지만 경기장에 있을 때보다는 견딜만했다. 진짜 스트레스 때문이었나.

"왕자님, 좀 어떠세요?"

바로 옆에서 부드러운 음성이 들렸다. 나는 시선을 돌려 헤인스 경을 바라보았다.

"같이 타셨네요."

"누군가는 호위를 해야죠. 근위대원도 많이 왔어요."

나는 고개를 주억이며 창밖을 살폈다. 사람은 없고, 마차만이 오가는 외곽의 숲길이었다. 여름 나무가 울창했다. 뒤따라오는 기사와 병사들의 기척이 느껴졌다.

"뱅자맹?"

나는 그제야 맞은편에 앉은 뱅자맹을 발견했다. 그런데 그가,

"…주무시네."

눈을 감고 있었다. 옆자리의 가나엘도 마찬가지였다. 그게 조금 이상했다. 피곤하면 쉬는 게 당연하지만, 내가 아는 두 사람은 환자를 두고 쉬이 잠드는 성격이 아니었다. 묘한 불안이 손끝을 타고 번졌다.

-*히히힝!*

-*히힝!*

그때, 마차를 이끌던 말들이 요란하게 울었다. 이내 속도가 느려졌다. 아직 상태가 온전치 않았으나 내 정신은 서서히 깨어나고 있었다.

-*다각, 다각…*

곧 마차가 완전히 정지했다. 헤인스 경이 입을 열었다.

"산짐승이라도 나타났나 봐요. 제가 확인하고 오죠."

"…황궁 밖으로 나오는 게 큰 모험이군요."

내가 대답했다. 헤인스 경은 평온한 낯으로 마차에서 내렸다. 그와 근위대원들의 말소리가 희미하게 들렸다. 나는 곧장 뱅자맹과 가나엘의 목덜미를 짚었다. 다행히 둘 다 정상적으로 호흡하고 있

었다. 안도의 한숨이 흘러나왔다.

-퍽!

"커흑!"

흠칫. 바깥에서 누군가 고통스러운 소리를 냈다. 나는 즉시 마차 문고리를 붙잡았다. 강렬하고 불길한 예감이 등줄기를 강타했다. 밖에서 무슨 일이 벌어지고 있는 게 분명했다. 생각이 빠르게 한 가닥으로 모이지 않았다. 당장 열고 나가? 안 돼, 뱅자맹하고 가나엘은? 같이 여기서 버텨?

-벌컥!

반대편에서 무지막지한 힘이 문을 잡아당겼다. 나는 저항도 해보지 못하고 딸려 나갔다. 열린 문 너머의 남자가 미소하고 있었다. 그러나 민트색 시선은 명백한 고통에 젖어있었다. 어째서?

"모험은 언제나 위험하죠."

요한 헤인스가 말했다. 샛바람이 불었다.

"목숨을 걸어야 하는 거예요, 전하."

-푸욱!

이어 날 선 공기의 검이 내 심장을 찔렀다.

-푹!

"허윽."

그리고 순식간에 뽑혀 나갔다. 몸이 앞으로 고꾸라졌다. 그는 받아주지 않았다.

-털썩!

그대로 땅바닥을 나뒹굴었다. 몰아치는 공포와 충격으로 숨이 잘 쉬어지지 않았다. 삐이이이-! 사이렌 같은 이명이 울렸다. 나는 미친 듯이 가슴팍을 더듬으며 앞으로 기어나갔다.

마차 뒤편으로, 여기저기 널브러진 근위대원들이 시야에 들어왔다. 혈흔은 보이지 않았다. 압도적인 무력 차이였다. 앞좌석의 마부는 고개를 푹 떨군 채였다.

"헉, 허억…"

나는 한 손으로 입을 막고 가쁜 호흡을 가라앉히려 애썼다. 요한 헤인스는 공기 속성의 성기사였다. 저들을 제압하고 모조리 질식시킨 것이다. 뱅자맹과 가나엘도, 같은 방법으로-

"피를 흘리지 않으시네요. 안에 방검복을 입으신 건가요? 아니면 마도구?"

그가 서늘하게 물었다. 나는 그제야 내 손에 피가 묻어나오지 않음을 깨달았다. 허겁지겁 찢어진 셔츠 밑을 뒤적였다.

"하…"

가운데가 푹 팬 수첩이, 붉게 빛나며 마나를 뿜어내고 있었다. 내가 늘 챙겨 다니는 물건. 에서 왕자가 신국에서 가져온 유일한 소지품.

"괜찮아요. 아프지 않게 해드릴게요."

머리 위의 남자가 말했다. 금방이라도 무너질 것 같은 목소리였다.

"헤인스 경. 도대체 왜,"

-휘이익!

공기의 칼날이 그의 손에서 날아올랐다.

-카가가강-!

나의 황금빛 서클이, 허공에서 성기사의 공격을 막아냈다. 그가 대주교의 전력을 다하지 않은 것이다. 에테르를 사용하자 물러가는 듯했던 두통이 다시 찾아왔다. 도대체 나한테 무슨 짓을 한 거지?

"베르너르 국서의 명령이에요. 전하를 죽여서 어디든 베어오라고 하더군요."

"말도 안 돼. 당신은 내게 언약했잖아."

"네, 전 그 사람의 돈을 받은 적이 없으니까요. 피고용인이 아니죠."

그의 말끝이 가늘게 떨렸다. 설마.

"국서는 제 아들을 인질로 잡고 있어요."

온몸에 소름이 돋았다. 이어 더욱 강력한 칼날이 성소 위를 가격했다.

[그만둬!]

-콰아앙-!

내 신탁과 그의 공격이 맞부딪혔다. 짧은 섬광이 일었다.

-키기긱, 키기기긱…

금빛 돔이, 고통스럽게 쩍 벌어지고 있었다. 길고 날카로운 그의 검이 기어코 성소를 꿰뚫은 것이다. 주교와 대주교급의 차이는 이토록 잔혹했다. 뾰족한 틈 사이로 그가 손을 뻗었다. 나는 본능적으로 엉금엉금 상체를 물렸다.

"이 방법은 쓰고 싶지 않았어요. 한 번 당하신 일을 또 겪게 하고 싶진 않았거든요."

"컥!"

급히 목을 붙들었다. 숨길이 좁아지는 생생한 고통이 밀려왔다. 머릿속 저편으로 밀어두고, 다시는 떠올리지 않고자 했던 감각이었다. 이따금 악몽에서나 보던 광경. 쌍둥이 암살자.

"차를 드시게 한 건 죄송해요. 달무리초엔 독성이 없어요. 그저 햇무리초의 진액과 섞이면 에테르를 교란하는 부작용이 있을 뿐이죠."

"꺽, 크윽…"

다행이다. 이런 와중에도 다른 사람들은 괜찮을 거란 생각을 하는 스스로가 우스웠다. 생리적인 눈물이 고여 시야가 흐릿해졌다.

"그날, 찻잔을 만지면서 햇무리초의 진액을 발랐어요."

"끅, 끄흑."

"무색무취라 알아차리기 쉽지 않죠. 아주 소량이면 충분해요. 체내에 6개월은 남아있고…"

"으, 끄…!"

결국 이런 방식으로 죽게 되는 건가. 작가가 사인死因을 못 박아둔 걸까? 전신이 부들부들 떨리고 머리가 터질 듯 달아올랐다. 나는 부츠로 흙을 밀어내며 마구 몸부림쳤다. 은서, 형, 엄마의 얼굴 뒤로 익숙한 이미지가 떠올랐다. 흩날리는 분홍빛 머리칼, 이마를 감싸던 불꽃…

"시골의 평민들이나 아는 얘기지만요."

-파다닥!

그 순간, 날갯짓 소리와 함께 작은 생물이 날아들었다. 갈색 솜뭉치가 헤인스 경을 습격했다.

"큿!"

그가 인상을 쓰며 물러났다. 팽팽한 에테르가 헝클어짐과 동시에 호흡이 트였다.

"허억! 콜록, 콜록! 콜록콜록!"

나는 크게 숨을 몰아쉬며 기침을 뱉어냈다. 대충 뺨을 닦고 서둘러 상황을 살폈다.

-*삐르르르! 삐삐!*

"뚝심-"

안 돼. 내 눈이 커졌다. 분명 황궁에 두고 온 굴뚝새가, 내 앞으로 날아와 헤인스 경의 얼굴을 마구 쪼아대고 있었다. 여긴 어떻게 알고!

[쿨럭! 이리 와, 그만해!]

나는 비틀거리며 바닥에서 일어났다. 저 작은 녀석이, 신수로서 각성조차 하지 못한 꼬마가 대주교를 상대할 수 있을 리 만무했다. 뚝심이에겐 아무 능력이 없었다. 말려야 했다. 헤인스 경이 날렵하게 팔을 휘둘렀다.

-*삐삐삐! 삐삐삐!*

[뚝심아!]

-*휘이익!*

퍽! 하고 굴뚝새가 메다 꽂혔다. 나는 비명도 지르지 못했다. 땅을 나뒹구는 녀석을 향해 황급히 주저앉았다.

[아니야, 아니, 아니…]

-*삐, 삐이…*

새가 가냘픈 울음을 냈다. 벌벌 떨리는 손을 뻗어 녀석을 감쌌다.

너무 가볍고 작아서, 금방이라도 날아갈 것 같은 체온이 손바닥에 담겼다. 바닥에 부딪힌 왼쪽 날개는 완전히 부서진 듯했다. 뚝심이가 오른쪽 날개를 작게 움직이며 나를 바라보았다. 까만 눈이 반쯤 감겨있었다.

−삐이, 삐…

[왜 그랬어. 왜, 여기까지 와서…]

나는 이를 악물었다. 입술이 파르르 떨리고 목구멍이 뜨겁게 울렸다.

[이게 무슨 짓이야!]

"죄송해요."

헤인스 경이 사과했다. 머리끝까지 화가 나는데, 그의 음성이 물에 잠겨있어 무슨 표정을 지어야 할지 알 수 없었다. 분노와 슬픔으로 가슴이 오르락내리락했다.

"왕족 신관과 신수를 살해하면 주신의 저주를 받겠죠."

[…]

"하지만 자식이 감옥에 갇혀서, 약도 없이 하루하루를 버티고 있어요."

[…]

"이런 삶은 이미 저주받은 거나 마찬가지예요, 전하."

남자의 얼굴이 바람비에 젖었다. 그는 망설임 없이 허공을 갈라 불투명한 검을 뽑아냈다. 내가 지지 않고 다시 성소를 개방했다.

−우우웅!

[아들을 구할 방법이 있을 거야. 그만해!]

그가 검을 든 팔을 깊이 감았다. 나는 뚝심이를 품에 최대한 가까이 붙이고 허리를 구부렸다. 언제부턴가 이명은 들리지 않았다. 그저 내 심장 소리와, 날짐승의 가느다란 숨이 귓가를 가득 메우고 있을 뿐이었다.

-삐이

뚝심이는 살아야 했다. 아무런 잘못도 하지 않았고, 아무것도 모르는 어린 새였다. 나는 녀석의 부리에 입을 가까이 대고 속삭였다. 괜찮아. 형이 막아줄게. 도망가. 숲 쪽으로.

-쌔애액!

바람의 검날이 성소를 갈랐다. 나는 눈을 질끈 감았다. 이어,

-콰아아앙-!

귀를 찢는 듯한 파공음이 숲을 뒤흔들었다. 순간 벅차오르는 감각과 함께 눈꺼풀이 번쩍 뜨였다.

-파아아아…!

동시에 내 몸과 바닥에서, 폭발적인 금색의 빛살이 뿜어져 나왔다. 튕겨 나가는 헤인스 경의 모습이 느리게 보였다.

"아…"

눈앞에 펼쳐진 것은, 아주 거대하고 황홀한 서클이었다. 직경이 200미터에 달하는 나의 두 번째 원. 성지聖地.

* * *

두근. 세드리크는 흠칫했다. 그의 불타는 듯한 주황색 눈동자가

황궁 방향을 향했다. 찰나였으나 자신의 감각을 의심하기에는 너무 또렷한 존재감이었다. 청아하고 강렬한 에테르의 폭발. 흐름이 이어지지 않는 걸 보니 폭주 증세는 아니었다. 하지만…

"방금 그거."

크리스텔의 말이 상념을 깨웠다. 황자는 눈알만을 굴려 그녀를 바라보았다. 청회색 눈동자가 불안으로 옅게 찰랑이고 있었다.

"제 착각인가요?"

"아니."

"와아아…!"

그의 대답과 동시에 객석에서 환호가 터졌다. 뒤엠 후작의 폴로 팀이 다시금 득점에 성공한 것이다. 점잖은 휘파람과 박수갈채 사이에서 두 남녀의 눈빛이 가라앉았다. 별일이 아닐 수도 있었다. 예컨대 숲길을 달리던 중 산짐승을 만난 성기사에게 에테르가 필요했다거나…

"아빠?"

그때, 엘리자베트의 당황한 음성이 들렸다. 둘은 고개를 돌려 소백작을 살폈다. 그녀의 시선을 따라가니 부친인 미셸 무테 경이 보였다. 황자가 지체 없이 자리에서 일어나자 모든 일행이 기립했다.

중년인은 에스코트 하나 없이 바쁜 걸음으로 다가오고 있었다. 가까이서 살핀 그의 모습은 엉망이었다. 백작저에서 급하게 출발했는지 재킷의 칼라가 마구 구겨진 채였다. 진회색 머리는 삐죽삐죽했고, 목덜미에는 땀이 맺혀있었다. 그의 용건이 무엇이든 일개 심부름꾼을 시켜 전할 이야기는 아니었다는 의미였다.

"전하."

"미셸 경."

"무테 변경백으로부터의 전언입니다."

그가 자신의 배우자를 언급했다. 황자는 불운을 예감했다.

"엘리자베트와 크리스텔 공녀가 잡은 해적들을 신문하던 중, 우두머리에게서 진술을 얻어냈습니다. 그자가 작년에 신국의 영해에서 젊은 성기사와 싸운 적이 있다더군요. 상대는 눈이 옥빛이었고 바람을 조종했다고 합니다."

"계속하십시오."

"해적 백여 명이 덤벼도 당해낼 수 없었다고 하기에, 네놈들이 대주교를 어떻게 상대하겠느냐고 핀잔했더니…"

미셸 경이 말을 이었다. 엘리자베트는 아버지의 손을 꾹 잡았다.

"그런 문제가 아니었다고 대답했답니다. 백발의 성기사가 주문을 외우면, 하늘이 갈라지고 풍랑이 거세져 배가 산산조각이 났다는 겁니다."

크리스텔이 숨을 들이켰다. 황자의 낯에 드물게도 당혹이 번졌다.

"숲에서 잡힌 다른 해적에게서도 같은 진술을 확보했다고 합니다. 전하, 요한 헤인스 경은 대주교가 아닙니다…"

중년인의 음색에 깃든 것은 공포에 가까웠다. 그가 들릴 듯 말 듯 속삭였다.

"그는 성흔을 쓰는 추기경입니다."

-콰아앙-!

크리스텔과 황자의 그림자가 경기장으로 쏘아져 나갔다. 놀란 말들이 울음을 터뜨렸으나 두 사람은 개의치 않았다. 검은 장갑이 거친 손길로 프랑수아 뒤엠의 멱살을 잡아챘다. 요한 헤인스가 자신의 직위를 속였다. 움직일 이유는 충분했다.

* * *

"허억, 진짜 죽을 뻔…"

내가 쉰 소리로 중얼거렸다. 쿨룩, 간간이 기침이 터졌다. 물론 헤인스 경이 살아있으니 생존이 보장된 건 아니었다. 하지만 그는 저 멀리 튕겨 나가 아직 몸을 일으키지 못한 상태였다. 적어도 고비는 넘겼다. 나는 그렇게 생각하며 비척비척 땅에서 일어났다.

-샤아아아…

이어 으리으리한 금빛 서클을 살폈다. 크기도 문양도 성소와는 전혀 달랐다. 나의 두 번째 원은 훨씬 화려하고 기하학적인 무늬를 자랑했다. 게다가 역사에 기록된 최대 직경의 성지보다 족히 두 배는 컸다. 어떻게 된 건진 모르겠지만…

"다행이다."

혼잣말이 흘러나왔다. 덕분에 마차 안에 있는 뱅자맹과 가나엘, 바닥에 쓰러진 근위대와 마부까지 모두 내 서클 안에 들어왔다. 맞서 싸울 수는 없지만 지키는 건 가능했다. 이런 데서 대주교로 승급할 줄이야…

-삐이

"뚝심."

나는 화들짝 놀라 손바닥 위의 온기를 들여다보았다. 굴뚝새가 오른쪽 날개를 작게 움직였다. 살아있었다. 순간 울컥해서 목이 멨다. 녀석의 머리에 살짝 이마를 가져다 대고 소곤거렸다.

"에테르 줄게. 받아."

–삐…

뚝심이가 스러질 듯 울었다. 야속하게도, 녀석은 여전히 내 에테르를 흡수하지 않았다. 나는 서클 밖에서 비틀비틀 일어서는 헤인스 경을 보며 마른침을 삼켰다. 순간 다리에 힘이 풀리는 것 같았다. 마음 같아선 당장 여기에 있는 아무 말이나 잡아타 도망치고 싶었다.

하지만 그럴 수는 없고 그래서도 안 됐다. 주인공들이 오기 전까지는, 헤인스 경을 제압할 수 있는 사람이 도착하기 전까지는 내가 이곳의 사람들을 보호해야 했다. 버티자. 나는 이를 악물었다. 무서워도 할 수 있는 건 해봐야지.

"…헤인스 경."

"네, 전하."

멀찍이 선 그가 대답했다. 나는 목소리를 떨지 않기 위해, 그의 시선을 피하지 않기 위해 안간힘을 썼다.

"아들을 구할 방법을 함께 찾겠습니다. 황자님께 알리면 도움을 받을 수 있을 거예요."

"말씀드렸잖아요."

그가 힘없이 웃었다. 흙먼지를 뒤집어쓴 하얀 머리칼 사이로, 흠뻑 젖은 얼굴이 보였다.

"국서는 수단과 방법을 가리지 않아요. 전하께서 더 잘 아실 텐데요."

나는 할 말을 잃고 그를 바라보았다. 에서 왕자의 과거는 모르지만 최근에 있었던 일은 알았다. 베르너르 국서는 열세 살밖에 안 된 아이들을 희생시켜 가며, 양아들을 없애기 위해 타국에 암살자까지 심은 인간이었다. 거기다 헤인스 경의 아픈 아들을 인질로 잡아 투옥하고 약조차 주지 않았다. 오직 헤인스 경을 고문하기 위해서. 그리하여 그가 나를 망설임 없이 죽일 수 있도록.

"…"

사람이 하는 일이니 빈틈이 있을 거라고, 아들을 만나게 될 거라고 말해주고 싶었다. 그러나 지금의 그에겐 기만이나 다름없는 소리였다.

"저는 이제 대주교입니다. 경의 공격을 막아낼 수 있어요."

그래서 침착하게 노선을 틀었다. 그의 표정엔 아무런 변화도 없었다.

"그렇게 계속 에테르를 쓰다간 고갈이 올 겁니다. 그럼 결국 여기서 끝이에요. 일단,"

그때, 성기사가 양팔을 기이하게 움직였다. 나는 하던 말을 멈추고 그를 쳐다보았다. 뭐 하는 거지?

"제가 전하께 그런 이야기를 했었죠. 조만간 성흔聖痕도 구경하실 수 있을 거라고요."

사내가 말했다. 그의 팔짓은, 꼭 보이지 않는 활에 시위를 메기는 것 같았다. 허공에서 불투명한 검을 뽑아내던 조금 전의 동작과는 전혀 달랐다. 민트색 시선이 나를 선명히 겨누었다. 나는 반사적으로 뚝심이를 품에 안았다.

-쏴아아…

7월에 어울리지 않는 서늘한 바람이 우거진 나무 사이를 뒤흔들었다. 숲길의 공기가 불온하게 술렁이기 시작했다. 기분 탓이 아니었다.

"요한 헤인스 경."

"당시엔 저를 의미하고 드린 말씀이 아니었는데."

숨이 턱 막혔다. 눈앞에 주마등이 스쳐가는 것 같았다. 그간 남자가 했던 말들이 귓가에 폭포처럼 쏟아졌다.

'에스프리로군요. 신국의 산골에서도 종종 발견되는 마수예요.'

'에스프리는, 아주 어릴 적에 보고 처음이라.'

'체내에 6개월은 남아있고… 시골의 평민들이나 아는 얘기지만요.'

'저는 성기사로 각성하기 전부터 용병이었어요. 아주 어릴 때부터요.'

설마.

-휘이이잉…!

내 눈이 서서히 커졌다. 헤인스 경에게서 뻗어 나온 강풍이 나의 머리칼과 셔츠 자락을 마구 뒤흔들었다. 하늘이 급속도로 어두워지고 있었다. 두껍고 거대한 회색의 구름이 머리 위로 소용돌이를 그렸다. 폭풍의 징조처럼.

'성흔을 개방하면 곧장 추기경급으로 올라가실 수 있습니다. 평민 출신이 아니라면요.'

빠지직! 숲 여기저기에서 나뭇가지 부서지는 소리가 울렸다. 온몸이 식은땀으로 축축하게 젖어 들었다. 나는 직감적으로 한 걸음 물러났다. '요한'은, 귀족도 대주교도 아니었다. 평민 출신이기에 인정받지 못한…

"…추기경."

내 말을 신호로, 시간이 멈춘 듯했다. 사내의 입술이 천천히 달싹였다. 일순 요란한 바람 소리가 잦아들었다. 그의 음성이 널리 울려 퍼졌다.

[템페스타스Tempéstas.]

-우르르릉!

콰콰강-! 천둥이 쳤다. 날카로운 기류의 화살이 그의 손끝에서 폭발했다. 주신이 직접 쏜 것처럼 길고 웅대한 병기였다. 동시에 모든 것이 정상 속도로 돌아왔다. 어마어마한 맹풍이 내게 꽂혀 들었다.

-쌔애애앸!

-쩌적, 콰가가강-!

성지가 끔찍한 소음으로 부서졌다. 순백의 신광神光을 입은 화살촉이 나를 정면에서 덮쳤다. 본능적으로 알았다. 피할 수 없다. 나는 이곳에서 죽을 것이다.

-삐!

그때였다.

-파아아앗…!

"큭!"

내 손바닥 위에서 섬광이 터졌다. 안구를 찌르는 듯한 광휘였다. 이어-

-챙, 챙, 차르르륵!

코앞에 거대한 금속성의 날개가 펼쳐졌다.

그리고 세상이 하얗게 변했다.

* * *

-쿵!

"악! 아으…"

나는 낙엽처럼 바닥 위를 나뒹굴었다. 온몸이 생생히 욱신거리는 걸 보니, 아직도 목숨이 붙어있는 모양이었다. 살았나? 또? 어떻게?

"와, 차라리 죽는 게 마음 편하겠."

말끝이 뚝 잘렸다. 나는 눈앞에 펼쳐진 광경에 일시 정지했다. 찢어진 셔츠에서 단추가 떨어지건 말건, 후다닥 몸을 일으켜 사방을 살폈다. 이곳은 내가 헤인스 경과 대치하던 황도 외곽의 숲길이 아니었다.

"…왜 다 허옇냐."

순간 머릿속이 멍해졌다. 사방이 희고, 아무것도 없는 공간에 나 홀로 서있었다. 천장과 벽의 위치를 가늠할 수 없을 만치 주변이 온통 하얬다. 감각이고 뭐고 전부 내 착각이고, 실은 죽은 게 아닐까 하는 생각이 들었다. 설마 작중에서 사망해 '퇴계공'에서 빠져나온 건가? 그럼 나랑 같이 있던 뚝심이는?

"뚝심아!"

-삐!

내 외침이 떨어지기 무섭게, 익숙한 울음과 함께 바닥에서 연보라색의 작은 광채가 일었다. 동그란 덩이는 이내 굴뚝새로 변했다. 나는 서둘러 녀석 앞에 무릎을 꿇었다. 뚝심이는 조금 전과 달리 멀쩡했다. 두 날개를 팔랑이며, 까만 눈을 깜빡이는 게 영락없이 건강한 모습이었다. 너무 놀라서 말이 한 박자 늦게 나왔다.

"너… 어떻게 된 거야. 이제 안 아파? 괜찮아?"

-삐르르

"무슨 뜻인지 모르겠다. 너도 죽었어?"

-삐릿!

뚝심이는 몸통을 갸웃거리며 종종 뛰었다. 할 말이 있는 것 같기는 한데, 언어가 통하지 않으니 갑갑한 모양이었다. 곧 녀석이 다시 연보랏빛 구체로 변했다.

"뚝심,"

-사아아아…

빛 덩어리는 말없이 쑥쑥 자라났다. 나는 넋을 놓고 뚝심이의 변신을 지켜보았다. 줄곧 머릿속이 멍했다. 이게 뚝심이의 능력인가?

-이곳이 어디인지 모르는군.

움찔. 이내 너무나도 귀에 익은 미성이 나를 맞았다. 분명 세드리크 황자의 목소리였다. 황자의 목소리인데…

"사르네즈 공녀?"

빛이 걷히자 모습을 드러낸 것은 크리스텔이었다. 나는 충격으로 입을 벙긋거렸다. 얼굴은 크리스텔인데 목소리가 황자다. 이게 무슨 끔찍한 혼종.

-쯧.

크리스텔이 눈살을 찌푸리며 혀를 찼다. 자신의 목을 짚고 자꾸 헛기침을 하는 게, 상태가 만족스럽지 않기는 본인도 마찬가지인 듯싶었다. 그녀가 한숨을 내쉬자 환한 라일락색 빛살이 다시금 몸을 감쌌다. 이어 빛 덩어리가 쭉쭉 커졌다. 나는 설마 하는 심정으로 두 번째 변신을 기다렸다. 설명 한번 듣기 엄청 까다롭네.

-*왕자님! 괜찮으세*,

"안 돼. 이거 아니야. 빨리 바꿔줘."

내가 황급히 손을 내저었다. 황자의 얼굴에 크리스텔의 목소리라니 꿈에 나올까 무서웠다. 사내의 잘난 미간이 구겨지고, 이내 빛줄기 속으로 자취를 감추었다. 뚝심이의 다음 타깃은 의외의 인물이었다.

"뱅자맹?"

-*삐삐삐, 삐르르*

"푸흡."

나는 상황에 맞지 않게 웃음을 터뜨렸다. 뱅자맹이 입을 열자마자 뚝심이의 새소리가 나왔기 때문이다. 그동안 만난 인간의 형상을 빌려 설명하고 싶은데, 아직 음색과 행동을 충분히 익히지 못한 듯했다. 스스로도 답답한지 뱅자맹이 크게 신음했다. 그의 푸른 눈이 비장하게 빛났다. 이번에야말로 뭔가를 보여주겠다는 각오였다.

-샤아아아…!

"헉."

목전에 나타난 사람을 보자 턱이 절로 벌어졌다. 나는 재깍 손으로 입을 막았다. 그러지 않으면 큰 소리를 내거나 삿대질을 하거나, 둘 중 하나는 반드시 저지를 것 같았다.

"당신…"

-반가워요, 예서 왕자. 이렇게 만날 줄은 몰랐습니다.

남청색 눈동자가 아름답게 휘어졌다. 허리까지 닿는 검은 머리칼과, 대마법사의 호화로운 예복은 분명 초상화에서 본 적이 있는 것이었다. 그를 알아보자마자 뇌리에 번개가 쳤다. 나는 그제야 뚝심이의 정체가 무엇인지를 깨달았다. 녀석은 신수가 아니었다!

"세상에. 고매하신 알렉상드르 국서 전하를 뵙습니다."

-나는 벗의 형태를 빌리고 있을 뿐입니다. 본인은 아니에요.

내가 급히 고개를 숙이자, 그가 목을 기울이며 답했다.

-그래도 이곳에서 나를 칭할 때는 '뚝심이'보다 '니키'가 낫겠습니다. 새의 형태론 그대에게 조언을 할 수가 없으니까요.

황자와 꼭 닮은 낯이 부드럽게 웃었다. 음색은 그보다 더 낮고 다정했다.

-'비렴의 방주'는 너무 길어서 부르기도 어렵지 않습니까?

나는 머리를 주억거렸다. 그럼 여긴 '방주' 안이군. 끝내주네.

* * *

"구해주셔서 감사합니다."

내가 말했다. 뚝심이… 즉 '니키'는 고개를 끄덕였다. 이런 상황에 이런 감상이 부적절하다는 건 알지만, 국서는 정말 절세의 미남이었다. 프레데리크 황제가 대단한 능력자라는 생각이 들 정도로.

-그대는 선한 인간이더군요. 주신의 아이를 지키려는 노력에 나도 보답을 하고 싶었습니다.

내가 뚝심이를 보호하려고 필사적으로 굴었던 게 방주의 시선에는 긍정적으로 비친 모양이었다. 고마운 일이지만, 다른 사람이어도 나처럼 행동했을 것이기에 살짝 민망했다. 그래서 나는 궁금증부터 풀고자 화제를 돌렸다.

"어떻게 여기 계신 겁니까? 환궁하던 날에도 이블린의 종탑에 신물이 있는 걸 분명히 봤는데요."

-그건 내 잔상입니다.

"예?"

드립인지 진심인지 알 수 없어 눈을 휘둥그레 떴다. 그러자 니키가 예복의 풍성한 소매로 입을 가리고 웃었다.

-나는 자유로운 새와 같은 존재입니다. 분신을 만드는 것쯤은 간단하죠.

"그러면 이블린에서부터 쭉 저희를 따라오신… 그런데 왜 굴뚝새의 모습을 하셨죠? 인간으로 변하실 수도 있는 거 아닙니까?"

-내 이름을 되짚어 보면 이해할 겁니다.

"아."

그거야 그랬다. '비렴飛廉'은 바람을 일으킨다는 상상 속의 새니까. 근세 서양풍 판타지 소설인데 왜 모든 신물의 이름이 한자인지는 모르겠지만, 아무렴 일관성만 있으면 되지 싶었다. 날개 모양의 신물을 봤을 때부터 설정에 충실하단 생각은 했다.

-인간의 모습을 취하는 건 방주 안에서만 허락됩니다. 나의 권능이 극대화한 곳이니까요.

"그렇군요."

-하지만 아무 인간의 형태나 빌릴 수도 없죠. 조금 전에 변신을 시도한 존재들도, 오직 주신의 단서가 깃든 대상이기에 가능했습니다.

"네?"

내가 물었다. 팔뚝에 소름이 돋았다. 뚝심이가 크리스텔과 황자와 뱅자맹으로 변신했을 때, 나는 녀석이 그간 친해진 인간을 흉내 내는 것이라 여겼다. 그런데 그게 단순한 취사선택이 아니었다고?

-다른 단서는 아직 알지 못합니다.

"무슨 말씀이신지 모르겠습니다. 주신의 단서라는 게 뭐죠?"

내 질문에 니키는 말없이 허공으로 손을 뻗었다. 그러자 연보랏빛 광채가 일더니, 나의 뒤에 의자 하나가 나타났다. 그것을 보자 몸이 딱딱히 굳었다. 머릿속의 피가 싹 빠져나가는 기분이었다. 턱이 가늘게 떨렸다.

"…이거."

-앉으세요, 왕자.

"이게, 왜 여기에."

나는 황급히 답을 구하며 니키를 돌아보았다. 그의 심해처럼 깊은 눈동자에 오만 가지 감정이 물결쳤다. 애정, 연민, 호기심, 숭배와 찬미…

"이걸 어떻게 아십니까? 왜 이게 여기 있죠…?"

의자를 가리키는 내 손끝이 벌벌 떨렸다. 그건 정은서의 식탁 의자였다. 정확히는 매일 함께 식사할 때마다 앉던 녀석의 지정석이었다. 분홍색 돼지 모양 방석이 깔렸고 등받이엔 얇은 체크무늬 담요가 걸쳐져 있는, 동생의 자리.

-그것 역시 주신의 단서입니다.

"제대로 설명하십시오. 이건 제 동생의 물건입니다. 저는 알 권리가 있어요."

나는 의자를 피해 그에게 가까이 다가갔다. 니키가 난처한 낯을 했다.

-미안해요. 나는 성스러운 신물이지만, 전지全知하지는 않습니다. 주신께서 늘 오묘하고 이해하기 어려운 방식으로 의지를 실현하시기 때문이에요. '단서' 또한 그렇습니다.

괜히 숨이 찼다. 그가 나를 달래듯 설명했다.

-단서란 세계의 원리를 담은 파편을 뜻합니다. 창조와 순환의 비밀을 간직한 조각입니다.

나는 호흡을 안정시키려고 애를 썼다. 그리고 머릿속에 그의 말을 최대한 욱여넣었다. 세계의 원리. 창조. 순환. 《퇴사했더니 이계 공녀》.

-주신의 변덕스러운 성심 몇 방울이 내게 물감처럼 튄 결과일까요? 이유도, 연원도 모르게 나는 단서의 존재를 인지하고 있었습니

다. 저 의자도 마찬가지예요.

그와 나는 동시에 은서의 의자를 바라보았다. 니키가 조곤조곤 말을 이었다.

-저 물건은 이곳의 신비와 깊게 얽힌 단서입니다. 하지만 그 밖에는 나도 아는 게 없습니다.

"그러니까… 그러니까."

나는 눈꺼풀을 질끈 감았다 떴다. 침착해야 했다. 모처럼 엄청난 힌트가 나오고 있는데, 여기서 어리바리하다가 다 놓치고 잊어버릴 수는 없었다. 크게 한 번 공기를 들이쉬고 내뱉었다. 축축해진 손바닥을 들어 내 뺨을 찰싹 쳤다. 정신 차려.

"…세계의 원리와 비밀을 담은 '단서'라는 게 있는데, 크리스텔과 황자님과 뱅자맹이 거기에 포함된다는 거군요. 제 동생의 의자도요. 다른 단서가 더 있는지는 모르지만, 어쨌든 당신은 본능적으로 느낄 수 있다는 겁니까?"

-맞습니다. 훌륭하군요, 왕자.

니키가 목을 기울이며 칭찬했다. 그의 긴 흑발이 어깨 위로 부드럽게 흘러내렸다. 나는 마른침을 삼키고 가장 중요한 질문을 던졌다.

"은서가 여기 있는 건 아니고요?"

-이곳의 이방인은 그대뿐입니다.

그의 확언에, 뻣뻣이 굳어있던 등이 탁 풀렸다. 온몸에 힘이 없었지만 나는 끝내 은서의 의자에 앉지 않았다. 그랬다가는 마음이 약해져서 되레 아무것도 못 하게 될 것 같았다. 동생이 이곳에서 고생하고 있지 않다는 사실만으로 충분했다. 나는 머리를 세차게 흔들고 입을 열었다. 캐낼 수 있는 건 다 캐내야지.

"국서 전하께서도 단서였습니까?"

-네?

"지금 전하의 모습을 빌리고 계시잖아요. 그분도 세계의 원리를 품고 계셨던 겁니까?"

그러자 니키가 쓰게 웃었다.

-*아뇨, 나의 벗은 예외였습니다. 그는 아들을 위해…*

-*우르릉!*

그때, 공간이 진동하기 시작했다. 나는 놀라서 주위를 살폈다. 안 그래도 기운이 없는데 사방에서 흔들어 대니 몸을 가눌 수가 없었다. 니키가 내 양팔을 단단히 잡아주었다.

"무슨 일이죠?"

-*곧 나가야겠습니다, 왕자.*

그는 진심으로 미안한 표정이었다.

-*그대는 나의 주인이 아닙니다. 방주를 연 것은 충동적이고 임시적인 일이었기에… 현재 그대의 신력으로는 나를 감당할 수 없습니다.*

"다시 만날 수 없다는 뜻입니까?"

주변이 울려 그의 목소리가 멀어졌다 가까워지기를 반복했다. 내 음성이 덩달아 높아졌다. 남자는 자상하게 대답했다.

-*곁에 있겠습니다. 나는 그대와 벗들의 이야기가 궁금하니까요.*

"그 말씀은,"

-*나가면 무엇을 할 겁니까?*

남청색의 눈동자와 시선이 마주쳤다. 쿠르르릉…! 거센 땅울림이 한 차례 더해졌다. 하얀 공간 이곳저곳이 길게 갈라지고, 햇살을 닮은 빛줄기가 쏟아져 들어오기 시작했다. 나는 망설임 없이 답했다.

"일단 사람들을 지켜야죠. 전부 의식이 없거든요. 그리고… 헤인스 경을 도와주고 싶습니다."

그러자 그가 눈부시게 웃었다. 동시에 온 세상이 환히 밝아졌다. 마치 내가 처음 방주에 들어올 때처럼.

*　*　*

-우우우웅-!

마법이 시작되는 소리였다. 수십, 수백만 개의 연분홍빛 마나 알갱이들이 허공으로 오밀조밀 모여들었다. 이내 쥐 죽은 듯 고요한 숲길에 다섯 남녀의 형태가 나타났다. 가장 먼저 움직인 것은 크리스텔이었다.

"예서 왕자님!"

그녀가 크게 외치며 사방을 둘러보았다. 기절한 근위대원들이 여기저기에 널브러져 있었다. 말들은 멀쩡했고 핏자국도 없었지만, 마부 또한 쓰러져 있기는 마찬가지였다. 엘리자베트가 창백한 낯으로 달려와 마차 안의 두 시종을 확인했다. 다행히, 숨을 쉬고 있었다. 그녀는 앓는 소리를 내며 가나엘의 어깨에 얼굴을 묻었다.

"전부 살아있는 것 같군요. 재운 겁니다."

의사인 미셸 무테 경이 급히 사람들을 살피며 말했다. 세드리크는 프랑수아 뒤엠을 향해 명령했다.

"황궁으로."

"예, 전하."

프랑수아는 즉시 복종했다. 기념적인 폴로 경기가 중단됐고, 수정판은 끝내 공개하지 못했다. 그는 영문도 모른 채 멱살을 잡혀 순간이동의 특기를 써야 했다. '강력한 에테르 폭풍이 발생한 곳'으로.

그러나 저항은 없었다. 그는 황제의 충신으로서 그녀의 후계자를 받들 뿐이었다. 곧 후작이 작은 알갱이로 화했다. 크리스텔은 계속해서 현장을 수색했다. 끔찍한 힘의 여파로, 근방의 나무가 모조리 쓰러져 있었다. 황궁으로 향하는 길목에는 거대한 구멍이 푹 팼다. 공기 중의 흙먼지가 가라앉지 않은 걸 보니 공격이 이루어진 직후였다.

"…"

그러나 어디에도, 왕자의 흔적은 없었다. 그의 순정한 에테르가 더는 느껴지지 않았다. 새소리조차 부재한 침묵이 이어졌다.

"…무슨 짓을 한 거야…"

크리스텔이 중얼거렸다. 실은 알고 있었다. 그럼에도 받아들이고 싶지 않았다. 그녀는 간신히 고개 들어 정면을 바라보았다. 그러고는 턱을 굳혔다. 길의 저편에, 빌어먹을 인간이 서있었다. 남자의 민트색 눈 주변이 붉었다.

"무슨 짓을 한 거냐고."

"…"

"말해, 뭐 했냐고!"

-쿠웅-!

그녀가 선 곳이 움푹 꺼졌다. 주인공은 쾌속으로 요한을 향해 돌진했다.

-카가가강!

얼음의 검과 바람의 방패가 강렬한 빛을 내며 부딪쳤다. 크리스텔은 이를 악물었다. 선생이라 여겼던 자를 향한 끝없는 실망과 분노가 차올랐다. 한편으로는 가슴이 허하고 두려웠다. 눈가가 뜨겁게 달아올랐다.

"당신이 어떻게 이래, 어? 어떻게…!"

"…"

"시발! 뭐라고 지껄이기라도 해!"

-카아아앙!

그녀의 목소리가 미친 듯이 갈라지고, 검 또한 산산이 부서졌다. 요한은 자리를 벗어나려는 듯 빠르게 뒤로 물러났다. 그러나 크리스텔은 틈을 놓치지 않았다. 순식간에 회전해 그의 배후에 나타난 그녀가-

-카앙!

손끝에서 뽑아낸 얼음 단도로 그의 목을 찔렀다. 불투명한 기류가 공격을 막아냈다. 크리스텔의 팔이 부들부들 떨렸다. 이건 요한으로부터 배운 기술이었다. 달아나는 적의 후방을 막고 단번에 숨통을 끊는 방법.

"뭘 잘했다고 울어!"

-콰아앙!

 그녀가 요한의 배를 걷어찼다. 사내는 무력하게 나가떨어졌다. 붕 날아간 그의 몸이,

 -털퍼덕!

 세드리크의 발치에 볼품없이 나뒹굴었다. 백발의 남자는 신음조차 허락되지 않은 것처럼 묵묵했다. 황자가 무감한 눈길로 그를 내려다보았다. 크리스텔이 헉헉거리며 그에게로 걸어왔다.

 "허억, 나쁜 새끼…"

 그녀가 뇌까렸다. 하지만 가장 화가 나는 대상은, 다름 아닌 자신이었다. 크리스텔의 머릿속이 후회와 비방으로 가득 찼다.

 "미쳤어, 미쳤어…"

 자신이라도 같이 왔어야 했다. 방심하는 게 아니었다. 저 인간을 쉽게 믿는 게 아니었다. 그때 황자를 말리는 게 아니었다. 멍청하게 놀 생각만 하지 말고 조금이라도 방비했어야 했다. 제 팔자가 늘어졌다고, 왕자의 팔자까지 늘어진 게 아니었다. 등신 같은 함가인.

 -휘리릭!

 거칠게 뺨을 닦은 그녀가 채찍을 꺼내 휘둘렀다. 요한은 즉시 그녀의 공격 범위에서 벗어났다. 탓!

 -콰아아아-!

 땅이 갈라지고 물줄기가 솟았다. 쩌저적! 빠르게 얼어붙은 물에서 날 선 고드름이 튀어 나갔다. 크리스텔이 맹렬히 요한을 추격했다. 곧 엘리자베트가 가세했다.

-쿠우웅!

"…"

황자는 셋을 고요히 응시했다. 동시에 끊임없이 울렁거리는 몸속의 에테르를 진정시키고자 노력했다. 과한 흥분이, 뇌를 진탕시키는 격노가 자신을 죽일 수도 있음을 알고 있었다. 지금 잘못 움직인다면 그는 결국 스스로의 육체조차 살라먹고 재가 될 터였다. 열기에 눈앞이 흐려졌다. 사내는 천천히 왼손을 들어올렸다.

-치이이익…

검은 장갑이, 불꽃을 견디는 마도구가 조금씩 타들어 가고 있었다. 벌써 조절이 힘겨웠다. 그의 홍채가 태양의 흑점처럼 어두워졌다. 어쩌면 이대로…

-…파아아앗!

그때, 그의 뒤편에서 심장을 자극하는 에테르가 터져 나왔다. 황자는 믿을 수 없다는 얼굴로 고개를 돌렸다. 크고 새하얀 광채 탓에 아무것도 보이지 않았으나, 그는 눈을 피하는 방법을 알지 못했다.

-싸아아아…!

"아으, 허리야."

이어 익숙한 목소리가 귓가에 감겼다. 황자의 입술 끝에서 작은 숨이 터졌다. 잦아든 빛살 틈으로 드러난 것은 커다란 연보랏빛 날개였다. 금속성의 신물이 7월의 햇빛을 받아 반짝거렸다. 주저앉은 예서 왕자의 등에 달린 그것이, 살랑이며 그를 감싸고 있었다.

"…황자님, 오셨군요. 다행입니다."

세드리크를 발견한 그가 웃었다. 금발은 흙투성이에, 찢어진 셔츠와 바지 사이로 잔상처가 가득한데도 개의치 않는 표정이었다. 황자는 혜검의 칼자루를 강하게 움켜쥐었다.

"…무엇을 원하지?"

그것이 사내의 질문이었다. 왕자는 다소 당황한 듯 주변을 살폈다. 하나둘 깨어나는 이들을 진찰하는 미셸 경과, 요한을 쫓는 두 그림자를 보며 나름대로 상황을 파악하는 것 같았다. 이윽고 보랏빛 눈동자가 황자를 결연히 바라보았다.

"헤인스 경을… 생포해 주셨으면 좋겠습니다. 도움이 필요한 분이거든요. 도망치게 두면 또 베르너르 국서에게 고통받을 겁니다. 그런데 추기경이라…"

그의 얼굴이 난감한 빛을 띠었다.

"괜찮으시겠습니까?"

그러자 세드리크 리에스테르가 대답했다. 어느새 그의 에테르는 잠잠해져 있었다. 거짓말, 혹은 꿈결처럼.

"뜻대로 이루어질 것이다."

콰아앙-! 매서운 후폭풍과 함께 그의 신형이 쏘아져 나갔다.

* * *

"왕자님!?"

멀리서 나를 발견한 크리스텔의 목소리가 쩡쩡 갈라졌다. 그녀와 엘리자베트 경, 세드리크 황자, 헤인스 경이 3 대 1로 싸우는 심각한 상황에 웃음이 삐져나왔다. 나는 괜찮다는 의미로 일어나 손을 흔들었다.

"뭔데요! 어떻게 된 건데!"

그녀가 눅눅한 음성으로 외쳤다. 그러면서도-

-콰아앙!

지하수를 터뜨려 헤인스 경의 시야를 가렸다. 남자가 멈칫하는 순간을 놓치지 않고 소백작이 그의 다리를 노렸다.

-쎄애액!

-쿠우웅-!

간발의 차로 엘리자베트 경의 검을 피한 헤인스 경이 나를 돌아보았다. 그의 얼굴에 비친 것은 죄책감과 놀라움 그리고 슬픔과 안도였다. 맘이 어수선해지는 표정이었지만 본인이 나보다 수천 수만 배는 더 심란할 터였다. 소백작이 나를 확인하며 한 걸음 물러나자-

-콰아아앙!

어마어마한 굉음과 함께 황자의 혜검이 바람의 방패를 찍어 내렸다. 화르륵! 검신에서 시뻘건 광염이 치솟았다. 상대가 즉시 산소를 차단해 불길을 잠재웠다. 주황색 눈동자엔 미동도 없었지만 헤인스 경의 팔은 잘게 떨리고 있었다.

그는 무기를 꺼내지 않았고 선공하지도 않았다. 줄곧 방어로 일관하며 도주로를 물색하는 듯했다. 그러자 황자가 검무를 추듯 화려한 공격을 퍼부었다. 입이 절로 벌어졌다.

-채채채채챙! 콰과강…!

-팔랑

내 등에 달린 '비렴의 방주'가 가볍게 날갯짓했다. 응원과 감탄의 표현인 것 같았다. 조금 전엔 날개가 피부에 파고든 건가 싶어 식겁했는데, 다행히 등짝과 신물 사이에 5센티 정도의 틈이 있었다.

나는 어색하게 방주의 깃을 쓰다듬으며 상황을 관전했다. 공기 속성은 다른 속성의 영향을 많이 받지 않는 데다, 헤인스 경은 추기경의 체능을 지녔다. 도주만을 목표로 한다면 불가능한 일도 아니었다. 그러나 그는 아까 성흔을 사용했다. 심력과 에테르가 많이 소모됐을 테니, 저런 식으로 계속 힘을 쓰게 한다면 생포도 어렵진 않을 듯싶었다.

-콰아아앙…!

"요한 헤인스 경, 순순히 투항하십시오! 당신은 이미 폐하의 죄인입니다!"

엘리자베트 경이 차분하게 외쳤다. 헤인스 경의 표정이 흔들렸다. 나는 그가 다른 이를 떠올리고 있다는 사실을 눈치챘다. 성기사는 황제의 죄수이기 이전에 이미 베르너르 국서의 포로였다. 제국에서 잡히나 신국에서 잡히나 그에게는 다를 바가 없었다. 순간 그의 의식이 내게 전이되는 것 같았다. 내 눈이 서서히 커졌다.

"…안 돼."

혼잣말이 흘러나왔다. 헤인스 경이 황제의 감옥에 갇혔다는 사실이 알려지면 국서는 그의 아들을 없앨 터였다. 설령 그가 여기서 달아난다 해도, 같은 방법으로 나를 죽일 수는 없을 테니 역시 국서의 명을 완수하지 못하게 된다. 그러면 국서는 그의 아들을… 피가 식는 기분이었다. 저 사람, 포기하려는 거야.

"황자님!"

내가 외쳤다. 동시에 헤인스 경이 자신의 방패를 깨뜨렸다. 빛을 허하지 않는 새카만 검 끝이 심장을 향해 쇄도했다. 쌔애애액…!

-펄럭!

나는 방주의 도움을 받아 힘껏 날아올랐다. 팔을 뻗었지만 너무 늦었-

[그만.]

섬광이 번쩍였다.

-파아아아아…!

한눈에 담기조차 어려운, 장대한 서클이 펼쳐졌다.

"쿳!"

"윽!"

황자와 엘리자베트 경의 그림자가 단숨에 튕겨 나갔다. 방주는 순식간에 굴뚝새로 변했다. 나는 발밑이 쑥 꺼지는 것을 느끼며 추락했다. 크리스텔이 재빨리 몸을 굴려 나를 받아냈다.

"어억!"

"악, 아이고…!"

-삐르르

그녀가 고통스러운 소리를 내며 나와 함께 허우적거렸다. 영문을 알 수 없어 어안이 벙벙했다. 날아오른 뚝심이가 내 머리 위에 자리 잡았다. 나는 크리스텔에게 감사를 전한 뒤, 욱신거리는 상체를 세워 사방을 살폈다. 황자와 소백작은 무사했다. 그리고 헤인스 경은…

[많이 지친 것 같구나.]

"…"

나긋한 목소리가 신탁으로 울리고 있었다. 오렐리 부티에 추기경이었다. 황금빛 문양이 샘처럼 솟아오르는 성역聖域에서, 그녀는 주저앉은 헤인스 경을 내려다보고 있었다. 찬란하고 온화한 빛살 가운데 추기경의 손끝이 남자의 머리칼에 닿았다. 그것은 언뜻 축복을 내리는 행위와 닮아있었다. 나는 멍하니 그들을 바라보았다.

[잠깐 눈을 붙이렴.]

그러자 헤인스 경의 눈동자가 스르르 감겼다. 털썩, 하고 그의 몸이 옆으로 쓰러졌다. 경이로운 신력 차이였다.

"전하."

"고마워, 프랑수아."

그녀를 황궁에서 이곳까지 에스코트한 프랑수아 뒤엠 후작이, 품에서 무언가를 꺼내 건넸다. 나는 크리스텔과 서로를 부축하며 자리에서 일어났다. 추기경의 손에 들린 것은 까맣고 둥근…

-철컥!

그녀가 헤인스 경의 목에 굵직한 쇠고리를 채웠다. 반대편에 서 있던 황자가 흠칫하는 것이 보였다. 왜?

"에테르 구속구拘束具란다. 풀어주기 전까지는 힘을 쓸 수 없을 거야."

추기경이 설명했다. 베이지색 시선이 황자와 엘리자베트 경을 거쳐, 나와 크리스텔에게 닿았다. 그녀가 쓰게 웃었다.

"추기경을 상대로 다들 고생했어. 이리 온."

그리고 우리에게 팔을 뻗었다. 나와 크리스텔은 비척비척 그녀에게 걸어가 아무렇게나 몸을 기댔다. 무게를 견디지 못한 추기경이 결국 옷을 구기며 바닥에 주저앉았다. 그제야 주변의 소음이 귀에 들어왔다. 새소리, 풀벌레 소리와 중년인의 작은 웃음 사이로… 마침내 크리스텔이 울음을 터뜨렸다.

"허어엉, 저 진짜 놀라 가지고…"

"응, 그랬겠어."

"저 이거 우는 거 아닌데, 제가 원래 아무 때나 잘 울거든요? 화낼 때도 우는 성격이라… 어어엉, 짜증 나…"

공녀가 코를 훌쩍이며 추기경의 어깨에 얼굴을 묻었다. 나는 안쓰러운 마음에 그녀의 등을 살살 문질렀다. 어느새 다가온 엘리자베트 경 또한 추기경이 꼭 안아주었다.

한 품에 셋이나 끼어있어 조금 갑갑했지만, 비로소 마음이 놓이는 것 같았다. 나는 고개를 틀어 잠든 헤인스 경을 바라보았다. … 저이도 평온해질 수 있으면 좋겠는데. 방법을 찾아보자.

"끅, 전하도 이리 오십시오. 왜 분위기 파악을, 허어, 못 해…"

크리스텔이 황자를 향해 손을 파닥거렸다. 그는 미간을 찌푸리면서도 웬일로 고분고분 다가왔다. 포옹에 동참하진 않았지만 우리 곁에 서기는 했다. 그러자 부르지도 않은 뒤엠 후작이 내 옆에 찰싹 붙어 양팔을 둘렀다. 저 뒤편에서, 병사들을 진찰하던 미셸 경의 너털웃음이 들렸다. 우리가 하는 양을 지켜본 게 틀림없었다.

"제가요… 진짜 매일 변덕이 죽 끓듯 했습니다."

쿵, 하고 크리스텔이 입을 뗐다. 우리는 가만히 그녀의 말을 들었다.

"이것저것 다 해보고 싶은데, 그러다가 나중에 기억이 돌아오면… 그랬던 게 싫을 수도 있잖아요. 놀랄지도 모르니까, 하아… 그래서 뭐든 진득이 하기가 힘들었어요. 즐기다가도 머뭇거리고. 웃다가도 불편하고…"

추기경이 그녀의 분홍빛 머리칼을 살살 쓸어내렸다. 주인공은 잠긴 목으로 말을 이었다.

"윽. 그렇다고 아무것도 안 하면, 답답하고. 초조하고… 열심히 사는 건 힘들어서 싫은데 놓지를 못하니까… 방황하는 기분이고, 괜히. 나만."

흥! 크리스텔이 씩씩하게 코를 먹으며 고개를 들었다. 들은 적이 있는 이야기였지만, 이렇게 접하니 새삼 그녀의 고민이 얼마나 깊었는지를 짐작할 수 있었다. 엘리자베트 경을 사이에 두고 주인공과 나의 시선이 길게 얽혔다.

"…그런데 이제 목표를 정했습니다."

"…"

"강해질게요. 이왕이면 대륙에서 제일."

응? 내가 눈을 끔뻑였다. 크리스텔의 젖은 눈빛은 다이아몬드처럼 단단했다.

"강해지는 건 괜찮잖아요. 훗날 기억이 전부 돌아와도 상관없죠. 강한 건 나쁜 게 아니니까."

"공녀."

"그러면 제 친구가 이런 꼴 안 당해도 되고."

그녀가 나를 향해 눈짓했다. 나는 입을 벙긋거렸다. 그러니까 지금, 나 때문에…

"제가 여기서 원톱 찍을게요. 그럼 되잖아."

"기특하네. 멋진 계획이야."

추기경이 상냥하게 말했다. 엘리자베트 경이 고개를 끄덕였다. 나는 멍멍한 낯으로 황자를 올려보았다. 가라앉아 있던 그의 홍채에 새로운 불꽃이 타올랐다. 잠깐, 넌 왜 승부욕 느끼는 건데?

* * *

"…으음."

나는 천천히 눈꺼풀을 들어올렸다. 창으로 들어온 해 질 녘의 여름 볕이 침대 커튼을 간질이고 있었다. 어릴 때 쓰던 컴퓨터처럼 머리가 느릿느릿 부팅되기 시작했다. 그러니까 여기는 황궁, 쥘리에트 궁의 내 침실이고. 나는 방금까지 숲길에서 그룹 허그를 하고 있었는…

"헉."

내가 벌떡 일어났다.

-끼잉

-끼으

-끼우

가슴팍에 올라와 있던 레서판다 세 마리가, 밤톨처럼 호드득 굴러떨어져 이불에 파묻혔다. 아이고. 나는 급히 녀석들을 그러모았다. 한 마리씩 이마를 맞대는 것도 잊지 않았다.

"미안하다. 또 너희가 있는 줄 모르고. 보고 싶었어."

-꾸르르르

데미가 작게 답하며 내 잠옷 단추를 물고 늘어졌다. 어?

"…잠옷이잖아."

내가 당황해서 중얼거렸다. 옷차림만 달라진 것이 아니었다. 협탁에 비치된 거울을 보니, 얼굴은 긁힌 곳 하나 없이 멀쩡했다. 소매와 바지를 걷어 확인했지만 다른 부위에도 상처는 없었다. 부티에 추기경이 직접 손을 썼거나 치유 신관에게 보인 게 분명했다. 아무래도 충격받은 몸에 긴장이 풀리면서 그대로 기절을 한 듯싶었다. 필름도 끊겼고.

"종. 종은 여기 있고."

몇 시간 전까지 품에 간직했던 크리스털 종이 협탁에 곱게 놓여 있었다. 나는 서둘러 두 번째 서랍을 열었다. 내가 의식을 잃어 옷을 직접 갈아입지 못하면, 뱅자맹과 가나엘은 이곳에 나의 수첩을 넣어두곤 했다.

"수첩도… 잘 있고."

헤인스 경으로부터 내 심장을 지켜낸 물건이, 무슨 일이 있었냐는 듯 말짱한 모습으로 나를 반겼다. 분명 가운데가 푹 패는 걸 봤는데 거짓말처럼 표지가 번지레했다. 마도구인 게 확실했으나 당장은 그걸 따질 때가 아니었다.

"얼굴부터 보고 오자."

나는 가운을 걸치고 신수들을 낀 채 일어났다. 수첩이 제대로 있는 걸 보면 뱅자맹과 가나엘도 무탈한 것 같지만, 그래도 상태를 직접 확인하고 싶었다. 헤인스 경이 어떻게 됐는지도 물어봐야 했고 정리할 게 많았다. 소파에 앉아있던 뚝심이가 포르르 날아와 내 정수리에서 커피콩빵을 구웠다.

"너도 나중에 형하고 얘기 좀 해."

-삐삐삐?

굴뚝새가 천연덕스럽게 울었다. 나는 피식 웃으며 침실의 문을 열었다. 그리고 평소보다 훨씬 많은 인원과 마주쳤다. 복도에 당혹스러운 침묵이 흘렀다.

"어… 식사들 하셨어요?"

결국 내가 먼저 안부를 물었다. 시종과 하인, 병사들이 기절초풍하며 허리를 숙였다.

"은하恩下, 깨어나셨습니까!"

"예서 왕자님!"

"주신이시여, 감사합니다…!"

은하? 나는 얼떨떨한 낯으로 쏟아지는 인사를 받았다. 몇몇이 눈시울을 붉히며 천장을 바라보았다. 분위기가 들뜬 것 같기도 하고 처진 것 같기도 했다. 무슨 일이 있는 게 확실한데, 설마 내가 헤인스 경에게 당할 뻔한 걸 모두 알고 있나?

"하루를 꼬박 누워 계셨습니다, 왕자님. 가나엘 님과 뱅자맹 님이 어찌나 걱정을 했던지요."

"하루요?"

나는 침착히 시간을 계산했다. 대낮에 기절해서 저녁쯤 깬 게 아니라, 24시간 이상을 죽은 듯이 잠들어 있었던 거였다. 어깨에 매달린 페리가 사람이 많다고 보채기 시작했으나 이대로 다시 방에 들어갈 수는 없었다. 녀석을 어르고 달래가며 질문을 이었다.

"두 사람은 어디 있습니까? 무사한가요?"

"두 분이야 멀쩡합니다. 어제 실신한 채로 업혀 온 건 왕자님이신걸요."

다들 그걸 보고 이렇게 놀랐나 보다.

"귀한 옷이 다 찢어지고 흙투성이라, 정원사들마저 질겁해 달려왔습니다. 여러 날은 눈뜨지 못하실 것 같다고 했는데 이리 일찍 깨어나실 줄은… 주신의 은총입니다."

병사 하나가 손수건을 꺼내 눈가를 꾹꾹 찍었다. 실신한 게 처음도 아닌데, 매번 이렇게 걱정을 시켰다고 생각하니 미안해서 할 말이 없었다. 제가 실신하고 싶어서 한 건 아니고 저도 모르게…

"참, 대주교가 되셨다는 소식을 들었습니다. 경하드립니다!"

"축하드립니다!"

"아, 고맙습니다."

갑자기 또 텐션이 높아졌다. 나는 열심히 미소하며 복도를 살폈다. 가나엘은 많이 바쁜가?

"추기경 전하께서 한걱정을 하시면서도, 한편으론 무척 기뻐하셨습니다. 함께 식사라도 하시면 좋을 텐데…"

"그러게 말이야, 어찌 유폐를 당하셔서."

뭐?

"피에르, 말을 삼가거라."

그때, 뱅자맹이 근엄하게 인파를 물리며 나타났다. 나는 반갑고 다행스러운 마음에 그의 어깨를 덥석 붙들었다.

"뱅자맹, 괜찮습니까? 다친 데는 없고요?"

"물론입니다, 왕자님. 저는 왕자님께서 무사하신 게 더욱 큰 기쁨입니다."

그가 인자하게 웃으며 내 손을 잡았다. 하지만 푸른 눈에는 또렷한 곤란함이 깃들어 있었다. 나는 애써 불안을 억눌렀다.

"피에르가 한 말은 농담이겠죠? 방금 심각한 단어를 들었는데요."

"…농이 아닙니다."

뱅자맹이 침통하게 답했다. 귀를 의심할 수밖에 없었다.

"폐하께서, 왕자님의 쥘리에트 궁 유폐를 명하셨습니다. 무기한입니다."

5. ✦ 작전명 베로나

"유페라니, 왜…"

"왕자님!"

마침 가나엘이 복도 저편에서 나타났다. 소년은 나를 발견하자마자 금빛 눈동자를 반짝이며 이쪽으로 다가왔다. 간식을 들고 있는 걸 보니, 내 침실을 방문하려던 모양이었다.

"가나엘, 괜찮아? 다친 데는 없어?"

"네! 저는 잠들었다가 일어나기밖에 안 했는걸요."

아이는 '오히려 왕자님께서 일찍 깨어나신 게 기쁘다'라며 웃었다. 후유증이 없는 것 같아 다행이지만, 조금 전에 뱅자맹에게서 들은 심란한 내용 때문에 마주 웃어 보이기가 힘들었다. 그러한 기색을 눈치챘는지 가나엘이 나와 뱅자맹을 번갈아 살폈다.

"배가 많이 고프신가요? 바로 식사를 준비하라 이를까요?"

"일단 방에 들어가서 말씀 나누시지요, 왕자님."

뱅자맹이 가나엘과 나를 침실로 인도했다. 나는 그가 열어주는 문 너머로 발을 디디며 뒤를 힐끔했다. 쥘리에트 궁 식구들이 여전히 눈물을 찍어내며, 나를 무슨 비극의 주인공 보듯 하고 있었다.

* * *

우리는 여름 노을이 비치는 발코니 테이블에 둘러앉았다. 저녁은 가나엘이 챙겨온 비에누아즈리로 간단히 때우기로 했다. 아무리 심란해도 허기진 상태에서는 할 수 있는 게 없었다.

나는 팽 오 레와 팽 오 쇼콜라, 팽 오 레쟁을 두 덩이씩 먹어 치웠다. 주방의 로랑스가 갓 구운 것들이라 전부 따끈하고 맛이 좋았다. 입을 움직여 당분을 섭취하니 확실히 머리가 맑아지는 것 같았다. 침실의 찻주전자로 끓인 구절초 꽃차는 고소하고 쌉싸름해 궁합이 좋았다.

"폐하께서 직접 공표하신 바는 아니지만, 유폐는 아마 보호 목적이 아닐까 합니다."

맞은편의 뱅자맹이 은밀하게 말을 꺼냈다. 나는 그와 시선을 마주했다. 극단적인 처사지만 황제의 성정을 고려하면 그럴듯했다.

"요한 헤인스 경의 일은⋯ 현재 극소수의 관련자만이 알고 있습니다. 황궁과 뒤엠 후작저에서는 이를 '교외 마수 출몰 사건'이라 명명했지요. 외곽에서 벌어진 사고인 데다 사상자가 없기에 황도에서는 큰 화제가 되고 있지 않습니다."

그의 설명에 따르면, 이번 사건은 숲길에 나타난 거대 마수가 황실 마차와 근위대를 덮친 것으로 둔갑됐다. 쥘리에트 궁 식구들을 비롯한 일반 백성이 아는 내용은 다음과 같았다.

'마수를 사살하는 과정에서 황자 전하, 무테 소백작, 사르네즈 공녀와 예서 왕자가 활약했다. 또한 왕자는 대주교로 승급했다.'

"…덮을 수밖에 없었겠군요."

내가 말했다. 헤인스 경은 교황청이 공인한 대주교이니 그가 추기경임을 몰랐던 게 황실의 수치는 아니었다. 그러나 그가 제국의 영토에서 추기경의 힘을 드러내고, 심지어 나를 죽이려 한 것은 심각한 문제였다. 게다가 이게 벌써 두 번째 암살 시도였다.

"그렇습니다. 왕자님께 그만한 위협이 가해졌다는 것이 알려지면 사태는 걷잡을 수 없이 커질 겁니다. 황제궁의 나탈리 님이 말하기를, 황도에 와있던 블랑케르 공작이 어젯밤 칙령을 받고 급히 영지로 돌아갔다고 합니다."

"설마."

"예. 동부 국경의 경계를 강화하기 위해서입니다."

나는 마른침을 꿀꺽 삼켰다. 황제의 역린이 이곳까지 전해지는 것 같았다. 그녀는 이번 사태의 배후에 베르너르 국서가 있음을 간파했을 터였다. 놈이 자신의 땅에서 무도한 짓을 벌이는 걸 황제가 용인해 줄 이유는 전혀 없었다.

오히려 이를 신국의 도발로 받아들여도 이상하지 않았다. 나는 쌍둥이 암살자가 '황족 시해 미수' 혐의를 받았던 사실을 떠올렸다. 젠장, 진짜 나 때문에 전쟁 나게 생겼잖아. 그때는 사건이 어떻게 수습됐더라? 기억이 잘 나지 않았다. 기사를 다시 뒤져야 할 것 같았다.

"혹시 이게 무력 충돌로 이어질까요?"

내가 조심스레 물었다. 그러자 긴장한 얼굴로 우리의 대화를 듣고 있던 가나엘이 머리를 저었다.

"저는 그렇게 생각하지 않습니다! 폐하께선… 셀린 선황 폐하의 유산을 지키고 싶어 하실 거예요. 전쟁 시대를 끝낸 모황母皇의 업적을 누구보다 자랑스럽게 여기시는 분이니까요."

뱅자맹이 고개를 끄덕이며 동의했다.

"폐하께서는 조부이신 로메로 선황 폐하의 휴전 거부를 여러 차례 비판하신 바 있습니다. 그때와 상황이 다르긴 해도, 쉽게 병력 투입을 결정하실 분은 아닙니다. 국경 단속은 만약을 대비하신 거겠지요."

"다행이군요."

나는 겨우 답했다. 그렇다면 내 유폐도, 황궁 전체를 폐쇄하는 대신 선택한 거겠지.

"갑자기 황궁을 다잡고 출입을 막으면 불안이 조성될 테니, 차라리 쥘리에트 궁을 봉쇄하기로 하신 거네요."

"저는 그렇게 짐작하고 있습니다."

뱅자맹이 대답했다. 나는 무릎에 엉기는 데미를 품으로 올려주며 생각에 빠졌다. 얼마 전의 나였다면 군말 없이 유폐를 환영했을 터였다. 주인공들과 거리를 두면서, 세끼 따뜻한 밥 먹으며 종전 때까지 안전하게 지낼 수 있는 방법이니까.

하지만 지금은 아니었다. 나는 헤인스 경을 위해 할 수 있는 일을 알아보고 싶었고, 황제와 추기경에게 그의 사정을 알리고 싶었다.

그가 무죄가 아니라는 건 내가 제일 잘 알았다. 그래도 헤인스 경이 모든 대가를 치러야 한다는 생각은 들지 않았다.

그리고 에바도 있었다. 그 아이는 나와 엘리자베트 경의 독려에 힘입어 소공작이 되기로 결심했다. 아직 결과가 나오지 않았고, 오빠에게서 정신적으로 완전히 독립하지도 못했는데 곁을 비우는 건 무책임한 짓이었다. …역시 무기한 유폐는 곤란했다. 내가 입을 열었다.

"그, 헤인스 경은 어떻게 됐습니까?"

그리고 가장 간절한 질문을 내뱉었다. 내가 잠들어 있던 하루 사이에 그가 잘못됐을까 봐 조마조마했다. 뱅자맹이 대답 대신 품에서 황금빛 카드를 꺼내 건넸다.

"추기경 전하께서 보내셨습니다."

나는 서둘러 카드를 뜯었다. 작고 섬세한 필체였다.

'세드리크에게 설명을 들었어.

요한은 네 덕에 좋은 꿈을 꾸고 있단다.

-오렐리'

두 번, 세 번 반복해서 읽었다. 처음에는 '좋은 꿈을 꾸고 있다'라는 문장이 죽음을 완곡히 표현한 것인가 싶어 철렁했다. 하지만 세드리크 황자에게 설명을 들었다는 부분이 마음에 걸렸다. 나는 그에게 했던 말을 찬찬히 되짚어보았다.

'헤인스 경을… 생포해 주셨으면 좋겠습니다. 도움이 필요한 분이거든요. 도망치게 두면 또 베르너르 국서에게 고통받을 겁니다.'

그 이야기를 대모에게 전한 걸까. 그랬다면 고마운 일이었다. 추기경이라면 상황을 충분히 파악한 뒤 죗값에 맞는 벌을 내리고자 할 터였다. 황제 또한 그런 식으로 설득했을 가능성이 컸다. 이 경우 '네 덕에 좋은 꿈을 꾸고 있단다'의 의미는…

"황궁에 있는 거야."

내가 중얼거렸다. 서클을 열지 않아도, 황궁 사람들은 내 에테르의 영향으로 편안한 꿈자리를 누린다고 했다. 헤인스 경이 내 덕에 좋은 꿈을 꾼다는 건 그가 황도의 감옥이 아니라 황궁에 감금되어 있다는 뜻이었다.

추기경의 신탁으로 줄곧 '눈을 붙인 채'. 깨어있으면 아들 생각에 괴로울 테니, 당장은 차라리 잠들어 있는 게 나을지도 몰랐다. 그가 눈을 뜰 때 희소식을 들려줄 수 있으면 좋겠는데.

"뱅자맹, 가나엘."

"네, 왕자님."

"말씀하십시오."

나는 어렵사리 입을 뗐다. 먼저 둘의 이해와 협조를 구하고 싶었다. 이들도 헤인스 경의 피해자인 만큼 상황을 알 권리가 있었다. 혹시 도와주기를 원치 않는다면 강제할 수는 없었다. 한 차례 심호흡을 한 뒤 첫 문장을 꺼냈다.

"…헤인스 경에게 아들이 있습니다."

* * *

이튿날. 유폐 3일 차. 가나엘은 울고 자서 금붕어가 됐고, 뱅자맹은 그냥 국서와 전쟁을 하는 게 나을 것 같다는 의견을 진지하게 피력했다. 나는 두 사람을 다른 방식으로 달래느라 애를 먹었다. 그래도 속이 한결 가벼웠다.

국서가 모든 일의 원흉이라는 나의 생각에, 가까운 이들이 동의해 준 게 기쁘고 고마웠다. 가나엘은 헤인스 경이 가엾다고 여러 번 이야기했다. 내가 차마 말로 꺼내지 못한 마음이었다.

"왕자님, 간식입니다."

"고마워."

발코니로 나온 가나엘이, 테이블 한편에 피낭시에와 매화차를 올려 주고는 바쁜 걸음으로 다시 멀어졌다. 소년은 나를 위해 황궁 돌아가는 사정을 실시간으로 파악하고 있었다. 뱅자맹은 황제의 접견 허락을 받아내고자 기를 쓰는 중이었다. 황궁 감찰은 조용하고 치밀하게 이루어지는 듯했다.

각 별궁의 시종 총괄부터 세탁실 하인, 대장장이, 마구간지기에 이르는 모두가 한 번씩 근위대에 불려갔다. '황궁의 보안 강화를 위한 기습적 신분 확인 절차'라는 구실엔 누구도 감히 토를 달지 못한다고 했다. 일주일 후면 신국의 엘리서 왕세녀가 입궁하는 데다 내 달엔 황태자 책봉식이 있기 때문이었다. 와중에 아무것도 모르는 산트마저 숙소에 연금됐다는 소식은, 조금 안타까웠다.

"예서 왕자님, 많이 외로우시지요!"

나는 깃펜을 움직이다 말고 반짝 고개를 들었다. 정원에서 누군가가 발코니를 향해 말을 걸고 있었다. 목을 쭉 빼자 낯익은 정원사들이 보였다. 쥘리에트 궁의 보초가 세 배나 는 탓에 가까이 오진 못하는 듯했다. 나는 웃으며 한 손을 흔들었다.

"저는 괜찮습니다. 꽃밭에 신수들을 보냈는데, 잘 부탁드립니다."

그러자 정원사들이 허리 숙여 인사했다. 그중 서넛은 손수건으로 눈시울을 닦기도 했다. 내가 엄청 불쌍한 모양이었다. 음, 그 정도는 아닌데. 궁에서만 지내는 건 썩 힘들지 않았다.

정원 산책을 못 하고, 밖에서 티타임을 가질 수 없고, 고해를 받으러 가서도 안 되고, 크리스텔을 비롯한 외부인은 절대 만나지 못하지만… 실은 황족과 추기경조차 알현할 수 없는 처지가 됐지만, 바빠서 답답함을 느낄 새가 없었다. 생각이 많고 정리할 것도 산더미였다.

"뚝심, 방주는 진짜 다시 못 열어? 힘들겠어?"

-삐삐삐이

난간에 앉은 굴뚝새가 순진한 눈망울로 지저귀었다. 새의 언어는 몰라도 녀석이 말을 돌리고 있다는 건 확실히 알겠다. 어젯밤부터 방주 이야기만 하면 저런 표정이었다. 나는 가볍게 한숨을 쉬며 수첩에 엑스 자를 그렸다.

-니키와 '단서'
· 세계의 원리와 비밀을 담은 존재
· 크리스텔, 황자, 뱅자맹, 은서 의자
· 방주를 내 쪽에서 열 수 있는가 (X)

급한 건은 아니지만, 정리해 둘 필요가 있어 적은 내용이었다.

나는 '은서 의자'라는 글씨를 오랫동안 바라보다가 페이지를 넘겼다. 이건 나중에 생각하자. 어차피 당장 파헤칠 수 있는 내용도 아니니까.

"네가 신물인 걸 목격한 사람이 여럿인데, 그 얘기는 아직 아무도 안 하네."

-뻬르르

뚝심이가 콩콩 뛰어와 내 검지 위에 앉았다. 나는 엄지로 녀석의 가슴을 쓸어주며 다시 글씨를 서걱댔다.

-마도구 수첩

"음."

그러고는 손을 뚝 멈췄다. 이것 역시 내가 말을 보탤 게 없었다. 잉크 방울 한 점 튀어있지 않았던 수첩이 알고 보니 막강한 방어력을 지닌 마도구였다. 볼모인 내게는 무기가 될만한 물건이 일절 지급되지 않았기에, 어제 급한 대로 뱅자맹의 종이칼을 빌려 찔러봤다.

결과는 똑같았다. 수첩은 붉은 마나를 뿜어내며 날을 막아냈고, 거짓말처럼 찢어진 부분을 복구했다. 이것도 왕세녀가 준 건지, 왕자 본인이 챙긴 건지는 모르겠지만 아무튼 확실히 도움은 됐다. 혹시 방어 횟수에 제한이 있을까 싶어 더 시험해 보지는 않았다.

나는 수첩과 방주에 관한 상념을 떨쳐 버리고 아침에 살피던 부분으로 돌아갔다. 테이블에는 〈격주간 리에스테르〉 과월호 여러 권과 역사서가 뒤죽박죽 펼쳐져 있었다.

−헤인스 경과 꼬마 헤인스
· 헤인스 경은 황궁에 잠들어 있음 (위치 불명)
· 아들은 신국의 감옥에 갇혀있음 (아픔, 약 필요)
· 이감, 특별 사면, 복사, etc.

"국경일, 신국의 국경일…"
나는 입속말하며 잡지를 뒤적였다. 그때, 짧은 빛살이 시야를 괴롭혔다.
"아, 또."
슬쩍 인상을 쓰며 얼굴을 가렸다. 어제저녁에도 이랬다. 로메로 궁의 창가에서 유리인지 뭔지를 햇빛에 반사하는 통에, 정면 발코니에 앉은 나는 눈을 뜨기가 힘들었다. 시종인 것 같은데 왜 저러는지 알 수가 없었다. 한 번 얘기해야 하나. 밖에 나와서 거울이라도 닦는 건가?
"왕자님!"
때마침 가나엘이 내게 돌아왔다. 달려온 것인지 숨이 가빴다.
"무슨 일 있어?"
"그, 헉. 황자 전하께서. 황실 금고에 들어온 왕자님의 선물을, 후, 전부 보내셨습니다!"
이게 무슨 소리냐.
"지금 1층이 온갖 금은보화로 꽉 차서, 헥. 발 디딜 틈도 없습니다. 너무 상심하지 말라는, 뜻 같다고. 뱅자맹 님이…"

나는 반사적으로 주황색 눈동자의 사내를 떠올렸다. 그가 무역소에서 했던 말이 자연히 따라붙었다.

'금고에 공간이 부족해.'

아. 금고에 있던 물건도 궁에 함께 유폐하겠다, 자리가 없어서 그런 거니까 상심하지 마라… 뭐 그런 건가.

"괜찮아. 우린 빈방 많으니까."

내가 대답했다. 가나엘이 나를 빤히 바라보았다.

* * *

"오후에는 의상실에서 확인을 나올 예정입니다. 책봉식 때 착용하실 망토의 재질과 길이를 골라주셨으면 한답니다. 남부에서 진상된 양단과 북부 빙해 지역에서 공수한 마수 가죽을 비롯해 15종의 선택지가 있다는 말을 전해 왔습니다."

"…"

"또한 폐하께서, 황도 수비대 사관학교 창립식에 황실을 대표해 참석하지 않겠느냐는 권유를 하셨습니다. 일정은 시월로 잡혀있으나 유동적입니다."

"…"

"마지막으로 크리스텔 드 사르네즈 공녀의 알현 요청이,"

세드리크가 자리에서 일어났다. 다비드는 말을 멈추고 그가 발코니로 향하는 것을 지켜보았다. 황자의 손엔 빛나는 크리스털 잔이

들려있었다. 늘 단아한 도자기 잔에 커피를 마시던 것을 생각하면 요 며칠의 선택은 의외였다.

"쥴리에트 궁은 어떻지?"

"그것이…"

황자가 자신의 말을 무시했다고는 생각하지 않았다. 그는 황실의 일정과 의무를 기억하는 데 도가 튼 사내였다. 하루 중 여섯 시간밖에 깨어있지 못하던 시절부터 몸에 익힌 습관이었다. 그러니 지금의 질문은, '잘 알아들었으니 내 궁금증부터 해결하라'는 의미를 내포했다. 다비드는 차분히 말을 이었다.

"황실 금고에서 나온 물건은 전부 1층의 손님방과 응접실로 들어갔다고 합니다. 예서 왕자님께서 궁의 식구 모두에게 하나씩 선물하고 싶다고 하셔서, 사용인들이 어제부터 줄지어 패물을 받아 가고 있다는 말도 들었습니다."

"뭐?"

세드리크의 눈이 가늘어졌다. 왕자가 귀족들의 선물을 어떻게 쓰든 알 바는 아니지만, 아랫사람에게 나누어 주라고 모든 보물의 독성을 확인하며 마나 검사를 거친 게 아니었다.

그러나 왕자의 성정을 생각하면 이는 어느 정도 예견된 바였다. 황자는 속으로 혀를 차며 햇빛에 크리스털 잔을 반사했다. 건너편에서는 아무런 반응도 없었다. 벌써 사흘째였다. 왕자라는 자가 전쟁 시대의 암호를 배우지 않은 건가? 도대체 얼마나 방치당하며 자란 거지?

"로메로 궁 아이들의 말로는… 쥴리에트 궁의 모두가 매일같이 눈물로 소매를 적신답니다. 왕자님께서는 하루가 다르게 야위어 가시며, 식사도 제대로 하지 못하시고, 외로움과 슬픔에 빠져 웃음을 잃으셨다고 합니다. 방에 틀어박혀 나오시지 않는 모습은 마치 7월에 잘못 피어 시들어 가는 봄꽃과도 같다고,"

"그만."

가관이었다. 세드리크는 그렇게 생각하며 미간을 찌푸렸다. 자신이 아는 왕자는 유하긴 해도 약한 인간은 아니었다. 비록 당사자에게 무기한이라고 알리긴 했지만, 어머니께서는 때가 되면 그의 유폐를 풀어주실 터였다. 황궁의 이들이 입방아를 좋아하며 쓸데없는 살 붙이기에 열을 올린다는 사실을 황자는 모르지 않았다. 그가 다시 한번 햇살에 커피잔을 이리저리 비추었다.

"…"

여전히 무반응이었다. 암호를 몰라서 이러는 건지 못 본 척하는 건지 알 수 없었다. 그가 정말로 낙심했다 하더라도, 엘리서 왕세녀의 입궁이 예정된 이상 당장 자유롭게 해줄 수는 없었.

온갖 금은보화를 가져다줬는데 뭐가 문제란 말인가? 설마 요한 헤인스 때문에? 그러나 죄지은 성기사의 일은 이미 왕자의 손을 떠났다. 모든 것은 어머니와 대모님께 달린 문제였다. 답답했다. 그리고 황자는 프레데리크 리에스테르의 아들로서, 그런 것을 참는 성미가 아니었다.

* * *

유폐 4일 차, 밤 열 시. 나는 이틀간 〈격주간 리에스테르〉 과월호와 역사서, 그리고 가나엘이 구해다 준 예전 호외까지 열심히 읽고 정리했다. 페네티안 신국의 지도를 얻기도 했는데 막상 내가 신국에 관해 아는 게 없어 도움이 되지 않았다.

신국보다 제국의 지리에 더 밝다는 사실을 새삼 우스워해야 할지 슬퍼해야 할지 헷갈렸다. 대신 교황청에 관해 새로 알게 된 정보는 아주 유익했다. 이걸 주신교 해설서가 아니라 〈격주간 리에스테르〉에서 건졌다는 게 아이러니였다. 나는 손으로 우둘투둘 찢은 종이를 재차 살폈다.

'우리 아이, 교황청 복사服事로 키워보고 싶어요! - 요즘 귀족가의 뜨거운 신앙 교육법'

-끼이이

"어이구, 졸려?"

데미가 침실의 테이블 다리를 타고 올라와 수첩 위에 폴싹 주저앉았다. 글씨는 그만 보고 자장가나 부르라는 의미였다. 뚝심이는 내 베개에서 졸고 있었고 레아와 페리는 발코니 밖으로 나가 30분째 무소식이었다.

낮에 정원에서 충분히 놀고 왔는데도, 내가 동행하지 못해서인지 저렇게 성에 차지 않는다는 양 구는 것이다. 나는 데미를 품에 안고 자장노래를 흥얼거렸다. 반사적으로 흘러나온 건 정은서가 매일 스트리밍 하던 '퇴계공' OST였다. 아주 잘나가는 아이돌이 불렀다는 크리스텔 테마곡.

"명곡이지. 가사가 너무 절절해."

-꾸

"저 둘도 빨리 이런 연애를 해야 하는데…"

내가 어지러이 놓인 스크랩 자료를 정리하며 중얼거렸다.

'예서 페네티안 왕자의 생일을 맞아, 격주간 리에스테르가 신국의 국경일 목록을 준비했다. 그들이 왕족을 숭배하는 방법은 우리가 황족을 사랑하는 방식과 크게 다르지 않다. 탄신을 축하하고, 즉위를 기념하며, 승리의 영광과 전쟁의 상처를 잊지 않는다.'

이건 5월에 나온 거고.

'…이것이 쌍둥이 사제의 예서 왕자 암살 미수 사건 전말이다. 그러나 고귀한 역린은 꺾이지 않았다. 지난 27일, 황제 폐하께서는 긴급히 귀족원을 소집하고 다음과 같이 말씀하신 것으로 전해졌다. '베르너르 페네티안 국서의 방자하고 잔악무도한 행위에 대하여 강력한 유감을 표한다. 같은 일이 반복되지 않아야 할 것."

이건 4월 1일 호에 실린 기사였다. 왜 기억이 없나 싶었는데, 당시의 내가 이틀에 한 번씩 악몽에 시달렸다고 뱅자맹이 상기시켜 주었다. 관련 내용을 무의식중에 전부 피했던 모양이었다. 한참 뒤에 나온 추적 기사도 있었다.

'지난 10일, 페네티안 신국의 베르너르 국서가 쉰한 번째 생일을 맞았다. 그는 교황청 인사를 비롯한 거물들이 참석한 연회에서 과감한 언사와 매력을 뽐냈다는 후문이다. 이 자리에 있던 모 추기경의 보좌관은 '국서가 3월의 암살 미수 사건을 언급했다'라고 전했다. '왕성에 황제의 친서가 도착했는데, 놀라고 억울해서 며칠간 잠을 이루지 못했다고 하더라. 증좌 없는 모함에 피부가 상했다며 농담도

했다. 왕자는 '경계의 신전' 도난 사건이나 해명해야 할 것이라고 꼬집었다. 그가 결백하다는 중론을 전혀 믿지 않는 태도였다."

5월 15일의 짤막한 보도였다. 기사 내용이 낯선 이유를 짚어 보니, 시기가 '마수 대토벌'과 절묘하게 겹쳤다. 국서가 그걸 노리고 때맞춰 입장을 내놓은 것인지는 알 수 없었다.

하지만 이때의 제국은 토벌의 열기로 달아올라, 옆 나라 국서의 이야기에 누구도 큰 관심을 두지 않았다. 나조차 심신의 피로 탓에 정신이 하나도 없었으니 말 다 했다.

"아무튼, 최종 판단은 끝났지."

-꾸르르르

데미가 호응하듯 목을 울렸다. 나는 수첩에 결론을 정리했다.

1. 헤인스 경을 돕기 위한 대략적 그림은 나왔다. - 하나라도 틀어지면 끝이지만.
2. 이를 실현하기 위해서는 엘리서 왕세녀를 만나야 한다. - 미치겠다!
3. 그러나 유폐 중이기 때문에, 그녀를 만나려면 황제를 설득해야 한다.
4. 그런데 황제가 나를 만나지 않겠다고 한다. <new!

"으음."

신음이 절로 나왔다. 오늘 아침, 뱅자맹이 어두운 낯으로 했던 말이 떠올랐다.

'왕자님, 폐하께서 접견을 공식적으로 거절하셨습니다. 그리고 전언을 보내셨습니다.'

'뭐라고 하셨습니까?'

'둥지에 얌전히 있어라. 네가 나설 자리가 아니야.'

'…혹시 성대모사 하신 겁니까?'

'죄송합니다.'

내가 나설 자리가 아니라는 건, 그녀와 추기경이 사건을 알아서 해결하겠다는 뜻이었다. 이해가 가질 않았다. 헤인스 경에게 죽을 뻔한 사람은 나고, 그의 사정을 아는 것도 나인데 왜 당사자의 이야기를 듣지 않겠다는 건지 아리송했다. 황제는 다혈질일지언정 폭군이나 벽창호는 아니었다. 죄인을 심판하는 데 증언이 필요 없을 리가… 순간, 어떤 예감이 찌릿하고 스쳤다.

"왕세녀와 담판 지으려는 거야. 마침 교황청 추기경도 같이 오잖아."

-꾸릇!

데미가 입을 벌렸다. 나는 심각한 표정으로 녀석을 마주보았다.

"내가 뭐라고 하든 말든 상관이 없는 거지. 헤인스 경의 신병은 교황청에 넘기고, 직위를 속인 것도 교황청에 항의하고, 왕세녀에게는 암살 미수의 책임을 물을 테니까. 국서의 잘못은 결국 신국의 잘못이잖아."

-끼이이!

신수가 나의 윗배를 꾹꾹 눌렀다.

"그럼 헤인스 경은 그대로…"

내가 말끝을 흐렸다. 제국의 죄인을 교황청에 인도하는 건, 언뜻 보면 대단히 너그러운 처사였다. 주신의 권능을 받은 자를 인력人力으로 처단하지 않는 신앙의 발로로 해석할 수도 있었다.

그러나 황제의 의도는 명백했다. 그녀는 교황청과 신국을 동시에 압박하고자 하는 것이다. 제국과 교황청, 신국은 기묘한 균형을 유지하는 관계였다. 국력 면에서는 리에스테르가 압도적이었으나 페네티안은 다수의 성기사와 신관을 배출하며 교황청의 세를 장악하고 있었다.

교황청이 제국을 멀리하는 건 아니지만, 책에서 읽은 내용만 보면 썩 우호적이지도 않았다. 이번 기회에 교황청에 큰소리도 내고, 신국엔 제대로 경고를 하려는 거겠지. 다시는 이곳에 있는 나를 함부로 건드리지 말라고.

"젠장, 큰일 났네."

나는 자리에서 벌떡 일어나 데미를 업고 침실을 맴돌았다. 국서는 쌍둥이 암살자가 나를 노린 일을 '증좌 없는 모함'이라고 일축했다. 그건 자신에게 불리한 증거를 남기지 않는다는 뜻이었다. 헤인스 경이 교황청에 도착하는 순간, 그와 아들의 목숨은 국서의 손에 떨어진 것이나 마찬가지였다. 살아있는 증거를 베르너르가 내버려 둘 턱이 없었다.

'황실 근위대는 베랑 가문에서 일하는 누군가가, 신국으로부터 돈을 받고 시종 후보에 관한 정보를 넘겼으리라 추측하더구나.'

문득, 베랑 쌍둥이의 집에서 국서에게 정보를 팔아넘긴 자는 지금쯤 어떻게 됐을지 궁금해졌다. 근위대에 잡혔다면 엘리자베트 경이 내게 알려주었을 텐데 여태 조용했다. 일순 소름이 돋았다.

"어떡하냐, 데미야. 국서가 너무 나쁜 새낀데 퇴계공이 쉽지 않아."

-끼잉, 끼이

나는 데미와 함께 앓는 소리를 냈다. 내가 안이했다. 황제는 내게 호의를 갖고 있지만, 그전에 제국의 지도자이자 정치인이었다. 당연히 나와 같은 시선으로 헤인스 경을 바라볼 리가 없었다. 지금까지 그를 고문하지 않고 재워둔 건, 부티에 추기경의 얼굴을 봐서 베푼 관용이었을까.

"왕세녀가 오기 전에 황제를 만나야 돼. 일단 말은 해봐야지."

초조했다. 내게 뭐라도 있었으면 좋겠다. 투명 망토나 뒤엠 후작 같은 거. 황궁 실내에선 마법을 쓸 수 없다는 걸 알면서도 절박한 심정이 됐다.

"작가님… 지금 아무 아이템이나 내려주시면 모른 척하고 받겠습니다."

내가 미친놈처럼 천장을 보고 중얼거렸다. 그때,

-톡, 톡톡

열린 발코니 문을 두드리는 소리가 났다. 마침 레서판다 두 마리가 돌아올 시간이긴 했다.

"레아? 페리?"

-끼응

-끼잉

문을 발코니로 나왔는데도, 울음만 들릴 뿐 녀석들의 모습이 보이지 않았다. 나는 데미를 내려주고 난간 아래를 살폈-

"억, 미친."

"조용히."

여름밤처럼 깊고 어두운 미성이 귓가에 내려앉았다. 나는 식겁해서 가슴을 부여잡고 비틀거렸다. 너무 놀란 탓에 등줄기엔 식은땀이 흘렀다. 귀신이라도 본 기분이었으나, 도저히 무시할 수 없는 얼굴이라 결국 고개를 다시 내렸다. 월광 아래의 주황색 눈동자가 태양을 닮은 빛을 냈다. 사내는 르네상스 시대의 명화 같은 자세로 덩굴을 붙든 채, 쥘리에트 궁 발코니를 올려다보고 있었다. 이게 되네. 아니.

"황자님. 여기서 뭐 하시는,"

"나는 황자가 아니야."

"응?"

왜… 왜 그 좋은 자리를 버렸냐. 나는 난간 사이로 기어들어 오는 레아와 페리를 받아주며 되물었다.

"성함이 세드리크 리에스테르 아니십니까?"

"지금은 아니지."

"…"

이거 무슨 콘셉트야? 내가 맞춰야 돼? 영문을 알 수 없어 황당했다. 세이디의 모습이 아닌 걸 보면 에테르가 급하지는…

"설마 저 도와주러 오신 겁니까?"

내가 물었다. 입가에 절로 환한 웃음이 걸렸다. 작가 양반이 나를 버리지는 않은 모양이었다. 그러자 황자가 미세하게 인상을 찡그렸다.

"도움이 필요한 것치고는 암호에 반응하지 않던데."

그는 부드러운 몸놀림으로 난간을 타고 올라와, 발코니에 가볍게 착지했다. 내 머릿속이 팽팽 돌아가기 시작했다. 잠입하느라 리에스테르의 이름을 버렸어도 아들은 아들이었다. 아이템, '혈연'을 (를) 획득했습니다.

"저번에, 제 마음대로 또 나갈 수 있게 해준다고 하셨죠. 목적지를 봐서요."

내가 속삭였다. 그가 나를 내려다보았다.

"모친께 데려다주실 수 있습니까?"

* * *

"명분은?"

세드리크 황자가 냉랭하게 속삭였다. 나는 머뭇거렸다.

"…죄송합니다. 헤인스 경을 쉽게 용서하실 수 없는 입장이라는 건 압니다. 저도 그걸 부탁하는 건 아니에요. 다만 폐하께 말씀 정도는 전하고 싶어서요. 편지를 쓸까 했지만 아무래도 직접 말씀드리는 게 나을 것 같습니다."

달빛을 가리는 구름처럼, 수려한 용모에 불만이 드리웠다. 레아와 페리가 그의 발치를 맴돌며 속없이 즐거워했다. 어쩐지 정원에서 돌아오질 않는다 했더니, 황자가 발코니로 올라올 수 있게 덩굴을 만들어 준 모양이었다. 황자의 체능이라면 그런 건 필요도 없었을 텐데 녀석들의 정성을 무시하지 않은 게 의외였다. 데미는 내 발밑에 몸을 말고 졸기 시작했다.

"내 암호를 무시한 게 요한 헤인스 때문이었다는 거군."

"무슨 암호요?"

"…"

그는 묵묵히 까만 머리칼을 쓸어 넘겼다. 이런 태도는 처음 보는데 어지간히 답답한 듯했다. 황자가 나에게 암호를 보냈다고? 언제?

"그대야말로 그자를 용서할 처지가 아닐 텐데."

사내가 말을 돌렸다. 나는 곧장 답했다.

"헤인스 경이 무고하다고 보진 않습니다. 당연히 벌을 받아야죠."

주황색 눈동자가 나를 빤히 들여다보았다. 선선한 여름밤의 바람이 커튼을 어지럽혔다. 멀리서 부엉이 우는 소리가 들렸다.

"…하지만 참작의 여지는 있다고 믿습니다. 헤인스 경에게 사정이 있거든요. 아픈 아들이 국서의 인질로 잡혔습니다."

나는 그날 숲길에서 마저 밝히지 못한 성기사의 사연을 황자에게 설명했다. 헤인스 경이 내게 했던 언약에 관해 구체적으로 말하고, 왕세녀를 만나고 싶다는 의지도 피력했다. 황자는 내 이야기를 듣는 동안 어떠한 반응도 보이지 않았다. 그게 은근히 초조했다.

늦은 시간에 이런 식으로 여기까지 와준 건 분명 나를 돕기 위함이겠지만… 그것만으로도 고마운 일이고, 그에게는 내 요청을 거절할 이유가 넘쳐났다. 나는 주먹을 쥐었다 펴며 말을 이었다.

"폐하께서 제 청을 반드시 들어주셔야 한다고 생각하진 않습니다. 폐하께는 폐하의 명분이 있고, 그분이 지켜야 하는 중요한 가치가 있다는 걸 이해합니다. 제 말이 무조건 옳다고 주장하는 것도 아니에요. 다만… 저처럼 생각하는 사람도 있다는 점을 알려드리고 싶었습니다."

"…"

"헤인스 경을 구할 수 있는 선택지도 있다는 사실을 전하고 싶었어요. 처음부터 고려 대상조차 아닌 것과, 약간이라도 가능성이 생기는 건 완전히 다르니까요."

내가 그를 똑바로 바라보며 문장을 맺었다. 황자는 가라앉은 눈길로 나를 응시했다. 몇십 분 같은 몇십 초가 흐르고, 드디어 그가 입을 열었다.

"사르네즈 공녀가 옳았군."

"네?"

"그대라면 헤인스를 돕겠노라 머리를 싸매고 있을 거라고 하던데."

"공녀를 만나셨습니까?"

내 목소리가 살짝 커졌다. 나는 침실 문을 힐끔한 뒤 다시 그를 올려다보았다.

"두 분이 저 없이도 따로 만나시는 관계입니까?"

"그건 불쾌한 의미를 내포한 질문인가?"

"좋은 뜻으로 드리는 말씀입니다."

나는 올라가는 입꼬리를 겨우 붙들었다. 간만에 들은 낭보였다.

"언제 보셨습니까? 어디서요?"

"…오늘 로메로에서. 알현 요청을 받아준 것뿐이야."

내 입이 살짝 벌어졌다. 황자는 로메로 궁에 외부인을 들이지 않는다고 들었는데, 크리스텔은 벌써 두 번이나 출입한 것이다. 헤인스 경과 엘리서 왕세녀 문제로 무거웠던 마음이 황자와 크리스텔의 소식에 한결 가벼워졌다. 그래도 둘은 착실히 가까워지고 있어서 다행이었다. 황자가 운을 뗐다.

"그런 이유라면 폐하를 만나게 할 수는 없겠군."

"네? 잠시만요."

나는 후딱 웃음기를 지웠다. 하지만 이어진 황자의 말엔 입을 다물 수밖에 없었다.

"그대의 유폐는 왕세녀가 돌아가야 풀릴 테니까."

"…"

"당연한 것 아닌가?"

내 눈이 휘둥그레 커졌다. 이건 프레데리크 황제가 왕세녀를 믿지 못한다는 의미로 들렸다. 그리고 맥락상, 불신의 이유는 단순히 그녀가 적국의 왕위 계승자이기 때문이 아니었다.

"왕세녀 전하가 저를 해칠까 봐 그러시는 겁니까?"

"본인이 아니더라도. 그녀와 동행하는 신국의 누구든 그대를 노릴 수 있어."

그건, 그랬다. 물론 지금 같은 시점에 나를 재차 덮치는 건 전쟁을 불사하겠다는 의미로 읽힐 터였다. 그야말로 미친 짓이지만, 이론적으로 불가능한 일이 아닌 데다 나는 실제로 황궁에서 죽을 뻔한 적이 있었다. 유폐는 그저 황궁 안팎을 단속하는 동안 나를 보호하는 의미라고 생각했는데. 이제 보니 황제는 나를 왕세녀에게도 노출할 계획이 없는 듯했다. 젠장. 어쩌지?

-휘잇!

그때였다. 발코니 바깥, 쥘리에트 궁의 화단에서 작은 휘파람 소리가 났다. 나만 흠칫했다. 황자는 침착히 아래를 살폈다.

"갈 시간이군."

"거기 누가 있습니까?"

슬쩍 몸을 빼서 밑을 내려다보니, 낯익은 단발머리가 시야에 들어왔다. 고양이 같은 눈매가 어둠 속에서 나를 향해 슬쩍 휘어졌다. 나는 아연해서 황자와 그의 벗을 번갈아 쳐다보았다. 그래도 그녀에게 손을 흔드는 건 잊지 않았다.

"어째 여기까지 조용히 오셨다 했는데… 엘리자베트 경을 끌어들이셨군요."

부근위대장이 그럴듯한 구실을 대서 보초들을 잠깐 물린 모양이었다. 남자는 내 말을 무시한 채 발코니 난간에 한쪽 다리를 올리고 걸터앉았다. 그대로 떠날 기세였다.

"귀화를 하면 돼."

그가 나를 보며 낮게 말했다. 동시에 구름이 물러가고 환한 달빛이 발코니를 비추었다. 지금은 황자도 리에스테르도 아니라고 말했으면서, 사내는 고귀한 신분을 의미하는 온갖 장식과 훈장을 달고 있었다.

"왕위 계승권을 포기하면 국서도 더는 그대를 노리지 않겠지."

"그럴 수도 있겠죠."

내가 긍정했다. 그리고 그에게 고민을 반쯤 털어놓았다.

"하지만 적어도 왕세녀 전하께는 의견을 구해야 하지 않을까 싶습니다. 보통 그런 문제는… 가족과 논의를 하니까요."

"페네티안이 아니어도 그대는 그대야."

그게 말이다, 나야 그런데 진짜 왕자 입장은 다를 수도 있지 않겠냐. 나는 쓰게 웃었다. 게다가 귀화가 불러일으킬 파장도 고려해야 했다. 한 치 앞도 모르는 빙의자의 시점에선 모든 게 위험 요소였다. 당장 뒤엠 후작의 키스캠을 구경하러 갔다가 무슨 일이 벌어졌는지를 생각해 보자. 전쟁이 터지기도 전에 세상 하직할 뻔했다.

"생각은 계속 해보겠습니다. 그만한 제안을 단칼에 거절할 순 없죠."

내가 말했다. 그는 가만히 시선을 마주하더니, 별다른 대답 없이 발코니 밖으로 뛰어내렸다. 나는 그제야 인사를 깜빡했음을 깨달았다.

"저기,"

서둘러 난간을 붙잡고 아래를 향해 소곤거렸다.

"와주셔서 감사합니다."

그러고는 미소했다. 비록 그는 겉만 번지르르한 아이템이었고 나를 황제에게 데려다주지도 않는다지만, 오늘은 제법 괜찮은 친구 노릇을 한 것 같았다. 밤에 뜬 어린 태양은 칠흑 속에서 한 차례 깜빡인 뒤 그대로 모습을 감추었다.

* * *

유폐 5일 차 오후.

"왕자님, 블랑케르 공녀와 산트 사제에게 보내신 편지를 전달했습니다."

"수고했어, 가나엘."

내가 손짓하자, 소년이 테이블 맞은편에 앉았다.

"1층 테라스도 괜찮다. 나무 그늘이 멋있네."

"좋아하시니 다행입니다. 내일은 서편에 있는 테라스를 이용해 보시겠어요? 정원 일부가 보여서 더 예쁘답니다."

가나엘이 방긋방긋하며 말을 받았다. 오늘은 침실 발코니와 응접실의 풍광이 조금 지루해서 1층 뒤편에 있는 테라스로 나온 참이었다. 갇혀 지내는 데는 누구보다 자신 있다고 생각했는데, 몇 달을 주인공들과 함께한 영향인지 갑갑함이 없지 않았다. 둘이 지금쯤 무엇을 하고 있을지도 궁금했다. 텅 빈 야외 연무장이 너무 잘 보여 그런 것 같았다. 참고로 저곳도 폐쇄됐다.

황자는 원래 바쁜 인간이니 오늘도 그럴 거고, 크리스텔은 어떨까. 강해지겠다고 했으니 공작저의 기사들을 들볶아 가르침을 받고 있을지도 몰랐다. 에바를 데리고 호사스러운 찻집에 갔을 수도 있었다. 나는 잠깐 딴생각을 하다가 다시 수첩을 확인했다. 체크리스트와 낙서가 가득했다.

"…할 수 있는 건 다 한 것 같은데."

혼잣말에 한숨이 섞였다. 가나엘이 고개를 끄덕이며 빈 접시에 제주이트를 올려 주었다. 나는 따끈한 페이스트리를 크게 베어 물었다.

"맛있는데 심란하다."

"왕자님, 그런 말씀 마세요. 요즘 한 끼에 2인분밖에 안 드셔서 다들 걱정이 많아요."

가나엘이 허겁지겁 찻잔에 맨드라미 꽃차를 따라주었다. '괜찮아, 고마워' 하며 잔을 받았다. 그리고 소년의 접시에도 밀푀유를 얹어주었다. 그냥 이렇게, 주변 사람 정도는 챙겨주고 싶었다.

나는 무지한 조연인 데다 전쟁을 막을 대단한 힘이 있는 것도 아니지만, 눈에 밟히는 이들만큼은 도울 수 있는 한 돕고자 했다. 지금까지는 그게 그럭저럭 잘 됐다고 생각했는데 이번 건은 몹시 어려웠다.

두 나라뿐 아니라 교황청까지 얽힌 일이었고 헤인스 경의 아이는 대륙 건너편에 있었다. 답답한 마음에 찻물 속 맨드라미꽃을 씹어 먹었다. 빙의하고 처음으로 무력감이 느껴졌다.

원작의 크리스텔은 성기사가 아니었고, 황자는 분명 소드마스터 설정이었다. 그러니 성기사 선생인 헤인스 경의 등장을 작가가 반기지 않았을 가능성도 있었다. 어쩌면 그는 주인공들과 한 번 스치고 마는 역할일지 모른다. 이렇게 퇴장하는 게 그의 운명일지도.

"후…"

솔직히 말하겠다. 왕세녀를 보지 못하면 나야 좋다. 그녀의 앞에서 어떤 표정을 해야 하는지, 말투는 어때야 하는지도 모르는 내가 완벽히 숨을 수 있는 기회니까. 그래도… 이건 아니었다. 마음이 불편했다. 나는 제주이트를 다 먹지 못하고 내려놓았다. 가나엘이 내 손목을 살짝 잡았다.

"왕자님은 최선을 다하셨어요."

"…"

"주신께서 어여삐 보시고, 꼭 선물을 주실 거예요."

소년이 금색 눈동자를 결연하게 빛냈다. 나는 애매하게 웃어 보였다. 글쎄, 어제도 귀한 아이템을 얻은 줄 알았는데 아니더라고.

* * *

"페리, 자자. 친구들 어딨어?"

-끼잉

페리가 까만 귀를 쫑긋거리며 내게 달려왔다. 나는 녀석을 보듬고 뱅자맹에게서 배운 리에스테르의 자장가를 흥얼거렸다. 내가 잠을 설친다고 해서 레서판다들이나 뚝심이까지 그래서는 안 됐다.

의자 팔걸이에 앉은 굴뚝새의 이마를 살살 쓰다듬어준 뒤 발코니로 걸음을 옮겼다. 일단 데미와 레아를 데려와서 일찍 자고, 내일 다른 궁리를 해볼 계획이었다. 그래. 왕세녀가 아직 입궁하지도 않았는데 포기하진 말자. 가나엘하고 뱅자맹이 응원해 주잖.

"어헉."

나는 페리를 끌어안고 숨넘어가는 소리를 냈다. 다리에 힘이 쭉 빠져 하마터면 주저앉을 뻔했다. 어둠 속에서 안광을 번뜩이는 상대방은 이제 그만 보고 싶었다. 7월이라고 납량 특집 찍는 것도 아니고!

"왕자님!"

쥘리에트 궁의 발코니 난간에 매달린 크리스텔이, 고운 물색 눈동자를 반짝거리며 활짝 웃었다. 그녀의 등을 타고 기어 올라온 데미와 레아는 무척 뿌듯한 기색이었다. 자세히 보니 이번 덩굴은 계단식인 데다 군데군데 꽃까지 잔뜩 피어있었다. 이걸 칭찬해 줘야 해?

"사르네즈 공녀, 여기서 뭐 하시는 겁니까?"

내가 신수들을 품으며 빠르게 속닥였다. 그러자 크리스텔이 아주 심각한 얼굴을 했다.

"저는 사르네즈가 아닙니다."

아니… 왜 여기 오는 분들은 다 가문을 버리시는 거예요.

"저도 블랑케르 아니에요!"

"에바?"

나는 크리스텔의 옆으로 쏙 올라온 머리를 보고 경악했다. 꼬맹이는 왜 데려왔냐고 물으려는데, 우리의 주인공이 어느 때보다 진지한 음성으로 대사를 쳤다.

"작전명 베로나, 개시됐습니다. 저희는 왕자님을 도우러 왔어요. 이쪽 마드무아젤의 암호명은 '티볼트'입니다. 참고로 왕자님은 '몬터규'."

작전명이 베로나인 건 발코니 때문이라고 쳐도, 세입자가 몬터규라니 이상했다. 게다가 티볼트는 몬터규한테 죽지 않아?

"공녀, 들키면 곤란해집니다. 황자님은 몰라도 두 분은 황궁에 기거하시지 않는데 이 시간에…"

"황자가 누구인지는 모르겠지만, '캐퓰렛'이라면 있습니다."

크리스텔이 목소리를 깔며 턱짓했다. 나는 멍하니 그녀가 가리키는 방향을 바라보았다. 아래쪽 화단 앞에, 황자가 형형한 눈빛으로 서있었다. 그의 옆에는 엘리자베트 경이 어제와 똑같은 자세로 손을 흔들고 있었다. 미친놈이, 황제를 만나게 해줄 수 없다더니 인원을 불러서 왔어?

"황자님이 캐풀렛입니까?"

"네, 티볼트 사촌이죠. 옆에 계신 분은 친구인 '머큐쇼'입니다."

설정에 충실하다가도 불충하고 있네…

"그럼 공녀께선,"

"저는 이 작전을 지휘하는 사람입니다."

역시 셰익스피어인가? 크리스텔이 씩 웃으며 머리 위에 쓰고 있던 안대를 내렸다. 그녀의 왼쪽 눈이 가려졌다.

"암호명은 톰 크루즈."

너 혼자 〈작전명 발키리〉잖아!

* * *

"일단… 일단 안으로 들어오시죠. 이렇게 밖에 계시다간 눈에 띄겠습니다."

"그럼 실례하겠습니다, '몬터규' 님."

내 말에 크리스텔이 싱글벙글하며 난간을 넘었다. 드레스 차림인 에바도 그녀의 에스코트를 받아 무사히 들어왔고, 마지막으로 지상에 있던 황자가 가볍게 뛰어올라 발코니에 착지했다. 나는 화단 앞에 선 엘리자베트 경, 그러니까 '머큐쇼'를 내려다보았다. 그녀가 걱정 말라는 듯 웃으며 손가락으로 경례했다. 괜히 멋있었다.

"세상에, 침실이네요. 죄송합니다, 몬터규 님."

들어오자마자 에바가 화들짝하고 사과했다. 나는 웃음으로 상황을 넘기며 레서판다들을 바닥에 내려주었다. '세이디'가 툭 하면 기습하는 공간이라 깜짝 손님을 맞는 데는 익숙했지만, 숙녀분들을 모시는 게 민망하긴 했다.

침대와 떨어진 1인용 소파 두 개에 그들을 앉히고 나는 의자를 끌어와서 곁에 앉았다. 세드리크 황자는 착석할 생각이 없는지 팔짱을 낀 채 발코니 근처에 기대섰다. 뚝심이가 파닥파닥 날아올라 그의 어깨에 자리 잡았다.

"차라도 드릴게요."

"와아!"

방금까지 쑥스러워하던 소공녀가 작게 박수하며 좋아했다. 일단 첩보 작전 느낌은 아니었다.

"황자, 아니… '캐풀렛' 님께 이야기를 듣고 오신 겁니까?"

내가 찻주전자에서 따뜻한 마리골드 꽃차를 따라 건네며 물었다. 암호명을 꼭 써야 하나 싶은데, 크리스텔이 기대하는 듯해 그냥 받아들이기로 했다. 뱅자맹과 가나엘이 함께 마실 때가 있어서 찻잔은 넉넉하게 네 개였다. 에바는 꽃이 세 송이나 떠있다며 기뻐했다. 입을 연 것은 크리스텔이었다.

"네. 몬터규 님이라면 유폐된 와중에도 헤인스 경을 돕고자 하실 것 같았어요. 그래서 제가 먼저 캐풀렛 님께 알현을 청했습니다. 오늘 오전엔 '티볼트' 님이 몬터규 님의 서신을 받았다고 하기에 같이 온 거예요."

나는 고개를 끄덕였다. '티볼트', 즉 에바와 산트에게 편지를 보낸 게 이른 아침이었다. 가나엘도 제대로 전달했다고 이야기했었고.

"그러면 어떻게 밤까지 여기 계셨던 겁니까? 공작가의 마차는 진작 황궁 밖으로 내보냈을 텐데요."

"저는 몬터규 님을 보려고 어제부터 외박을 했거든요. 공작저의 어머니께는 무테 백작저에서 며칠 묵고 오겠다고 말씀드렸습니다. 그리고 오늘 머큐쇼 님의 출근 마차에 숨어서 함께 입궁했죠. 마침 티볼트 님도 백작저에 놀러와 있었고요."

"설마 온종일 마차에…"

"아뇨, 입궁한 뒤로는 로메로 궁에 숨어있었습니다. 빈방이 많아서 다비드 님의 협조로 편히 지냈어요."

이건 정말로 놀랄 수밖에 없었다. 두 공녀가 나를 만나기 위해 아침부터 부근위대장의 도움을 얻어 황궁에 잠입했다. 황자는 그런 둘을 자신의 궁에 숨겨주고 이곳까지 이끌어 주었다. 프레데리크 황제가 알면 경을 칠 일인데 누구 하나 흔들림이 없는 눈빛이었다. 어쩐지 뭉클한 마음이 차올랐다. 나는 찻잔을 세게 쥐었다.

"…감사합니다. 쉽지 않은 결정이었을 텐데요."

"아뇨, 쉬웠습니다."

크리스텔이 맑게 웃었다. 그녀는 안대를 다시 머리 위로 올리고 나와 눈길을 마주했다.

"몬터규 님은 늘 저희에게 잘해주시잖아요. 그러니까 고민할 필요도 없었습니다. 우리는 친구이자 짝꿍인걸요."

'임시지만' 하고 그녀가 덧붙였다. 보답을 받고자 행동한 건 아니었는데 좋게 생각해 주었다는 게 고마웠다. 그때 에바가 불쑥 말했다.

"그래도 설명은 해주셔야 해요. 몬터규 님이 필요하시다면 제 이름을 빌려드릴 수는 있지만, 어머니께서 그러셨습니다. '네가 하는 일이 뭔지는 알고 하거라, 에바.'"

흑갈색 눈동자가 야무지게 빛났다. 나는 분명 편지로 에바에게 도움을 청했다. 작전의 목표가 무려 황제인 만큼, 이들은 당연히 전후 사정을 알 권리가 있었다. 고개를 주억이고서 차분히 운을 뗐다.

"제가 폐하를 만나서 드리고 싶은 말씀이 있습니다. 헤인스 경에 관한 이야기인데…"

어젯밤 황자에게 털어놓은 내용의 반복이었지만, 그렇다고 마음이 가벼워지는 일은 없었다. 잠시 후 내가 말을 맺자 숙녀들이 경악한 낯으로 나를 바라보았다. 특히 크리스텔은 당장이라도 누구 하나를 조져 놓을 기세였다.

"아니, 국서라는 새끼가… 죄송합니다. 근데 그게… 그러고도 사람인가요? 왕자님은 그런 놈한테 계속 시달리면서 지내신 건가요?"

마른세수를 하는 그녀의 목소리가 커졌다 작아졌다 했다. 욕설과 화를 참기 힘든지 숨이 거칠었고, 한순간 암호명조차 잊은 듯했다.

"저는… 헤인스 경을 도울 생각이 있습니다. 솔직히 안됐고, 화풀이는 그날 많이 했고. 국서한테 복수하게 해줘야 할 것 같은데… 어떻게 당하고만 살게 두겠어요."

그녀가 갑갑하다는 듯 천장을 보며 말했다. 찻물을 생수처럼 원샷하기도 했다. 손수건으로 입을 가리고 있던 에바가 내게 질문했다.

"그런데, 몬터규 님은 헤인스 경에게 화가 나시진 않나요? 혹시… '호구'이신 건가요?"

"예?"

"그분에게 사정이 있었다는 건 알겠습니다. 하지만 여기 계신 세 분을 줄곧 속였잖아요. 저라면 속상해서, 앞으로는 그를 믿을 수 없을 거예요."

아이의 표정이 뾰로통했다. 나는 잠깐 침묵했다. 확실히 그렇게 비칠 수도 있었다. 나의 행동을 어떻게 설명해야 할지 고민하다가, 그냥 솔직한 심정을 말하기로 했다. 내가 에바보다 오래 살긴 했지만 사람의 일은 늘 어려웠다.

"헤인스 경은 평범한 기회를 누리지 못했어요."

"…"

"그가 우리를 배신하고 거짓말을 한 건 사실입니다. 하지만 아픈 아들이 국서의 포로가 되지 않았다면, 그래서 헤인스 경이 떳떳하게 저희를 대할 수 있었다면 어떻게 됐을지는 모르죠. 그럴 기회를 처음부터 박탈당했으니까요."

"…"

"저는 헤인스 경이 같은 출발선에서 다시 시작할 기회를 가져야 한다고 생각했습니다. 그것뿐이에요."

내가 쓰게 웃으며 아이를 바라보았다. 에바는 조금 놀란 듯 나를 응시하더니, 이내 생각에 빠져들었다. 머리가 복잡한 듯했다. 그사이 크리스텔이 비장하게 입을 뗐다.

"폐하를 만나려면 황제궁에 가셔야 하는데, 그건 현실적으로 힘들겠죠."

"네. 황제궁은 잠입도 어려울 테고, 시종장인 로라가 버티고 있으니까요."

나는 그렇게 대답하며 황자를 올려다보았다. 그와 나의 시선이 마주쳤다.

"혹시 폐하를 로메로 궁에 초대할 수는 없을까요? 쥘리에트 궁에서 로메로는 코앞이니, 제가 정원만 무사히 가로지르면 뵐 수 있을 겁니다."

내가 말을 꺼내자 황자는 미간을 찌푸렸다. 네 얼굴보단 현실적인 방법인데 왜 그러냐?

"캐, 캐풀렛 님에게 정인이 있었나요?"

에바가 깜짝 놀라 나를 돌아보았다. 크리스텔과 나는 그게 무슨 말인지 알 수 없어 고개를 갸웃했다. 우리가 이쪽으로 무지렁이라는 사실을 깨달은 소공녀가 '아' 하고 감탄하더니 설명을 시작했다.

"리에스테르에는, 결혼하지 않은 자식이 부모님께 처음으로 연인을 소개할 때 만찬을 대접하는 풍습이 있어요."

저런…

"주로 진지하게 만나는 사람이요. 그래서 황제 폐하께서도 선황 폐하께 숙부님을 소개할 때 만찬을 여셨다고 들었습니다. 조부모님은 엄청 반대하셨대요."

여기서 숙부님이란, 블랑케르 가문의 맏이였던 알렉상드르 국서를 의미했다. 에바를 제외한 우리 셋 사이에 짧고 강렬한 침묵이 흘렀다.

"로메로 궁에서 만찬을 열어 폐하를 초대하실 건가요? 머큐쇼 님은 약혼자가 있으시니 가짜 연인으로 내세우기 어렵고, 저는 사촌이니까 안 되고, 남은 건…"

"응, 아니야."

크리스텔이 날카롭게 말을 끊었다. 에바가 흠칫했다. 주인공의 벽안이 도깨비불처럼 번쩍거렸다. 지금 모두가 마음속으로 떠올리고 있는 '그 방법'을 발설했다간, 누구든 뼈도 못 추리게 할 것 같았다.

"이건 아닙니다. 다른 방법을 강구해 보시죠, 믄트그 늠."

"톰 크루즈 님, 진정하세요."

내가 그녀를 달랬다. 황자는 날 선 말투로 발언했다.

"차라리 그대가 날아가는 게 낫겠군."

"날아가요?"

"그날 신물을 사용하지 않았나?"

역시 뚝심이의 변신을 기억하고 있었나 보다. 나는 그의 어깨에서 졸고 있는 굴뚝새를 보며 답했다.

"뚝심이가… 신물인 건 맞습니다."

"종탑에서 본 '비렴의 방주'인 거죠?"

크리스텔이 냉큼 물었다.

"네. 하지만 그 뒤로는 한 번도 본체로 변한 적이 없습니다. 부탁을 해봐도 듣지 않았어요. 저는 주인도 아니고요."

"그렇게까지 보호했는데 주인이 아니시라고요?"

"본인이 그렇게 말하더군요."

"본인?"

크리스텔과 황자가 번갈아 내게 물음표를 던졌다. 이럴 때 보면 아주 환상의 궁합이었다. 나는 머리를 저으며 웃었다.

"빨리 돌아가셔야 할 테니 뚝심이 이야기는 나중에 마저 해드리겠습니다. 좀 길거든요. 당장은 로메로 궁에 폐하를 초대하는 건을 상의하는 게-"

"거절하지."

"싫습니다."

두 남녀가 칼같이 거부 의사를 밝혔다. 에바는 우리 셋을 난감한 낯으로 보다가도, 황자에게 찰싹 붙어있는 뚝심이를 힐끔거렸다. 평범한 새가 신물이라고 하니 긴가민가해서 호기심이 동하는 모양이었다.

나는 무릎 위로 올라오는 데미를 안아주며 계산을 시작했다. 아무리 봐도, 로메로 궁에 황제를 초대하는 게 가장 빠르고 합리적인 방법이었다. 여기에 '소중한 이를 소개하기 위한 자리'라는 핑계가 더해지면 황제의 빡빡한 일정도 어떻게든 뚫릴 터였다.

왕세녀가 도착하기 전에 황제를 만날 수 있는 최고의 루트였다. 작가의 안배가 아닐까 하는 생각이 들 정도로 괜찮아 보였다. 그렇지, 주인공들을 엮을 절호의 기회일지도 모르고.

나는 조심스레 크리스텔과 황자를 살폈다. 내가 부탁할까 봐 절묘하게 시선을 피하며 생각에 빠진 척하는 모습들이 일품이었다. 지금은 저렇게 싫어하지만, 나중에 잘 되면 나한테 고마워할지도 모르는데.

나는 뺨을 긁적이며 고민했다. 어떻게 해야 자발적인 참여를 끌어낼 수 있을까. 내가 뭘 할 수 있지? 미인계…는 황자가 더 잘생겼으니 안 되겠고. 아픈 척…도 안 아프니까 못 하겠고. 음.

"배고프네요."

내가 시험 삼아 중얼거렸다. 슬쩍 눈치를 살피니 세 명의 시선이 내게 닿고 있었다. 좀 쪽팔렸지만, 잠들어 있는 헤인스 경과 그의 아들을 떠올리며 버티기로 했다. 여기까지 와서 못 할 게 뭐 있어.

"저녁을 먹기는 했는데. 입맛이 없어서… 2인분밖에 못 비웠더니. 하하하."

"…"

난 진짜 연기는 안 되겠다. 수치심에 몸부림치다 데미의 뜨뜻한 몸통에 얼굴을 묻었다. 그러자 레서판다가 낑낑거리며 내 목에 매달렸다. 녀석에게도 나의 창피함이 전해지는 모양이었다.

"헤인스 경을 도와줄 수 있으면 좋겠는데… 요즘은 영 음식에 손이 안 가서요. 의욕도 없고, 몸속에 에테르도 잘 안 도는 것 같고."

"…"

"누가 폐하를 만나게 해주시면 참 좋겠다는 생각이 듭니다…"

제발 뭐라고 반응 좀 해주라. 그만하라고 하면 쿨하게 때려치울게! 나는 입술을 깨물며 눈을 내리깔았다. 그때,

-꼬르르르

내 품에 숨은 데미가 기묘한 울음을 냈다. 마치 굶주린 배에서 나는 소리와 비슷했다. 그러자 크리스텔이 자리에서 벌떡 일어났다. 나는 움찔하며 그녀를 마주 보았다.

"톰 크루즈 님. 이거는요."

"하겠습니다."

"예?"

이게 된다고?

"왜 밥도 제대로 못 먹고 계세요. 헤인스 경이 진짜 잘못했네. 제대로 사과 받아내려면 어쩔 수 없이 기를 쓰고 살려야겠네."

"그렇기는 한데요."

"까짓거. 사귀는 사이라고 폐하께 말씀드린 뒤에 저녁 먹고 깨졌다고 하면 되는 거 아닙니까."

"맞습니다. 네."

크리스텔이 화를 내는 건지 선언문을 낭독하는 건지 모를 말투로 마구 내뱉었다. 나는 숨만 겨우 쉬며 대답했다. 그러자 그녀가 뒤를 홱 돌아 황자를 노려보았다. 눈빛만으로 그를 석상으로 만들 수 있을 것 같았다. 황자는 내게 무시무시한 눈길을 쏘아댔다. 빌어먹을, 연기인 걸 들켰나? 그때였다.

"흑!"

나는 죽어가는 마수 같은 소리를 내며 허리를 숙였다. 데미가 앞발로 내 명치를 쿡 쑤신 탓이었다. 아파!

"…제안을 받아들이지."

그랬더니 황자가 잇새로 말을 뱉었다. 뭐?

"계약서도 작성하시죠."

"증인이 필요하겠군."

나는 눈을 커다랗게 뜬 채 목을 들었다. 두 주인공이 서로를 얼리

거나 태워 죽일 기세로 바라보며, 마주 서서 조건을 읊고 있었다. 진짜 먹혔어…?

-끼잉!

데미가 곧장 나를 꾹꾹 누르며 칭찬을 요구했다. 나는 얼떨떨한 낯으로 녀석의 등과 꼬리를 잔뜩 문질러 주었다. 우리의 MVP님이 오늘도 한 건 하셨다. 신수는 신묘하구나…

-톡톡

이어 에바가 내 의자 팔걸이를 두드렸다. 나는 소공녀를 돌아보았다. 아이의 눈매가 가늘어지고, 입 모양은 큼직하게 움직였다.

'왕자님, 요사스러우십니다.'

* * *

한편… 마차가 어제 국경을 통과했다. 경계는 삼엄했으며 여름 바람은 마냥 따뜻하지 않았다. 페네티안 왕실의 마차 행렬이 리에스테르 동부의 밀림을 부지런히 달렸다. 창밖에서 물음이 들려왔다.

"전하, 야영할 곳을 알아볼까요?"

"그리하거라, 마르티어."

왕세녀가 답했다. 그녀의 수행 기사이자 오른팔인 마르티어는 즉시 병사들을 시켜 주변을 살피게 했다. 엘리서는 왕성을 출발한 후 지금까지 단 하루도 제대로 된 숙소에서 묵지 않았다. 포털에 도달할 때까지는 쉬고 싶지 않다는 것이 그녀의 뜻이었다.

'왕세녀는 아직도 아비를 의심하는 겝니까? 왕좌의 주인도 아닌 한

낯 국서가 어찌 타국에 있는 왕자의 목숨을 노릴 수 있단 말입니까?'

"…"

아버지, 베르너르 국서의 마지막 말이 귓가에 맴돌았다. 그가 부채로 아름다운 얼굴을 가리며 슬퍼하던 모습이 눈앞에 그려지는 듯했다. 엘리서는 주먹을 움켜쥐었다. 그녀가 교황청의 모든 인맥을 동원해 제국에 파견되기를 자처했을 때, 국서는 눈물바람으로 서러워했다.

3월에 있었던 동생의 암살 미수 사건이 떠오르는 모습이었다. 당시 엘리시는 왕자가 위험한 고비를 넘겼다는 소식에 이성을 잃을 뻔했다. 그런 그녀의 머릿속을 꽝꽝 얼린 것은 아버지의 물 흐르는 듯한 태도였다.

'아버지, 예서가… 예서에 대한 암살 시도가 있었다고 합니다. 신국 출신의 살수들이 무도한 짓을 저질렀다는 첩보입니다.'

떨리는 그녀의 목소리와 달리, 국서의 음성은 평소처럼 차분했다.

'저런. 왕자도 운이 없군요. 불모不毛의 제국에서 성기사를 만나다니요.'

'…성기사라고는 말씀드리지 않았습니다.'

'아, 그랬던가요? 아비가 나이를 먹어 청력이 예전 같지 않습니다.'

초콜릿색 눈동자가 곱게 휘어졌다. 어떻게 그럴 수가 있을까? 엘리서는 말발굽 소리를 들으며 생각에 잠겼다. 어찌 두 딸의 아버지라는 사람이, 배우자의 또 다른 아이를 그토록 혐오하고 시기하여 살해할 생각까지 한단 말인가? 스물아홉 번의 사계절이 지나는 동안에도 아버지는 동생에 대한 반감을 삭이지 못했다. 그의 악감정은 오히려 점점 깊어지는 것만 같았다.

-다그닥, 다그닥…

"워어."

엘리서는 한때 그의 동력을 알고자 했던 적이 있었다. 그를 이해해 보려고 노력한 적도 있었다. 그러지 않고서는 친부에 대한 실망과 증오를 스스로 버틸 수 없을 것 같아서였다. 아버지에 대한 사랑이 또렷했던 유년기가 있었기에 더욱 괴로웠다.

도대체 그는 어디서부터 잘못된 것일까? 명문 공작가의 둘째로 태어나, 누나인 고모님과 끊임없이 비교당하며 자랐을 때부터? 왕실에 팔려 오듯 국혼 했을 때부터? 애정 없는 부부 관계에 실망하다가, 배우자에게 연인이 생겼다는 사실을 알게 됐을 때부터? 그리하여 태어난 동생이 축복받은 눈동자를 지녔다고 칭송받기 시작할 때부터?

그러나 어떤 실마리도 그녀를 납득시키지는 못했다. 엘리서 페네티안은, 그런 상황에서 모두가 살인을 결심하진 않는다는 상식을 믿는 자였다. 같은 처지에 놓여도 더욱 선하게 행동할 줄 아는 사람 또한 알고 있었다.

"야영지에 도착했습니다, 전하."

엘리서는 상념에서 깨어났다. 어느새 행렬이 숲길 한복판에 서있었다. 마르티어는 찻간을 두드린 뒤, 주인의 허락이 떨어지자 문을 열었다. 이내 태양처럼 진한 금발과 함께 왕세녀가 모습을 드러냈다. 페네티안의 병사들이 숨 쉬듯 머리를 조아렸다. 그녀를 호위하러 나온 제국의 기사들은 왕세녀의 위용에 매번 감탄하고 있었다.

"기세가 대단하신 분이야."

"추기경급 성기사이시니 놀랄 일도 아니지."

기사들이 속닥였다. 이어 그들은 세드리크 리에스테르 황자에 관한 이야기를 나누기 시작했다. 엘리서는 황태자 책봉식에 얽힌 잡설을 한 귀로 흘리며, 마르티어를 벗 삼아 바람을 쐬었다. 동행한 시종과 하인들이 빠르게 천막을 치고 야영 준비에 들어갔다.

"참, 예시 왕자님께서 두 분의 에테르 보조를 하신다던데."

"황도에 그걸 모르는 자도 있나? 내가 마수 대토벌 때 그분을 호위했는데, 아랫사람에게 너그럽고 심성이 고우시더군. 황자 전하나 사르네즈 가문의 눈에 드신 것도 이상하지 않아."

"자네가 그렇게 말하니 그럴듯하구먼. 나도 소문은 많이 들었어."

"…"

왕세녀의 턱에 힘이 들어갔다. 두어 달 전부터 마음속에 심긴 불안이 싹을 틔우는 듯했다. 고향에선 줄곧 아버지의 수족들에게 손가락질과 모함을 당하던 동생이, 황제의 땅에서 에테르를 발현하고 올바르게 대우받고 있었다. 마치 신국이 아니라 제국에 안배된 존재라는 것처럼.

"대주교가 되셨으니 어쩌면 성약을…"

"어허, 소리 낮추게."

엘리서가 빠르게 고개 돌려 그쪽을 바라보았다. 기사들은 무슨 말이 오갔냐는 듯 묵묵한 낯으로 정면을 응시했다. 일순 피가 식는 기분이었다. 대주교가 되었다고?

"식사는 무엇으로 준비할까요? 아침에 잡은 사슴과 돼지가 있다고 합니다."

 마르티어가 팔을 걷어붙이며 물었다. 그녀는 50대 후반의 나이에도 근육이 탄탄했고, 야영지의 짐승을 전부 혼자 손질할 만큼 활력이 넘쳤다. 엘리서는 마르티어의 넉살 좋은 얼굴을 보며 정신을 다잡았다.

 잘못 들은 게 분명했다. 동생의 곁에는 자신이 보낸 요한 헤인스 경이 있었다. 대주교로 승급하려면 큰 시련이나 고난, 또는 그만한 깨달음이 필요했다. 설마 그런 심각한 일이 생겼을 리 없었다. 예서는 괜찮을 터였다. 곧 직접 만나 확인할 수 있겠지.

 "…따라온 이들의 의견을 받는 것이 좋겠다. 나는 무엇이든 상관없으니."

 잠시 후 엘리서가 낮게 대답했다. 어느덧 숲에는 석양이 내리고 있었다.

* * *

 오래된 흑색 문이 열렸다.

 -끼이익…

 추기경 오렐리 부티에는 어둑한 방 안으로 걸음을 옮겼다. 황궁의 공간인데도, 내부를 구성하는 모든 것이 화려함과는 거리가 멀었다. 나탈리를 비롯한 시종들은 전부 복도 끝으로 물린 채였다. 이곳에는 지금껏 자신과 프레데리크, 알렉상드르를 제외한 누구도 들인 적이 없었다. 한 명이 더 있었다는 점은 당장 떠올리지 않기로 했다. 당사자를 포함한 누구도 그때의 일을 언급하고 싶어 하지 않았으므로.

"푹 쉬고 있구나."

오렐리가 허리를 숙여 속삭였다. 가구는 물론이요 흔한 장식과 조명조차 없는 실내 한가운데, 요한 헤인스가 고요히 누워있었다. 길고 하얀 머리칼이 새카만 바닥과 대조되어 비현실적인 분위기를 자아냈다.

목에 채운 에테르 구속구는 다시 칠흑과 같은 색이었다. 사내의 낯은 이곳과 어울리지 않게 평화로웠다. 예서 왕자에게 전한 대로 좋은 꿈을 꾸고 있는 듯싶었다.

"그 아이가 너를 돕고자 하는 것 같아. 나는 잘 풀리기를 바라지만…"

그녀가 미소로 말끝을 흐렸다. 황제의 종교적 반려로서, 오렐리는 항상 프레데리크의 말을 최우선 순위에 두고 헤아리며 행동했다. 그러니 성기사를 고통 없이 여기에 머무를 수 있게 한 것은 그녀가 왕자를 배려한 최선의 결과였다. 그날 자신을 대신해 황제가 검을 들고 나섰더라면, 요한은 아마 흔적도 없이 스러졌을 터였. 내일의 '만찬'에서는 또 무슨 일이 벌어질까.

"주신께서 돌보시기를."

그것이 어떤 형태를 띠든 간에. 추기경은 작게 읊조린 뒤 그에게서 발길을 돌렸다. 궁의 주인이 일정을 마치고 돌아오기 전에 이곳을 떠나야만 했다. 굳이 암흑의 방에 들렀다는 사실을 알려 심기를 어지럽힐 필요는 없었다. 추기경의 옷자락 끌리는 소리만이 허공을 버석버석 울렸다.
　-끼이익, 달칵!
　이내 문이 잠겼다. 요한은 다시금 옛꿈 속에 홀로 남았다.

* * *

　도대체 그런 말은 어디서 배웠을까? 머리에 피도 안 마른 에바에게 '요사스럽다'라는 평을 들은 게 벌써 사흘 전이었다. 그간 말도 많고 탈도 넘쳤지만, 크리스텔과 세드리크 황자는 결국 '가짜 연인' 행세를 하겠다는 내용의 계약서에 사인했다.
　그걸 구실 삼아 황제와 만찬 약속까지 잡는 데 성공했다. 계약 연인이라니 내가 다 설렜다. 이게 바로 로판 독자의 마음인가. 아무튼 문제의 만찬이, 바로 오늘이었다. 정확히는 20분 뒤에 작전이 개시된다.
　"셔츠 기장이 딱 맞네요. 다행이에요, 왕자님!"
　가나엘이 뛸 듯이 기뻐했다. 소년은 로메로 궁에 잠입하게 된 나보다 훨씬 흥분한 기색이었다. 지금 내가 걸친 옷 역시 쥘리에트 궁의 세탁실에서 가나엘이 몰래 빼돌린 시종 피에르의 것이었다. 구두는 급한 대로 뱅자맹의 여벌을 빌렸는데, 조금 작긴 해도 걷거나 뛰는 데 불편함은 없을 듯싶었다. 내 목깃에 리본을 매주던 뱅자맹이 거듭 설명했다.
　"왕자님께서 변장하실 시종의 이름은 '조프루아'입니다."
　"조프루아는 원래 오늘 쉬지만, 일손이 달려 긴급히 투입됐다는 설정이죠."

내가 대답했다. 그는 고개를 끄덕이며 말을 이었다.

"예. 8시 15분에 로메로 궁의 뒷문을 통해 들어가시면 됩니다. 들어가자마자 좌측 복도로 직진하셔서 끝에 있는 방문을 열면 다비드 님이 있을 겁니다."

"그리고 다비드에게 약도를 받아서, 디저트 수레를 끌고 만찬이 열리는 식당으로 가면 되는 거고요. 8시 30분에 입장하면 순서에 맞출 수 있다고 하셨죠."

내가 결연하게 말했다. 뱅자맹이 근심스러운 표정으로 나를 바라보았다.

"그렇습니다. 마음 같아서는 직접 동행해 드리고 싶습니다만…"

"괜찮습니다. 제가 하겠다고 나선 일이고, 두 분은 이제껏 도와주신 걸로 충분합니다. 뱅자맹이 쥘리에트 궁을 비우면 안 되잖아요."

일부러 평소보다 밝게 말하는데도 그의 낯은 어두웠다. 내가 방향치인 게 심히 우려스러운 모양이었다.

"황자 전하와 사르네즈 공녀를 가까이할 때부터 언젠가는 큰일을 치시리라 예상했으나… 세 분께서 이토록 담대하실 줄은 몰랐습니다. 폐하를 속일 생각을 하시다니요."

아, 걱정되는 건 그쪽이구나. 하긴 누가 봐도 그게 더 심각한 일이었다. 나는 머쓱하게 웃어 보였다.

"저도 좀 무섭긴 합니다. 모르긴 몰라도 진노하시겠죠."

가슴이 떨리고 약간은 후회도 됐다. 너무 나댔나, 괜히 황제를 만나겠다고 했나. 그런 생각이 머리를 스쳐갈 때마다 나는 헤인스 경과 그의 아들, 그리고 다른 이들을 떠올렸다. 내가 행동하는 이유와, 그것을 각자의 방식으로 지지해 주는 사람들.

"혹 폐하께서 허리춤의 검으로 손을 가져가신다면, 무조건 창밖으로 몸을 던지십시오. 설령 3층이어도 그게 안전할 겁니다."

그 정도예요?

"왕자님, 이제 나가셔야 합니다."

가나엘이 자신의 회중시계를 내 손에 단단히 쥐여 주었다. 벌써 저녁 여덟 시가 넘어가고 있었다. 정원을 가로지르는 시간을 포함하면 결코 여유롭지 않았다.

"시계 고마워. 꼭 돌려줄게."

"네, 그거 제 예물이에요!"

와, 무사히 돌아와야 할 이유가 생겼다. 나는 흥분 섞인 웃음을 터뜨리며 레서판다들과 한 번씩 포옹했다. 겁이 많은 레아가 내 감정을 느꼈는지 유독 엉겨 붙었다.

녀석의 코끝을 살살 문질러 달래고, 뚝심이의 작은 등도 여러 차례 쓸어주었다. 착하게 있으라는 말도 잊지 않았다. 그러고는 주머니에서 크리스텔이 빌려준 안대를 꺼냈다.

톰 크루즈 코스프레 용도인 줄만 알았는데, 특정인의 모습으로 변신하게 해주는 마도구라고 했다. 파티용품이라 일회용이고 지속시간도 짧지만 당장은 이만한 물건이 없었다.

안에는 다비드가 얻어다 준 시종 조프루아의 머리카락 한 올이 들어있어, 시동어만 제대로 읊으면 그의 얼굴을 취할 수 있었다. 나는 비장하게 안대로 한쪽 눈을 가리고, 크리스텔이 지정해 놓은 시동어를… 벽에 찰싹 붙어 중얼거렸다.

"아, 아돌프 히틀러는 죽었다… 작전명 베로나를 시작한다."

마지막까지 〈작전명 발키리〉를 못 놓는데 어딜 봐서 베로나라는 거야!

-우우웅…!

동시에 안대에서 붉은 마나가 뿜어져 나왔다. 멀찍이 선 가나엘과 뱅자맹의 눈이 똥그래졌다.

* * *

"너희 둘."

움찔. 크리스텔은 하마터면 포크를 떨어뜨릴 뻔했다. 맞은편에 앉은 황제와 추기경이 아무런 말도 없이 식사에 집중했기에, 그녀 역시 다소 방심하고 있던 차였다. 크리스텔의 신경은 온통 시간에 집중되어 있었다.

그녀는 예서 왕자가 1분이라도 빨리 들어와서 지옥 같은 시방의 상황을 끝내주기를 바랐다. 이후에 더 고된 지옥이 펼쳐진다고 해도 상관없었다. 그가 함께 있으면 속이라도 편할 것 같았다.

"예, 폐하."

세드리크가 모친을 바라보며 답했다. 마주친 체리색 눈동자에 즐거움이 스쳤다.

"진지하게 만나는 사이라고?"

황제가 물었다. 황자 놈이 죽어도 긍정할 것 같지 않으므로, 크리스텔은 개미가 유언을 남기는 듯한 목소리로 '예에' 하고 대답했다. 그러자 건너편에서 코웃음이 들렸다.

"갑작스러워서 궁금해지는군."

허스키한 음색엔 은근한 희롱조가 섞여있었다. 추기경이 살짝 입술을 깨물었다.

"말해 봐. 서로 어디가 그렇게 마음에 들지?"

두 남녀의 안색이 창백해졌다. 그딴 점은 존재하지도 않는데 어떻게 쥐어짜야 할지 막막했다.

6.

✦ 황제 왈츠

'변신'은 간단했다. 아프지 않았고 몸이 변하는 느낌도 없었다. 크리스텔의 설명대로, 신체에 마나 한 겹을 씌운다는 표현이 적절할 듯했다.

'많이 이상한가요?'

'아니에요, 왕자님! 자, 잘생기셨습니다!'

'…일단 가시는 게 좋겠습니다. 겉은 멀쩡합니다.'

'예?'

도대체 그건 무슨 반응이야? 바뀐 모습을 거울로 확인하려 했지만, 뱅자맹과 가나엘은 '그런 거 보시지 말라', '심적 타격을 입는다'라며 한사코 나를 만류했다. 실랑이할 여유도 없었기에 후다닥 쥘리에트 궁의 쪽문으로 빠져나오긴 했는데 기분이 묘했다.

나는 하얀 면장갑을 낀 양손을 내려다보고, 목을 갸웃거리며 바지런히 정원을 걸었다. 태도가 너무 당당하면 이상하게 보일 수 있을 것 같아 보폭은 좁게 했다. 슬쩍 화단을 돌아보니 보초들이 흠칫하며 다른 곳으로 시선을 돌렸다.

"어머, 깜짝이야!"

"으아!"

미로 모양의 관목 근처에선, 물건을 나르던 하인들이 나를 보고 식겁했다. 낯이 익은 게 로메로 궁의 일손인 듯싶었다. 마수로 변신한 것도 아닌데 왜들 이럴까.

"안녕하세요."

그러고 보니 목소리는 그대로다. 아차 싶었지만 이미 인사가 튀어 나간 뒤였다. 내가 최대한 무해하게 웃어 보이자 하인들이 이번에는 볼을 붉혔다. 종잡을 수가 없네.

"안, 안녕하십니까."

"귀하신 분을 뵙습니다."

뒤이어 이런 대답이 돌아왔다. 내게 허리 숙여 예를 차리기도 했다. 시종도 귀족 가문 자녀라서 그런 거겠지?

"그럼 실례하겠습니다."

나는 묵례하고 다시 발을 놀렸다. 다행히 나라는 걸 들키지는 않은 듯했다. 다른 궁의 하인에게 목소리 하나로 덜미를 잡히는 것도 이상하지만.

"후우."

쥘리에트 궁의 사용인은, 뱅자맹이 교육을 핑계 삼아 모두 실내로 들였다. 로메로 궁의 사용인들은 '만찬' 때문에 정신없이 바빴다. 아까 마주친 두 하인을 빼고는 정원에서 아무도 맞닥뜨리지 않았다. 나는 조심스레 로메로 궁의 뒷문으로 다가갔다. 황자의 명으로 오늘 이쪽에는 보초들이 없었다. 아무리 생각해도 작전 하나는 잘 짠 것 같았다.

-끼익…

손잡이를 잡고 힘을 주니 문이 열렸다. 누가 볼세라 잽싸게 안으로 들어서며 가나엘의 회중시계를 확인했다. 8시 14분, 나이스.

"왼쪽 복도. 직진."

내가 중얼거리며 발을 놀렸다. 황자의 측근이자 로메로 궁 시종 총괄인 다비드가 열일해 준 덕에, 뒷문 쪽 복도에는 사람이 한 명도 없었다. 어쩐지 심장이 찌릿찌릿했다. 이 맛에 첩보 영화 보는 거지.

"복도 끝에 있는 문…"

이 정도는 방향치인 나라도 쉽게 찾을 수 있었다. 나는 성큼성큼 걸으며 괜히 몸뚱이를 더듬거렸다. 시종 '조프루아'는 나와 키가 비슷하다고 들었는데, 과연 소매나 바지 기장에 큰 차이가 생기진 않았다. 다만 생각했던 것보다 몸이 좋아서 팔뚝 부분이 답답했다. 운동하나 보네.

"여기다."

나는 복도가 꺾이는 구간에 우뚝 섰다. 끝 방에서 달콤하고 맛있는 냄새가 흘러나오고 있었다. 다섯 번 노크하자, 나인 것을 확인한 다비드가 안에서 문을 열어주었다. 내부는 널찍한 팬트리였다.

"다비드."

"왕자, 허억."

중년인이 경악하며 물러섰다. 나는 이번에야말로 당황해서 눈을 끔뻑였다. 얼굴에 심각한 문제가 있나 싶어 뺨과 머리칼을 만져봤지만 별 이상은 없는 것 같았다. 혹시…

"저, 지금 조프루아가 아닌 겁니까?"

"…송구합니다, 왕자님. 전부 제 탓입니다. 어찌 이런, 이런 일이."

다비드는 혀를 차는 건지 씹는 건지 모를 소리로 정중히 사과했다. 조프루아의 머리카락이라고 한 올 구해다 준 게 남의 것이었던 모양이었다. 그는 서둘러 표정을 수습하고 '괜찮습니다', '모로 가도 폐하께만 가면 되는 것이지요' 같은 말로 격려했다. 상당히 프로다운 자세였으나 작전이 틀어진 것 같아 우려스러웠다.

"정말 문제없을까요?"

"예. 제가 이런 말씀 드리긴 민망합니다만, 오히려 이편이 낫지 않나 싶기도 합니다. 로메로 궁의 누구도 먼저 왕자님께 알은체하지 않을 테니까요."

"그럼 저야 좋지만요. 제가 누군데요?"

"그건… 모르시는 편이 좋겠습니다. 알면 이입하기 힘드실 겁니다."

캐묻고 싶었지만 시간이 넉넉지 않았기에 그저 고개만 끄덕였다. 다비드는 주방에서 막 올라온 것으로 보이는 디저트 수레를 내게 밀어주며, 약도 한 장을 꺼내 보였다. 그리고는 팬트리에서 만찬장까지의 경로를 상세히 안내했다. 솔직히 어려웠지만, 그림이 있으니까 어떻게든 될 것 같았다.

"직접 안내해 드리고 싶은 마음이 굴뚝같으나, 저는 와인 저장고로 가봐야 합니다."

"걱정 마세요. 도와주셔서 감사합니다."

내가 활짝 웃자, 다비드는 몹시 불길한 것을 보았다는 듯 어깨를 떨었다. 그러고는 힘겹게 내 손을 붙잡으며 말했다.

"일이 잘 풀리면, 부디 황자 전하께 좋은 기회를…"

"네?"

"아뇨, 아닙니다. 먼저 물러가겠습니다."

그는 급히 절을 올리고 팬트리를 빠져나갔다. 다시 혼자가 된 나는 다비드가 그려준 약도와 시계를 번갈아 확인했다. 디저트가 들어가는 시간은 8시 30분, 현재 시각은 8시 20분이었다. 10분이면 무조건 갈 수 있어. 껌이다, 정예서.

* * *

크리스텔 드 사르네즈는 생각했다. 살고자 하면 죽을 것이요, 죽고자 하면 살 것이다. 어차피 이곳은 황자 놈의 홈그라운드였고, 오늘의 만찬은 사르네즈 공작 부부도 모르는 비밀이었다. 도와줄 만한 사람이 동석한 것도 아닌데 답을 미루면 약점을 노출하는 꼴밖에 되지 않았다. 감히 황제의 어전에서 못 들은 척 딴청을 피울 수도 없었다. 자신이 피를 토하는 심정으로 스타트를 끊어야 했다.

"그으… 황자 전하의… 육신이…"

크리스텔이 잘게 경련하며 운을 뗐다. 역사에 기록될 말도 아닌데 한 마디 한 마디가 무겁고 부담스러웠다. 황제는 그녀를 보며 빙글빙글했다.

"황자의 몸이 마음에 든다?"

"예. 사지가… 멀쩡해서, 만족합니다."

찌를 데도 많고… 크리스텔이 뒷말을 삼켰다. 황자의 몸뚱어리 따위는 크고 두껍다는 것 외에 몰랐다. 대련할 때는 그를 몰아붙이느라 바빴고, 둘 사이엔 원체 대화가 많지 않은 편이었다. 에테르의 흐름으로 어지간한 감정은 파악할 수 있으니 구태여 말을 섞을 필요도 느끼지 못했다. 참고로 현재, 두 남녀의 에테르는 사이좋게 절망의 구렁텅이에 빠져있었다.

"독특하네. 세드리크, 너는 어떠니?"

가만히 듣고 있던 부티에 추기경이 황자에게 공을 넘겼다. 크리스텔은 감격해서 눈물을 찔끔 흘릴 뻔했다. 시발, 도비는 자유예요!

"…기운이 맑습니다."

그때, 황자가 말도 안 되는 소리를 지껄였다. 크리스텔은 입을 쩍 벌리며 옆을 돌아보았다. 주황색 눈동자가 무언가를 떠올리듯 허공을 응시하고 있었다.

"근처에 있으면 에테르가 안정됩니다."

"호오."

황제가 흥미롭다는 듯 포크를 내려놓았다. 반대로 크리스텔의 눈매는 가늘어졌다. 불효자식이 부모님 상대로 사기를 치네. 어떻게 저런 말이 줄줄 나오지? 밥그릇에 써놨나?

"또?"

"아랫사람에게 관대한 점도 본이 될만한 태도입니다."

그제야 크리스텔의 뒤통수에 불벼락이 떨어졌다. 그녀가 눈을 크게 뜨고 황자를 노렸다. 태어나서 이런 여우는 처음 봤다. 아닌 척 왕자님 얘기 하는 거잖아!

"크리스텔에게 그런 면이 있었구나."

"하하…"

추기경의 살가운 응수에 귀공녀가 겨우 웃어 보였다. 여러분의 아드님은 지금 혼자 〈엽기적인 그녀〉를 찍고 있다고, 분연히 떨치고 일어나 호두나무 식탁을 쪼개고픈 충동이 솟았다.

"둘이 언제 처음 만났지? '봄 무도회' 때였니?"

"예."

황자가 뻔뻔하게 대답했다. 잘난 옆모습에는 약간의 흔들림도 없었다. 크리스텔은 속으로 영화의 한 장면을 재연하며 비아냥거렸다. 예서 씨한테 술은 절대 먹이면 안 되고요. 신실한 분이거든요. 찻집 가면 커피나 홍차 마시지 말고, 꽃차 드세요…

"사르네즈 꼬마는?"

"네?"

크리스텔이 얼굴을 들었다. 황제가 짧은 은발을 쓸어 넘기며 그녀를 바라보았다. 입가에는 재밌어 죽겠다는 듯한 미소가 걸려 있었다.

"듣자 하니 황자만 네게 호감이 있는 모양인데. 너는 더할 말이 없느냐?"

다시 내 턴이야? 크리스텔은 입 안쪽 살을 깨물며 아래를 흘끔했다. 다리 위에 올려둔 시계가 8시 40분을 가리키고 있었다. 마음이 급격히 초조해졌다. 왕자님은 왜 안 오시지? 정말로 길을 잃으셨나?

"저는…"

절로 마른침이 넘어갔다. 밖은 조용하니 소란이 벌어진 것 같진 않았고, 그렇다면 둘은 열심히 시간을 끌어야 했다. 크리스텔은 비장하게 심호흡했다. 먼저 시작한 건 저놈이었다. 그녀는 상대가 누구든 언제나 맞짱을 뜰 때 최선을 다했다. 그게 비록 스물네 살짜리일지라도.

"전하가 다정하셔서 좋습니다. 잘 웃어주시고 아이와 동물들에게도 상냥하세요."

-쩽그렁

황자의 손에서 반쪽 난 스푼 대가리가 힘없이 식탁 위를 굴렀다. 옆얼굴에 불이 붙는 것 같았지만 크리스텔은 아랑곳하지 않고 말을 이었다.

"제게 정치적으로 바라는 게 전혀 없으시고 예의도 바르십니다. 아, 눈 색깔도 예쁘시고요."

추기경이 놀라워했다.

"의외로구나."

"그렇죠. 생각해 보니 결혼도 괜찮을 것 같습니다. 친구끼리 독점적이고 배타적인 동거를 한다는 느낌으로요."

누나가 이겼다, 얘야. 크리스텔이 조커처럼 웃으며 황자를 바라보았다. 사내의 눈 끝에서 용접할 때나 보이는 불티가 튀어 올랐다. 치이익… 크리스텔 앞쪽의 테이블보가 끄트머리부터 검게 타들어가기 시작했다. 찌저적, 하는 소리와 함께 황자의 와인 표면이 얼어붙었다. 추기경은 난감한 낯으로 입을 열었다.

"친구라니, 조금 전엔 분명…"

그때였다.

-똑똑

"들어와."

황제가 기다렸다는 듯 노크에 응답했다. 곧 문이 열리고, 익숙한 미남이 디저트 수레를 끌며 만찬장에 입성했다. 그는 가쁜 숨과 함께 사과의 말을 꺼냈다.

"늦어서 정말 죄송합니다."

"…프랑수아?"

추기경이 단안경을 들어 올리며 물었다. 크리스텔과 황자는 동시에 아연했다. 아니, 뭘 어떻게 하면 프랑수아 뒤엠으로 변할 수가 있어?

* * *

"실례지만 뭐라고 하셨습니까?"

내가 멍청하게 되물었다. 너무 황당해서 머리가 빠르게 돌아가지 않았다. 제가 누구라고요?

"프랑수아와 똑같이 생긴 시종이네."

부티에 추기경이 온화하게 말했다. 나는 그녀를 보며 호흡을 가다듬으려고 애썼다. 스승님이 프랑수아라고 이름을 부르는 상대는, 뒤엠 후작밖에 없었다. 그러니까, 내가 같은 자리를 세 바퀴째 돌고 있는데 아무도 안 도와주고 되레 미친놈 보듯이 구경한 이유가 이거였어?

안 맞는 옷차림으로 수레를 끌고 지나가는데도 근위대원들이 그러려니 하면서 내버려 둔 이유가 이거였냐고? 후작은 도대체 어떤 인생을 살고 있는 거야?

"하하하하!"

어색한 침묵을 뚫고 프레데리크 황제가 웃음을 터뜨렸다. 나는 움찔했다. 그녀가 가가대소하는 건 처음 보는지라 내심 놀랍고 무서웠다. 자연스레 뱅자맹의 조언이 머릿속을 맴돌았다. 검집에 손을 가져가면 창문으로 뛰어내려야 한다. 그게 안전하다고 했다.

"요즘 바빠서 낙이 없었는데. 재미있는 구경을 했군."

"…"

"오렐리, 연기 좋았어."

"내가 누구라고 생각하는 거야?"

황제의 말에 추기경이 부드럽게 웃으며 대답했다. 두 어른이 말없이 레드와인으로 목을 적셨다. 나는 눈길을 돌려 우리의 주인공들을 바라보았다. 너희 조졌어요? 절레절레. 내 눈빛을 읽은 크리스텔이 순한 눈망울로 고개를 저었다.

"내가 오늘 여기 온 건, 이렇게까지 판을 벌인 네 능력을 높이 샀기 때문이다."

와인 잔을 비운 황제가 불쑥 내뱉었다. 정면을 보고 있었으나 시선 끝에 아들인 세드리크 황자가 있는 것 같지는 않았다. 나는 숨죽여 지배자의 말을 경청했다.

"인망이 두텁더군. 내 아들도 모자라 무테 백작가와 사르네즈 공작가의 꼬마들까지 끌어들이고, 블랑케르 공작저엔 서신으로 발품을 팔았다지. 연금 중인 교황청의 사제는 두말할 것도 없고."

"……"

"'만찬'을 떠올린 건 제법이었다. 좁은 냉궁에 갇혀서도 그런 행동력을 보이다니 대견할 따름이야."

그녀가 천천히 고개를 돌렸다. 나는 만찬장에 들어오고 나서 처음으로 황제와 시선을 마주했다. 날카로운 체리색 눈동자가 나를 꿰뚫어 보았다. 온몸에 소름이 내달렸다.

"황궁에서 벌어지는 일을 내가 모르리라 여긴 것이 네 패착이다. 하지만 상관없어."

그녀와 대화하는 것이 처음도 아닌데 생소한 공포감이 밀려왔다. 명백한 소드마스터의 위압이었다. 입술이 바짝바짝 말랐다. 나는 반사적으로 한 걸음 물러나려는 다리를 겨우 붙들었다. 황제가 크라바트를 풀어 헤치며 낮게 말했다.

"이야기를 들어주마. 그러니 같잖은 변장은 집어치우도록, 에서페네티안."

황명이었다. 나는 손을 떨지 않으려고 안간힘을 쓰며 안대를 벗었다.

* * *

"시종 차림의 왕자라."

"……"

"거래할 맛 나겠군."

프레데리크 황제가 시니컬하게 말했다. 나는 마도구를 주머니에 넣고 예를 차렸다.

"지상에 강림하신 태양과 추기경 전하를 뵙습니다."

안대를 벗느라 머리가 흐트러졌고 소드마스터의 위압에 식은땀이 맺혔지만, 그녀의 말이 옳았다. 우리가 이곳에서 진행할 것은 일반적인 대화가 아니라 '거래'였다. 태도가 꺾여서는 곤란했다. 게다가 지금의 모습이 그나마 진짜 내 모습에 가깝기도 했다. '정예서'는 이쪽 기준으론 보통의 평민일 뿐이니까.

"알았다고."

불쑥, 황제가 불만스러운 낯으로 중얼거렸다. 직후 숨이 탁 트이는 느낌과 함께 몸이 가벼워졌다. 나는 놀라서 고개를 들었다. 위압이 사라진 공기는 놀라울 정도로 맑고 개운했다. 부티에 추기경이 나를 보며 미소 지었다.

"거래를 하려면 판이 공정해야 하지 않겠니?"

그렇구나. 그녀가 황제와 공유된 영혼을 통해 위압을 거두라고 말한 것이다. 나는 작게 웃으며 감사를 표했다. 황제가 빈 의자를 부츠로 툭 밀었다.

"앉아."

"고맙습니다."

그녀와의 첫 만남이었다면 이런 태도에 꽤 당황했겠지만, 이게 엄청난 호의라는 걸 이제는 알았다. 자리에 앉자 크리스텔과 황자의 시선이 내게 모였다. 둘을 보니 입꼬리가 자연스레 올라갔다.

유폐 중에 여기까지 올 수 있었던 데는 주인공들의 도움이 컸다. 거대한 만찬장, 높다란 천장의 눈부신 샹들리에, 서른 명은 족히 앉을법한 테이블과 화려한 옷차림의 네 남녀. 나는 분명 이곳에서 가장 초라했지만 혼자는 아니었다. 두어 차례 심호흡을 하고 입을 뗐다.

"먼저, 이곳까지 친히 와주신 폐하의 하해와 같은 은혜에 감사드립니다. 하지만 저는 폐하께서 제가 벌이는 일을 모르실 거라고 생각한 적이 없습니다."

진심이었다. 자잘한 부분은 놓쳤을 수 있겠지만 황제가 모든 상황에 어두울 거라곤 기대조차 하지 않았다. 그녀는 내 말에 피식 웃었다. 계속해 보라는 눈치였다.

"리에스테르 대귀족들은 폐하를 두려워하면서도 자유분방하게 활동합니다. 폐하께선 그들이 무엇을 하는지 속속들이 알고 계시기에, 언제든 속박할 수 있다는 자신이 있기에 그들을 풀어두시는 거고요. 저도 마찬가지겠죠."

"그간 공부를 좀 했나 보군."

그녀가 자신의 빈 잔에 직접 와인을 따르며 말했다. 옆자리의 추기경에게도 술을 권하는 것이 아주 여유로운 기색이었다. 당연하지만.

"그래서 본론은?"

"…저는 요한 헤인스 경의 석방과, 그의 아들을 포함한 두 부자의 리에스테르 망명을 원합니다."

내가 그녀를 똑바로 보며 말했다. 다행히 목소리는 떨리지 않았다.

"후자는 뜻밖인데."

황제가 처음으로 표정을 미세하게 구겼다. 그것만으로 내겐 충분했다. 나는 머릿속에 정리해 둔 내용을 차근차근 풀어내기 시작했다.

"아시다시피 헤인스 경은 대주교가 아니라 추기경급 성기사입니다. 오렐리 전하보다 신력은 약하지만, 성흔을 사용하는 것을 제가 목격했습니다."

좌중의 얼굴이 잠깐 굳었다. 나는 차분히 말꼬리를 붙였다.

"폐하께서는 그의 신병을 교황청에 넘기고 정치적인 압력을 가하실 생각이겠죠. 하지만 헤인스 경을 리에스테르의 자산으로 만들면, 반드시 그에 준하는 도움을 받으실 겁니다. 어쩌면 더 큰 보탬이 될지도 모릅니다."

사람을 살리기 위해 그를 도구처럼 취급해야 한다는 사실에 속이 쓰렸다.

"이를테면?"

"교황청은 현재 인사이동을 최소화하고 있습니다."

이블린의 여름별궁에서, 헤인스 경에게 들었던 말이 있었다.

'교황이 공석이라 결집이 필요한 시기거든요. 아마 선생이 추가 파견되지는 않을 거예요.'

자신 외에 또 다른 성기사가 오지는 않을 거라던 설명.

"하지만 황자님과 사르네즈 공녀는 성기사 서임을 받고 난 후에도 당분간 선생이 필요할 겁니다. 두 분 다 에테르를 다루는 데는 뛰어나지만 성기사로서의 그릇 수양과 태도 교육은 마치지 못했으니까요."

 황제가 사실이냐는 듯 자신의 반려를 바라보았다. 추기경이 조용히 긍정했다. 나는 크리스텔이 밀어준 물컵으로 목을 적신 뒤 말문을 열었다.

 "교황청은 리에스테르에 썩 호의적이지 않으니, 헤인스 경을 대신할 성기사를 파견한다 해도 같은 대주교급이나 주교급을 보낼 겁니다. 인력 문제를 거론하면서요."

 "그렇겠지."

 "헤인스 경을 리에스테르의 것으로 두시면, 폐하께서는 교황청에 아쉬운 소리 한마디 하시지 않고도 추기경급 성기사를 두 분의 선생으로 삼으실 수 있게 됩니다."

 "그자가 너를 노린 게 황족 시해 미수죄에 해당한다는 사실을 모르지 않을 텐데."

 황제의 말투가 조금 날카로워졌다. 고작 그런 말로 자신을 설득하려고 했느냐 묻는 눈빛이었다. 당연히 아니었다. 선생이 부족하다는 이유만으로 대죄를 씻어주는 건 어불성설이니까.

 "그뿐이 아닙니다. 소드마스터는 한 명이 최대 수천의 병력을 상대할 수 있다고 들었습니다. 대마법사도 마찬가지라고 하더군요. 추기경급 성기사 역시 신력에 따라 수준 차이는 있지만, 이와 비등합니다."

 "…"

 "폐하께서는 현명한 군주이시니, 제국의 공격력과 방위력 증대에도 깊은 관심이 있으시리라 믿습니다. 비록 전시가 아니라 해도 헤인스 경과 같은 추기경의 무력을 얻는 건 분명 지대한 이익입니다."

그녀는 나를 뚫어져라 응시하더니, 이내 한쪽 입가를 슬쩍 올리며 말했다.

"리에스테르 사람이라도 된 것처럼 말하는군."

이건 황자에게도 들은 소리였다. 나는 쓰게 웃었다.

"교황청에 대한 정치력과 추기경의 무력이라면, 확실히 저울질하는 재미가 있겠지. 제국에는 여태 한 명의 성기사도 없었으니까."

"…"

"허나 그자는 용병이다. 그것이 무엇을 의미하는지 알고 있느냐?"

나는 즉각 대답하지 못했다. 황제가 핏빛 잔을 가볍게 흔들며 뒤를 이었다.

"나와 오렐리가 요한 헤인스에 관해 알고 있던 사실은, 그가 성기사로 각성하기 전에 용병 노릇을 했다는 것과 자식이 있다는 첩보뿐이었다. 제국의 황제와 추기경이 그자의 출신 성분은 물론 성기사가 된 이후의 이력도 몰랐어. 이게 어떻게 가능했다고 생각하지?"

순간 말문이 턱 막혔다. 그녀의 정보가 그토록 적었을 줄은 몰랐다. 체리색 눈동자에 분노와 허탈, 이해가 섞여 가라앉았다. 그녀가 마시는 술과 무척 흡사한 빛깔이었다.

"헤인스를 용병으로 부린 자들이 그를 지킨 것이다."

"…"

"그만한 능력을 지닌 용병을 쓴다는 건, 밖에서 함부로 떠벌리지 못할 일을 꾸미고 있다는 의미야. 비밀을 아는 자는 곧 비밀의 일부가 된다. 무슨 뜻인지 알겠느냐?"

절로 마른침이 넘어갔다. 그러니까, 지금껏 헤인스 경을 고용한 이들이 자신의 정보를 보호하기 위해 성기사의 정체까지 적극적으로 감추었다는 뜻이었다. 그가 노출되지 않아야만, 누구에게도 들키지 않아야만 자신들이 안전할 테니까.

실제로 헤인스 경의 고용인 중엔 페네티안 왕족이 포함되어 있었다. 그만한 세력을 지닌 자들이 모였으니, 대륙 건너편에 있는 황제의 정보력을 교란하는 일도 어렵지는 않았을 것이다.

"헤인스 경을 신뢰하실 수 없다는 거군요."

"그래. 한 번 암살을 시도한 데다, 어디서 어떻게 굴리먹다 왔는지 모를 고급 용병이니까."

그녀가 한숨 쉬듯 대답하며 와인을 머금었다.

"그걸 역으로 이용하실 수도 있다고 생각합니다."

나는 침착하게 머리를 굴렸다.

"헤인스 경은 그만큼 신국과 교황청 고위층의 다양한 비밀을 알고 있을 겁니다. 물론 언약으로 묶인 경우가 많을 테니 폐하께서 직접적으로 캐내실 수 있는 건 적겠지만, 간접적인 방식으로는 얼마든 도움을 드릴 수 있겠죠."

"세작을 하나 거둔 셈 치라는 건가?"

"그렇습니다."

답은 빠르게 내놓았다. 주장에 망설임을 보이면 죽도 밥도 안 될 터였다.

"그의 형벌을 면해주는 대신, 목숨으로 제국을 섬길 것을 명하고 언약을 받으십시오. 그것으로 최소한의 신뢰는 확보 가능하겠죠.

여기에 그의 아들까지 망명시켜 보호해 주시면, 장담컨대 마음에서 우러나오는 충성을 얻으실 수 있을 겁니다."

"그래, 아들."

그녀가 이마를 찌푸리며 목을 기울였다.

"아까부터 그게 거슬리더군. 열 살짜리 코흘리개라지. 교황청에 있나?"

겨우 열 살이라니. 일순 가슴이 꽉 막힌 듯 답답했다. 크리스텔이 황자의 다리 위로 팔을 뻗어 내 손등을 쓸어주었다. 그제야 숨이 터져 나왔다.

"신국의… 감옥에 있습니다."

"감옥이라고?"

조용히 있던 추기경이 곤혹스러운 얼굴로 되물었다. 나는 말에 감정을 싣지 않기 위해 애썼다.

"베르너르 국서 전하가 그 아이를 인질로 헤인스 경을 협박했습니다. 아이는 매일 약을 먹지 않으면 고통에 시달리는 환자인데, 투옥한 채 약을 주지 않고 있다고 합니다."

"…뭐?"

황제의 음성이 현저히 낮아졌다. 붉은 눈에 언뜻 살기가 스쳤다.

"국서가 돈을 주고 의뢰한 게 아니었구나."

추기경이 속삭였다. 그녀의 낯에 절망과 연민이 떠올랐다.

"하. 네 이유가 그거였군."

황제가 풀어 헤친 크라바트를 결국 완전히 벗어던졌다. 그녀는 고통스러운 것 같기도, 곤란한 것 같기도 한 얼굴로 나를 응시했다.

"국서는 도대체 뭐가 문제란 말이냐?"

"…"

그건 나도 궁금했다. 말없이 난감한 표정을 하고 있자 그녀가 다시 운을 뗐다.

"황자가 처음 너를 귀화시키겠다고 했을 때는 별생각이 없었다. 그런데 이젠 귀가 솔깃할 지경이야. 네가 내 신민이었다면 차라리 속 시원하게 개전을 선언할 수 있었을 테지."

내 눈이 커졌다. 중년인은 거침없이 말을 이어갔다.

"국서가 마수처럼 잔혹하다는 것은 지난봄에도 느꼈다. 열세 살 난 아이를 세뇌해 살수로 쓰는 자가 정상일 리 없으니까. 이후 크리스타너 국왕에게 유감을 표하는 서신을 보냈지만, 답은 없었어. 국왕이 내용을 직접 확인했는지도 알 수 없지. 세작에 따르면 그녀는 요즘 광증에 시달린다고 하니."

크리스타너 국왕의 광증. 이건 완전히 새로운 정보였다. 나는 눈을 깜빡이는 것도 잊고 황제를 바라보았다.

"그런데 돈을 주고 움직일 수 있는 자를 그런 식으로 겁박했다면, 그건 마수조차 아니야. 그는 주신이 시험을 위해 내린 악마와 다를 바 없다."

그녀가 선언했다. 나는 잠시 호흡을 골랐다. 여기서 함께 감정에 휩쓸려 봤자 좋을 게 없었다. 황제는 아마 자신의 아들, 세드리크 황자의 어린 시절을 떠올리며 더욱 분개하는 것 같았다. 다혈질인 그녀의 성향을 어쩌면 내게 유리한 쪽으로 써먹을 수 있을지 몰랐다.

'그 애가 아주 어릴 때였단다. 한 살쯤? 태어나자마자 에테르 고

갈이 심각했으니까.'

연례 기도회에서 추기경이 들려준 이야기가 귓가를 맴돌았다. 황자는 갓난아기 시절부터 많이 아팠다고 했다. 나는 고개를 돌려 그를 바라보았다. 주황색 눈동자와 단번에 시선이 마주쳤다.

냉정하게 계산해서 발언해야 한다는 걸 아는데, 차마 당사자를 앞에 두고 그러기가 힘들었다. 지금도 에테르 고갈에 시달리는 사람의 사정을 파는 게 아무래도 마음에 걸렸다. 그때, 그가 천천히 입술을 움직였다.

'상관없어.'

"…"

그의 눈빛에는 흔들림이 없었다. 턱에 저절로 힘이 들어갔다.

"폐하. 저는 한 명의 아이와 그 아버지를 돕고자 하는 겁니다."

내가 그에게서 눈길을 돌리며 단호하게 발언했다. 황제의 시선이 곧장 내게 얽혀들었다.

"엘리서 왕세녀 전하를 만나게 해주십시오. 아픈 아이를 감옥에서 빼낼 방안은 제가 생각해 두었습니다. 무사히 실행될지 어떨지는 주신만이 아시겠지만, 부디 제안이라도 할 수 있도록 허락을 부탁드립니다."

"…"

"폐하께서는 추기경급 성기사를 제국의 무력과 가정교사로 얻으시는 동시에, 외국의 고급 용병을 세작으로 취하시고, 이유도 모른 채 앓는 아이를 고통에서 구해 아버지와 상봉할 수 있게 해주시는 겁니다."

그러자 황제가 쯧, 하고 혀를 찼다. 긴 한숨을 쉬기도 했고 머리를 쓸어 넘기기도 했다. 나는 그것이 어떤 의미인지 알 수 없어 입을 다물었다. 그렇게 몇 시간 같은 몇 분의 침묵이 흘렀다.

"좋다."

"세상에."

황제가 답했고, 크리스텔은 두 손으로 입을 가리며 감탄했다. 그러나 리에스테르의 말은 끝까지 들어봐야 아는 법이었다.

"단, 조건이 있어."

"예."

"너는 결코 왕세녀와 그 일행을 독대하지 못할 거다."

바라던 바였다. 그녀와 단둘이 있는 상황은 최대한 피하고 싶었으므로 나는 기쁘게 고개를 끄덕였다. 황제는 말을 멈추지 않았다.

"그리고 내게도 보험은 있어야겠지. 왕세녀가 요구를 들어주지 않는다면, 혹은 헤인스의 아들을 빼돌리지 못한다면 네 계획은 물거품이 될 테니까."

"…맞습니다. 말씀하십시오."

이어 한 박자 정도의 간극이 있었다.

"나는 네가 저 녀석들의 신관 짝이 되기를 원한다. 임시는 때려치우고, 정식으로."

* * *

내가 짐짓 난감한 표정을 지었다. 황제를 포함한 네 명의 시선이 내게 쏟아졌다.

"…"

"마음 같아선 황자만 맡기고 싶지만, 두 녀석이 이미 합의를 했다니 내가 깰 수는 없겠지. 사르네즈 꼬마가 대주교들을 번번이 퇴짜 놓는다는 소식도 그만 듣고 싶군."

황제가 체리색 눈동자를 나른하게 뜨며 와인을 마셨다. 나는 본능적으로 그것이 내게 생각할 시간을 주는 몸짓임을 알았다. 그녀의 잔이 깨끗하게 비워질 때까지는 답을 내놓아야 했다.

"나는 저 애들이 원하는 걸 손에서 빼앗을 생각이 없다. 그러니 네가 선택해."

황제의 말에 입꼬리가 씰룩이는 것을 겨우 억눌렀다. 나는 자못 심각한 낯을 만들기 위해 애썼다.

"알겠습니다."

내가 대답했다. 여기까지는 예상대로다. 그러니까, 오늘이 벌써 유폐 8일 차였다. 죽은 듯이 자느라 첫날을 통째로 보냈어도 나는 일주일이나 쥘리에트 궁에 갇혀 지냈다. 간단한 산책도 허락되지 않은 사람이 할 수 있는 건 얼마 없었다.

제일 넓은 응접실을 비워 가나엘과 캐치볼을 하거나 시종들의 볼링 내기를 구경하고, 뱅자맹과 복도를 거닐고, 신수들과 놀아주고 나면… 나머지 시간은 공부하고 머릿속을 정리하고 새로운 궁리를 하는 데 쓰였다. 그동안 고시원 생활을 너무 설렁설렁하긴 했지.

"왕자님, 떠밀리듯이 결정하실 필요는…"

"크리스텔, 왕자님에게 고민할 시간을 주렴."

크리스텔과 부티에 추기경의 목소리가 들렸다. 나는 묵묵히 테이블 한편을 바라보았다. 내가 가진 패는 극히 적지만 모두 효력이 확실하긴 했다. 그중 '주인공들의 정식 신관 짝이 되는 건'에 관해 구상해 둔 바는 다음과 같았다.

일단 세드리크 황자와 크리스텔은 나를 1순위로 원하고 있다. 이건 지난 연례 기도회에서 공언된 바이니 확실했다. 나는 두 남녀의 일방적인 결정에 화를 냈으나, 결국 '임시 짝꿍'이 되어 둘을 돕는 데 합의했다.

당시엔 벌이라도 되는 양 통보했지만 조금만 생각해 봐도 그건 내가 한 발짝 나아간 결과였다. 수업을 참관하는 정도에만 그치던 '에테르 보조'에서 일상생활을 커버하는 파트너가 된 거니까. 그리고 그러한 결정을 내린 이유는, 간단명료했다.

그들이 퇴계공의 주인공이기 때문이었다. 나는 요 며칠간 침대와 테라스, 식당과 발코니를 오가며 둘의 사고를 이해해 보기 위해 노력했다. 소설 내용에 관해 아는 게 많지 않으니 주연들의 성향이라도 분석해서 앞날을 대비해 보자는 심산이었다.

내가 그동안 이런저런 상황을 근거로 꾸준한 거절 의사를 표했는데도, 두 남녀는 나를 놓아줄 생각이 없어 보였다. 못 먹는 '신 포도'로 취급해 포기하는 게 아니라 오히려 욕심에 불이 붙은 듯 과감하게 굴었다.

여기에 내가 작중 '서브 남주'라는 설정 역시 고려해야 했다. 작가의 농간으로, 나는 두 사람을 피하고자 발버둥 치던 순간에도 결국 그들을 맞닥뜨리고야 말았다. 작가가 나를 아직 메인 스토리에서 배제할 생각이 없고, 주인공들 또한 한결같이 내 에테르를 원한다면 결론은 뻔했다.

 나는 원하든 원치 않든, 언젠가 반드시 저 커플의 신관 파트너가 될 터였다. 그렇다면 그것을 내 쪽에서 먼저 이용하는 게 나았다. 거대한 흐름에 끌려가는 것보다는 내가 상황을 끌어가는 게 당연히 생존에 유리하지 않겠는가.

 "아니면 '생일 선물'을 열어볼 생각이냐?"

 황제가 불쑥 질문했다. 나는 고개를 반짝 들고 그녀와 눈길을 마주했다. 역시 그것까지 짐작하고 있었구나.

 "아뇨. 그건 훗날을 위해 간직하려고 합니다."

 "호오."

 그녀의 눈끝이 가늘어졌다. 5월 말, 그녀에게서 이른 생일 선물을 받았던 기억이 떠올랐다.

 '폐하께서는 얼마 전 축하연에서, 제게 무엇이든 청할 기회를 주셨습니다.'

 '그랬지.'

 '허락해 주신다면… 지금 이 자리에서 그 청을 드리고자 합니다.'

 나는 더위를 먹어 의식이 몽롱한 와중에도 황제로부터 원하는 바를 얻어내는 데 성공했고, 그것은 현재 내 방의 금고에 보관되어 있었다. 생일 선물은 분명 내가 가진 패 중 하나였다. 하지만 황제 쪽에서 먼저 파트너 조건을 내건 이상 거기까지 갈 필요는 없었다. 그건 최후의 보루이기도 하니까. 그럼 한 가지만 더 해결하면 된다.

 "정식으로 짝이 되면 우려의 목소리가 나올 겁니다. 저는 신국의 왕자인 데다 볼모로 이곳에 와있으니까요."

"그것 때문에 귀화를 제안한 것으로 아는데."

황제가 즉답한 뒤 잔에 입술을 묻었다. 어느새 와인은 3분의 1도 남아있지 않았다. 그녀는 같은 대화가 반복되는 걸 싫어하는 타입이었다. 그래서 나도 빙빙 돌려 말하지 않았다. 귀화, 그것도 밤잠 설치며 고심해 봤거든요.

"귀화는 어렵습니다. 그러니 제게 작위를 주십시오."

"…뭐?"

먼저 의문을 표한 것은 황제가 아니라 추기경이었다. 그녀가 베이지색 눈을 동그랗게 뜨고 나를 보았다. 나는 거침없이 말을 이었다.

"전쟁 시대 전까지만 해도 선례가 꽤 있었다고 들었습니다. 제 시종인 가나엘 칼라마르 공자의 집안이 최초였다고 하더군요. 초대 가주인 에마뉘엘 칼라마르 자작은 페네티안의 귀족 신관이었지만, 황실의 눈에 들어 리에스테르식 이름과 작위를 받았습니다. 임종 직전 신국 국적을 포기해 가문을 제국으로 편입시킨 경우였죠."

이걸 찾아낸 건 순전히 가나엘 덕분이었다. 내가 귀화 문제 때문에 잠을 이루지 못하고 있는 걸 발견한 소년이, '정 힘드시면 이런 방법도 있다'라며 가문의 이야기를 들려준 것이다. 그제야 오랜 퍼즐 하나가 맞춰졌다.

'순교자를 배출한 칼라마르 자작가는 물론이고 저희 지라르댕 백작가에서도 가문 사람이 왕자님께 배정되기를 바랐지요.'

빙의하고 일주일쯤 지났을 무렵 뱅자맹에게 들은 내용이었다. 전쟁 시대의 칼라마르 자작은, 신국의 비무장 신관을 살해하는 것을 거부해 로메로 선황에게 죽임을 당하고 순교자로 추앙됐다. 그 배경과 가나엘의 깊은 신심에 출신이 얽혀있을 줄은 몰랐다. 어쨌든 나는 아이가 쥐어준 소중한 패를 낭비할 생각이 없었다.

"귀화는 저 혼자 결정하기 힘든 문제입니다. 왕세녀 전하와 논의한다 해도, 국왕 폐하께서 불쾌해하신다면 양국의 마찰로 번질 수 있죠. 하지만 제국의 작위가 있다면 저는 신국의 국적을 유지하는 동시에 폐하께도 충성을 드릴 수 있습니다. 귀족층과 종교계에서도 큰 반발은 없을 겁니다."

내가 부연했다. 21세기 한국인에게는 이중 국적을 갖겠다는 말과 비슷하게 들릴 것 같은데, 그냥 그거였다. 아무리 생각해도 귀화라는 좋은 제안을 버릴 수는 없었다. 그렇다고 덜컥 귀화해서 왕자의 가족 관계를 깨뜨리기도 곤란했다. 그렇다면 양다리 외에 무슨 방법이 있겠느냐 말이다. 살려면 뭔들 못 해.

"제국의 작위를 받아 나의 보호를 누리면서 요한 헤인스를 살리고, 겸사겸사 황자와 공녀를 돕겠다는 말로 들리는군."

황제가 단숨에 내 속을 꿰뚫어 보았다. 에테르 보조나 임시 파트너로 안전을 보장받는 것과, 제국의 작위가 있는 자로서 황제의 가호를 받는 건 차원이 달랐다. 후자의 경우 국서는 결코 나를 지금까지와 같은 방식으로 건드릴 수 없었다. 내가 제국의 신민이 아니라 해도, 제국에 발 한쪽 정도는 확실히 걸친 셈이 되니까.

"누가 보면 내 아들과 성약이라도 맺는 줄 알겠어."

"…"

"아니지, 성약을 청하면 샤르팡티에 궁이라도 내어 달라고 할 텐가?"

그녀가 잔에 남은 마지막 와인을 털어 마시며 나를 응시했다. 붉은 홍채가 형형하게 빛났다. 떠보는 태도조차 날카로웠다.

"이제 폐하께서 선택하실 차례입니다."

내가 흔들림 없이 답했다. 황제는 '하' 소리를 내며 입을 벌려 웃었다. 맹랑해 보이겠지.

"오렐리."

황제가 잔을 내려놓고 자신의 계약자를 불렀다. 추기경은 답을 하는 대신 그녀를 가만히 바라보았다. 그리고 몇 분의 고요가 이어졌다. 또 영혼을 통해 대화하는 모양이었다. 무지 신기했다. 한참 후에야 황제가 들으라는 듯 운을 뗐다.

"…쯧. 평민 출신을 황자의 선생으로 삼으라니."

"마음에 없는 말씀 하시는 것 압니다."

나는 곧바로 대답했다. 그녀가 추기경을 향해 있던 시선을 내게 돌렸다.

"가을에 황도 수비대 사관학교 창립식이 예정되어 있다는 기사를 읽었습니다. 검술과 마법에 재능이 있는 평민을 썩히지 않으려고 학교를 세우시는 것 아닙니까? 폐하께서는 여타 황족만큼 출신 성분을 중시하는 분이 아니십니다."

그러자 황제의 눈꼬리가 살짝 접혔다. 나는 황제와 썩 가까운 사이가 아니지만, 그녀가 찰나 기분 좋은 표정을 했다는 건 알 수 있었다.

"제법이군. 한 마디도 안 지는 게 꼭 내 남편 보는 것 같아."
"…"

칭찬인가? 칭찬이겠지?

"조건을 받아들이겠다. 이대로 진행하지. 왕세녀가 내일모레 입궁한다는 걸 잊지 말도록."

프레데리크 리에스테르가 말했다. 입이 절로 벌어졌다. 나는 결국 포커페이스에 실패하고 활짝 웃었다.

"감사합니다, 폐하. 실망시켜 드리지 않겠습니다."

"그래. 실망한 자는 따로 있는 것 같군."

응?

무슨 말인지 이해하지 못한 사이, 황제가 냅킨으로 입가를 정리하고 몸을 일으켰다. 우리는 따라서 우르르 기립했다.

"사르네즈 꼬마, 너는 영주성에도 가끔 얼굴을 비추도록 해라. 네 아비가 걱정이 많아."

"…예, 폐하."

크리스텔의 목소리가 무거웠다. 나는 그녀의 낯을 살피려 했지만, 황제가 곧장 만찬장을 벗어난 탓에 인사를 올리느라 바빴다. 추기경은 황제를 따르기 전 내 손을 꼭 붙잡았다.

"일단 첫 단추는 잘 끼웠구나."

"전하께서 폐하를 설득해 주신 덕분입니다."

"왕자님도 공부를 열심히 했던걸."

이어 그녀가 속삭였다.

"하지만 아이들을 달래는 건 내가 도와주기 어렵겠어."

"예?"

이게 무슨 말인가 싶어 눈을 깜빡였다. 추기경이 다정하게 미소하며 문밖을 나섰다.

"대주교가 된 것 축하해, 내 제자님."

"고맙습니다."

나는 얼떨떨하게 대답하고 테이블을 돌아보았다. 즉시 두 남녀와 눈길이 마주쳤다. …왜 그렇게 얼굴들이 안 좋냐?

* * *

부티에 추기경이 만찬장을 떠나며 황실 근위대에 나를 맡긴 덕분에, 쥘리에트 궁으로 돌아오는 길은 아주 편했다. 뱅사맹과 가나엘이 걱정했던 일은 하나도 벌어지지 않았다. 황제가 내게 진노하는 일도, 검을 휘두르거나 제안을 모조리 거절하는 일도 없었다. 오히려 모든 게 아주 잘 풀렸다. 온갖 책을 파헤친 보람이 있었다. 분명 그렇다고 생각했는데.

"…왜 그러지."

내가 발코니로 나오며 중얼거렸다. 발치를 맴돌던 데미가 '끼이' 하며 나를 올려보았다. 안아달라는 뜻이었다. 나는 녀석을 보듬어 테이블 앞에 앉았다.

"데미, 크리스텔하고 황자가 이상해."

-끼응

"엄청 기분 나빠 보이더라. 크리스텔은 와인 잔을 두 개나 깨먹고."

-낑

"황자는 쌩하니 제 방으로 가버렸어."

품 안의 데미가 허우적거리더니, 가슴팍을 짚고 일어났다. 나는 녀석의 따뜻한 등을 받쳐주었다. 그러자 레서판다가 두 앞발로 내 뺨을 한 차례 꾸욱 눌렀다.

-꾸르르르

"아이, 나은 아우 것도 안 해어."

진짜 아무것도 안 했어. 현장에 있지도 않았던 신수가 나를 탓하는 건 아니겠지만 괜히 억울했다. 나는 그저 헤인스 경과 아들을 구해보려 기를 썼고, 황제가 예상했던 조건을 내걸기에 계획대로 응수했을 뿐이었다. 하는 김에 내 안전벨트도 장만했고. 그런데 둘의 반응이 싸늘했다. 나랑 파트너 하고 싶다고 하지 않았나?

"갑자기 마음이 바뀌었을까?"

-꾸

데미가 입을 벌리며 작게 울었다. 분홍색 혀가 귀여워서 웃음이 났다. 나는 테이블 위에 정신없이 흩어져 있는 도서와 잡지를 훑었다. 그중 한 권이 유독 두드러졌다. 《암호로 풀어보는 전쟁 시대사》.

"아니면 자리가 불편해서 밥 먹다 체했나?"

어제 다비드가 주고 간 서적이었다. 덕분에 로메로 궁에서 햇빛으로 나를 괴롭힌 놈이 황자라는 것과, 퇴계공 세계관에도 모스 부호가 존재한다는 사실을 알게 됐다. 비록 '전쟁 시대 암호'라는 이명으로 불리고 있기는 하지만…

나는 잠깐 생각에 빠져있다가 잠옷을 뒤적여 크리스털 종을 꺼냈다. 그러고는 문자와 부호를 연결해 놓은 페이지를 확인하고, 환한 보름달 빛에 느릿느릿 종을 반사했다. 군대에서도 안 배운 걸 여기서 다 써보네. 딱 한 번만 묻고 자러 가야지.

'화났냐?'

로메로 궁의 창가에서는 아무런 반응이 없었다.

"…자나 보다."

나는 종을 챙겨 자리에서 일어났다. 졸음이 온 데미가 내 어깨에 매달렸다. 반짝! 그때, 건너편에서 달빛이 찔러 들었다. 나는 흠칫 놀라 고개를 돌렸다. 섬광은 대단히 짧고 간결했다. 잘못 본 것이 아닌가 싶을 정도였다. 후다닥 조금 전에 펼쳐 둔 페이지를 살폈다.

'ㅇ'

…뭐지. 그냥 잘못 본 건가?

7. 신국의 화륜을 이끄는 자

"올리? 엄마 얘기 듣고 있니?"

크리스텔은 반짝 상념에서 깨어났다. 멍하니 창밖을 보던 시선이 실내로 돌아와, 맞은편에 앉은 '어머니'를 향했다. 이자벨 드 사르네즈 공작 부인.

"죄송해요. 잠시 딴생각을 했어요."

"괜찮아."

이자벨이 검은 눈동자를 휘며 답했다. 사랑하는 딸과 오랜만에 데이트를 나온 그녀는 몹시 즐거워 보였다. 한껏 차려입은 외출용 드레스와 장신구는 모두 제국에서 가장 값진 것들이었고, 우아하게 틀어 올린 연둣빛 머리칼은 햇살을 받아 만록萬綠처럼 반짝였다.

크리스텔은 그녀를 걱정시키고 싶지 않았으므로, 애써 마주 웃고 찻잔에 입술을 박았다. 차인지 커피인지도 구별하기 힘든 정신머리였지만 여하튼 마시는 시늉은 냈다.

"무슨 일 있는 거지?"

어머니가 목소리를 낮추며 물었다. 크리스텔은 침묵했다. 모녀 사이에는 한동안 고급 찻집의 백색 소음만이 감돌았다. 손님들이 담소를 나누는 소리, 점원이 애프터눈 티를 서빙하는 소리와 바깥의 말발굽 소리.

"그, 별건 아닌데요."

"별거 아니어도 좋아. 엄마는 전부 궁금해."

다정한 말이었다. 크리스텔은 바로 이자벨의 이런 점 때문에 그녀를 가까이하기 힘들었다. 어머니는 너무 좋은 사람이었고 자신은 그녀의 진짜 딸이 아니었다. 언젠가 이자벨이 모든 사실을 알게 되는 날이 오기라도 하면, 그녀의 고운 얼굴에 드리울 실망과 슬픔을 생각하면 도저히 거리감을 좁힐 수가 없었다.

상처를 주고 싶지 않았으니까. 하지만 동시에, '함가인'은 제 언니 또래의 여성에게 아주 취약했다. 그러니 크리스텔이 '어색하지만 상냥한 딸' 노릇을 하게 된 것도 무리는 아니었다. 그녀는 잠깐 고민하다가 입을 열었다. 어차피 누군가에게는 털어놓고 싶었다.

"제가 왕자님께 잘못을 한 것 같아요."

"에서 왕자님?"

이자벨이 목을 기울였다. 크리스텔은 고개를 끄덕이며 말을 이었다.

"어제저녁에, 왕자님이 저와 황자 전하를 정식 짝꿍으로 받아들이셨어요."

"어머! 황궁에서 경사가 있었네. 왜 아침에 말해주지 않았어?"

이자벨이 활짝 웃으며 자신의 일처럼 기뻐했다. 그녀는 크리스텔이 오랫동안 왕자를 파트너로 원했다는 사실을 알고 있었다. 이자벨 본인도 왕자에 대한 호감이 깊었다. 그는 자신의 무례를 기꺼이 용서하고 곤란한 상황에서도 고해를 받아준 귀인이었다.

딸과 함께 '마수 대토벌'을 무사히 마치고 돌아왔을 때는 영주성에서 성대한 만찬이라도 대접하고 싶었다. 물론, 그가 볼모이기에 이루어질 수 없는 바람이었지만.

"…왕자님이 자발적으로 하신 게 아니거든요."

"음?"

"상황에 떠밀려서 어쩔 수 없이 결정하신 거예요. 남을 살리려고, 그리고 본인도 살기 위해서요. 저나 황자 전하가 진심으로 마음에 차서 그러신 건 아니겠죠."

크리스텔의 음색이 어두워졌다. 이자벨은 어젯밤부터 딸의 안색이 심상치 않았던 이유를 알아차렸다. 그녀는 망사 장갑을 벗고 아이의 손을 부드럽게 잡았다. 성기사로 각성한 이후 딸의 체온은 쭉 서늘했다. 공작 부인은 그것이 못내 속상했다.

"그래서 화가 났어요. 우리를 봐주신 게 아니니까. 그냥 하나의 패로 이용하신 건가 싶어서요. 그럴 분이 아닌 건 아는데 속상했어요."

"…"

"그런데 이불 덮고 누워서 생각을 해보니까… 저도 얼마 전까지 똑같이 했더라고요."

이자벨이 딸의 잔머리를 정리해 주었다. 공녀가 말꼬리를 붙였다.

"저는 왕자님의 에테르가 마음에 들어서 접근한 거예요. 좋은 분이시고 같이 있으면 편한 것도 있지만, 처음엔 왕자님을 배려하려고 하지 않았어요."

"그랬구나."

"애처럼 굴었던 거죠. 왕자님은 장난감이 아닌데."

크리스텔이 한숨처럼 중얼거렸다. 만찬장에서 부티에 추기경과 나누었던 대화가 떠올랐다.

'왕자님, 떠밀리듯이 결정하실 필요는…'

'크리스텔, 왕자님에게 고민할 시간을 주렴.'

그때는 그게 무슨 뜻인지 알지 못했다. 그녀 또한 왕자에게 고민할 시간을 주고자 꺼낸 말이었으니까. 그런데 돌이켜보니, 자신은 진심으로 그에게 여유를 준 적이 없었던 것 같았다. 그저 그의 앞에서 매일매일 바라는 바를 어필하기 바빴다. 어쩌면 추기경도 그 점을 지적한 것일지 몰랐다. 이자벨은 말없이 딸의 손등을 쓸어주었다.

"그 생각을 하니까 제가 뭐라고 말할 자격이 있나 싶어졌어요. 요즘엔 안 그런다고 해도, 왕자님은 진작 실망하셨을지 모르잖아요."

"…"

"솔직히 왕자님은 이해가 되기도 해요. 볼모 입장에선 더 절박해질 수밖에 없겠죠. 그런데 저는 그런 상황도 아니었고."

절로 가슴이 답답해졌다. 헤인스 경은 성기사가 무척 외로운 직업이라고 설명했다. 일반인은 물론이고 신관조차도 성기사의 원초적 기갈과 고통을 헤아려주지 못한다고. 성기사는 숨이 끊어질 때까지 에테르를 욕망하지만, 그것을 진정으로 이해하는 이는 같은 성기사뿐이라고 했다. 그러니 왕자에게 자신의 욕구를 알아달라고 주장하는 건 어찌 보면 미련하고 일방적인 짓이었다. 머리로는 아는데 행동이 잘 따라주지 않았다.

"성기사는 늘 에테르를 원한다고 들었어. 영혼이 안정된 순간에도 에테르를 쫓는다고 하더구나."

크리스텔이 시선을 들었다. 따뜻한 흑색의 눈이 그녀를 보고 있었다.

"물을 마셔도 목이 마르고, 식사를 해도 배가 고픈 것과 같다고. 주신의 사랑을 받는 신관과 달리, 성기사는 주신의 미움을 받는 것 아닐까 하는 생각이 들 때도 있대."

"그 얘기는 어디서,"

"요한 헤인스 경과 몇 번 편지를 주고받았거든."

공녀의 청회색 눈동자가 커졌다. 이자벨이 미소 지으며 부연했다.

"딸의 선생님을 제대로 만나 뵙지도 못한 게 걸려서. 인사차 서신을 보냈는데 답장이 왔어. 그래서 이것저것 물어봤지. 내 아이는 힘들고 나쁜 이야기는 하지 않으니까."

"…"

"차근차근 해나가면 돼, 올리. 사과하는 것도, 왕자님과 진정한 짝이 되는 것도. 그럼 언젠가는 서로 이해할 수 있어."

'엄마도 노력할게' 하고 이자벨이 덧붙였다. 크리스텔은 순간 울컥해서 입술을 깨물었다. 내려다본 어머니의 손은 자신의 손보다 작고 얇았다.

"애처럼 굴었다고 했지만, 너는 아직 애가 맞으니까. 아이들은 실수해도 괜찮아."

"하하하."

그 말에는 웃음이 터졌다. 자신은 아이가 아니고, 실수가 용납되는 나이도 아니었다. 인간관계엔 제법 노련하다고 생각했는데. 그건 그냥 가면을 쓰고 지내는 생활에 익숙해진 결과였을까? 함가인은 다른 사람의 몸을 빌리고 나서야 민낯이 되었고, 민낯이 되고 나서야 자신이 덜 큰 철부지임을 깨달았다.

"왕자님하고 이야기해 봐."

"네."

"다감하신 분 같았어. 분명 마음을 열어두고 계실 거야."

그야 그랬다. 자신이 아는 왕자는 남의 과실에 너그럽고 정이 많았다. …게다가 우리는 친구니까. 입꼬리가 호선을 그렸다. 그때였다.

"네, 제 아내가 어제 전령을 받았대요! 왕세녀가 포털 코앞까지 왔다더군요."

"용맹하고 아름답기가 사자와 같다고 들었습니다."

"말도 마세요. 황자 전하께서 긴장 좀 하셔야 할 겁니다."

"내일 새벽이면 황도에 닿을 거라고 하던데요?"

반대편 창가 테이블에서, 대귀족으로 보이는 몇몇 남녀가 흥분해 목청을 높였다. 크리스텔은 가만히 내일의 일정을 떠올렸다. 그녀는 다시 한번 입궁해, 황실과 왕자의 곁에서 엘리서 페네티안 왕세녀를 맞이하게 될 터였다. 어떤 자일까. 얼마나 강할까. 과연 왕자님과 헤인스 경을 도와줄까?

* * *

"전하, 준비가 모두 끝났습니다. 왕세녀 전하께선 내일 오전에 도착하시는 대로 황제궁에서 폐하를 알현한 뒤, 바로 스트로다 궁에 오시게 될 겁니다."

"…"

세드리크는 말없이 스트로다 궁의 뒤뜰을 걸었다. 다비드가 뒤를 따랐다. 이곳은 황궁에서 손님을 맞을 때 개방하는 가장 큰 궁이었다. 최근에는 성대한 '봄 무도회'가 열렸던 장소이기도 했다.

황자와 사르네즈 공녀를 심사할 추기경으로 엘리서 왕세녀가 온다는 소식은, 제국 사교계는 물론이고 벽지의 평민들까지 들썩이게 했다. 지난 여드레간 황궁은 그녀에 대한 의전을 결정하고 채비하느라 분주하게 돌아갔다.

로메로 궁의 시종 총괄인 다비드는 그중에서도 가장 바쁜 축에 속했다. 이번 손님맞이를 담당하게 된 황족이 그의 주인인 황자이기 때문이었다.

"이만 들어가 주무시는 것이 좋지 않을는지요. 이곳 뒤꼍은 황제궁 정원사들이 직접 와서 손을 보았으니 재차 확인하시지 않아도…"

중년인이 근심 어린 음성으로 말했다. 밤 열두 시가 가까운 시각이었다. 황자는 본래도 일정이 적지 않았고, 최근에는 황태자 책봉식과 예서 왕자의 유폐 건으로 신경 쓸 일이 많았다. 어제의 '만찬'은 분명 잘 풀린 것으로 알고 있는데 수려한 낯이 줄곧 어두웠다.

7. 신국의 화륜을 이끄는 자

다비드는 황자를 보며 조심스레 질문을 얹었다.

"발코니에 문제가 있습니까? 하인을 부를까요?"

황자는 스트로다 궁의 왼쪽 끝 발코니를 뚫어져라 바라보고 있었다. 정문에서 보면 오른쪽 끝이겠지만 뒷문에서 보면 왼쪽이었다. 그곳엔 어둠을 밝히는 마법 조명 외에는 아무것도, 아무도 없었다.

그의 주황색 눈동자가 깊게 가라앉았다. 왕자가 신관 짝꿍의 자리를 거래 조건으로 삼으리라 예상하지 못한 건 아니었다. 그는 볼모였고, 제국에서는 거리의 평민보다도 자유롭지 못했다. 그런 상황에서 황족 시해 미수 혐의를 받는 자를 구하려면 당연히 본인의 능력까지 패로 내걸어야 했을 것이다.

결과적으로 그것은 자신에게도 잘된 일이었다. 언제든 왕자의 에테르를 받아낼 명분이 생겼으므로. 그런데 불쾌했다. 왕자가 실제로 그렇게 행동하니 속에서 화화花火가 일었다. 유치한 짓이라는 걸 알면서도 암호를 보내고야 말았다. 어째서?

"⋯황궁 신전은 내일 새벽부터 다시 문을 열 예정입니다."

다비드가 화제를 돌렸다. 그는 황자의 부담에 익숙했으며 맡은 일에 충실한 시종이었다. 그의 말에 황자가 천천히 시선을 옮겼다. 사내의 눈이 이번에는 길 건너편, 어둠이 내린 신전에 가닿았다.

"왕세녀 전하와 교황청의 추기경께서 신전을 찾으실 듯해 내부 정돈을 끝냈습니다."

"잘됐군."

"예. 고해소의 장식 줄을 비롯해 그간 보수가 미진했던 부분도 모두 손봤다고,"

"신전은 그대로 닫아 두도록."

그가 짤막하게 명했다. 다비드는 깜짝 놀랐다.

"전하. 그리하시면 두 분 손님께서 이용할 신전이…"

"황도의 중앙 신전을 방문하면 되겠지."

황자의 미간이 살포시 찌푸려졌다. 단호한 의사 표시였기에 다비드는 그를 더 설득하지 않고 고개를 주억거렸다. 세드리크는 이것이 마땅하다고 여겼다. 저곳은 황궁의 고해 신관인 왕자를 위해 개방하는 공간이었다. 더구나 수리를 거쳤다면, 다른 성직자가 와서 먼저 편의를 누리는 것은… 순간, 부싯돌이 번쩍이는 듯한 깨달음이 그를 스쳤다.

"…"

이번 '거래'에서 그는 요한 헤인스보다 뒤섰다. 자신은 1순위가 아니었다. 태어나 이런 경험은 처음이었다. 왕자는 헤인스 부자를 살리기 위해 감히 황자와의 관계를 이용했다. 또렷한 거슬림이 목뒤를 타고 올랐다. 하지만, 그를 알고도 내버려 둔 것은 자신이 아닌가?

"전하?"

다비드가 그를 상념의 늪에서 건져 올렸다. 세드리크는 별다른 반응 없이 곧장 마차로 향했다. 중년인의 말이 옳았다. 그만 잠을 청하는 게 나을 듯싶었다.

* * *

크리스텔과 황자를 다시 만나지 못한 채로 결전의 날이 밝았다. 아, 결전까진 아닌가. 일단 30초짜리 티저 정도?

"나 어때?"

"평소에도 아름다우신데 오늘은 나라가 기울 지경입니다, 왕자님."

"아니… 고맙다. 가족으로서 보기엔 어떤 것 같아? 피죽도 못 얻어먹고 지내는 사람처럼 보여?"

"아뇨! 엊그제부터 다시 잘 드셔서 혈색이 좋으세요."

가나엘이 환하게 웃으며 내 예복 주름을 가다듬어 주었다. 다행이네. 창밖으로 엘리자베트 경과 대화 중인 뱅자맹이 보였다. 나를 황제궁까지 호위할 황실 마차 여러 대와 근위대원들도 시야에 들어왔다.

유폐 열흘 차, 드디어 첫 외출이었다. 그것도 무려 왕세녀 일행을 맞이하러 가는 길이었다. 수능 치던 날보다도 더 떨렸다. 그게 벌써 10년 전이라 기억이 가물가물하지만, 아무튼.

"형 다녀올게. 얌전히 놀고 있어."

-낑

나는 레서판다들을 한 번씩 안아주고, 뚝심이와 함께 바깥으로 나왔다. 숨이 탁 트였다. 수십 명의 일손이 여기저기를 총총 돌아다니고 있었다. 엘리자베트 경이 밝게 인사하며 마차 문을 열어주었다.

"안녕하세요, 엘리자베트 경. 며칠 전엔 신세를 졌습니다."

"별말씀을요. 대장님께 잔소리만 조금 들었습니다."

부근위대장에게 쓴웃음을 지어 보이는 동안에도, 내 머릿속은 흥분과 혼란으로 어지러웠다. 누님과 전하 중에 무난한 건 '전하'겠지. 존댓말 베이스에 전하로 가자. 보는 눈이 많으니까 예를 차린다는 느낌이면 괜찮지 않겠냐. 근데 그 둘은 진짜 화난 거야?

* * *

"마차가 황궁으로 들어왔다고 합니다. 폐하께는 먼저 알려드렸습니다."

"알겠네."

황제궁의 알현실 문 앞에서, 두 시종이 빠른 대화를 나누었다. 왕세녀가 입궁했다는 의미였다. 나는 주먹을 쥐었다 풀며 순서를 기다렸다. 이윽고 혼자 남은 중년인이 내게 허리를 숙였다.

"페네티안 신국의 예서 왕자님께서 드십니다."

그러고는 큰 소리로 입장을 알렸다. 뱅자맹과 가나엘은 밖에서 기다리게 됐고, 엘리자베트 경은 황제궁의 외부 경호를 맡았기에 다시금 멀어졌다. 기사들이 문을 열자 쿠웅! 하는 울림이 났다. 알현실은 그만큼 입구의 규모부터 장엄했다.

-삐르르

"쉿, 뚝심. 조용히 있기로 했잖아."

내가 어깨에 앉은 굴뚝새에게 주의를 주었다. 따라오라고 한 적은 없지만, 녀석이 오겠다는데 말릴 방법도 없었다. 곧 웅장한 풍경이 눈앞에 펼쳐졌다.

"와…"

나는 긴장도 잊은 채 탄성을 터뜨리며 걸어 나갔다. 황제궁은 모든 게 높고 커다란 데다 건물 자체가 하나의 복합 쇼핑몰 수준으로 복잡했다. 그중 알현실은 오늘 처음 와보는데, 여긴 연회장과는 다른 의미로 압도적이었다.

성인 다섯 명은 모여야 끌어안을 수 있을법한 대리석 기둥이 홀을 세로로 질러 섰다. 천장엔 으리으리한 샹들리에가 보좌에 이르기까지 세 개나 걸려 있었다. 얼굴이 비칠 정도로 깨끗한 바닥엔, 고급스러운 적색 융단이 길게 깔렸다.

"이서 밟아도 되나?"

-삐삐?

내가 잠깐 자리에 서서 뚝심이와 고민하고 있는데,

"제자님."

하고 부티에 추기경이 나를 불렀다. 나는 반짝 고개를 들었다.

"이쪽으로 오렴."

화려한 추기경 정복을 입은 그녀가 부드럽게 손짓했다. 그녀는 알현실의 끝, 보좌의 오른편에 앉아있었다. 상석에 자리한 프레데리크 황제가 나를 보며 피식했다. 그제야 내가 알현실을 구경하느라 인사할 타이밍을 놓쳤음을 깨달았다. 순식간에 귀 끝이 홧홧해졌다.

"지상에 강림하신 태양과, 고결하신 추기경 전하를 뵙습니다."

-삐뽀

급히 절을 올리자 뚝심이가 호응하듯 울어댔다. 녀석을 신수로 알고 있는 대귀족들이 연신 감탄했다.

나는 융단을 밟지 않기 위해 옆으로 빠져나와 추기경에게 다가갔다. 그녀는 널찍한 층계의 꼭대기에서 황제와 함께하고 있었다. 황제의 왼편엔 세드리크 황자가 서있었다.

"안녕하세요, 황자님."

"…"

내가 인사를 건넸다. 그는 나를 한 번 보더니 고개를 돌렸다. 저걸 어째야 하나.

"세드리크의 아래 칸에 서면 돼."

"감사합니다."

볼모가 계단에 올라도 되나 싶었지만, 추기경이 그러라고 했으니 괜찮을 것 같았다. 나는 반대쪽으로 이동해 황자의 한 칸 아래에 섰다. 그러고 싶지 않은데 눈알이 자꾸만 굴러다녔다. 옥좌 뒤편 역시 우아한 암적색과 금실로 호사스레 장식되어 있었다. 황제의 머리 위 천장엔 큼직한 벨벳 덮개가 달려있어, 그녀가 이곳에서 가장 귀한 사람임을 알 수 있었다. 새삼 어마어마한 부와 권위가 느껴졌다.

"왕자님."

그때 익숙한 음성이 속삭였다. 나는 소리의 근원지를 찾았다. 계단이 끝나는 지점에, 시몽 드 사르네즈 공작과 나란히 선 크리스텔이 보였다. 꽤 가까운 위치였다. 목례를 나누자 그녀가 입술을 움직였다. 알현실 입구와 자신을 손으로 콕콕 찌르기도 했다.

"이따가. 이따가 저랑 얘기하자고요?"

내가 중얼거렸다. 대충 알아듣고 주억이니 크리스텔이 파안했다.

그저께는 컨디션이 나쁜 듯했는데 오늘은 나아진 것 같아 다행이었다. 눈을 돌리자 아는 얼굴 몇이 보였다. 웬일로 점잖게 입은 프랑수아 뒤엠 후작이 윙크를 날렸다. 젠장.

"적당히."

건너편의 카롤린 무테 변경백과도 눈인사하는데, 황자가 낮게 말했다. 나는 그를 올려다보았다.

"아직 화나셨습니까?"

"…"

화났네, 화났어.

"저 때문에요?"

"…"

나 때문이고.

"이유를 모르겠는데… 그래도 이해해 주셔서 고맙습니다."

내가 솔직하게 소곤거렸다. 그는 미간을 살포시 찌푸리며 나를 내려다보았다. 무슨 말이냐는 뜻이겠지.

"헤인스 경을 살리려고 두 분의 짝꿍 자리를 거래한 것처럼 보이게 됐으니까요. 제 목숨이 걸려있는 문제이기도 해서 어쩔 수가 없었습니다."

"…"

"그런데 생각보다 너그러운 분이셨네요. 도와주신 것도 감사합니다."

웃으며 인사하자, 황자는 뭐라고 말하려는 듯 입을 뗐다가 소리 없이 다물었다. 내가 들릴락 말락 하게 속닥였다.

"화나게 한 건 죄송합니다. 이유는 말하고 싶을 때 말씀해 주세요."

그때, 뚝심이가 내 어깨 위에서 폴짝폴짝 뛰어올랐다. 나는 놀라서 녀석의 가슴을 쓸어주었다.

-삐삐삐, 삐!

"왜 그래. 어디 아파?"

"페네티안 신국의 엘리서 왕세녀 전하께서 입장하십니다!"

철컥, 쿵-! 소름 돋는 효과음이 귓전을 때렸다. 온몸의 피가 빠져나가는 느낌이었다. 모두의 눈길이 한곳으로 쏠렸다. 나는 굳은 머리를 삐걱삐걱 돌려 입구를 바라보았다.

육중한 문이 열리고, 두 개의 실루엣이 모습을 드러냈다. 한 명은 왕세녀를 호위해 들어온 에르베 뒤엠 근위대장이었다. 그보다 앞서 있던 여인이 뚜벅뚜벅 융단 위를 걷기 시작했다. 자세는 올곧았으며 보폭은 넓고 일정했다.

-삐이…

나는 숨을 쉬는 것도 잊고 그녀를 바라보았다. 깊은 눈동자가 조금의 부정의도 허락하지 않을 듯 새파랗게 빛났다. 태양처럼 진하고 선명한 금발은, 끝까지 촘촘히 땋아 내렸는데도 종아리에 닿을 만치 길었다.

머리칼 일부를 엮어 왕관처럼 두른 것이 인상적이었다. 상체는 은빛 경갑輕鉀으로, 팔뚝은 같은 재질의 장갑으로 감싼 모습에서 그녀가 전사임을 알 수 있었다. 턱과 이마는 힘이 있고 반듯했다. 키가 큰 데다 골격도 근사했다.

"…"

누가 봐도 왕이 될 상이었다. 마른침이 꿀꺽 넘어갔다. 황자와 다른 의미로, 나하고는 스펙이 천지 차이였다.

"페네티안 신국의 왕세녀인 엘리서 페네티안이, 리에스테르 제국의 황제 폐하를 뵙습니다."

황제의 앞에 도달한 엘리서가, 기품 있는 몸놀림으로 한쪽 무릎을 꿇고 예를 차렸다. 목소리는 맑은 저음이었다. 나는 무심코 반걸음 물러났다. 황자가 나를 보는 것이 느껴졌다.

"그대의 고귀한 명성은 익히 들었다. 이리 만나게 되어 반갑군."

"영광입니다. 크리스타너 국왕 폐하께서 안부를 전하셨습니다."

"고마운 일이야. 국왕에게도 짐의 친의를 전하도록."

황제는 표정과 음색에 변화가 없었다. 이곳에서 식은땀을 흘리고 있는 건 나뿐이었다. 곧 추기경이 입을 열었다.

"먼 길 오느라 고생이 많았겠습니다. 황자가 그대의 숙소를 준비해 두었으니 푹 쉬어요."

"감사합니다, 전하."

엘리서가 추기경을 보며 대답했다. 이어 그녀의 시선이 황자를 향했다.

"…"

"…"

두 남녀의 눈길이 허공에서 짧게 얽혔다. 그리고,

"아…"

나와 엘리서의 눈이 마주쳤다. 이런 상황을 예상하고 왔는데도 숨이 턱 막히는 기분이었다. 나는 불안을 티 내지 않으려 애쓰며 웃어 보였다. 그러자 그녀의 견고한 낯이 흔들렸다.

엘리서는 당장이라도 울 것 같은 표정으로 입꼬리를 끌어올렸다. 빠르게 갈무리하긴 했지만 분명 마음 아픈 기색이었다. 확신할 수 밖에 없었다. 그녀가 동생을 진심으로 아끼고 있다는 것을. 황제와 왕세녀가 대화를 이어갔다.

"그대의 동생인 예서 왕자가 제국에서 많은 활약을 했어."

"…황송합니다."

"하여 조만간 작위를 줄 예정이지."

나는 경악해서 황제를 돌아보았다. 물론 엘리서도 언젠가는 알게 될 일이었다. 봉작이 빠를수록 내게는 유리했다. 그래도 그렇지, 초면에?

"그대와 신국이 기뻐하면 좋겠군. 작위는 황실에서 내릴 수 있는 최고의 찬사니까."

…그렇구나. 황제의 말에 비로소 깨달음이 스쳤다. 황제는 엘리서를 믿지 않으니, 그녀가 혹시라도 나를 해하지 못하도록 견제한 것이었다. 제국의 작위를 받을 이를 함부로 건드리지 말라는 경고였다. 엘리서에게 나쁜 의도가 없다면, 단순히 소식을 전한 것뿐이므로 역시 아무런 문제가 없었다. 왕세녀는 침묵했다.

"축하드립니다, 왕자님. 경사로군요."

타이밍을 잡은 뒤엠 후작이 나를 보며 말했다. 나는 최대한 자연스레 미소했다.

"고맙습니다, 후작."

그러다 엘리서와 거듭 눈이 닿았다. 나를 보는 눈빛은 몹시 불안정했다. 그녀가 어두운 안색으로 깊이 머리를 숙였다. 왜?

"폐하께서 기꺼워하실 겁니다."

"그래. 피곤할 테니 이만 가서 여독을 풀지."

엘리서가 답을 내놓았고, 황제는 곧장 응수했다. 몸을 일으킨 그녀는 황제와 추기경에게 묵례한 뒤 대귀족들이 선 곳을 응시했다. 정확히는 크리스텔을 바라본 것이었다. 두 쌍의 벽안이 양보 없이 맞부딪혔다.

"…스트로다 궁으로 모시겠습니다, 왕세녀 전하."

고요한 눈씨름을 끝낸 것은 뒤엠 근위대장이었다. 그는 황제에게 예를 올린 후 침착히 왕세녀를 에스코트했다. 드디어 등을 돌린 엘리서가 성큼성큼 멀어졌다. 나는 그녀의 뒷모습을 보며 긴 숨을 뱉었다.

"크리스텔!"

그 순간, 장내가 소란스러워졌다. 사르네즈 공작이 쓰러지는 크리스텔을 부축했다. 나는 서둘러 계단을 벗어나 그녀에게 향했다. 다행히 의식은 있었다. 크리스텔이 내 손목을 잡으며 씩 웃었다. 낯이 창백했다.

"미쳤다… 왕자님 누나 진짜 강하시네요."

"에테르 위압이었습니까?"

"제가 먼저 도발했는데 누님께서 찍어 누르셨습니다."

기어코 헛웃음이 터져 나왔다. 왜 처음 보는 사람한테 시비를 걸어? 딸의 말을 들은 사르네즈 공작이 아연한 얼굴을 했다. 나는 그녀에게 잡힌 팔을 통해 천천히 에테르를 불어넣었다. 내내 착하게 있던 뚝심이가 목덜미에 몸을 비볐다. 그제야 안도감이 밀려들었다. 어쨌든 첫 만남은 무사히 통과한 듯싶었다. 이제 모레까지는 평화로울 것이다.

* * *

잠시 후.

"…그래서 사과를 드리고 싶었습니다."

우리의 주인공이 말을 맺었다. 나는 망연히 그녀를 바라보았다. 건물을 나서면 다시 쥘리에트 궁에 갇혀야 했기 때문에, 나는 크리스텔의 안정을 돕는다는 구실로 황제궁 복도를 함께 거닐고 있었다. 지나가는 시종들이 우리를 묘한 눈길로 살폈다. 뒤따르는 가나엘과 뱅자맹의 시선과는 사뭇 다른 느낌이었다. 크리스텔이 달래듯 말했다.

"저분들 눈빛은 신경 쓰지 마세요. 제 능력에 감탄하는 것뿐입니다."

"무슨 능력이요?"

"로메로 궁에 들락거리는 사람이 왕자님과 사이좋게 걷고 있으니까요."

"…좀 떨어질까요?"

내가 식겁해서 물었다. 그런 오해를 살 거라곤 미처 생각지 못했다. 어쩐지 사르네즈 공작이 자리를 피하더라니. 그래도 일단 '서브 남주'인데 너무 안일했나. 모태 솔로는 어쩔 수 없는 모양이었다.

낭패라는 표정을 짓자 크리스텔이 짓궂게 웃으며 내 팔을 툭 쳤다.

"친구인데 뭐 어떻습니까."

"그건, 그렇습니다."

나는 잽싸게 긍정하며 본래의 화제로 돌아왔다. 크리스텔이 내게 사과를 했다. 자신이 그간 나를 배려하지 않고 몰아붙인 점에 관해서, 그것도 아주 정중하게.

"그, 음. 사과해 주셔서 감사합니다."

"…"

"그동안 공녀의 언행에 제가 다소 당황했던 건 사실입니다. 곤란하기도 했고요. 그래도 공녀께서는 매번 제게 용서를 구하셨던 걸로 기억하는데요."

달변으로 자신의 잘못을 이실직고하던 크리스텔의 모습이 떠올랐다. 코앞에 상태창이 보이는 건 아닐까 의심스러운 수준의 말발이었다. 내 말에 그녀가 드물게 더듬거렸다.

"그땐 좀… 진심이긴 했지만, 상황을 무마하려고 내뱉은 것에 가까웠으니까요."

"촐싹대셨다는 거군요."

"아, 그걸 또 그렇게… 맞습니다."

크리스텔이 인정했다. 나는 결국 소리 내어 웃었다.

"괜찮습니다. 최근엔 그러지 않으시기도 하고, 저도 성기사에 관한 공부를 했거든요. 에테르에 본능적으로 끌리실 수밖에 없지 않습니까."

게다가 나는 '소원의 성반'이라는 신물을 흡수한 상태였다. 그녀와 황자가 내 에테르를 선호하는 것도 무리는 아니었다.

"저야말로 제 입장을 알아주셔서 고맙습니다. 헤인스 경을 위해 거래하긴 했지만, 두 분이 싫은데도 억지로 짝꿍을 하겠다고 말씀드린 건 아니에요."

"그렇습니까?"

크리스텔이 안색을 환하게 밝히며 나를 올려보았다. 그런 생각을 하게 했나 싶어서 미안했다. 계산하긴 했어도 밉지는 않은데.

"친구니까요. 황자님께서 헤아려 주시기에 공녀도 아실 줄 알았습니다."

"…누가 헤아려요?"

청회색 눈 끝이 가늘어졌다. 크리스텔의 말투가 이상했다.

"황자 전하께서도 분명 속상하셨을 텐데? 제가 그분 에테르를 느꼈거든요."

"낭만적이다."

"화가 안 났다고 하시던가요?"

그녀가 캐물었다. 나는 난감하게 웃으며 말을 받았다.

"화가 나긴 했는데, 공녀와 같은 이유는 아닌 것 같았습니다. 아까도 별말씀 안 하시던-"

"하!"

크리스텔이 고개를 팽 돌리며 외쳤다. '꼬리가 아홉', '어린 게 벌써부터' 같은 꿍얼거림이 들렸다.

* * *

엘리서 페네티안이 리에스테르 황궁에 입성한 지 하루가 지났다. 어제 오후엔 교황청에서 또 다른 추기경이 도착했고, 오늘은 이들을 위한 환영연이 열리는 날이었다.

"리에스테르 황궁을 찾아준 두 귀빈을 위하여."

"위하여!"

황제의 단순한 건배사에, 연회장에 모인 수십 명의 대귀족이 한꺼번에 건배했다. 엘리서는 고상히 술잔을 들며 장내를 살폈다. 황제궁의 위용과 꾸밈새, 귀족들이 즐기는 음식과 옷차림에서 막대한 부와 권력을 체감할 수 있었다.

마차를 타고 오며 확인한 제국의 정경은 아름다웠다. 황도는 생동감이 넘치는 도시였고, 포털이 닿지 않는 시골에도 집집이 마법 조명이 달려있었다. 왕세녀는 백성들의 표정과 영양 상태, 잘 닦인 길과 기반 시설을 보며 프레데리크 리에스테르의 치세가 태평성대라는 소문을 인정했다.

"전하, 국물이 끝내줍니다. 이것 좀 드셔 보십시오."

좌측에 앉은 마르티어가 감탄하며 엘리서의 그릇에 요리를 덜었다.

"'포토푀'라고 한답니다. 여름에 이런 뜨끈한 걸 찾게 될 줄은 몰랐는데 아주 맛이 좋군요. 내일 아침에 해장으로 또 먹고 싶어질 정도입니다."

"고맙다."

엘리서는 수행 기사의 정성을 받아들여 고기와 채소를 시식했다. 국물은 맑은데도 풍미가 깊었고, 토스트에 사골의 골수를 올려 먹으니 더욱 훌륭했다. 마르티어가 엘리서를 흐뭇하게 보며 그녀의 다른 잔에 봉밀주를 채웠다. 왕세녀가 왕성을 떠난 뒤로 한 모금의 술도 마시지 않는다는 걸 알면서도.

"음식은 입에 맞나?"

상석에 앉은 황제가 거위 스테이크를 썰며 물었다. 엘리서는 물 흐르듯 대답했다.

"예, 폐하. 주방장의 솜씨가 훌륭합니다."

"다행이군. 그대의 동생도 잘 먹는 편이지."

지나가는 말이었다. 엘리서는 순간 무너질 뻔한 표정을 훌륭하게 수습했다. 그녀는 어리던 1왕녀가 아니라 일국의 왕세녀였다. 설령 동생이 만리타국에서 홀로 볼모 생활을 하고 있다 해도.

"…예서와 요한 헤인스 경은 연회에 함께하지 않습니까?"

엘리서가 덤덤하게 물었다. 대각선 자리에 앉은 오렐리 부티에 추기경이 답을 내놓았다.

"요한은 잠이 많습니다. 왕자는 요즘 궁에서 쉬고 있죠."

"…"

"3월에 있던 사건 때문에 마음이 힘든 것일지도 모르겠군요."

부티에가 어두운 베이지색 눈으로 왕세녀를 응시했다. 엘리서는 그것이 아버지, 베르너르 국서의 암살 미수 사건을 뜻함을 알았다. 숟가락을 쥔 손에 절로 힘이 들어갔다. 황실이 동생을 보호하기 위해 연회 참석을 막은 게 분명했다.

어제오늘 예서가 머무는 궁에 접근하지 못하게 한 것도 그런 이유일 터였다. 헤인스 경에게선 어떠한 연통도 없었지만… 자신은 유구무언이었다. 국서의 자랑스러운 큰딸로서, 그녀는 언제나 죄책감으로부터 자유롭지 못했다.

"아아, 그 소식은 저도 들었습니다. 교황청이 발칵 뒤집혔더랬지요."

"그랬나요?"

백발성성한 노인이 불쑥 입을 열자 부티에가 응수했다. 엘리서보다 반나절 늦게 입궁한 교황청의 추기경, 아리 스홋이었다. 그는 부티에의 우측에 앉아 쉰 목소리로 말했다.

"국서야 본인이 아니라고 했다지만, 신실한 사람 중 그 말을 믿는 자가 있겠습니까? 왕자 전하만 가엾은 꼴을 당하신 게지요."

"…"

"황제 폐하께서 얼마나 당혹하셨을는지. 늙은이가 제 장례나 준비해야 한다는 걸 알면서도 걱정을 많이 했습니다."

스홋은 팔순을 넘긴 나이였고, 교황청에서는 제국과 신국 어느 쪽에도 줄을 대지 않은 중립파에 속했다. 두려울 게 없어서인지 그의 발언엔 거침이 없었다. 황제는 그저 입꼬리를 올리며 럼을 들이켤 뿐이었다.

"왕자께서 그러한 위기를 극복하고 공을 세우셨다니 잘된 일입니다. 제국에선 작위를 주신다지요. 주신의 균형이에요."

노인이 홀홀 웃으며 빵에 레드커런트 잼을 발랐다. 엘리서는 동요를 드러내지 않은 채 화제를 돌렸다.

"폐하, 청컨대 예서가 연회 음식을 맛볼 수 있게 해주십시오. 많이 먹는 아이가 아니니 조금이면…"

"이미 보냈습니다."

황자, 세드리크 리에스테르가 그녀의 말을 끊었다. 엘리서는 자신의 우측에 앉은 남자를 바라보았다. 사내는 왕세녀가 이제껏 만난 이들 중 가장 수려한 외모를 지녔으나, 그의 얼굴엔 불티만큼의 감정도 들어있지 않았다.

"10인분이니 충분할 겁니다."

"세드리크, 적지 않겠니? 왕자님은 혼자 4인분도 먹던걸. 지나가는 사용인도 전부 맛보게 할 텐데."

부티에가 다소 근심 어린 목소리로 말했다. 엘리서는 이야기를 따라잡을 수가 없었다. 자신의 동생은 어릴 적 독살 시도를 당한 뒤로 무엇이든 적게 먹는 버릇을 들였다. 입이 짧았고 깨끗한 물도 항상 끓여 마셨다. 아랫사람의 끼니를 챙기는 일이야 예사였지만…

"후식은 별도입니다."

"그렇구나. 그럼 충분하겠어."

지금의 대화는 몹시 이상했다. 엘리서가 천연한 태도로 물잔을 들며 마르티어를 보았다. 그녀 역시 적이 놀란 듯했다.

"왕세녀 전하께서도 내일이면 맛보실 수 있을 겁니다."

그때, 낭랑한 목소리가 귓전을 울렸다. 엘리서는 고개 돌려 건너편에 앉은 낯을 확인했다. 순수한 물의 기운으로 가득한 귀공녀. 어제 알현실에서 자신의 힘을 시험했던, 당돌하고 맹랑한 아이였다.

"왕자님께서 저희 심사를 참관하시기로 했으니까요. 분명 쥘리에트 궁에서 소풍 바구니를 세 개쯤 챙겨 오실 텐데, 거기 든 빵이나 과자는 꼭 드셔 보십시오. 주방장 로랑스의 손맛이 일품입니다."

"…"

크리스텔 드 사르네즈가 방긋했다. 왕세녀는 턱만 한 번 까닥였다.

* * *

쥘리에트 궁 로비가 북적거렸다. 간만에 내가 먹을 것을 챙겨 나가게 되어 그런 것 같았다. 엘리서 왕세녀의 입궁 사흘째, 크리스텔과 세드리크 황사의 성기사 서임 심사가 시작되는 날이었다.

"교황청에서 오신 추기경도 계시니, 소풍 바구니는 네 개를 준비했습니다."

"고맙습니다, 뱅자맹. 로랑스가 상여금을 받아야겠네요."

"왕자님께서 주신 금두꺼비 덕에 30년은 넉넉히 지낼 겁니다."

나는 뱅자맹의 말에 웃음을 터뜨렸다. 얼마 전, 귀족들이 그간 내게 보낸 선물을 황자가 모조리 쥘리에트 궁으로 옮겼다. 황실 금고에 자리가 없다는 이유에서였다. 하나 빼고는 쓸데가 없어서 일부를 궁 식구들에게 나누어 줬는데, 로랑스가 그중 커다란 금두꺼비를 가져갔다.

서양풍 로판 세계관에 어째서 금두꺼비가 존재하는지 모를 노릇이지만, 본인이 행복해하니 나 또한 만족했다. 이제 '퇴계공'의 짬뽕 설정에도 꽤 익숙해진 것 같았다. 아, 짬뽕에 크림새우 먹고 싶다.

"왕자님, 근위대원 스무 명이 밀착 경호를 할 겁니다."

자연스럽게 바구니 하나를 든 엘리자베트 경이 설명했다. 나는 덮개를 열어 그녀와 가나엘의 과일 주스가 든 것을 확인했다. 우리는 우르르 궁 밖으로 걸어 나왔다.

"금일 심사가 끝날 때까지 제가 곁에 있겠지만, 만일을 대비한 결정입니다. 송구하게도 왕세녀 전하와는 열 걸음 이내의 거리에 계실 수 없습니다."

"괜찮습니다."

오히려 쌍수 들고 환영할 일이었다. 엘리서와 불필요한 대화를 할수록 불리한 건 나니까. 소백작과 나는 뒤엠 후작의 폴로 경기 이야기를 하며 궁 뒤편의 야외 연무장으로 향했다. 프레데리크 황제가 나와 엘리서의 만남을 허락한 후, 유폐는 조금이지만 느슨해졌다.

원래대로라면 오늘은 숙소에 연금된 산트를 소환해 두 주인공의 에테르 보급을 맡겨야 했다. 그런데 황제가 나를 지목했다. 파트너 밥값을 하라는 뜻인 것 같기도 하고, 왕세녀와 본격적인 논의를 하기 전에 인사나 하게 해주겠다는 뜻 같기도 했다. 어차피 야외 연무장을 개방해야 하니 나와서 바람이나 쐬라는 의미일지도 몰랐다.

"…조만간 자유로이 산책하실 수 있을 겁니다."

"네. 아직 버틸 만합니다."

엘리자베트 경의 위로에 내가 씩 웃으며 말했다. 왕세녀는 닷새 뒤에 귀국할 예정이었고, 나는 그녀와 같은 공간에 있다는 사실만으로 조마조마했다. 하지만 황궁 어딘가에 갇혀서 잠들어 있는 헤인스 경보다야 내가 천 배, 만 배는 더 마음 편한 위치였다. 그 점을 잊지 않고 최선을 다하기로 했다.

"옳지, 아주 좋습니다. 공녀는 재능이 있군요."

"감사합니다, 전하."

그즈음 모르는 노성老聲과, 크리스텔의 또랑또랑한 음성이 들렸다. 나는 걸음을 서둘렀다. 곧 익숙한 연무장의 풍경이 모습을 드러냈다. 나를 발견한 귀공녀가 밝게 웃으며 물꽃을 거두었다.

"왕자님, 안녕하세요!"

"안녕하세요, 사르네즈 공녀."

"맙소사. 제가 죽기 전에 신국의 달을 뵙는군요."

크리스텔과 인사를 나누자, 옆에 선 할아버지가 내게 손을 뻗었다. 하얗게 센 머리에 개암나무 열매 색의 눈을 지닌, 현명해 보이는 노인이었다. 신국풍의 편한 옷차림이었지만 나는 곧장 그가 누구인지를 알아보았다. 3인의 심사위원 중 한 명.

"아리 스훗 추기경 전하이시군요. 반갑습니다."

"아리라고 불러주시지요. 이토록 아름다운 눈동자라니… 주신의 은총입니다."

어르신은 감격한 낯으로 내 얼굴을 들여다보았고, 악수한 손을 쉽게 놓지 못했다. 나는 그의 지팡이를 받아들며 그에게 팔 한쪽을 내어주었다. 노인장이 거친 소리로 껄껄 웃더니 나를 잡고 걷기 시작했다. 엘리자베트 경이 능숙하게 근위대원들을 배치했다. 아직 부티에 추기경과 황자, 엘리서는 오지 않은 것 같았다.

"저쪽 그늘에 앉을 곳이 있습니다. 탁자도 있으니 간식을 드시기에 좋을 겁니다."

"과연, 과연. 듣던 대로 마음씨가 고우십니다."

이런 말은 민망했다. 준비해 준 사람은 따로 있는데. 내가 난감한 낯을 하자 노인장의 오른편에서 걷던 크리스텔이 대신 답했다.

"이건 아리 전하께만 말씀드리는 비밀인데, 왕자님께서 제 짝꿍이십니다."

"오호. 그렇습니까? 두 분께 축복을."

대답이 아니잖아. 그새 얼마나 친해졌다고 그런 얘기를 해주는 거야? 나는 깜짝 놀라 그녀를 바라보았다. 크리스텔이 양쪽 눈으로 번갈아 윙크했다. 못 살겠다.

"폐하께서 작위를 내리시는 이유가 명명백백하군요. 이해합니다, 아무렴요."

노인장이 흘흘하며 소파에 앉았다. 나는 그의 지팡이를 손이 닿는 곳에 세워주고, 뱅자맹에게서 바구니를 받아 열었다. 가나엘이 고운 테이블보를 꺼내 펼쳤다. 어르신네의 말이 이어졌다.

"얼마나 높은 작위를 주시겠다고 합디까? 이왕이면 세게 부르셔야지요."

"그런… 생각까지는 안 해봤습니다. 주시는 대로 받으려고 했는데요."

내가 파리브레스트를 하나씩 접시에 담으며 답했다. 그러고 보니 거기까진 황제와 거래하지 않았다. 머릿속에서 작위를 영주권쯤으로 퉁친 게 분명했다. 제일 낮은 게 뭐더라.

"남작이면 되지 않을까요?"

"헉."

"아이고."

"왕자님, 그건 아니죠!"

가나엘과 아리 어르신, 크리스텔이 동시에 반응했다. 묵묵히 차를 우리던 뱅자맹도 한숨을 쉬었다. 아니, 그게.

"작위가 높으면 책임도 커질 것 같아서요. 저는 보호만 받을 수 있으면 되니—"

"후작."

듣기 좋은 중저음이 뒤통수를 울렸다. 우리는 동시에 연무장의 입구를 바라보았다. 시종과 호위를 거느린 세 남녀가 눈에 들어왔다. 남주답게 한가운데 선 사내가 주황색 눈동자를 번뜩였다.

"그대는 후작이 될 예정이지."

아, 그러냐… 나는 얼떨떨하게 머리를 주억거렸다. 그건 귀족의 다섯 등급 중 두 번째로 높고, 프랑수아 뒤엠과 동급이었다. 과한 거 아닌가 하는 생각이 들었지만 그걸 말로 옮길 여유는 없었다. 우리는 몸을 일으켜 새로운 방문객들에게 예를 올렸다. 부티에 추기경과 황자, 그리고 엘리서가 우리에게 마주 인사했다. 왕세녀의 낯은 평온했다. 내 얘기를 들었을까. 괜히 걸리네.

"저희는 심사를 해야 하니, 반대편 탁자로 이동할까요?"

"그러시지요, 저는 많이 걸어야 한답니다. 치유 신관이 그러더군요."

부티에 추기경의 제안에 아리 어르신이 흔쾌히 자리에서 일어났다. 나는 그를 부축하며 상황을 살폈다. 이건 명백히 나와 엘리서를 떨어뜨려 놓기 위한 구실이었다. 심사는 비어있는 옆 테이블에서 진행해도 되고, 굳이 연무장을 가로지를 필요는 없었으니까. 그때였다.

"예서."

"…"

나는 흠칫 몸을 굳혔다. 빙의한 이후 이름만으로 불리는 경험은 처음이었다. 고개를 들자, 쓰디쓰게 웃고 있는 엘리서가 보였다. 거리가 너무 가까웠다. 열 걸음 이내로는 접근할 수 없다고 했는데 다섯 걸음밖에 안 될 성싶었다. 엘리자베트 경이 내 앞을 반쯤 가로막았다. 8급 검사의 은은한 위압이 느껴졌다. 추기경을 상대로 언제든 발검할 기세였다.

"에테르가 정말 곱구나."

"…고맙습니다."

내가 겨우 미소하며 대답했다. 엘리서가 말을 이었다.

"어머니께서도 기뻐하실 것이다. 어릴 때는 네가 내 짝이 되길 바라셨으니,"

-스릉!

그 순간, 황자가 혜검을 뽑아 들었다. 공기가 쨍하고 울리며 소름이 돋았다.

* * *

야, 거기서 칼을 왜 뽑냐!

"…"

"…"

엘리서가 빠르게 표정을 바꾸었다. 세드리크 황자를 보는 그녀의 눈빛은 청화靑火처럼 맹렬했다. 황자는 혜검을 들어 그녀를 겨누는 짓은 하지 않았지만, 그렇다고 무기를 거둘 생각도 없어 보였다. 주황색 눈동자가 엘리서를 태워버릴 듯 응시했다. 나는 급히 부터에 추기경을 바라보았다.

그녀는 모나리자처럼 신비로운 미소를 짓고 있을 따름이었다. 바로 옆에 아리 스홋 추기경까지 더해지니 아주 한 폭의 명화 같았다. 즐기지 마세요, 후계자들끼리 싸우다 전쟁 날 수도 있다고!

"크흠."

젠장, 결국 내가 나서야 했다. 불구경하기 좋아하는 크리스텔은 이럴 때 도움이 되지 않았다. 조금 전 대답을 했을 때 반응이 나쁘지 않았으니, 예서 왕자는 평소에도 누나에게 존대를 한 것 같았다. 그럼 어투는 이대로 괜찮겠지.

"그게… 신물 '화성의 혜검'입니다."

그러자 단숨에 모든 시선이 내게 꽂혔다. 귓가가 뜨거웠지만 수습은 해야 했다. 혹시라도 양국에 마찰이 생기면, 제일 불리한 건 시한부 설정인 나였으니까.

"황자님께서 '마수 대토벌' 때 직접 뽑으셨죠. 불 속성이라 주인과 상성이 좋습니다."

좌중은 조용했다. 황자가 나를 보며 눈 끝을 가늘게 떴다. 기선제압인지 뭔지, 다짜고짜 검부터 빼든 건 본인이면서 뭘 잘했다고 저러는지 알 수 없었다. 나라고 갑자기 큐레이터가 되고 싶었겠냐.

"사람을 가리기도 합니다. 함부로 칼자루를 잡으면 화상을 입으실 수 있습니다."

"그거 훌륭하군요. 평생 도둑맞을 일은 없겠습니다."

정적을 깨고 내 말을 받아준 것은, 묵묵히 왕세녀의 뒤를 지키고 있던 여성이었다. 나는 그녀를 향해 밝게 웃었다. 소설 속 세상도 아직 살만했다.

"오랜만에 뵙습니다, 왕자 전하. 어쩐지 검의 자태가 남다르다 싶었지요. 그러고 보니 책에서 이런 그림을 본 것 같기도 합니다."

여인이 호기심 가득한 얼굴로 두어 걸음 다가왔다. 그녀는 키가 작은 편이었으나 뼈대가 굵었고, 구릿빛 피부엔 근육이 탄탄했다. 눈가에 깊은 주름이 잡혔지만 활력 있는 몸짓 덕에 나이를 가늠하긴 어려웠다.

"저도 한번 도끼를 맞댈 수 있으면 좋겠는데요."

"마르티어."

마침내 엘리서가 부하를 만류했다. 그녀의 기세가 누그러지자 내 뒤편에 선 크리스텔이 작게 숨을 뱉었다. 와작와작 소리가 들리는 걸 보니 그새 간식까지 까먹고 있었던 모양이었다. 나는 분위기가 풀리는 틈을 타 황자를 돌아보았다. 금세 눈길이 얽혔다. 너도 협조해라, 미운 스물넷인 거 티 내지 말고.

"…심사 시작하시죠."

그는 낮게 내뱉더니 곧장 연무장 중앙으로 걸어 나갔다. 아리 어르신이 걸걸하게 웃기 시작했다. '청춘', '한창 좋을 때' 같은 단어가 줄줄이 소시지처럼 딸려 나왔다. 다비드를 비롯한 로메로 궁 시종들이 그제야 좀비처럼 비척거렸다. 와, 무슨 일 나는 줄 알았네…

* * *

"여기 계셔도 괜찮으시겠습니까?"

내가 아리 어르신을 향해 물었다. 그는 기력이 달린다며 우리 쪽 테이블에 남기로 했고, 부티에 추기경과 엘리서 일행만이 연무장 건너편의 테이블로 향했다. 어르신네와 동석하는 건 상관없지만 두 주인공의 심사에 나쁜 영향이 갈까 봐 조금 걱정이었다. 이왕 서임받는 거면 잘 풀리는 게 좋지 않겠는가.

"진혀 문제없습니다. 두 분은 어차피 대주교가 되실 게지요."

그랬더니 할아버님이 이런 대답을 내놓았다. 나는 눈을 깜빡였다.

"제가 듣기로는, 운이 좋으면 그럴 거라고 하던데요. 성기사 서임은 추기경들의 주관에 크게 좌우된다고 했습니다."

정확히는 요한 헤인스 경의 말이었다. 노인장이 고개를 끄덕였다.

"그건 사실입니다. 심사하는 추기경을 잘못 만나면 주교가 될 자도 사제로 남는 것이 성기사의 고난이지요."

그가 깊은 눈을 들어 연무장 한복판을 응시했다. 나는 그를 따라 시선을 돌렸다. 대련을 위해 마주선 황자와 엘리서가 보였다. 부티에 추기경이 그들에게 심사 과정을 설명하고 있었고, 크리스텔은 곁에서 경청하는 중이었다.

"허나 황자 전하께선 이미 신물의 주인이십니다. 한낱 인간이 어찌 주신의 선택을 폄하할 수 있겠습니까? 게다가 사르네즈 공녀는 재능이 탁월합니다. 저 나이에 저런 신력을 보이는 일은 몹시 드물지요. 축복에 가깝더군요."

통찰력이 대단했다. '창해의 축복'을 흡수한 거 맞습니다.

"다행이네요."

"예, 적어도 이 늙은이의 생각은 그렇습니다. 그러니 대주교에 오르실 겁니다."

노인장이 자신의 홍차에 우유를 넣으며 말했다. 나는 차분히 그의 말뜻을 헤아렸다. 어르신네는 이미 두 남녀를 대주교로 세울 마음이 있고, 부티에 추기경은 애초 그들을 위해 뒷손을 써서 심사위원이 됐다. 추기경 셋 중 둘이 주인공들의 편이니 결과는 보지 않아도 뻔했다. 누가 먼치킨 커플 아니랄까 봐 앞길이 아주 탄탄대로였다.

"편히 즐기시지요. 추기경의 무력은 흔히 볼 수 있는 것이 아닙니다, 왕자 전하."

노인의 말에 나는 쓰게 웃을 수밖에 없었다. 열흘 전쯤 성흔을 정면으로 받아냈다고 답했다간 그의 심장에 무리가 갈지도 몰랐다. 때마침 연무장 맞은편에서 엘리서의 부하인 마르티어가 긴 물건을 받쳐 들고 나섰다. 비단으로 감싼 걸 보니 왕세녀의 병기인 듯했다.

-뻬르르르, *뻬뻬*

그때, 포르르 날아온 뚝심이가 테이블 위에 안착했다. 쥘리에트 궁을 나올 무렵만 해도 레서판다들과 놀고 있었는데, 귀한 구경을 하러 행차한 모양이었다. 노인장이 입을 벌리며 즐거워했다.

"허허. 요 굴뚝새가 공기 속성의 신수님입니까?"

"음, 그렇습니다."

굳이 녀석의 정체를 알릴 필요는 없었다. 어른에게 거짓말을 하는 게 불편했지만, 공기 속성인 건 맞으니까 절반은 진실인 셈 치고…

"와아!"

별안간 옆 테이블의 가나엘이 탄성을 쏟아냈다. 우리는 무슨 일인가 싶어 연무장을 바라보았다. 천이 걷히며 왕세녀의 무구가 자태를 드러내고 있었다. 그것은 고아하고 신비로운 금색의 창이었다.

흔한 장식이나 음각 하나 없이 그저 황금으로 빛나는 탓에, 병장기라기보다는 마치 신의 소장품 같은 느낌이었다. 뾰족하고 화려한 봉인鋒刃은 흡사 극락조의 꼬리를 보는 듯했다. 깨달음이 느리게 퍼졌다. 저거 설마…

"뚝심, 엊그제 저것 때문에 알현실에서 콩콩거린 거야?"

-삐이

"저거 보려고 여기까지 나온 거고?"

-삐삐삐!

내가 다급히 소곤거리자, 뚝심이가 날개를 파닥이며 긍정했다. 녀석의 검은콩 같은 눈에 흥미인지 경쟁심인지 모를 것이 야무지게 반짝거렸다. 나는 손바닥에 온몸을 비비적대는 뚝심이를 받아주며, 창을 쥔 왕세녀를 바라보았다. 제국은 물론이요 신국의 신물까지 설명하던 《와장창! 이브의 대모험》속 문장이 머리를 스쳤다. 아리 어르신의 목소리가 메아리처럼 울렸다.

"먼 곳까지 오기를 잘했군요. 왕세녀께서 최근 신물의 주인이 되셨다는 소문은 들었습니다만… 오래 살고 볼 일입니다. 그렇고말고요."

나는 마른침을 삼켰다. 불 속성 성기사인 왕세녀의 손에 들린 것은, 신국에 있다는 공기 속성의 신물이었다. '역풍의 예기^{銳器}'.

* * *

"장난 아닐 거예요. 그래도 너무 꼴사납게 지시면 안 됩니다, 사제^{師弟}님."

크리스텔이 속닥거렸다. 세드리크는 무뚝뚝하게 혜검을 고쳐 쥐었다. 조금 전의 도발로 느낀 엘리서 페네티안의 에테르는, 분명 자신이 아직 도달하지 못한 경지의 힘이었다. 스물여섯에 성흔을 개방했다는 역대 최연소 추기경의 재능다웠다. 경고하는 공녀의 뜻을 모르지 않았으나 순순히 패배할 생각은 없었다.

"그럼 파이팅."

왕세녀의 창을 발견한 크리스텔이, 알아들을 수 없는 말을 남기고 꽁무니를 뺐다. 황자는 고개를 돌려 그녀가 달려가는 곳을 확인했다. 걱정스러운 낯의 예서 왕자가 이쪽을 보고 있었다. 크리스텔이 다가가 손을 내밀자, 그는 당황하며 그녀의 손바닥에 프티 푸르 몇 개를 올려주었다. 짧은 코웃음이 흘렀다. 왕자는 수작질 따위엔 문외한이었다. 무성했던 소문과 달리.

"내 동생과 가까운 사이입니까."

"…"

황자는 엘리서의 목소리에 눈길을 돌렸다. 날렵한 창을 든 추기경이 자신을 보고 있었다. 답할 필요가 없는 질문이었다. 그의 그림자가 깜빡였다.

-콰아앙-!

그러고는 굉음을 내며 그녀의 앞에 도달했다.

-끼긱, 키기기긱…

두 개의 신물이 고통스레 맞부딪혔다. 황자의 눈빛이 어둡게 가라앉았다. 그녀가 너무 쉽게 자신을 막아냈기 때문이었다. 혜검에서 피어오르는 화염을, 예기가 진공으로써 간단히 진압하고 있었다.

-치이익…

"예서의 벗이냐고 물었습니다."

-화르르륵!

검신에서 거대한 꽃불이 일어 엘리서를 위협했다. 그녀가 몸을 물리자마자 새카만 검날이 가로선을 그었다.

-콰아아아…!

새빨간 불길이 부채꼴로 전방을 뒤덮었다. 평범한 기사라면 피할 수 없을 공격이었으나-

-탓, 탓, 타닷!

왕세녀는 순식간에 허공을 딛고 올랐다. 공기 속성의 창 덕분이었다.

-우웅!

-콰아아앙-!

이어서 대기가 우짖고 그녀의 팔뚝이 수직으로 내리꽂혔다. 세드리크의 목울대 바로 위에서, 혜검의 날이 예기의 창끝을 간신히 막아냈다. 사내의 발밑이 반 뼘 정도 꺼지고 등 근육엔 강한 힘이 들어갔다. 엘리서가 무감한 낯으로 물었다.

-까드드득…

"아니면 '짝'인가?"

"당신이 알 바 아니지."

순간 푸른 눈동자에 불이 붙었다. 화르르르! 예기가 창날로 샛노란 광염을 뿜어냈다.

 -딱-!

왕세녀의 불꽃이 자신의 숨통에 닿기 직전, 세드리크가 오른손가락을 튕겼다.

 -콰콰가강!

폭발이었다. 해를 닮은 주홍빛 구체가 터져 나와 두 사람 사이를 갈랐다. 튕겨 나온 세드리크가 공중제비를 돌아 착지했다. 엘리서는 날아가는 몸을 바람으로 지탱해 공중에 섰다. 그리고 신탁을 내리듯, 혹은 저주하듯 속삭였다.

"상관없다. 나는 저 아이를 돌려받을 것이니."

"부친을 살해하겠다는 말로 들리는군."

 -쌔애애액-!

황자의 말이 끝나기 무섭게 금광의 창이 쏟아졌다.

 -쿠구구궁…!

"큿!"

세드리크의 단단한 몸이 바닥을 굴렀다. 즉시 피했음에도 충격이 컸다. 공기와 불꽃의 힘이 더해져, 공격 속도가 빠르고 후폭풍 또한 거센 탓이었다. 상체를 일으키자 흑단 같은 머리칼에서 흙먼지가 떨어졌다. 대모님의 안타까운 시선이 느껴졌다. 그녀의 심정을 알지만, 더는 저런 눈빛을 받고 싶지 않았다. 황자의 손끝에서 작은 불씨가 튀었다.

"예서를 에테르 창고 따위로 여기는 거라면-"

-휘이익!

매서운 소리와 함께, 구덩이에 꽂힌 창이 쑥 뽑혀 나와 왕세녀의 오른손에 감겼다. 황자는 일식처럼 뜬 그녀를 올려다보았다.

"반드시 후회하게 될 것이야."

"왕자는 이곳의 작위를 원했지."

그가 쏘아붙였다. 자신과 함께 연무장에 들어온 왕세녀가 왕자의 말을 듣지 못했을 리 없었다. 그녀의 홍채가 새파랗다 못해 희게 번쩍였다. 어마어마한 위압에도 불구하고 세드리크는 무릎을 꺾지 않았다. 벌어진 영혼의 틈 사이로 에테르가 새어 나가는 것이 느껴졌다.

"그러니 제국에서 취할 것이다."

"…"

왕세녀가 무섭게 침묵했다. 그녀는 훗날 즉위한 뒤 왕자를 귀국시키고, 리에스테르 황실에 막대한 현찰을 지불할 계획인 게 분명했다. 그러나 세드리크는 적국의 왕위 계승자를 위해 손에 쥔 것을 양보할 위인이 아니었다. 보물 따윈 필요 없었다. 국서와 그자의 끄나풀이 존재하는 위태로운 땅으로는…

"나약한 그릇으로는 성약을 감당할 수 없을 터."

왕세녀의 선언이 황자의 생각을 끊어냈다. 그는 혜검의 손잡이를 단단히 움켜쥐며 일어났다. 끄트머리에 박힌 붉은 보석이 사내의 의지에 반응하듯 빛을 뿌렸다. 엘리서가 중얼거렸다.

"네 한계를 깨달아 보거라."

-고오오오…

대지와 대기, 물과 불이 한꺼번에 진동하기 시작했다. 땋아 내린 엘리서의 머리칼이 불길하게 선들거렸다.

-휘이이…

-구구구구…

이내 그녀의 머리 위 하늘에서 주먹만 한 빛 덩이가 움텄다. 구체는 곧 인간의 머리 크기로 성장했고, 다시 샹들리에만치 몸집을 키웠다. 동시에 공기가 급격히 서늘해졌다. 마치 주변의 모든 온기가 그곳으로 흡수되는 것만 같았다. 7월의 날씨에, 세드리크의 입술 사이로 하얀 김이 흘러나왔다.

"하아…"

본능적으로 알았다. 그녀는 성혼을 열고 있었다.

"…전하!"

어느 방향에선가 누군가의 흐린 외침이 들렸다. 세드리크는 칼로 자신의 앞을 겨누었다. 신검神劍이 있으니, 벨 수는 없어도 막을 수는 있을 터였다. 전신의 에테르를 쏟아붓는다면. 자신이 버텨낸다면.

-쿠구구구구구…!

불과 열로 빚은 항성은, 이제 연무장의 청천을 절반 넘게 가릴 만큼 거대해졌다. 엘리서가 무자비한 몸짓으로 왼손을 들어올렸다. 달의 왕국이라 불리는 주신의 영토에도 태양은 떠올랐으며, 그러한 불의 전차를 지휘하는 이 또한 존재했다.

 -쏴아아아아…!

신국의 화륜火輪을 이끄는 자.

 [엑소리엔…]

그때였다.

 -파아아앗…!

 [잠시만요!]

찬란한 광휘와 함께 서클이 펼쳐졌다. 앞을 분간하기조차 힘든 에테르의 항언 속에서, 엘리서는 자신과 맞서는 보랏빛 눈동자를 보았다.

8.   ✦ 부탁드립니다

몸이 먼저 움직였다.

 -파아아앗…!

 뒷생각 없이 마구 달린 탓에, 정제되지 않은 에테르가 사방으로 퍼지며 눈 따가운 광채를 뿌렸다. 나는 세드리크 황자를 가로막고 섰다. 마주한 엘리서의 시선에 당혹이 가득했다. 하지만 일단 공격을 멈췄다는 게 중요했다.

 -쿠구구구…

 "…예서?"

 그녀의 음성이 가늘게 떨렸다. 연무장 위로 떠오른 샛노란 태양이 제자리에서 느릿느릿 자전하고 있었다. 당장이라도 목표물을 사를 듯한 화염이 혀를 날름거렸다. 무시무시한 비주얼과 열기에 침이 꿀꺽 넘어갔다.

 "송구합니다, 방해하려던 건 아닌데…"

 나는 가쁜 숨을 고르며 말했다. 그제야 머리가 돌아가는 것 같았다. 지금 황자는, 추기경인 엘리서에게 성기사 서임 심사를 받고 있었다. 함부로 끼어들면 안 되는 자리라는 건 알았다. 하지만 성흔까지 써서 시험하는 건 과하지 않은가. 황자는 아직 견습인 데다 그런 식으로 확인하지 않아도 충분히 강했다. 상황이 왜 이렇게 과열됐는지 알 수 없었다.

"왕자님, 괜찮으세요?"

그때, 크리스텔의 목소리가 너무 가까운 곳에서 들렸다. 나는 놀라서 뒤를 돌아보았다. 그리고 입을 떡 벌렸다. 그녀와 엘리자베트 경은 물론이고 뱅자맹, 가나엘, 황자의 시종인 다비드까지 내 성소 안에 모여있었다! 다들 급히 달려왔는지 호흡이 매우 거칠었다. 뚝심이도 황자의 어깨 위에 앉아 날개를 떨었다. 특히 크리스텔과 소 백작은 각각 채찍과 검을 빼 든 채 왕세녀를 견제하고 있었다.

"…"

이내 서클의 중심에 선 황자와 시선이 마주쳤다. 흙투성이 셔츠가 여기저기 찢어지고, 머리칼은 엉망으로 흐트러졌는데도 화보였다. 그의 눈이 미세하게 커져있었다. 뭐냐, 그 놀랐다는 눈빛은.

"저는 괜찮습니다."

짧게 대답하고 다시 정면을 돌아보았다. 왕세녀는 몹시 혼란스러운 얼굴이었다. 젠장, 예서 왕자가 할만한 행동은 아니었나? 뒤늦은 위기감이 들었지만 갑자기 자리를 뜨는 건 더 이상했다. 나는 침착히 입을 열었다.

"성흔은 추기경이 행사하는 최강의 권능이라고 배웠습니다. 황자님께 쓰기에는 정도가 지나치다고…"

거기까지 말하고 슬쩍 황자를 바라보았다. 이놈이 먼저 도발했을지도 모르겠다는 생각이 스쳐서였다. 그러자 황자가 미간을 찌푸리며 검을 내렸다. 팔에 힘이 풀린 듯했고, 이마엔 식은땀이 맺혀있었다. 음, 역시 힘들어 보이는데.

"…생각합니다. 혹시 황자님이 전하께 무례를 저질렀다면 용서해 주십시오."

나는 열심히 말을 굴렸다.

"황자님이 원래 그런 분은… 그런 분은 맞습니다. 그래도 알고 보면 사람은 착, 실합니다."

도저히 인성만큼은 실드 칠 수가 없었다. 나는 티 나지 않게 서클을 통해 에테르를 흘려보냈다. 황자가 생수를 들이켜듯 꿀꺽꿀꺽 힘을 흡수하는 게 느껴졌다. 반칙인 건 알지만 심사가 계속될 경우를 대비해야 했다. 엘리서가 보는 앞에서 '세이디'로 변해서는 안 되니까.

"…황자와 우의를 나누는 사이가 된 것이냐? 저들과도?"

엘리서가 한참 만에 속삭였다. 그녀는 지휘하듯 들어 올렸던 왼손을 천천히 내리고 있었다. 내가 답을 하려는데,

"왕세녀."

부티에 추기경의 음성이 우리 사이를 날카롭게 갈랐다. 나는 연무장 외곽에서 우아하게 걸어오는 그녀를 바라보았다. 추기경은 은은한 미소를 짓고 있었지만, 베이지색 눈에는 데미 수염만큼의 감정도 들어있지 않았다. 순도 높은 경계심과 날 세운 시선이 전부였다. 평소와는 180도 다른 분위기에 주눅이 들 지경이었다.

"평정을 잃은 모양이군요. 추기경이 견습 성기사를 상대로 성흔을 쓴다는 이야기는 들어본 적이 없어요."

"…"

"심사를 이어갈 수 있겠습니까?"

연장자의 지적에 엘리서가 침묵했다. 나는 틈을 타 재차 뒤를 살폈다. 다비드가 황자의 상처를 보고 있었다. 분위기상 크게 다친 곳은 없는 듯싶지만…

"치유 서클을 열어드릴까요?"

"그래 주신다면 정말 감사-"

"왕자님, 쥘리에트 궁으로 모시겠습니다."

다비드와 대화하는데 엘리자베트 경이 끼어들었다. 그녀답지 않은 행동에 고개를 들자, 코앞까지 우르르 몰려온 황실 근위대가 보였다. 그들은 일사불란하게 움직여 성소의 테두리를 둘러쌌다. 명백히 왕세녀와 나를 격리하려는 의도였다. 부티에 추기경이 소백작에게 무언의 명령을 내린 모양이었다. 나는 입술을 달싹였다.

"그러면 심사는,"

"저도 모르겠습니다. 하지만 이곳은 왕자님께 위험할 수 있으니 들어가시는 게 좋겠습니다."

그녀가 진중한 회색 눈동자로 나를 보며 속닥였다. 나는 두 주인공과 한 번씩 눈길을 나누었다. 크리스텔이 재깍 고개를 끄덕였고 황자는 불만을 표하지 않았다. 가보라는 뜻이었다.

"그럼… 먼저 들어가겠습니다. 심사를 중단시켜 죄송합니다."

내가 스승님을 향해 말했다. 그녀는 여느 때처럼 온화하게 웃어

줄 따름이었다. 우리가 달려온 테이블 쪽에서는 아리 스홋 추기경이 손을 내젓고 있었다. 역시 괜찮으니 물러가라는 의미였다. 나는 머리를 주억이며 성소를 거뒀다. 주인공들이 걱정스럽긴 하지만 엘리서와 더 대화하기도 꺼려지는 게 사실이었다. 마지막으로 돌아본 그녀의 얼굴은, 왜인지 노을처럼 허망해 보였다.

* * *

"비가 오려나 봐요, 왕자님."
"그러게. 고마워."

나는 2층 응접실 창가에서 밖을 보다가, 가나엘이 건넨 찻잔을 받아들었다. 하늘에 누운 먹구름이 당장이라도 울음을 터뜨릴 듯 인상을 쓰고 있었다. 엘리서가 황자에게 성흔을 쓰려고 했던 첫 심사일로부터 벌써 이틀이 지났다.

다비드의 전언에 따르면, 그날 황자의 심사는 결국 흐지부지 끝났다고 했다. 오늘은 두 번째 심사인 크리스텔의 대련이 진행되는 날이었다. 이렇게 습기 가득한 날씨는 물 속성인 그녀에게 아주 유리했다. 하지만 나는 또 궁돌이 신세였다. 프레데리크 황제가 다시 나를 가뒀기 때문이었다.

놀랄 일은 아니었다. 왕세녀가 무슨 이유에서인지 황궁 연무장에서 성흔 발동을 시도했고, 그 대상은 황자였으며 그걸 막아선 건 나였으니까. 자칫 분쟁이 터질까 싶어 아찔했던 순간이었다. 그래도 모레 있을 왕세녀 환송연 참석은 취소되지 않아 다행이었다.

처음부터 내 목표는 그것뿐이었다. 나는 김이 폴폴 오르는 복숭아 꽃차를 마시며 머릿속을 정리했다. 요한 헤인스 경의 사정과, 그의 아들을 제국으로 빼돌릴 방법을 설명하려면 말이 막힘없이 술술 나와야 했다.

"에바한테는 잘됐지. 두 사람의 짝이 되고 싶어 했으니까."

내가 불쑥 말하자, 주스를 마시던 가나엘이 웃으며 긍정했다. 오늘 나를 대신해 크리스텔과 황자의 에테르 보급을 맡게 된 이는 에바 블랑케르 공녀였다. 다른 신관도 많았지만, 두 남녀 모두와 친분이 있는 드문 경우라 부티에 추기경이 직접 지명했다고 들었다. 산트는 여전히 연금된 처지라 입궁이 어려웠다. 나는 다시 바깥을 보며 상념에 빠졌다.

'어머니께서도 기뻐하실 것이다. 어릴 때는 네가 내 짝이 되길 바라셨으니.'

왕세녀의 말뜻은 명확했다. 어머니, 즉 크리스타너 국왕이 왕자와 엘리서를 신관과 성기사 짝꿍으로 고려했다는 의미였다. 어릴 때라면 이해가 갔다. 국왕은 신관의 핏줄인 아들이 언젠가 에테르를 발현하리라 여겼을 터였다.

하지만 왕자는 열여섯이 되어 명예 주교직에 오를 때까지도 평범했다. 여기서 내가 알게 된 사실은 따로 있었다. 국왕은 아들을 싫어하거나 멀리하지 않았다. 오히려 큰아이와 둘째의 앞날을 하나로 이어주길 원했다.

나를 향한 왕세녀의 눈빛이나 어조를 고려하면, 그녀 역시 진심으로 동생을 친애했다. 그러니 결론은 한 가지였다. 국서가 죽일 놈이고 다른 페네티안들은 멀쩡했다. 어린 2왕녀도 오빠와 친했을 게 불 보듯 뻔했다.

"…하이고."

미친 인간 하나 때문에 가족이 풍비박산 났군. 나는 작게 한숨을 쉬며 연분홍빛 찻물로 목을 적셨다. 그때였다.

"앗, 저분 또 오셨네."

가나엘이 창밖을 보며 중얼거렸다. 나는 자연스레 소년의 눈길을 쫓았다. 내 옷과 비슷한 이국적 옷차림, 단단한 몸집과 민머리가 시야에 들어왔다. 그녀는 쥘리에트 궁의 시종 피에르와 이야기를 나누고 있었다.

"마르티어 아니야? 왕세녀 전하 옆에 안 있고 여기 있네."

"네. 입궁한 뒤로 쥘리에트 궁에 계속 왔어요."

"왜 나는 몰랐지?"

"왕자님을 뵈려는 게 아니라, 신국의 선물을 전달하는 게 목적이거든요."

가나엘이 '보십시오' 하고 손짓했다. 이제 보니 피에르와 마르티어는 대화가 아니라 실랑이 중인 듯했다. 마르티어가 품에 든 물건을 그에게 넘기려고 했고, 피에르는 난감한 얼굴로 거절하고 있었다. 선물은 비단에 싸여있어 정체를 파악할 수 없었다.

"황궁의 검역을 먼저 통과해야 한다고 말했는데도 막무가내입니다. 해가 되는 게 절대 아니고, 왕자님께서 가장 먼저 보셔야 한다고 하더라고요."

"곤란했겠다."

"네. 뱅자맹 님이 엄청 골치를 썩이셨어요. 상대가 왕세녀 전하의 수행 기사이니 너무 강경하게 나갈 수도 없어서요."

가나엘이 입을 비죽였다. 피에르가 태도를 굽히지 않자 마르티어는 어쩔 수 없다는 듯 몸을 물렸다. 그녀는 하늘을 한 번 올려보더니, 이맛살을 찌푸리며 한쪽 어깨를 오랫동안 주물렀다. 날이 흐려서 몸이 쑤시나?

"왕자님, 설마 받아주실 건 아니죠?"

가나엘이 넌지시 물었다. 고개를 돌리니 소년이 설마 하는 눈빛으로 나를 보고 있었다. 피식 웃음이 터졌다.

"당연히 못 받지. 뭐가 들었을지 알고. 나 쉬운 남자 아니다."

-끼응

때맞춰 데미가 꼬리를 살랑거리며 내게 다가왔다. 나는 한 팔로 녀석을 안은 채 창문 너머를 길게 응시했다. 크리스텔은 시험 잘 치고 있으려나.

* * *

-쌔애애애액!

길고 날카로운 황금 창, '역풍의 예기'가 실내 연무장의 허공을 갈랐다. 보고 나서 피하면 몸은 늦다. 하지만 크리스텔의 에테르는 꽤 빠른 편이었다. 그녀가 즉시 손을 뻗었다.

-쏴아아아!

-촤아악…!

아무것도 없던 바닥에서 두껍고 거대한 물의 장벽이 솟구쳤다. 창이 물보라를 꿰뚫는 순간-

 -쩌저저적!

모든 수분이 순식간에 얼어붙었다. 왕관 모양으로 퍼지던 물이 곧바로 예기를 단단히 옥죄었다. 무구는 마치 자아가 있는 것처럼, 얼음을 벗어나고 싶은 것처럼 저항했다. 파들파들 흔들리는 창을 보며 크리스텔은 빙벽에 왼손을 갖다 댔다.

 -쩌적, 쩌저적…

예기의 힘으로 금이 간 부분에, 새로운 물이 들어차고 또 결빙하며 신물을 옭아맸다. 크리스텔은 동시에 채찍을 휘둘렀다. 저 맞은편에 선 왕세녀를 제대로 견제하기 위해-

 -화르륵!

 -쨍그랑!

채찍 끝에서 물이 형상을 갖추기도 전에, 얼음벽이 유리창처럼 산산조각 났다. 왕세녀의 불꽃이 스민 탓이었다. 크리스텔은 잽싸게 채찍을 다잡으며 뛰어올라 다음 일격을 준비했다. 여름별궁에서 예서 왕자가 했던 말이 떠올랐다.

'공중제비를 돌아 얼음 계단에 착지했을 때요. 그걸 그대로 소모하지 않고 반대편으로 날렸다면…'

부서진 얼음을 낭비하지 않으면, 새로운 공격을 시도할 수 있다. 분홍빛 머리칼이 공중에서 비장하게 흩날렸다.

"허엇!"

 -철썩!

그녀가 팔을 깊숙이 감고 채찍으로 가로선을 그었다. 황자의 초식 중 하나를 베낀 결과였다. 칼처럼 첨예하게 빛나는 얼음 조각들이 일제히 왕세녀를 향했ㅡ

"어?"

-콰콰콰콰…!

말끔히 보수된 연무장 벽에 고드름들이 표창처럼 박혔다. 건너편에는 아무도 없었다. 어떠한 투지도, 에테르 위압도 느껴지지 않았다. 탓! 가볍게 착지한 크리스텔은 당황한 낯으로 사방을 살폈다. 어느새 자신의 창을 시종에게 넘긴 엘리시가, 수건을 받아 손을 닦고 있었다. 황당했다.

"…전하?"

"걸출한 재능이야. 네 능력은 충분히 보았다."

왕세녀가 무감한 표정과 목소리로 대답했다. 조금 떨어진 테이블에서는 스훗 추기경과 에바가 크리스텔을 보며 손뼉을 치고 있었다. 10분쯤 합을 주고받은 것 같은데 벌써 심사가 끝난 듯싶었다.

한편에선 부티에 추기경이 황자의 에테르 흐름을 점검 중이었다. 크리스텔은 슬쩍 입술을 물었다. 쉽게 끝내서 나쁠 건 없지만, 엊그제와 달리 생동감이 없어 보이는 왕세녀가 답답했다. 이유를 대충 알 것 같아 더욱 그랬다.

"…전하."

슬며시 그녀에게 다가가 말을 걸자, 왕세녀가 흘끔 자신을 내려다보았다. 키 차이가 꽤 났다. 왕자님보다 큰 것 같았다. 크리스텔은 또랑또랑한 눈동자로 입을 뗐다.

"동생분의 행복을 빌어주십시오."

"…"

왕세녀의 벽안이 깨질 듯 흔들렸다. 귀공녀가 말을 이었다.

"뜬금없이 무례한 말씀을 드려서 죄송합니다. 하지만 서론이 긴 걸 좋아하실 것 같지는 않아서요."

그러고는 한 번 심호흡을 했다. 떠난 언니의 모습이 머릿속을 어지럽혔지만 잘 참아냈다. 그런 갑갑하고 답 없는 감정을 느끼는 인간이 자신 말고 또 있다는 게, 솔직히 안쓰러웠다. 하지만 누나와 동생 모두를 위해 누군가는 이렇게 말해주어야만 했다. 과거의 '함가인'에게도 절실했던 이야기를.

"형제자매와 평생 함께하면 좋겠지만… 그럴 수 없을 때가 있습니다. 새로운 가족을 찾는 사람도 있거든요. 더 마음 편하고 평화로운 곳에서요."

* * *

"…"

엘리서가 크리스텔을 빤히 바라보았다. 왕세녀의 파란 눈은 그녀를 꾸짖거나 화내는 것 같지 않았다. 그저 아프게 흔들릴 뿐이었다. 크리스텔은 그 표정이 익숙했다.

"이미 알고 계시는 거지요."

귀공녀의 속삭임에도 엘리서는 묵묵부답이었다. 그렇다면 더더욱 누군가는 악역을 자처해야 했다. 주제넘은 데다 상처가 될 수도 있는 이야기를 하나의 의견으로 제시할 사람이 필요했다.

왕세녀의 주위엔 감히 그런 말을 할 이가 없을 테고, 세드리크 황자나 부티에 추기경은 못 하는 위치였다. 외교 문제라는 게 있으니까. 크리스텔은 눈을 한 번 질끈 감았다 떴다. 멀리서 에바의 희미한 웃음소리가 들렸다.

"영영 헤어지라는 뜻으로 드리는 말씀이 아닙니다. 평생 얼굴을 못 보게 되는 경우를 상정하는 게 아니에요."

"…"

"단지… 이대로는 전하께서 너무 고통스러우실 겁니다. 언젠간 왕자님을 원망하게 되실 수도 있습니다. 동생분을 아끼신다는 거 알지만, 사람 마음이라는 게 그렇잖아요."

처음에야 가족이 자신에게 돌아올 거라 믿으며 희망적인 태도로 지낼 수 있을지 몰랐다. 하지만 인간의 심리라는 건 아주 기묘하고도 간사하고 이상했다. 상대방이 자신 없이도 잘 지내고 있으면, 괜히 불쑥 미운 마음이 들었다.

입으로는 행복하기를 바란다고 말하면서도 가끔은 그것을 내팽개치고 이쪽을 돌아봐 주기를 원했다. 물론 자신만 그랬던 것일 수도 있었다. 하지만 왕세녀가 처한 상황은 극단적이었다. 왕자는 기한 없는 볼모 생활을 하고 있었고, 만악의 원흉인 국서는 그녀의 친부였다.

"그런 모순에 빠지면… 심적으로 많이 힘듭니다. 그렇지 않아도 압박이 거센 자리에 계시지 않습니까."

"너는 외동이 아니었더냐?"

왕세녀가 물었다. 어떻게 그런 심경을 알고 있느냐는 질문이었다.

"…네. 하지만 주변에서 그런 사연을 들었습니다."

"주변이라."

이어 적막이 흘렀다. 대화가 끝났다기보다는 각자 머릿속을 가라앉히느라 분주해진 탓이었다. 먼저 입을 연 것은 크리스텔이었다. 이젠 정말로 나쁜 말을 해야 했다. 왕세녀 본인 또한 알지만, 누구도 나서서 뽑아주지 않았을 뾰족한 가시.

"국서 전하께서 살아 계시는 한… 왕자님은 신국에서 안전하실 수 없습니다."

"…"

"물론 이곳에서도 고초를 겪으셨지만, 곧 후작 위를 받으면 폐하께서 뒷배가 되어주실 테니 훨씬 평안해지실 거예요."

엘리서는 크리스텔을 유심히 들여다보았다. 아이는 올찬 청회색 눈동자로 자신을 직시하고 있었다. 권세 있는 공작가의 일원으로서 이런 이야기를 하는 게 아니라는 것쯤은 진즉 알았다. 그렇다면 대관절 무엇을 위해?

"저도 지금보다 강해져서 왕자님을 지키겠습니다. 왕자님께선 이미 알고 계세요. 그러니까…"

"…"

"조금은 마음을 놓으셔도 된다고 생각합니다. 저희는 친구거든요."

공녀가 쑥스럽게 웃었다. 코끝을 긁는 손과, 채찍을 고쳐 쥐는 몸짓에서 엘리서는 아이가 진심을 말하고 있음을 알았다. 그것은 황자가 답하지 않았으며 예서는 답하지 못한 물음의 해답이었다.

그녀는 며칠 전의 광경을 떠올렸다. 자신에게 미안해하면서도 황자의 앞에서 물러나지 않던 동생과, 동생의 곁에 선 자들의 온기 어린 눈빛. 고향에서는 단 한 번도 볼 수 없었던 모습.

"그럼, 허락해 주신다면… 이만 물러가겠습니다."

공녀의 말이 상념을 깨웠다. 어느새 자신의 옆을 지키고 선 마르티어가 보였다. 대화를 들었는지, 그녀는 아픈 어깨를 주무르면서도 씩 웃고 있었다. 엘리서가 턱을 까닥였다. 크리스텔은 우아하게 절을 올리고 멀어졌다.

"사르네즈 공녀, 에테르 받으세요!"

"고마워요, 에바."

금세 탁자 하나가 시끄러워졌다. 왕세녀는 그 모습을 오랫동안 응시했다.

* * *

창가에서 마르티어를 본 이후로 줄곧 여름비가 쏟아졌다. 그간 나는 별일 없이 쥘리에트 궁에서 지냈다. 세드리크 황자와 크리스텔의 심사는 무사히 끝났다. 엘리서가 둘의 특수 에테르 운용 능력을 확인했고, 부티에 추기경과 아리 어르신은 에테르 순환 능력과 그릇 상태를 점검했다고 들었다. 그래서 오늘의 나는 황제궁에 와 있었다. 왕세녀 환송연에 참석하기 위해서였다.

"맛있게 드십시오, 왕자님. 좋아하시는 육고기를 많이 준비했습니다."

"감사합니다."

시종이 내 앞에 송아지 스테이크를 서빙하며 말했다. 부티에 추기경의 수업이 끝나면 이곳에서 점심을 먹을 때가 많았는데, 그새 식성까지 간파당한 모양이었다. 맞은편의 엘리서가 나를 보며 안쓰러운 표정을 지었다. 무슨 의미인지 알 수 없어 미소만 보냈다. 모든 사용인이 물러가고, 한동안 식기 달각거리는 소리만이 오찬장을 가득 채웠다.

"요거 진짜 맛있어요. 겉은 바삭, 속은 촉촉."

왼편에 앉은 크리스텔이 구운 카망베르를 가리키며 소곤거렸다. 나는 쌕 웃고 고개를 주억거렸다. 환송연이라기에 대단한 스케일을 예상했는데 정반대였다. 프레데리크 황제, 부티에 추기경, 세드리크 황자, 크리스텔, 엘리서, 마르티어와 나. 딱 일곱 명이 자리한 점심 식사였다.

내가 엘리서에게 할 말이 사람 많은 데서 꺼내기 어려운 화제이긴 했다. 아리 어르신의 식사는 따로 대접한다는 것도 그렇고, 확실히 황제가 '거래'를 의식해 만든 자리인 듯했다. 나는 무릎 위에 올려둔 선물을 흘끔 살폈다. 어떻게 운을 떼야 할까.

"일기장은 써보았느냐?"

그때, 엘리서가 내게 말을 걸었다. 나는 눈을 깜빡였다. 왕자의 소지품 중 일기장이라고 할만한 건 마도구 수첩밖에 없었다. 역시 왕세녀가 준 물건인 모양이었다. 그건 그녀 또한 수첩의 기능을 알고 있다는 뜻이었다.

"그게…"

나는 고기를 썰던 나이프를 내려놓았다. 질문의 의도는 알겠고, 잘 대답해서 대화의 물꼬를 트기만 하면 되는데 쉽지 않았다. 분명 충격이 클 터였다. 하지만 비밀로 할 수는 없었고 그래서도 안 됐다. 그녀는 지난 사태를 알 자격이 있었다.

"한 번 썼습니다. 이번 달 초에요."

-쨍그랑!

내 말에 엘리서가 포크를 떨어뜨렸다. 헤인스 경의 칼을 맞아 마도구가 발동되었다는 의미였다. 아름답고 강인한 낯이 충격으로 창백해졌다. 그녀는 즉시 상석을 돌아보았다. 황제가 재깍 상황을 파악하고 답을 내놓았다.

"요한 헤인스였다."

"…그럴 리가 없습니다."

왕세녀의 음성이 가늘어졌다. 마르티어가 나를 보며 입술을 벙긋거렸다.

"설마. 설마요, 왕자 전하. 헤인스 경은…"

"국서께서 헤인스 경의 아들을 인질로 잡았습니다."

"맙소사."

수행 기사는 거칠게 마른세수를 했다. 고개를 돌리자, 엘리서가 참담한 낯으로 나를 보고 있었다. 당장이라도 눈물을 떨어뜨릴 듯 눈가가 붉었지만 그녀는 울지 않았다.

"어떻게, 어떻게 살아남았느냐? 그는 인정받지 못한 추기경이었을 터-"

"사르네즈 공녀와 황자님께서 구해주셨습니다. 이 자리엔 없지만 무테 소백작과 그 부친 역시 큰 도움을 주셨습니다. 프랑수아 뒤엠 후작과 오렐리 전하께서도요."

차분히 대답하자, 엘리서는 내 양옆에 앉은 황자와 공녀를 번갈아 보았다. 특히 크리스텔을 향한 그녀의 눈길에 묘한 안도가 뒤섞였다.

"두 사람이 네 짝이로구나."

"…네."

"대주교로 승급했다는 소문도, 사실이고."

"그렇습니다."

왕세녀가 입을 일자로 단단히 다물었다. 그녀의 눈동자에 푸른 불꽃이 넘실거렸다. 말소리는 한참 후에야 흘러나왔다.

"…요한 헤인스는 어찌 되었습니까?"

"살려두었다. 자고 있지."

황제의 답변에 엘리서가 아연한 얼굴을 했다.

"그대의 동생이 청하더군. 제법 들어줄 만한 주장을 하던데."

황제가 시크하게 말하고는 코키유 생 자크를 먹기 시작했다. 나는 마른침을 삼키며 엘리서를 보았다. 순식간에 시선이 마주쳤다. 왕세녀가 헤인스 경을 용서하길 원하지 않는다면 강요할 수는 없었다. 긴장으로 목이 뻣뻣해졌다.

"헤인스 경의 아들이 아픈데, 국서께서 약을 주지 않고 투옥하셨다고 합니다. 이제 열 살입니다."

"…"

"그 아이가 제국으로 올 수 있도록 전하께서 도와주셨으면 합니다."

그러자 마르티어가 '하아' 하며 크게 한숨을 내쉬었다. 엘리서의 표정에서는 어떠한 생각도 읽어낼 수 없었다. 나는 준비한 이야기를 시작하기로 했다. 죽이 되든 밥이 되든 최선을 다하겠다고 결심하지 않았던가.

"정확히 어느 감옥에 갇혀있는지는 모르겠지만, 질병과 나이를 이유로 이감移監할 수 있을 겁니다. 자유로워지는 게 아니니 국서께선 신경 쓰지 않으실 것이고, 전하께서 손을 써주신다면 한동안은 약을 챙길 수 있겠죠. 그리고 8월 2일이 코르넬리서의 생일입니다."

〈격주간 리에스테르〉에서 긁어모았던 온갖 정보가 떠올랐다. 그 중에는 신국의 국경일 리스트도 포함되어 있었다.

"코르넬리서의 생일엔 대대적인 특별 사면이 이루어지고, 그 대상과 인원수는 본인이 직접 정합니다. 하지만 아이가 아직 어리기에 전하께서 대리를 하고 계시죠."

"왕자 전하, 설령 왕세녀께서 아이를 특사로 풀어주신다고 해도⋯ 어찌 제국까지 빼돌리겠습니까? 꼬마는 나오는 순간 위험에 처할 겁니다."

마르티어가 근심스럽게 말했다. 나는 침착히 고개를 끄덕였다.

"맞습니다. 하지만 교황청에 복사服事로 보내면, 최소한의 안전은 보장받을 수 있을 겁니다."

"복사라면,"

"만 15세 이하의 아이가 두 명 이상의 주교로부터 신원을 보증받아야만 갈 수 있는 자리입니다."

잡지 기사를 달달 외운 덕에 문장은 막힘이 없었다. '복사'는 주신교 사제의 시중을 드는 아이를 이르는 말이었다. 특히 자녀를 교황청에 복사로 보내는 것이 요즘 리에스테르의 귀족 학부모 사이에서 큰 유행이었다.

집에서 하는 신앙 교육보다는, 교황이 지내던 '경계의 신전'에서 사제를 돕게 하는 게 낫다고 여긴 결과였다. 검사겸사 주교 인맥도 자랑할 수 있어 허영심 있는 이들의 관심 또한 높다고 읽었다.

"블랑케르 공작가의 에바 공녀가 아이의 신원을 보증하는 서신을 써주었습니다."

"세상에."

마르티어가 놀라워했다. 작전명 베로나 개시일에, 에바는 내가 호구 같다느니 '요사스럽다'라느니 종알거리면서도 직접 편지를 건네주었다. 고맙고 착한 아이였다.

"나머지 한 장은 오렐리 전하께서 써주실 겁니다."

"나?"

부티에 추기경이 의아해하며 나를 바라보았다. 그녀에겐 편지를 통하지 않고 직접 말을 올리고 싶었는데, 그동안 독대를 못해서 결국 이렇게 됐다. 나는 그녀에게 간절한 눈빛을 보냈다. 이내 스승님이 눈매를 부드럽게 휘었다.

"맞아요. 내가 써주기로 했답니다."

절로 입꼬리가 올라갔다. 감사합니다!

"제국의 추기경과 대귀족이 신원을 보증하는 소년이라면, 교황청까지 가는 길은 물론이고 도착해서도 무사할 겁니다. 국서께서 함부로 건드리실 수 없을 테니까요."

내가 말했다. 엘리서는 여전히 반응이 없었다. 질문을 이은 건 마르티어였다.

"그러면 그 애를 어떻게 제국으로…"

"산트라고, 교황청 소속의 사제님이 있습니다. 황자님과 사르네즈 공녀의 에테르 보급을 위해 제국에 파견된 분입니다."

"치밀하시네요, 전하. 할 때는 하시는 분인 걸 알기야 했는데."

중년인이 감탄하듯 중얼거렸다. 나는 열심히 공부한 답안을 제출했다.

"산트 사제님에게 물어봤는데, 처음부터 그분의 복사를 신청하면 된다고 합니다. 그동안 다른 복사를 둔 적이 없어서 무조건 가능할 거라고 했습니다."

'그러면 교황청에서는, 헤인스 경의 아드님을 제국에 있는 저에게 보낼 겁니다!'

그게 산트가 내게 쓴 답장이었다. 내 편지를 황궁 밖 여기저기로 보내느라 애써준 가나엘이 생각났다. 크고 작은 도움을 준 사람들이 없었더라면, 나는 결코 여기까지 오지 못했을 터였다. 아마 지금도 쥘리에트 궁에 앉아있었겠지.

"…그리해서 아이를 아비와 만나게 해주겠다는 뜻이냐."

"그렇습니다."

엘리서가 드디어 말문을 열었다. 마주 본 낯은 웃는 듯 우는 듯했다. 그녀는 천천히 나를 향해 한 손을 뻗었다. 순간 울컥하며 그간 억눌렀던 죄책감이 솟았다. 나라고 원해서 빙의한 게 아니지만, 그녀가 간절히 바라는 상대는 내가 아니었다.

진짜 동생이 되어줄 수 없다는 점이 미안했다. 나는 망설이지 않고 팔을 내밀어 그녀와 손을 맞잡았다. 굳은살 박인 손바닥은 따뜻했다. 그래도 노력하면, 그녀의 동생을 죽게 하지 않을 수는 있을 터였다.

"그렇게까지 해서, 얼굴도 모르는 아이를 살리겠다고."

"네."

국서에게 복수를 하기는커녕 아이 하나를 구하기 위해 수많은 이에게 손을 벌려야 하는 처지지만, 그래도. 포기하지 않고 함께하면 누군가의 목숨을 살릴 수 있을지 몰랐다.

"너는 조금도 변하지 않았구나."

왕세녀가 환하게 웃었다. 그녀의 뺨으로 빗물 한 줄기가 떨어졌다.

* * *

겨우 한 방울의 눈물을 엘리서는 신속히 닦아냈다. 그녀의 진정을 돕기 위해 나는 무릎 위에 두었던 것을 테이블로 올렸다. 황자가 황실 금고에 들어온 보물을 보냈던 날, 내가 직접 고른 물건이었다.

"코르넬리서의… 생일 선물입니다."

이왕이면 무역소 같은 데서 사고 싶었지만, 유폐 중이기에 선택지가 없었다. 2왕녀의 흥미나 취미도 알지 못해 〈격주간 리에스테르〉 과월호를 엄청 뒤져야 했다. 그래도 생일 특사를 부탁하면서 아이의 선물 하나 챙겨주지 않는 건 마음에 걸렸다. 나는 긴장한 낯으로 프레데리크 황제를 보았다.

"상관없다. 네 작위를 넘기는 게 아니라면."

그녀가 퉁명스럽게 말하며 양파 수프에 든 빵과 싸우기 시작했다. 미소가 번졌다.

"감사합니다."

"내가 먼저 열어보아도 되겠느냐?"

엘리서가 물었다. 나는 고개를 끄덕였다. 그녀는 쥐고 있던 내 손을 놓고 조악한 포장을 풀었다. 직접 한 것이라 영 어설펐다. 곧 번쩍이는 자태가 모습을 드러냈다. 왕세녀의 입이 벌어졌다.

"이건…"

핑크 다이아몬드를 깎아 만든 돼지 조각상이었다. '에밀 드 아스'였나, 제국 서남부의 어느 상단주가 보낸 것으로 기억했다. 왕자에게 돼지를 주는 건 무슨 의미인가 싶었지만 금두꺼비도 들어오는 판에 놀랍진 않았다.

근래 난 기사에 따르면 2왕녀는 요즘 돼지 인형에 큰 애착을 보인다고 했다. 아이들은 특정 동물에 꽂히는 일이 잦았으므로 충분히 이해했다. 은서도 어릴 때 공룡에 빠져 살았고, 조금 커서는 새에 환장하다가 요샌 돼지를 좋아했으니까.

"하하하."

이게 실수가 될까 마음 졸이고 있는데, 엘리서가 웃음을 터뜨렸다. 나는 애매하게 마주 웃었다.

"코르넬리서가 기뻐하겠구나. 나무가 보석으로 변해 돌아왔으니 말이다."

이건 또 무슨 소리인가 싶어 눈을 끔뻑였다. 엘리서가 눈짓하자,

옆자리의 마르티어가 품에서 비단으로 싼 물건을 꺼냈다. 나는 곧장 그것을 알아보았다. 엊그제 그녀가 기를 쓰고 쥘리에트 궁에 넘기려고 했던 꾸러미였다. 마르티어는 황제를 힐끔거렸다.

"밥 먹는데 귀찮게 하는군. 나중에 마법사가 확인은 해야 할 거다. 독 검사도."

그녀가 툴툴거리며 대꾸했다. 나는 황제에게 감사를 표하며 비단보를 받아 풀었다. 나무를 깎아 만든 돼지 조각상이, 시뻘겋고 얼룩덜룩한 물감을 뒤집어쓴 채 누워있었다. 하마터면 식겁해서 떨어뜨릴 뻔했다. 양옆에 앉은 주인공들의 눈길이 느껴졌다. 크리스텔이 불쑥 말했다.

"너무 귀엽다. 왕녀 전하가 손수 칠하셨나 봐요."

저주 인형 취향이에요?

"처음에는 분홍색으로 칠하려 했다. 한데 그 아이가 그림에는 소질이 없지 않으냐."

엘리서가 말했다.

"네가 준 성의를 이런 식으로 돌려주는 건 무슨 심보인가 했는데… 이리 귀한 보답으로 돌아올 줄 알았던 것이겠지."

그녀가 부드럽게 다이아몬드 돼지를 쓰다듬었다. 시선에는 애정이 흘러넘쳤다. 그제야 전류 같은 깨달음이 척추를 타고 흘렀다. 코르넬리서가 돼지를 좋아하는 건, 오빠인 예시 왕자가 돼지 조각상을 주었기 때문이었다. 그럴 거라 예상은 했으나 정말로 남매지간이 돈독했던 듯싶었다. 얼굴도 모르는 왕녀에 대한 미안함이 샘솟았다. 나는 글로 배운 선물을 했을 뿐이니까.

"네 청대로 하마."

"…"

고개가 반짝 들렸다. 엘리서의 벽안에 비장한 환희가 깃들어 있었다.

"요한 헤인스의 아들이 교황청에 무사히 도달할 수 있도록, 나와 내 사람들이 최선을 다할 것이야."

"아…"

"그러니 걱정 말거라."

일순 목이 꽉 막히는 것 같았다. 나는 겨우 소리 내어 고맙다는 말을 했다. 마르티어가 눈시울을 붉히며 나를 바라보았다.

"요한에게 소식을 전해야겠는걸."

조용히 우리를 보고 있던 부티에 추기경이 말했다. 나는 그녀를 향해 눈을 휘둥그레 떴다.

"그러면 좋겠지만, 괜찮으시겠습니까?"

"아이가 국경을 건너온다는데 아버지로서 미리 알 자격이 있다고 생각해. 그렇지, 프레데리크?"

"일일이 묻지 마."

황제가 결국 짜증을 냈다. 나는 활짝 웃으며 그녀와 그녀의 아들을 바라보았다. 사내는 주황색 눈동자로 나를 길게 응시하더니, 곧 시종을 호출해 더 많은 고기를 요구했다.

* * *

왕세녀 환송연은 무사히 끝났다. 나는 마차 안에서 뱅자맹과 가나엘에게 모든 이야기를 들려주었다. 중년인이 드물게 파안했고 소년은 기어코 눈물을 찍어냈다. 원칙대로 엘리서가 황궁을 떠날 때까지는 유폐가 풀리지 않을 테지만, 이젠 아무래도 좋았다.

쥘리에트 궁에 돌아온 뒤에는 벅찬 마음으로 레서판다들과 뚝심이를 안아주고, 이곳저곳을 활보하며 코르넬리서의 돼지 조각상을 어디에 둘지 고민했다. 신수 셋과 신물 하나가 열심히 내 꽁무니를 쫓았다.

훗날 왕자가 몸을 되찾았을 때 가장 잘 보이는 곳이면 좋을 듯싶었다. 그렇다고 침실에 두기는 좀 오싹했다. 빨간 돼지라고 크리스텔이 '제육이'라는 이름을 붙여주었다.

"왕자님, 로메로 궁의 다비드 님이 뵙기를 청합니다."

"다비드가요?"

응접실 맨틀피스에 제육이를 올려놓고 위치를 조정하는데, 뱅자맹이 들어와 소식을 알렸다. 아마 황자의 용건일 텐데 짐작 가는 바가 없었다. 이내 다비드가 나타나 예를 차리고는 이런 말을 했다.

"헤인스 경이 있는 장소로 모시겠습니다, 왕자님."

"…제가 가도 괜찮, 왜 다비드가 오신 겁니까?"

황제가 나를 헤인스 경과 만나게 해주는 것도 놀랍지만, 그보다 의외인 점은 다비드였다. 황제궁 시종이나 근위대원을 보내야 하는 거 아닌가?

"헤인스 경은 로메로 궁에 있습니다. 처음부터 그랬지요."

그러자 중년인이 아프게 웃으며 대답했다. 충격적인 이야기였으나, 나는 차마 말꼬리를 붙이지 못하고 머리를 주억거렸다.

*　*　*

-뚜벅, 뚜벅, 뚜벅…
"같으면서도 다르네요. 뱅자맹의 설명 그대로입니다."
"예. 동시대에 지어진 한 쌍의 궁이라 안팎으로 흡사한 부분이 많습니다. 다만 크기와 장식, 색상에 조금씩 차이가 있지요."
나는 다비드의 말을 경청하며 로메로 궁 내부를 구경했다. 최근 '작전명 베로나'를 수행하며 와본 적이 있지만, 당시엔 황제를 만나는 데 정신이 팔렸던 탓에 배경에 관한 기억이 흐릿했다.
로메로 궁은 쥘리에트 궁을 대충 1.7배쯤 확대해 놓은 버전이었다. 인테리어 자체는 유사했지만 확실히 황자가 지내는 궁이라 뭐든 화려했다. 헤인스 경에게 방을 내준 건가? 왜 하필 여기지?
"기다리게 하는군."
그때, 익숙한 미성이 귀를 간지럽혔다. 고개를 돌리니 복도 건너편의 황자가 보였다. 그의 팔짱을 낀 부티에 추기경도 함께였다. 절로 걸음이 빨라졌다.
"송구합니다, 전하. 저까지 부르실 줄은 몰랐습니다."
"왕자님이 모든 걸 계획했잖니. 당연히 요한에게 직접 말해줘야 한다고 생각해."
그녀가 다정하게 답하며 내 팔에도 손을 감았다. 나와 황자가 양쪽에서 에스코트하는 모양새가 됐다.

"여기서부터는 우리 셋만 갈 거란다."

"다비드도 따르지 않습니까?"

"응, 오늘은."

묘한 말이었다. 예전에는 동행했다는 뜻일까. 뒤를 돌아보자 뱅자맹과 가나엘, 다비드, 나탈리가 묵례했다. 그곳에서 기다리겠다는 의미였다. 나는 두 사람과 함께 아래로 향하는 계단을 걷기 시작했다.

문득 황자와 크리스텔을 데리고 황제궁 지하 포털 청소를 하러 갔던 기억이 떠올랐다. 그땐 층계가 어두워서 근위대원들이 횃불을 켜주었는데, 여기는 곳곳이 밝고 호사스러웠다. 도착한 지하 역시 지상층과 다를 게 없었다. 단지…

"벽에 문이 없네요."

"응, 지하의 방은 하나뿐이거든."

추기경이 고저 없는 목소리로 말했다. 멀리, 정면의 복도 끝에 흑색 문이 보였다. 궁의 주인인 황자는 시종일관 묵묵했다. 나는 그의 옆모습을 흘끔 살폈다. 어쩐지 조금 창백해 보였다. 에테르가 부족한가?

-또각, 또각, 또각…

우리는 그로부터 얼마간 성실히 발을 놀렸다. 묘하게 분위기가 무거워서 먼저 말을 꺼내기 어려웠다. 나는 액자 한 개 없이 텅 빈 벽을 둘러보며 이유 모를 선득함을 느꼈다. 그때였다.

"다 왔구나."

스승님의 목소리에 눈길을 돌리자, 새카맣고 육중한 문이 시야를 가득 채웠다. 황자가 열쇠를 꺼내 문을 열었다. 착각이겠지만, 그의 장갑 끝이 미세하게 떨리는 것 같았다.

-*철컥!*

-*끼이이익…*

입구가 고통스러운 소리와 함께 벌어졌다. 나는 비현실적인 광경에 넋을 놓았다.

"이게…"

어둡고, 또 어두운 공간이었다. 빛이라고는 출입문이 열리며 새어 들어간 것밖에 없었다. 벽과 바닥의 경계를 구분할 수 없을 정도로 눈앞이 온통 검었다.

언뜻 보면 그저 암흑으로 빚은 덩어리 같았다. 앞으로 한 걸음이라도 디디면 발밑이 쑥 꺼질 듯했다.

"왜… 로메로 궁에 이런 곳이 있습니까?"

내가 속삭이듯 물었다. 황제궁이나 다른 궁도 아니고, 어째서 연인들의 궁이었던 로메로에 이렇게 무서운 방이 있는지 알 수 없었다.

"…세드리크가 아주 어릴 때."

추기경의 베이지색 눈동자가 과거를 더듬었다.

"에테르 흐름이 불안정해 폭주를 일으키면, 구속구를 채워 이곳에 가둬야만 했어."

나는 숨을 들이켰다.

"빛, 색. 온기와 소음. 그런 것들은 영혼을 가라앉히는 데 도움이 되지 않았거든."

내가 급히 황자를 바라보았다. 헤인스 경의 목에 구속구를 채우던 날, 그가 경계심을 드러낸 이유는 이것 때문이었다. 사내가 화염을 닮은 시선으로 낮게 으르렁거렸다.

"같잖은 동정을 하는 거라면,"

"지금은요?"

내 물음에 그가 말을 멈추었다.

"지금도 그래요? 남몰래 여기 오셔야 하는 겁니까?"

"…"

그의 눈빛에서 빠르게 불꽃이 사그라들었다. 대답을 내놓은 것은 추기경이었다.

"이곳을 쓰지 않은 지 12년이 됐어."

비로소 호흡이 터져 나왔다. 그녀가 팔을 풀고 내 뺨에 손을 얹었다.

"괜찮아, 가 봐. 요한이 기다리고 있을 거야."

-파아아…!

말이 끝나기 무섭게, 추기경의 찬란한 성소가 어둠을 물리쳤다. 나는 황금빛 광휘에 힘입어 느리게 발을 내디뎠다. 시커먼 천장에 비친 서클이 수면처럼 일렁거렸다. 꼭 심해에 잠긴 기분이었다.

"…헤인스 경."

그리고 공간의 한복판에… 백발의 남자가 누워있었다. 칠흑의 구속구가 채워져 있으나 잠든 낯은 평화롭기만 했다. 나를 공격하며 보였던 슬픔이나 고통은 조금도 찾을 수 없었다. 아직 몸에 남은 공포로 다리가 떨렸지만, 나는 이를 악물고 그에게 다가갔다.

[일어나렴.]

추기경이 뒤편에서 신탁을 내렸다. 내려다본 하얀 얼굴에 실금이 가는 듯했다. 이어 눈꺼풀이 잘게 떨리더니, 느릿느릿 열리며 민트색 홍채를 담아냈다. 그는 나를 보고도 아무런 반응이 없었다. 꿈이라고 생각하는 모양이었다. 악몽이 아니면 좋겠는데.

"…안녕하세요, 요한 경."

"…"

내가 인사를 건네자, 그의 눈이 서서히 커졌다. 어디서부터 어떻게 말해야 할까.

"신국에 아픈 아들이 있다고 하셨죠. 열 살."

"…전하?"

"네, 접니다."

그가 벌떡 상체를 일으켰다. 나는 놀라서 물러났고,

-스릉!

순식간에 다가온 황자가 혜검을 뽑아 내 앞을 겨누었다. 나는 그를 작게 만류했다. 추기경이 언제든 다시 재울 수 있는 데다 에테르까지 막혔으니, 요한 경은 지금 이 방의 누구보다도 취약했다.

"제가… 제가 왜 여기에 있죠? 살려두실 이유가,"

"있죠. 자식을 두고 먼저 가시면 안 되잖아요."

내 말에, 남자는 질식하는 사람처럼 괴로운 얼굴을 했다. 나는 그가 숲길에서 전부 포기하려고 했다는 걸 알았다. 하지만 앞으로는 그럴 일이 없기를 바랐다.

"신국에 있는 아이를 특별 사면해, 교황청 복사로 빼돌린 다음 산트 사제님의 소관에 들이기로 했습니다. 그전에는 왕세녀 전하께서 아이의 약을 챙겨주실 거고요."

"…"

"거짓말 아닙니다."

내가 쓰게 웃었다.

"정말입니다. 여기 계신 황자님과 오렐리 전하께서 도와주셨고, 황제 폐하와 사르네즈 공녀, 엘리자베트 경, 블랑케르 공녀, 뱅자맹, 가나엘, 다비드, 데미…"

"왜."

수염 난 그의 뺨 위로 눈물이 후드득 떨어졌다. 나는 말을 삼켰다. 남자는 믿을 수 없는 광경을 목도했다는 듯 눈매를 가늘게 뜨며 나를 올려보고 있었다. 그의 온몸은 물론이고 목소리까지 크게 떨렸다.

"어째서, 그렇게까지… 헤릿을,"

"괜찮을 겁니다."

입술이 뜻대로 움직이지 않는지, 그가 한참을 벙긋거렸다. 아이 이름이 헤릿이구나.

"저는, 저는 죄를 지었습니다. 전하, 이건…"

"무죄라는 게 아닙니다, 요한 경."

나는 결국 그의 앞에 몸을 굽혔다. 멋진 언변이나 사람을 달래는 재주 같은 건 약에 쓰려도 없었다. 아쉬웠다.

"전 그냥… 경이 헤릿과 함께 살아가면서, 좋은 일을 많이 하셨으면 좋겠습니다. 그것뿐이에요."

나를 뚫어지게 바라보던 요한 경이, 고목처럼 천천히 허리를 숙였다. 억눌린 울음이 들렸다. 그의 이마가 내 부츠 끝에 닿았다.

* * *

"으…"

요한 경은 그로부터 아주 오래 흐느꼈다. 나는 코끝이 시큰해져 그의 정수리를 가만히 보고만 있었다. 부티에 추기경과 세드리크 황자도 말을 얹지 않았다. 이러다 탈수증이 오는 기 아닌가, 도닥거려 달래야 할까 고민할 무렵 남자가 몸을 세웠다. 동작이 느리고 숨소리도 떨렸지만 그의 낯은 한결 나아 보였다.

"괜찮습니까?"

"제게, 바라시는 것이 있다면… 뭐든 하겠습니다."

그가 흠뻑 젖은 시선으로 나를 올려다보며 속삭였다. 나는 쓴웃음을 지었다.

"그게… 실은 조건이 있습니다. 요한 경이 살 수 있었던 건, 헤릿을 구할 계획을 짜게 된 건 전부 폐하의 은혜거든요."

"예."

즉답이었다. 내가 말을 이었다.

"폐하께 언약을 하시고, 비공식 추기경으로서 그분의 검이 되셔야 합니다. 앞으로는 리에스테르 제국을 위해 봉사하시는 겁니다. 헤릿과 함께 망명하실 테니까요."

"…"

요한 경이 천천히 미간을 찌푸렸다. 그는 중죄인이기에 자신의 조건을 내걸 수 있는 처지가 아니었고, 오히려 처형을 기다려야 하는 입장이었다. 하지만 내가 그를 물건처럼 거래한 것도 사실이었다. 조금 걱정스러웠다. 결국 다른 곳에서 받던 취급을 똑같이 당하게 됐다고 생각할까?

"그게… 전부인가요?"

"네? 아뇨, 헤릿하고 건강하게 잘 지내시는 것도 있습니다. 그건 제 조건입니다."

그의 질문에 내가 다급히 덧붙였다. 황자가 불쑥 끼어들었다.

"교육."

"맞습니다. 황자님과 사르네즈 공녀의 성기사 교육도 계속해 주셔야죠."

이것 역시 매우 중요한 조건이었다. 나는 침착히 그를 지켜보며 답을 기다렸다. 요한 경은 멍하니 황자와 나, 뒤편의 스승님을 바라보았다. 그러고는 정말 이상한 장면을 목격했다는 듯 인상을 찡그리더니…

"하하하."

이내 눅눅한 호흡을 터뜨렸다. 민트색 눈동자에서 다시 이슬이 떨어졌다. 그는 지금까지 우리에게 보였던 것 중 가장 환한 미소를 띠며 내 앞에 고개를 숙였다. 아까처럼 감정을 이기지 못해서가 아니었다. 사내의 태도는 우아하고 고상했다.

감은 눈꺼풀과 다물린 턱엔 품위가 있었다.

"…존명."

마치 충성을 맹세하는 기사처럼.

* * *

요한 경은 헤릿이 올 때까지 다시 잠들어 있기를 원했다. 식사를 해야 하는 거 아닐까 싶었지만, 신국에 있는 아들을 생각하면 아마 한 숟갈도 넘기기 어려울 터였다. 스승님은 당사자의 의견을 받아들여 그를 재워주었다. 눈을 감기 전, 성기사는 나를 보며 이렇게 말했다.

'이제부터는 앞날의 꿈을 꾸겠군요.'

나는 작게 웃었다. 하루가 지났다. 새벽까지 비를 뿌리던 하늘은 여태 흐렸고, 오늘은 엘리서가 신국으로 돌아가는 날이었다. 알현실에서 마지막 인사를 올린 왕세녀와 아리 스홋 추기경이 황제궁의 높다란 계단을 내려갔다.

나는 어르신을 마차까지 에스코트했다. 프레데리크 황제가 나를 배려한답시고 이상한 구실로 두 사람을 배웅하게 했기 때문이었다. 뭐라더라. '가서 마차 바퀴 깨지지 않았는지 확인해 봐'였나.

"좋은 구경하고, 잘 먹고 잘 쉬다 갑니다."

"다행입니다."

어제저녁에 따로 환송연을 대접받은 아리 어르신은 무척 만족스러운 기색이었다. 나는 그가 타고 온 교황청 마차 문을 열어주었다. 그를 따르는 시종들이 어쩔 줄 몰라 하며 내게 절했다. 노인장은 깊은 눈빛으로 나를 바라보았다.

"훗날 교황청에 오실 일이 있다면, 꼭 저를 찾아주십시오."

"네, 그러겠습니다."

"죽을 날 받아놓은 늙은이도 귀한 분께 길안내 정도는 할 수 있겠지요."

"아직 정정하신걸요. 조심해서 가십시오."

내가 미소하며 그의 탑승을 도왔다. 그는 홀홀 웃더니 좌석에 몸을 묻었다. 노인장과 목례를 나눈 후엔 신국의 마차 행렬로 발길을 돌렸다. 엘리서와 마르티어가 우뚝 서서 나를 기다리는 중이었다. 인제 보니 황궁 시종과 근위대원들이 목을 쭉 빼고 이쪽을 구경하고 있었다. 에르베 뒤엠 근위대장도 예외는 아니었다. 난리 났구나.

"전하."

"예서."

내가 엘리서를 부르자, 그녀가 다정히 응했다. 한 손을 뻗어 내 어깨를 쥐기도 했다. 마르티어가 우리를 보며 씩 웃었다. 왕세녀는 여전히 대하기 어려운 상대였지만 이제 무섭지는 않았다. 그녀가 동생들을 사랑하는 맏이이자, 정의로운 왕위 계승자임을 알았으니까.

"건강히 지내거라. 폐하의 가호를 믿고 너무 나돌아서는 아니 될 것이야."

"네."

"식사는… 지금보다 더 먹어도 좋겠다."

엘리서가 쓰게 웃으며 말했다. 꼭 쥘리에트 궁 식구들처럼 말씀하시네.

"전하께서도 건강하시고, 조심히 돌아가십시오. 끼니 거르지 마시고요."

"그 잔소리는 오랜만에 듣는구나."

왕세녀는 어깨를 잡고 있던 손으로 내 머리를 부드럽게 쓰다듬었다. 이런 스킨십은 어릴 때 이후로 받은 적이 없어 얼떨떨했지만, 친애의 표현이라고 생각하니 괜찮았다. 내가 씩 웃자 그녀의 눈가장이 촉촉해졌다.

"그 아이의 말이 옳다. 영원히 헤어지는 것이 아니니, 나도 방법을 찾아보마."

'그 아이'가 누군지는 모르겠지만, 왕세녀는 그로부터 모종의 위안을 얻은 듯했다. 덕분에 처음 알현실에서 만났을 때보다 훨씬 안정된 낯빛이었다. 나 역시 신국의 삼 남매가 재회하길 바랐으므로 선선히 고개를 끄덕였다. 이내 그녀의 목소리가 낮아졌다.

"황자를 경계해야 할 것이야. 알겠느냐?"

"예?"

나는 눈을 깜빡였다. 그놈 진짜 밉보였나 본데.

"두 사람과 짝이 되는 것이 미증유의 일은 아니다. 황실과 사르네즈 공작가라면 네 안전을 이중으로 담보할 수 있을 터."

"그렇죠."

"허나 황자와 성약을 맺어서는 안 돼. 그치는 너를 놓아주지 않을 것이다."

왕세녀의 벽안은 한없이 진지했다. 나는 입을 떡 벌렸다. 성약까진 생각해 본 적이 없는 데다 해서도 안 됐다. 그건 귀화와 마찬가지로 불가역적인 변화를 일으킬 터였다. 크리스텔은 황족이 아니니 성약의 의무까진 없지만, 아무튼 그녀와 황자가 어떤 의미의 반려를 맞는다면 그건 서로서로였다. 내가 아니라! 당황한 탓에 답이 늦어지자, 엘리서가 얕게 한숨을 쉬었다.

"나는 여섯 살 때부터 성기사였지만, 너와 같이 드맑은 에테르를 지닌 신관은 어디에서도 본 적이 없다. 네 기운이 황궁에 널리 퍼져 있다는 사실을 모르느냐?"

"그건 아는데요."

"한데 어찌 이리 조신하지 못해."

아니… 왜 제가 혼납니까? 나는 황당해서 그녀를 바라보았다. 너무 보수적이신 거 아니냐, 결국 성기사의 입장에서만 생각하시는 거 아니냐 하는 지적이 혀끝까지 나왔지만 참았다. 대화가 길어지면 엉뚱한 데서 허점을 드러내게 될지 몰랐다.

"걱정, 걱정 마십시오. 성약은 절대 안 맺습니다. 코르넬리서와 폐하께도 안부 전해주세요."

"…그래. 믿겠다. 주신의 축복이 있기를."

그녀가 대답과 함께 내 이마에 입을 맞추었다. 그러고는 나의 얼굴을 한참이나 들여다보다가 마차에 올랐다. 이어 마르티어가 내게 예를 차렸다.

"건강하십시오, 전하. 또 뵙겠습니다."

"네, 고맙습니다. 저기."

호칭을 어떻게 해야 할지 몰라, 나는 애매한 단어로 그녀에게 말을 걸었다. 내 뒤에 서있던 뱅자맹이 때맞춰 그녀에게 선물을 건넸다. 마르티어의 눈이 화등잔만 해졌다.

"이것은…"

"대단한 건 아닙니다. 전하를 보필하느라 고생하시는 듯해서요."

내가 얼버무렸다. 황궁은 맑을 때 경치가 참 좋은데 엘리서와 아리 어르신이 온 뒤로 비가 잦았다. 어깨가 좋지 않은 마르티어를, 끄무레한 날 쥘리에트 궁 밖에 세워둔 게 미안해서 챙긴 물건이었다. 이것도 황실 금고에서 나온 보물 중 하나였다.

"세상에, 어찌 이런 배려를. 성은에 감사드립니다, 전하."

"아닙니다. 잘 쓰셨으면 좋겠습니다."

시간 관계상 바로 꾸러미를 풀어보진 못했지만, 마르티어는 몹시 감격한 눈치였다. 그녀는 품에 소중히 선물을 챙겨 말에 올랐다. 이윽고 행렬이 준비를 마친 것을 확인한 뒤엠 근위대장이 '헛!' 하고 박차를 가했다. 수많은 인원과 마차가 느릿느릿 황궁 밖으로 움직이기 시작했다.

-다각, 다각…

창문 너머의 엘리서가, 나를 향해 기품 있게 웃어 보였다. 나는 멀어지는 그녀에게 손을 흔들며 거듭 다짐했다. 원래부터 생존이 목표이긴 했지만, 왕자를 기다리는 가족도 있으니 무슨 일이 있어도 살아남고야 말겠다고.

"왕자님, 들어가실까요?"

행렬이 작아져 더는 보이지 않을 때쯤, 가나엘이 조심스레 물었다. 나는 고개를 주억이며 밝게 웃었다.

* * *

  페네티안 왕성은 초긴장 상태였다. 신국으로 돌아온 왕세녀가, 마차에서 내리자마자 살기와 투지를 뿜어내기 시작한 탓이었다. 그녀는 황금 창을 들고 거침없이 성안을 활보했다. 고아한 얼굴에 감정이라고는 녹아있지 않았다.

  -투웅!

  "아버지께서는 어디 계시느냐?"

  "저, 저희는 모르는,"

  -콰앙-!

  거세게 방문이 닫혔다. 시종들이 앓는 소리가 들렸으나 엘리서는 신경 쓰지 않았다. 어차피 왕성 시종 대부분은 아버지의 사람이었다. 그녀가 복도를 성큼성큼 걸어 다음 문을 거세게 열었다.

  -쿠웅!

  "국서께선 어디에 계시느냐."

  "저, 전하. 저희는,"

  -콰앙-!

  다시 문이 닫혔다. 복도 맞은편에서 걸어오던 하인들이 후다닥 바닥에 엎드렸다. 그녀의 살의 어린 눈빛을 견디지 못한 결과였다. 예서 왕자가 시야에서 사라진 뒤부터, 엘리서의 표정은 줄곧 이러했다. 전후 사정을 알 리 없는 사용인과 병사들은 그저 벌벌 떨며 머리를 조아릴 뿐이었다. 햇살에 데워진 은빛 경갑이 뜨겁게 번득였다.

엘리서의 눈매는 거슬리는 것을 전부 베어버릴 듯 날이 서있었다. 언제나 고고하고 차분한 그녀답지 않았다. 그 얼굴은 오히려, 광증에 시달리는 국왕을 닮아있었다. 하지만 누구도 그런 불경한 생각을 입 밖으로 꺼내지 못했다. 왕세녀가 철컹, 철컹 소리를 내며 본인의 침실에 당도할 때까지.

"왕, 세녀 전하. 무탈히 다녀오셨,"

-벌컥!

이곳이었다. 놀랍지도 않았다. 엘리서는 자신의 방 앞에 시립한 국서의 시종을 보며 세차게 입구를 열어젖혔다. 이어 애증의 대상과 눈길이 마주쳤다. 예기를 쥔 왼손에 빠드득 힘이 들어가고, 턱 끝이 바들바들 떨렸다.

"어서 오세요, 왕세녀. 먼 길 얼마나 고생이 많았습니까."

"…"

아버지, 베르너르가 자애롭게 웃었다. 품에는 잠든 코르넬리서를 안은 채였다. 필시 자신의 마음을 약하게 하려는 복안일 터였다. 초콜릿색 눈동자는 누구라도 빠져들 만큼 따뜻하고 아름다웠으나, 왕세녀는 그가 행한 잔악무도한 짓을 알았다. 절로 이가 악물렸다.

-휘이익-!

엘리서가 팔을 휘둘렀다. 금빛 예기가 번뜩였다. 상황은 순식간에 벌어졌다.

"왕세녀!"

-콰악!

국서가 몸을 던졌다. 그의 손아귀에서 피가 쏟아졌다. 한 팔로 막내를 안은 그가, 다른 손으로 큰아이의 창날을 잡아챈 것이었다. 신의 무기와 인간의 팔이 마구 후들거리며 대치했다.

"큭, 엘리서. 이게 무슨…"

"놓으십시오."

왕세녀가 무감하게 말했다. 예기의 첨단이 노린 곳은 베르너르가 아니었다. 바로 엘리서 자신의 오른 손바닥이었다. 국서는 경악한 표정으로 딸을 보았다.

"아비 앞에서… 동생이 잠들어 있는 곳에서, 윽. 어찌 이런 일을 벌인단 말입니까!"

"저는 아버지를 죽이지 못합니다."

그렇게 말하는 새파란 홍채는 서늘하다 못해 시렸다. 국서는 딸의 시선에서 배우자의 경멸을 기억해 냈다. 그러자 몸서리가 끼치며 고운 입술이 새하얗게 질렸다. 후드득, 후계자의 침실 바닥이 시뻘겋게 물들었다. 베르너르가 악을 냈다.

"당연하지요. 아비 인생의 걸작이자 둘도 없는 보물이, 읏. 어찌 나를 배신하겠습니까?"

"그러니 저를 해할 것입니다."

-푸욱!

엘리서가 창에 힘을 더했다. '으윽!' 국서가 고통스러운 신음을 내며 허리를 굽혔다. 그의 왼팔은 벌써 피투성이였다. 그럼에도 남자는 자신의 작품을 망가뜨리지 않기 위해 버텼다. 무위를 잃은, 완벽하지 않은 엘리서는 존재해선 안 됐다. 그는 '결함'을 받아들일 수 없었다.

"제가 온전히 즉위하기를 원하신다면."

"감히-"

"예서에게 살수를 보내는 짓은 그만두십시오."

'부탁드립니다.'

그것이 엘리서의 마지막 말이었다. 왕세녀는 예고 없이 창을 놓았다.

-터엉!

"아윽, 큿…!"

그녀가 묵묵히 돌아서자, 예기가 곧장 옆으로 고꾸라졌다. 국서는 그제야 창끝을 놓고 털썩 무릎을 꿇었다. 자신의 옷자락이 피로 물든 것도 모르고, 코르넬리서는 게슴츠레 잠투정을 했다. 베르너르가 왼손을 급히 등 뒤로 숨기며 막내딸을 얼렀다. 식은땀이 번들거리는 이마를 하고서도 그는 마법처럼 웃어 보였다.

"계속 주무세요, 왕녀. 괜찮습니다. 쉿…"

어쩌면 마법이 아닌 저주일지도 몰랐다. 엘리서가 사라진 자리, 베르너르의 눈 끝에 독이 스몄다.

"괜찮아요. 살수만 살인을 하는 것이 아닙니다. 아무렴요…"

9. ✦ 황태자가 되는 곳 100m 전

내 유폐는 엘리서가 황궁을 떠나자마자 풀렸다. 8월의 볕이 눈부셨다. 최근 황궁은 하루하루가 파티 분위기였다. 귀족들이 궁을 자유롭게 드나들며 뜰과 온실을 구경했다. 한시적으로 평민들도 신원이 분명한 자에 한해 입궁이 가능했다. 이곳저곳이 화려한 장식과 손님을 위한 티 세트로 가득했다. 그야, D-3이니까.

"와! 여름이다!"

크리스텔이 한껏 신난 음색으로 데미를 안고 얼렀다. 나는 놀라서 그녀를 바라봤다가, 피식하며 다시 테이블 위의 뚝심이에게 시선을 옮겼다. 그사이 친해진 산트와 에바는 황제궁 정원의 먼 곳으로 나가 보이지 않았다.

레아와 페리를 산책시키는 모양이었다. 산트는 확실히 전보다 낯가림이 줄었다. 연금 기간에 사람이 그리웠다고 말하기도 했다. 테이블 건너편에 앉은 엘리자베트 경과 프랑수아 뒤엠 후작은, 포털이니 군대니 하며 이야기를 나누고 있었다.

"왕자님, 드시면서 하세요."

"고마워."

가나엘이 아기자기한 슈를 접시에 담아 밀어주었다. 정원 곳곳에 놓인 크로캉부슈에서 가져온 듯싶었다. 나는 고소한 엉겅퀴 꽃차 한 모금, 달콤한 과자 하나를 번갈아 먹으며 뚝심이와 대화를 이어 갔다. 손엔 수첩을 꼭 쥔 채였다.

"언제 변신할 거야? 형이 아주 위험할 때만?"

-삐르르르

"별거 안 할 건데. 이야기만 하려고."

-*삐이, 삐삐*

"그래⋯ 괜찮아. 너 하고 싶을 때 해라."

뚝심이가 새초롬히 가슴을 오르락내리락했다. 나는 검지로 녀석의 머리를 쓰다듬으며 설득을 포기했다. 옆자리에서 에스프레소를 마시던 세드리크 황자가 미간을 찌푸렸다.

"신물의 말을 이해하는 건가?"

"그런 건 아니지만 뉘앙스라는 게 있으니까요."

"⋯"

"싫어하는 것 같을 때가 있고, 좋아하는 것 같을 때가 있고. 신수들도 마찬가지입니다."

내가 대답하는데, 다비드가 호사스러운 상자를 가져와 황자 앞에 내밀었다. 나와 황자의 눈길이 동시에 움직였다. 햇살을 받아 번쩍이는 보석들이 시야에 들어왔다. 하나하나가 어린아이 주먹만 했다. 장난 아니네.

"망토를 고정할 브로치 후보입니다."

"번거롭게 하는군."

황자가 불만을 표했다. 황태자 책봉식이 사흘 앞으로 다가온 탓에, 그는 툭하면 어딘가로 불려갔고 끊임없이 크고 작은 무언가를 확인해야 했다. 내게서 에테르를 받다가도 자리를 뜨기 일쑤였는데 그럴 때 표정이 정말 안 좋았다. 크리스텔만 엄청 즐거워했다.

"이게 제일 괜찮은 것 같은데요. 눈 색깔이랑 어울리고, 불 속성이시니까."

마침 데미를 업고 어화둥둥 하던 그녀가 우리에게 다가와 말했다. 크리스텔이 가리킨 것은 호화롭게 세공한 레드 다이아몬드였다. 다비드가 탁월한 안목이라며 추켜세웠다. 황자는 단호했다.

"그건 제외하지."

"아."

크리스텔이 짜증스러운 신음을 냈다. '골라줘도 지랄'이라는 중얼거림이 들렸을까 봐 내가 재빨리 말을 얹었다.

"저도 이게 가장 낫다고 생각합니다. 황자님은 원색이 잘 받으시는 것 같습니다."

그에게 무슨 색이 어울리는지는 알 바 아니고, 저 얼굴이면 뭐든 소화하겠지만 일단 상황을 무마하기 위해 꺼낸 소리였다. 크리스텔이 골라준 걸로 달면 좀 좋냐. 그러자 황자는 잠깐 말이 없더니, 고개를 돌려 다시 커피를 마시기 시작했다.

"그럼 레드 다이아몬드로 준비하겠습니다."

다비드가 예를 갖추고 물러났다. 낮은 웃음소리가 들렸다. 테이블 한편에 자리한 뱅자맹이, 퇴고하다 말고 우리를 보며 미소하고 있었다. 그를 보자 일순 머릿속이 딴생각으로 일렁거렸다. 하지만 지난 보름간 나는 유의미한 결론을 얻지 못했다. 손에 든 수첩의 페이지가 낙서와 잉크 자국으로 너저분했다.

  −니키와 '단서'
  · 세계의 원리와 비밀을 담은 존재
  · 크리스텔, 황자, 뱅자맹, 은서 의자
  · 방주를 내 쪽에서 열 수 있는가 (X)

'비렴의 방주' 안에서 알게 된 것들. 그중에서도 두 번째 줄이 핵심이었다. 우선 크리스텔은 '퇴계공'의 주인공이고 황자는 메인 남주였다. 세계의 원리와 비밀을 담고 있다고 보기 충분했다. 그런데 뱅자맹이 걸렸다.

그는 서브 남주의 시종인 데다 은서는 한 번도 그의 이름을 언급한 적이 없었다. 원작에서 큰 활약을 하지 않았다는 의미였다. 왜 갑자기 이렇게 중요해진 걸까. 나는 뱅자맹이 들고 있는 《이성과 감성과 신성》 8월 15일 자 원고를 물끄러미 바라보았다.

'작가'.

뱅자맹은 나를 보필하는 사람이기 이전에 백작가의 셋째였고 인기 로맨스 소설 작가였다. 아무래도 그게 하나의 힌트 같았다. 그런데 도저히 거기서 생각의 가지가 뻗어나가지 않았다. 아니, 뻗어나가긴 하는데 방향이 영 글러 먹은 것 같았다.

설마 정은서의 식탁 의자가 나온 게, 그 녀석이 퇴계공 작가라는 뜻인가? 그럴 리가 없었다. 퇴계공 연재 시작 이후 1년간의 기억을 돌이켜 봤을 때 그건 불가능했다. 그럼 사실은 크리스텔이 로판 작가였고, 자신이 쓴 소설 속에 들어온 건가? 하지만 회사원이었다는 게 공식 설정이잖아. 혹시 겸업?

-서걱서걱, 사각사각…

내 손끝에서 깃펜이 춤을 췄다. 아니면 이건 어떨까. 우리는 지금 미래의 황자가 쓴 염정 소설에 들어와 있는 거다. 크리스텔과 해로하며 할아버지가 된 그가, 과거의 연애담을 기록으로 남기기 위해…

"진심?"

혼잣말이 절로 튀어나왔다. 나는 펜을 뚝 멈췄다. 떡밥을 얻은 건 좋지만 이걸 논리적으로 엮을만한 징검다리가 너무 없었다. 크리스텔이 원작자라면, 세계관 적응과 진로 고민으로 몇 달을 혼란스러워한 게 말이 되지 않았다.

백번 양보해서 황자가 훗날 작가가 된다 쳐도, 그게 현재의 내게 어떤 도움을 줄 수 있을지 막막했다. 이거 그냥 머리만 아프고 실익은 없는 맥거핀 아니냐?

"아유, 이뻐. 우리 데미는 누굴 닮아서 이렇게 이쁠까? 응?"

-끼이잉

"어, 누나 닮았구나. 크리스텔 누나 닮아서 절세가인이에요?"

-끼응

"에구, 똑똑해. 우리 데미 천재네. 상 줘야지, 상."

크리스텔이 데미의 코에 뽀뽀했다. 데미가 입을 방긋거리며 즐거워했다. 황자의 긴 한숨이 들렸다. 나는 미녀와 신수를 보며, 그날 방주에서 '니키'가 주었던 다른 정보를 떠올렸다.

'은서가 여기 있는 건 아니고요?'

'이곳의 이방인은 그대뿐입니다.'

그건 특기할 만한 선언이었다. 크리스텔 역시 빙의자인데 그녀는 이곳 사람으로 카운트됐다. 아마 퇴계공 세계관의 일부라는 뜻이겠지. 아예 바깥세상에서 온 나와 달리, 그녀의 '한국'은 작품에 속하는 설정이었다.

"영지는 택했나?"

황자의 음성이 나를 상념에서 깨웠다. 나는 반짝 눈길을 돌렸다. 그는 내가 펼쳐둔 지도를 노려보고 있었다. 이건 핑계고, 실은 수첩에 다른 걸 정리하고 있었다고는 차마 답할 수 없었다.

"숲이 적은 곳을 추천해 드립니다, 왕자님. 마수와 포털이 드뭅니다."

엘리자베트 경이 웃음기 어린 목소리로 말했다.

"마수는 알겠는데, 포털요?"

내 물음에 뒤엠 후작이 말을 보탰다.

"지난주까지 전국적으로 우천이 잦았지요. 숲의 흙이 빗물에 쓸려가면서, 폐기된 옛 포털들이 모습을 드러내고 있습니다."

"신기하네요."

"네! 아름답고 신비로운 유적이랍니다. 대부분은 부서져 있어 제 노릇을 못하지만, 최근 서너 개가 발동되는 바람에 영주들이 골치를 썩였다고 하더군요. 왕자님께서는 깜짝 포털을 즐기지 않으실 테니…"

그가 눈웃음쳤다. 나는 애매하게 입꼬리를 끌어올렸다.

"그러면 뭐, 숲이 적고… 호수가 있었으면 좋겠습니다."

내 말에 뱅자맹과 가나엘이 잘 생각하셨다는 듯 머리를 끄덕였다. 우리에겐 언제부턴가 '호수가 보이는 저택'에 대한 공통의 로망이 있었다. 저택까지는 못 지어도 작은 전원주택이면 괜찮을 듯했다. 몇 번이나 가볼 수 있을까 싶지만.

"황실 영지 중에서는 여기가 되겠네요."

때마침 테이블로 복귀한 에바가, 손을 뻗어 제국의 서남부를 턱 가리켰다. 돌아본 아이의 흑갈색 눈동자가 또랑또랑했다.

"왕자님이니까, 제가 별장 정도는 지어드릴게요."

소공녀가 당당한 얼굴로 턱 끝을 치켜세웠다. 나는 놀라서 손을 내저었다.

"에바, 그렇게까지 안 해도 됩니다. 저도 돈은 있고,"

"소공작이 됐으니까 한턱내는 겁니다."

"네?!"

시선이 전부 에바에게 쏠렸다. 레아와 페리까지 꼬리를 세웠다.

"아, 아직 공식적인 건 아닙니다… 하지만 공작께서 제 편을 들어주셨고 아버지께서도… 오빠는 그냥 파문해야 한다고 하셨어요. 집안의 수치라고."

아이의 목소리가 작아졌다가 커졌다가 했다.

"아무튼 다음 달에 사교계 데뷔를 하니까, 그날 발표할 겁니다.

진짜예요!"

그러자 크리스텔이 몹시 기뻐하며 에바를 안아주었고, 뒤엠 후작은 휘파람을 불었다. 황자를 제외한 모두가 한 마디씩 축하를 건넸다. 엘리자베트 경이 자리에서 일어나 에바에게 다가왔다.

"정말 축하해요, 에바. 마음고생 많이 했습니다."

"네, 소백작님과 미셸 경에게도 꼭 별장을 지어드릴 겁니다. 사르네즈 공녀도요."

크리스텔의 품에 안긴 에바가 종알거렸다. 아이가 기특해서 웃음이 났다. 얼마 전 모친인 블랑케르 공작과 식사를 함께했다며 비장하게 말한 게, 그런 의미였던 모양이었다. 엘리서가 떠난 뒤 국경의 경계 수준이 내려간 점도 에바에겐 호재였다. 공작이 다시 황도로 돌아와 딸을 만났으니까.

"그런데 왜 하필 별장입니까?"

엘리자베트 경이 에바의 머리 리본을 고쳐 매주며 물었다.

"아. 황자 전하께서는 탄신일과 책봉 하례를 겸해서, 저희 가문이 작은 성을 지어드리기로 했거든요."

나는 입을 쩍 벌렸다. 그게 가능해…?

"오빠가 황실과 전하께 저지른 무례에 대한 용서도 구하고요."

에바가 할끔 황자의 눈치를 살피며 말했다. 그는 별다른 반응을 보이지 않았다. 아무리 사과의 의미가 있다지만 선물로 성을 받는다니, 새삼 황자는 황자구나 싶었다. 블랑케르 가문의 재력도 대단한 듯했다.

"제 선물보다 훨씬 근사해서 기가 죽는군요, 공녀. 저는 전하께 마석 수정판을 바쳤답니다!"

소공녀가 황자의 부담에 낯을 흐리자, 후작이 짐짓 너스레를 떨며 화제를 바꿨다. 수정판水晶板이면, 내가 생각하는 그거?

"물체의 상을 납작하고 커다란 판에 투영하는 마도구지요. 전하의 책봉식에서, 온 백성이 지켜보는 가운데 시연할 겁니다."

"와."

헛웃음이 났다. 지난 폴로 경기 때 써먹지 못한 원작의 로맨스 요소가, 아예 큰물에서 데뷔하게 된 모양이었다. 그걸 황도의 신문물로 해석한 건지 에바와 산트의 눈이 초롱초롱 빛났다. 저래서 둘이 가까워진 건가 싶기도 하고.

"왕자님께선 전하의 탄신일 선물 준비하셨습니까?"

소공녀가 고개를 홱 돌리며 뜬금없이 물었다. 흠칫했다. 어려서 그런가, 머릿속의 토픽이 순식간에 바뀌는구나.

"저는…"

"또 눈물로 빠져나가실 건 아니지요?"

아이의 커다란 눈이 가로로 길어졌다. 그 문제적 질문에 이번에는 이목이 내게 쏠렸다. 당황해서 대꾸할 말이 떠오르지 않았다. 내가 언제-

"전하."

그때, 산들바람 같은 목소리가 귓전을 울렸다. 우리는 뒤를 돌아보았다.

"많이 기다리셨어요?"

요한 헤인스가 나를 보고 있었다. 남자는 처진 눈꼬리를 부드럽게 휘며 황제궁의 계단을 내려왔다. 우리가 평소처럼 쥘리에트 궁이 아닌, 황제궁 앞에서 시간을 보낸 이유였다. 이제 그는 전형적인 제국 사람의 복장이었다. 깔끔히 면도하고 반듯이 묶어 내린 백발에, 옥색의 얇은 여름 코트가 무척 잘 어울렸다. 표정도 괜찮았다.

"몰라서 물어요? 무지 오래 기다렸,"

"황제궁 정원은 처음이라 시간 가는 줄 몰랐습니다. 알현은 잘하셨어요?"

내가 에바의 말을 부드럽게 끊고 물었다. 소공녀가 입술을 비죽이며 내 팔뚝을 꽉꽉 주물렀다. 시원했다.

"네. 이제 헤릿을… 데리러 갈 수 있어요."

요한 경이 조금 목멘 소리로 답했다. 나와 크리스텔의 얼굴이 밝아졌다. 그건 그가 프레데리크 황제에게 언약을 했고, 황제가 그를 받아들여 자신의 사람으로 인정했다는 뜻이었다. 모든 약속이 실제로 이루어졌다는 생각에 어쩐지 가슴이 벅찼다.

"오늘은 경사가 넘치는군요. 아름다운 낮입니다!"

후작이 품에서 꽃잎을 흩뿌리며 몸을 세웠다. 도대체 언제부터 준비한 퍼포먼스인지 알 수 없었다. 그를 필두로 모두가 요한 경에게 축하와 격려를 전했다. 황자만 빼고. 나는 팔짱 낀 채 앉아있는 그를 흘끔 보았다. 곧 황도 외곽에 도착할 헤릿을 데려오는 데는 왕복으로 세 시간이 걸린다고 했다.

"황자님."

내가 작게 그를 불렀다. 그는 즉시 나를 바라보았다. 8월이 된 이후로 내내 책봉식 준비와 정무에 시달리고 있는데, 세 시간 정도는 바람을 쐬러 나가도 되지 않을까 싶었다. 황태자가 되면 지금보다 더 바빠질 게 뻔했다.

"같이 가시면 에바가 좋아할 겁니다. 사르네즈 공녀도요."

싫으면 말고. 나는 그런 심정으로 말을 맺었다. 그가 낮게 코웃음 쳤다.

* * *

아니… 너희끼리 드라이브 다녀오란 소리였는데.

-다그닥, 다그닥…

마차가 부드럽게 흔들렸다. 포털로 가는 길이 내내 떠들썩한 게 꼭 수학여행 버스에 탄 기분이었다. 창가석에 앉은 세드리크 황자의 몸은 8월을 맞아 더욱 따끈했고, 문가에 자리한 크리스텔은 여느 때처럼 서늘했다. 난 어쩌다 둘 사이에 끼게 된 거지?

"르고 포털로 왔다면 편했을 텐데요."

"교황청 예산 문제로 거기까지는 못 데려다준다고 합니다."

크리스텔의 합리적인 불만에, 엘리자베트 경이 씁쓸하게 대답했다. 헤릿이 도착하는 곳은 황도의 동쪽에 있는 광역 포털이었다. '르고 종합 무역소'로 왔다면 황궁이 가까워 좋았겠으나 교황청에서 난감함을 표했다고 했다. 사제급 신관과 그의 복사服事를 위해 그만한 교통비를 쓸 순 없다는 뜻이었다.

"요한 경, 물 좀 드십시오."

"고맙습니다, 전하."

나는 긴장한 얼굴의 성기사에게 차가운 유리병을 내밀었다. 그는 두어 모금으로 목을 축이고는 주먹을 쥐었다 폈다 했다. 분명 물로는 해결할 수 없는 갈증일 터였다. 헤릿을 데리러 가는 왕복 세 시간의 외출이었다.

아이를 복사로 두게 된 산트는 반드시 가야 했고, 여기에 요한 경이면 충분했다. 황자의 스승인 그를 엘리자베트 경이 호위하게 된 것까지도 그럴듯했다. 그런데 헤릿의 얼굴을 보고 싶다며 크리스텔과 에바가 따라나서기로 했다.

여기에 황자가 동행을 결정했고, 어쩌다 나까지 휩쓸리면서 스케일이 커졌다. 데미, 레아, 페리와 뚝심이가 내 몸에 전복처럼 다닥다닥 붙어 자고 있었다. 6인승 황실 마차 두 대가 동원됐고 스무 명 이상의 근위대원이 앞뒤를 호위했다.

뒤따르는 마차엔 에바, 산트, 뱅자맹, 가나엘, 다비드가 탑승했다. 나는 헤릿에게 주려고 급히 챙긴 피크닉 바구니를 내려다보았다. 황자가 책봉식 전에 바람을 쐬게 된 건 다행이지만, 아이가 놀랄 것 같은데.

-히히힝!

-다각, 다각

그때, 말 울음과 함께 마차의 속도가 느려졌다. 나는 잠딧 하는 레서판다들을 쓰다듬으며 밖을 살폈다. 황자가 낮게 말했다.

"도착했군."

"와…"

눈앞에 펼쳐진 풍경에 절로 감탄이 흘렀다. 황궁을 나와 한 시간 반을 달린 끝에 도착한 장소는, 거대한 숲을 병풍처럼 두른 야외 포털이었다. 두꺼운 기둥들이 희고 묵직한 지붕을 떠받치고 있었다.

공간은 백여 명도 수용할 수 있을 만큼 널찍했다. 나는 그곳에서 이쪽을 보고 있는 어느 신관과, 아주 작은 소년을 발견했다. 하얀 머리칼이 바람에 흩날리고 있었다.

"하하."

요한 경의 웃음소리에 나는 시선을 돌렸다. 환하게 밝아진 낯이 눈물로 젖고 있었다. 행렬이 멈춰 서자, 남자는 돌풍처럼 마차에서 뛰어내려 소년에게 달려갔다. 에테르를 쓰면 더 빨리 도달할 수 있을 텐데 자신이 성기사라는 사실조차 잊은 듯했다.

마차에 남은 우리 넷은, 한동안 그의 뒷모습을 보며 앉아있었다. 요한 경이 쓰러지듯 무릎을 꿇고 아들을 끌어안았다. 헤릿의 가냘픈 두 손이 아빠의 목에 매달렸다.

* * *

얼마 후, 헤인스 부자가 붉은 눈가로 우리 앞에 섰다.

"헤릿, 이분은 세드리크 리에스테르 황자 전하셔. 아빠가 황궁에서 가르침을 드리는 분이야."

"…"

요한 경의 다정한 소개에, 아이가 어쩔 줄 몰라 하며 고개를 숙였다. 황자는 무감한 표정으로 헤릿을 내려다보았다. 소년은 또래보다 훨씬 왜소했다. 열 살이라고 들었는데 일여덟 살이라고 해도 믿을 법했다. 아빠를 꼭 닮은 백발과 큼직한 민트색 눈동자가 인상적이었다.

"죄송합니다, 전하. 제 아들은 아내가 세상을 떠난 뒤로 말을 잃었어요."

잠잠한 헤릿을 대신해 요한 경이 사과했다. 나는 안쓰러운 마음으로 아이의 목덜미와 손목을 관찰했다. 혹시 신국의 감옥에서 학대를 당하지는 않았을까 걱정이 되어서였다. 마차에서 우르르 내린 어른들의 시선이 무섭고 부담스러웠는지, 헤릿은 아빠의 다리에 매달려 떨기만 했다.

"그리고 이분은 예서 페네티안 왕자 전하. 너와 아빠를 구해주신 분이셔."

그러자 아이가 느릿느릿 얼굴을 들어 나를 올려다보았다. 나는 민망하게 웃으며 헤릿 앞에 몸을 굽혔다. 뒤에서 뱅자맹과 가나엘이, 정면에선 요한 경이 그러실 것 없다고 말렸지만 습관이라 어쩔 수가 없었다. 꼬마는 눈높이가 안 맞아서 목이 아플 테니까.

"안녕, 헤릿. 만나서 반갑다."

"…"

아이가 아빠의 바지를 꾹 쥔 채로 나를 보며 절했다. 그래도 눈길을 떼지 않는 걸 보면 호기심은 있는 듯싶었다.

"마차에 아주 귀여운 동물 친구들이 있어. 널 만나러 따라왔대."

내 말에 아이의 눈이 왕방울만 해졌다.

"지금은 자는데. 세 마리는 신수고, 한 마리는 신수인 척하는 신물이야."

'이건 비밀이니까 너만 알고 있어' 하고 속삭이자, 이번에는 헤릿의 입이 헤 벌어졌다. 아무리 어려도 신국에서 나고 자란 만큼, 신수와 신물에 관한 이야기는 귀에 못이 박히도록 들었을 터였다. 내가 너무 크지 않은 목소리로 말을 이었다.

"사람을 잘 따르니까 헤릿도 좋아할걸. 이따가 '안녕' 해볼래?"

헤릿이 슬며시 고개를 끄덕였다. 나는 미소하며 아이가 놀라지 않도록 천천히 자리에서 일어났다. 곧 다른 사람들도 헤릿과 인사를 나누었다. 짧은 시간에 낯선 이를 너무 많이 만난 탓에 아이는 혼란스러운 표정이었다. 그래도 나와 눈이 마주칠 때마다 빤히 응시하는 걸 보면 신수와 뚝심이는 꽤 궁금한 듯했다. 아이를 보며 뒤편의 마차를 가리키고 있는데, 황자와 눈길이 닿았다.

"…"

그는 말없이 나를 바라보더니 성큼성큼 마차로 향했다. 아이들을 별로 안 좋아하나 싶었다. 그래도 로판 남주니까, 나중에 태어날 제 자식은 예뻐하겠지.

* * *

"누가 보면 선생님이 혼자 낳으신 줄 알겠어요. 진짜 거푸집이다."
"그런 이야기를 자주 들었어요."

돌아가는 마차 안에서, 크리스텔이 헤릿과 요한 경을 번갈아 보며 말했다. 나는 데미와 소년의 악수를 도와주다 말고 웃었다. 정말 그랬다. 헤릿은 눈꼬리가 처지지 않았는데도 아버지와 분위기가 무척 비슷했다. 이게 바로 유전자의 힘인가.

-끼이

헤릿이 조심스레 한쪽 앞발을 잡자, 데미가 입을 벌려 울었다. 아이가 흠칫했다.

"괜찮아. 좋아하는 거야."

내가 달랬다. 꼬마 헤인스는 신수의 눈치를 보면서도, 내 말을 믿기로 했는지 이번에는 다른 손까지 데미에게 내밀었다. 데미가 목을 빼며 아이의 냄새를 맡았다. 레아와 페리는 황자의 무릎에 앉아 그 모습을 구경하고 있었다. 뚝심이가 크리스텔의 어깨에서 이따금 삑삑거렸다.

-할짝

이윽고 레서판다가 헤릿의 손끝을 살짝 핥았다. 아이는 소스라치게 놀라더니, 나를 보며 배시시 웃었다. 내 입가에도 웃음이 번졌다.

"도시락 줄까? 맛있는 거 많이 있는데."

내가 묻자 헤릿이 작게 머리를 주억였다. 요한 경이 '감사해요, 전하' 하고 대신 인사를 전했다. 피크닉 바구니를 여는 나를 보며 크리스텔이 말했다.

"그러고 보니 왕자님은 왕세녀 전하랑 별로 안 닮으셨더라고요."

"그랬습니까?"

내가 되물었다. 나 역시 엘리서를 보자마자 그렇게 느끼긴 했다.

그녀는 포스부터가 다른 왕족이었으니까. 엘리자베트 경이 친구의 의견에 동의했다.

"확실히, 모르는 사람이 보면 남매라고 생각하지는 않을 것 같았습니다."

"그죠. 두 분 다 아름다우신데 결이 다른 느낌."

크리스텔이 맞장구쳤다. 왕세녀는 국왕의 젊은 시절 판박이로 유명했으니, 예서 왕자는 어머니를 닮지 않은 모양이었다. 나는 대충 웃으며 잠봉뵈르와 오이 민트 샐러드를 꺼냈다.

"헤릿, 오이 먹을 수 있어?"

내 질문에 소년이 머리를 주억거렸다. 요한 경이 아들의 짐과 약을 확인하는 사이, 나는 아이의 손에 포크와 빵을 쥐여 주었다. 그때였다.

-히힝!

"워어, 워어!"

말 울음과 마부의 목소리가 잇따르고, 이내 마차가 급히 정지했다. 무슨 문제가 생겼나 싶었지만 바깥은 고요했다. 묵묵히 있던 황자의 미간에 금이 가기 시작할 무렵, 누군가 마차를 똑똑 두드렸다. 엘리자베트 경이 문을 열었다.

"무슨 일이야?"

"부근위대장님, 황자 전하. 대단히 송구합니다. 길에 새끼 고라니 한 마리가 쓰러져 있습니다. 처리가 끝날 때까지 잠시만 기다려 주십시오."

소백작이 황자를 바라보았다. 그가 가볍게 턱짓했다. 나는 최대한 자연스레 끼어들었다.

"혹시 살아있습니까?"

"예, 왕자님. 다리를 다친 듯합니다."

근위대원이 재깍 대답했다. 내가 황자를 돌아보자 주황색 눈이 가늘어졌다. 설마 하는 눈빛이었다. 나는 곧장 응수했다.

"치료하겠습니다."

그간 열심히 치유 서클을 외운 건 이럴 때를 대비한 거였다.

"왕자님 멋있다!"

바구니를 내려놓고 데미와 함께 일어났다. 크리스텔이 낯부끄럽게 환호하며 따라 내렸다. 내가 마차 앞으로 걸어 나오자, 근위대원들이 절을 올리고 멀찍이 물러났다. 곧 새끼 고라니가 모습을 드러냈다.

-삐이, 빽빽!

너무 어려 병아리처럼 우는 녀석이었다. 나는 앉아서 고라니의 상태를 살폈다. 꼬마는 나를 경계하느라 벌떡 일어서다가도, 다리가 아픈지 금세 다시 주저앉았다. 보아하니 오른쪽 뒷다리에 피가 엉겨있었다. 천적에게 물렸거나 덫에 걸려 골절을 입은 듯싶었다. 나는 크게 심호흡했다. 금방 낫게 해줄게.

[이곳의 검불을 거두고 새로운 줄기를 내리소서.]

-파아아…!

시동어가 울리고, 하늘빛 치유 서클이 흙바닥을 밝혔다. 고라니는 까만 눈알을 동그랗게 뜨고 귀를 팔락거렸다. 동물에게 치유력을 써본 적은 없지만 똑같이 통한다고 배웠으니 괜찮을 터였다. 서클에서 푸른 알갱이들이 거품처럼 솟아났다. 데미가 앞발을 뻗어 죄암질했다.

"데미, 얌전히."

-끼잉

"무슨 일이에요? 뭐예요?"

뒤엣 마차에서 내린 에바가 가까이 다가와 물었다. 소공녀는 고라니를 보더니 놀라서 움찔했다.

"사슴 종류예요. 아직 아기. 다쳐서 왕자님이 치료해 주신답니다."

크리스텔이 설명했다. 나는 배후를 살폈다. 어느새 헤릿을 안고 나온 요한 경이 나를 지켜보고 있었다. 몇 걸음 뒤에는 뱅자맹과 가나엘, 산트도 함께였다. 헤릿을 데려온 사제는 다비드와 함께 마차에 남은 모양이었다.

-사아아아…

-삐약

곱게 빛나는 에테르 입자들이 고라니의 뒷다리에 모였다. 녀석이 짧게 울었다. 우리는 조용히 그 광경을 바라보았다. 그 순간.

-딸랑딸랑…!

품속에서 종이 울렸다. 철렁했다. 내가 고개를 드는 것보다 황자의 등장이 빨랐다. 그는 전광석화 같은 속도로 마차에서 빠져나왔다.

"마수가 있다. 엘리자베트, 후방."

"네, 전하. 너희는 이쪽으로 와서 측면을 맡는다. 전원 경계 태세!"

-스릉!

 황자가 순식간에 혜검을 뽑아 나를 가로막고 섰다. 공기가 급속도로 얼어붙었다. 뚝심이가 포르르 날아 내 정수리 위에 앉았고 레아와 페리는 산트의 어깨에 매달렸다. 크리스텔이 채찍을 꺼내 들었다. 나는 다급히 말했다.

 "신관은 이중 발진이 불가능합니다. 치유력을 쓰는 동안엔 성소를 열 수 없어요."

 "상관없어."

 사내의 중저음이 덤덤하게 답했다. 그와 동시에,

 -으르릉…

 -크릉, 왈왈!

 개 짖는 소리와 비슷하지만, 그보다 훨씬 흉악한 소음이 수풀 사이사이로 번졌다. 방향조차 알 수 없는 위협에 소름이 돋았다. 황자가 중얼거렸다.

 "고라니는 미끼였군."

 -크흥! 크르렁…!

 -삐약!

 나는 바들바들 떠는 새끼 고라니를 보며 충격에 빠졌다. 마수가 흉포하고 영악한 건 익히 알았지만, 다른 짐승을 다치게 해서 인간을 유인할 정도라니.

 "제가 있으니 걱정하실 필요 없어요, 전하."

 요한 경이 사근사근히 말했다. 어린 아들이 있는데도 흔들림 없는 표정이었다.

"정말로요."

-크르르릉!

타앗! 전방으로 육중한 늑대 형태의 마수가 뛰어들었다. 전신이 짙은 풀색이었다. 놈이 일으킨 모래 먼지가 가라앉기도 전에,

-콰아앙-!

-깨개갱!

강력한 공기 압축파가 마수를 총알처럼 튕겨냈다. 동시에 황자가 뒤쪽으로 오른손을 뻗었다.

-우우웅-!

내 치유 서클 아래로 일곱 개의 붉은 정사각형이 꽃잎처럼 겹쳐 떠올랐다. 나는 눈을 크게 떴다. 처음 보는 황자의 방어 마법식이었…

-지이이잉…!

"어?"

어디선가 들어본 소음이 났다. 나는 속이 울렁거리는 것을 느끼며 비틀거렸다. 시야가 불쾌하게 번져 나갔다. 이건 결코 황자의 마나 때문이 아니었다. 정확히는, 그의 마나가 다른 것을 발동시킨 탓이었다.

청색의 치유 서클과 적색의 마법식 아래로 선명한 금속성 테두리가 빛나고 있었다. 크리스텔과 나의 시선이 마주쳤다. 황궁에서 들었던 뒤엠 후작의 이야기가 우리의 머릿속을 빠르게 스쳤다.

'숲의 흙이 빗물에 쓸려가면서, 폐기된 옛 포털들이 모습을 드러내고 있습니다.'

"쯧."

-푸욱!

사태를 파악한 황자가 바닥에 혜검을 꽂았다. 포털을 부수려는 시도였다. 하지만-

-파스스스…!

"미친."

이미 내 손끝이 부서져 다른 공간으로 이동하고 있었다. 멀미와 함께 시야가 하얗게 밝아졌다.

　　　　　　　　＊ ＊ ＊

"으으…"

나는 앓는 소리를 내며 천천히 눈을 떴다. 푹신한 침대였다면 좋았겠지만, 그런 편의적인 전개는 펼쳐지지 않았다. 눈앞에 두 남녀의 얼굴이 보였다. 또랑또랑한 청회색 눈동자와 깊게 가라앉은 주황색 눈동자.

"어?"

놀라서 벌떡 일어나자마자,

-쿵!

크리스텔과 박치기를 했다!

"아윽!"

"아야…"

크리스텔이 신음하며 이마를 문지르는 동안 나는 엄청난 쇼크에 빠져 나뒹굴었다. 와, 너무 아파. 머리 쪼개지는 것 같아! 진정한 의미의 대갈장군이다!

-*끼잉!*

-*삐르르르!*

내 옆에 누워있던 데미와 뚝심이가 놀라 큰 소리를 냈다. 녀석들은 곧장 내 이마에 앞발과 날개를 문질러 주었다. 어지간히 고통스러워 보인 모양이었다. 너희도 왔구나…

"다시 기절시킬 셈인가?"

서서 나를 내려보고 있던 세드리크 황자가 크리스텔을 향해 비아냥거렸다. 그새 충격에서 회복한 우리의 주인공이 그를 쏘아보았다. 나는 뎅뎅 울리는 두개골을 바닥에 비비다가, 그녀의 푸른 재킷이 내 밑에 깔려 있음을 깨닫고 화들짝 놀랐다. 포털 때문에 기절한 나를 눕혀둔 모양이었다.

"정신 번쩍 나셨을걸요. 벌써 정찰을 다녀오신 겁니까?"

"안개 때문에 멀리 나갈 수 없어."

두 사람이 아옹다옹했다. 나는 서서히 가라앉는 통증과, 가벼운 멀미 증세를 느끼며 상체를 일으켰다. 황자의 말대로 주변에는 안개가 자욱했다. 배경은 분명 숲인데 우리가 마지막으로 서있던 곳과 나무의 종류며 높이가 완전히 달랐다. 그야말로 낯선 장소였다. 나는 데미와 뚝심이를 품에 안고 질문했다.

"저희, 포털로 이동한 겁니까?"

"그런 것 같습니다. 요한 경과 헤릿, 에바 공녀도 함께 왔어요. 셋은 길 반대편으로 정찰을 갔습니다."

크리스텔이 또박또박 답했다. 무려 여섯 명에 두 마리였다! 홀로 이동하게 된 줄 알았는데, 생각해 보니 포털이 그렇게 작을 리는 없었다. 나와 가까이 있던 이들은 죄다 옮겨진 듯했다. 혼자가 아니라는 생각에 조금은 마음이 놓였다.

"도대체 왜 포털이 그런 곳에…"

"전쟁 시대의 유물이지."

황자가 낮게 말했다. 사내와 나의 시선이 마주쳤다. 그가 준 《암호로 풀어보는 전쟁 시대사》엔, 당시 어떤 교통수단을 이용했는지 등의 디테일은 없었다. 하지만 그의 말에 짐작 가는 구석은 있었다. 엘리자베트 경과 뒤엠 후작이 황제궁 정원에서 나누던 이야기가 드문드문 떠올랐다. 포털, 군대, 지원.

"군수 물자나 병력 지원을 위해 만든 겁니까?"

"잘 아는군."

그가 대답했다. 그렇다면 포털이 변화지가 아니라 황도로 통하는 길목에 있었던 것도 이해가 갔다. 그곳에 병력이 부족할 때 다른 길목에서 빠르게 도우러 올 수 있어야 했고, 또 다른 길목이 밀릴 때는 역으로 신속한 지원을 나갈 수 있어야 했겠지. 모든 어귀를 적으로부터 지켜야 했을 테니까.

"그런 식으로 제국 곳곳에 포털이 있었다면… 대부분을 폐쇄한 건 평시에 쓸모가 없기 때문이군요."

"혼란만 가중할 뿐이니까. 지금처럼."

말은 그렇게 했지만 그의 목소리는 침착했다. 이가 절로 갈렸다. 하필이면 그곳에 다친 고라니가 있었고, 그래서 내가 마차에서 내렸고, 그런데 그게 마수의 꾀였고, 결국 황자가 마법을 썼는데, 그의 마나가 지표 밑 포털에 깃들었고, 그 포털이 멀쩡히 작동할 확률이 도대체 얼마나 되겠냐? 응?

나는 작가의 욕이 튀어나오는 것을 애써 억눌렀다. 원작에 몸을 맡기면 작가의 의도대로 흘러가는 거야 그렇다 치는데, 원작과 거리가 있는 행동을 해도 일이 터지는 건 좀 억울했다. 지난번 폴로 경기 때가 그랬고 지금도 마찬가지였다. 두 경우 모두 주인공들이 얽힌 걸 보면 작가가 관여하지 않았을 리 없었다.

"하…"

나는 마른세수를 했다. 일단 벌어진 일에 집중하기로 했다. 작가를 비난한다고 해서 당장 황도로 돌아갈 수 있는 것도 아니었다.

"다친 고라니는 어떻게 됐습니까?"

"그거 물어보실 줄 알았어요."

내 물음에 크리스텔이 쌕 웃었다.

"다 나았더라고요. 여기 도착하자마자 깡충깡충 뛰어서 사라져 버렸습니다. 살아남을 수 있을지는 모르겠어요."

나는 떨떠름하게 고개를 끄덕였다. 여기엔 가족이 없는데 새끼인 녀석이 얼마나 버틸까 싶어 안타까웠다. 그때였다.

-휘이잉…!

"전하, 깨어나셨군요."

하늘에서 부드러운 목소리가 들렸다. 땅안개가 바람과 함께 물러나고, 품에 헤릿을 안은 요한 경과 에바가 사뿐히 내려앉았다. 소공녀는 상기된 얼굴로 드레스를 잡고 구둣발을 굴렀다. 그 모습을 보니 상황에 맞지 않는 웃음이 나왔다.

"잘 다녀오셨습니까?"

"네! 헤인스 경이 저를 붕 띄워줬습니다. 처음에는 허락도 구하지 않고 그러는 게 짜증 났는데, 해보니까 엄청 재밌었어요!"

잔뜩 바람을 맞은 곱슬머리가 라면처럼 뽀글거렸다. 보아하니 정찰은 요한 경만 하고 에바는 신나게 공중 산책을 즐긴 듯했다. 헤릿도 나를 보며 앙글거렸다. 내 시선에 요한 경이 난감한 표정으로 입을 열었다.

"전방에 산이 있고 황도는 보이지 않아요. 가까운 마을은 안개와 바람이 심해 확인이 어렵고요."

젠장.

"헉."

에바가 금시초문이라는 듯 놀랐다. 크리스텔이 미간을 찌푸렸고, 황자는 좁은 길 한복판을 바라보았다.

"이곳에서 대기해야겠군."

"네. 무테 경이 마수를 해치우는 대로 황궁에 보고하겠죠."

요한 경이 동의했다. 나는 고개를 주억거렸다. 실제로 본 건 늑대 마수 한 마리뿐이고 넷이나 더 있을지 알 수 없지만, 엘리자베트 경은 8급 검사였다. 현장엔 기사를 포함한 근위대원도 스무 명이 넘었다. 상황 수습은 어렵지 않을 테니, 곧 황궁에서 마법사를 데려와 사태를 해결할 듯싶었다.

"그럼 서너 시간 정도 기다려 볼까요?"

내가 말했다. 황제에게 알리고 왕복하는 시간을 더하면 그쯤 걸릴 터였다. 황자를 제외한 모두가 머리를 끄덕하며 옹기종기 둘러앉았다. 내 낯빛이 여전히 좋지 않았는지, 크리스텔이 손바닥만 한 물방울을 만들어 주었다.

"고맙습니다."

나는 맑은 물을 꿀꺽꿀꺽 마시며 우뚝 선 황자를 올려다보았다. 두꺼운 안개조차 그의 주변에선 부유스름한 보정 효과로 전락했다. 그래, 사흘 뒤가 저 녀석 책봉식인데… 아무렴 오늘 안엔 돌아갈 수 있겠지.

* * *

황제의 집무실에 정적이 흘렀다.

"…"

오렐리 부티에는 작게 한숨을 쉬고 커피를 머금었다. 엘리자베트는 뺨에 묻은 마수의 피를 소매로 쓱쓱 닦으며 멍때렸다. 황태자 책봉식 사흘 전에 이런 사건이 터지다니 있을 수 없는 일이었다. 그런데 사실, 세드리크와 예서 왕자님과 크리스텔 공녀가 한데 모이면 대체로 이랬다. 지난 보름 하고 며칠 동안 이상하게 조용했던 것뿐이었다.

"다시 말해 봐."

프레데리크 리에스테르가 명령했다. 프랑수아 뒤엠은 마른침을 삼키며 그녀를 바라보았다. 연분홍색 눈동자가 비장하게 빛났다.

"제 숨결의 통치자이신 폐하, 그건 어렵겠습니다."

"왜."

"다시 말씀드리면 때리실 거잖, 맙소사!"

황제가 벌떡 일어나 검을 집었다. 프랑수아는 후다닥 창가로 몸을 날렸다. 그러고는 금방이라도 뛰어내릴 듯 한쪽 다리를 창밖에 걸친 채 자신의 주인을 바라보았다. 황제궁 정원을 오가던 이들이 식겁하며 못 본 척했다.

"프레데리크, 검집으로만."

오렐리가 나긋하게 말했다. 황제는 계약자의 조언을 받아들여 검집째로 충신을 겨누었다.

"이게 말이 된다고 생각하나?"

"억울합니다. 황자 전하께서 포털을 타신 건 제 탓이 아닙니다!"

"네 탓이라고 한 적 없어."

체리색 눈이 신경질적으로 번뜩였다.

"그 망할 포털이 향하는 곳을 왜 모른다는 거지?"

"기록이 소실됐으니까요?"

-퍽!

결국 남자의 등짝에 검집이 날아갔다. 프랑수아가 허리를 새우처럼 휘며 '아야, 아야!' 하고 울었다.

"폐하, 제가 불사른 것도 아닌데 너무하십니다!"

"네 녀석이 포털 연구를 한다기에, 전쟁 시대의 포털 사료史料는 전부 넘겼다. 그런데 이제 와서 기록이 없다고?"

"셀린 선황께서 모두 태우셨습니다. 윽! 기록이 남아있어 봤자 유출 위험만 커질 테니까요!"

황제가 동작을 뚝 멈췄다. 어느새 창밖으로 해가 기울고 있었다. 열심히 맞은 후작의 몸에서 먼지가 흩날렸다. 지존의 목소리가 서느렇게 낮아졌다.

"내 어머니 핑계를 대는 것이냐?"

"주신께 맹세코 사실입니다. 선황 폐하께선 전쟁 시대의 흔적을 끔찍이 싫어하시지 않았습니까? 사료는 제가 받을 때부터 아주 적었습니다. 끽해야 포털 위치와 이름 정도가 남아있을 뿐이지요."

"…쯧."

프레데리크는 혀를 차며 검집을 거두었다. 그러나 여전히 분이 풀리지 않는지, 긴 한숨을 쉬다가 머리를 쓸어 넘기곤 했다. 프랑수아는 혹시 몰라 창가를 떠나지 않았다. 오렐리가 커피잔을 테이블에 내려놓았다.

"그럼 방법은 하나뿐이네. 프랑수아 네가 직접 가서 포털의 마법식을 분석하는 것."

"…예. 지표 아래에 있는 포털이어도, 마나를 뿌리면 마법식 자체는 또렷하게 보일 겁니다. 보조할 마법사를 데려간다면 작업은 더욱 빠르겠지요."

프랑수아가 흘러내린 머리카락을 세팅하며 말했다. 그러자 엘리자베트가 주뼛주뼛 자수했다.

"폐하, 전하. 그것에 관해 알려드릴 게 있습니다."

"편히 얘기하렴, 엘리자베트."

추기경이 상냥하게 말했다. 소백작은 황제의 손에 들린 보검, '뒤랑달'을 흘끔거렸다.

"제 검기에 포털이 부서졌다고 말씀드렸습니다."

"그랬지."

그건 조금 전의 보고로 이미 알고 있는 사실이었다. 엘리자베트는 숲에서 근위대를 이끌고 중급 마수 십여 마리를 상대했다. 8급 검사의 위용을 뽐내며 싸워준 그녀 덕에 사상자는 한 명도 발생하지 않았다. 비록 전투 중 문제의 포털을 부수긴 했으나 살짝 금이 간 정도라면,

"땅이 아예 갈라졌는데요."

"응?"

오렐리의 음성도 갈라졌다.

"포털이 있던 곳에… 두 뼘 너비의 균열이 생겼습니다."

"…"

엘리자베트가 겨우 말을 맺었다. 쥐 죽은 듯한 침묵이 집무실을 휩쓸었다. 황제는 어두운 눈빛으로 소백작을 응시했다. 청년의 손바닥에 땀이 배어나왔다. 그녀는 마법에 문외한이지만, 그 정도로 손상된 포털은 마나를 부어도 반응을 보이지 않는다는 것쯤은 알았다.

"검사가 힘을 쓰다 보면 그럴 수 있지."

"예?"

"예?"

황제의 말에, 소백작과 후작이 동시에 고개를 반짝 들었다. 프랑수아의 낯에 극적인 절망이 번졌다.

"폐하, 어째서 저만을 핍박하십니까? 이것은 가혹한 형태의 사랑입니까?"

"네가 가서 흙을 파라, 프랑수아."

프레데리크가 턱짓하며 소파에 털썩 앉았다. 뒤랑달은 자신의 손이 닿는 곳에 아무렇게나 세운 채였다. 후작이 눈을 동그랗게 떴다.

"그 황명은,"

"마법식 반응조차 없다면 어쩔 도리 있나? 병사들 데리고 가서 삽질 좀 하고, 지표 아래의 포털 마법식을 직접 그려서 분석하도록 해. 사르네즈와 블랑케르 공작가도 협조할 거다. 너라면 내 아들이 어디로 사라졌는지 찾을 수 있겠지."

황제가 나른하게 말했다. 마지막 문장에 프랑수아의 얼굴이 눈부시게 밝아졌다.

"임께서 저를 믿고, 저를 원하신다면!"

우아한 몸짓으로 창틀에서 내려온 후작이 깊게 절을 올렸다. 그가 엘리자베트와 함께 물러가자, 황제는 실소하며 크라바트를 풀어 던졌다. 오렐리가 부드러이 달랬다.

"너무 걱정하지 마. 애들은 괜찮을 거야."

"녀석들이야 그렇겠지. 문제는 책봉식이야."

마음과 달리 퉁명스러운 대꾸였다. 추기경이 짧게 웃었다.

* * *

서쪽으로 해가 지고 안개가 걷힐 때까지도, 우리를 찾으러 오는 사람은 없었다. 아무래도 오늘은 날이 아닌 것 같았다. 그래도 내일이면 황궁으로 돌아갈 수 있겠지. 황제가 사방으로 군사를 풀 테니까.

나는 긍정적으로 생각하며 데미가 키워준 감자를 황자의 단검으로 부지런히 캤다. 저녁 메뉴를 준비하기 위해서였다. 후식으로 먹을 과일도 한곳에 잘 모아두었다. 물이 닿으면 빨리 상하니까, 일부만 씻고 나머지는 내일 아침에…

-터엉!

나는 흠칫하며 옆을 돌아보았다. 죽은 멧돼지였다!

"아!"

내가 놀란 심장을 부여잡고 오만상을 쓰자, 황자가 불만스러운 눈길로 나를 내려다보았다. 뭐, 미친놈아. 어쩌라고! 왜 돼지를 잡아 와서 여기다 던져?

-끼이이, 끼이, 끼이

"데미?"

그랬더니 데미가 입을 벌리며 내 다리를 잡고 청승맞게 울었다. 당황스러웠다. 이건 녀석이 내게 칭찬을 바랄 때 하는 행동인데, 고맙고 예쁘다는 말은 조금 전에 잔뜩 해줬기 때문이었다. 에테르가 부족한가?

"나는! 자연인이다!"

그때, 크리스텔이 어디서 많이 들어본 대사를 외치며 상큼상큼 걸어왔다. 등에는 자신의 키만 한 사슴을 들쳐 업은 채였다. 새끼 고라니는 놔줘도 어른 사슴에겐 자비가 없었다.

"야영 하루 더 했다간 숲 거덜나겠네…"

내가 경악해서 중얼거렸다. 칼을 갈며 고기 해체할 준비를 하던 요한 경이 기쁘게 웃었다.

* * *

-타닥, 타닥…

어둠이 몸을 누인 숲에 모닥불이 활활 타올랐다. 요한 경이 깔끔하게 해체한 멧돼지와 사슴 고기가 기름을 뚝뚝 흘리며 익어가고 있었다. 용병 일을 오래 해서인지 그의 손길은 몹시 프로다웠다.

"맛있겠다."

내 옆에 앉은 에바가 넋을 놓고 중얼댔다. 나는 피식했다. 아까는 크리스텔과 세드리크 황자가 잡아 온 사냥감을 보고 기겁을 하더니, 금세 적응한 모양이었다. 하긴 지금 나무 밑동 위에 깐 식탁보도 에바의 드레스에서 나온 것이었다. 우리는 그런 게 없어도 개의치 않았는데, 귀족은 품위가 중요하다며 에바가 자신의 치맛자락을 북북 찢었다.

"다 된 것 같네요. 더 있으면 타겠어요."

요한 경이 일어나며 말했다. 크리스텔이 손뼉 쳤다. 그가 노릇노릇 구워진 고기를 분배하는 동안, 나는 토실토실한 군감자를 나누어 주었다. 착한 데미가 이것저것 키워줘서 먹을 게 많았다. 이내 상차림이 끝났다.

"잘 먹겠습니다."

나를 시작으로 여기저기서 식전 인사가 나왔다. 그때, 우리의 주인공이 품에서 작다란 유리병 몇 개를 꺼냈다. 입이 떡 벌어졌다.

"공녀, 그거 설마…"

"이건 소금, 요건 후추, 얘는 고춧가루입니다."

노숙을 자주 해봤다는 요한 경도 크게 놀란 눈치였다. 평소에 고춧가루까지 챙겨서 다닌다고? 진짜로?

"제가 자극적인 맛을 좋아해서… 뭔가 부족하다 싶으면 즉석에서 뿌릴 수 있게 들고 다니거든요. 가는 곳마다 사람 부르는 것도 일이라."

"세상에. 너무 멋있습니다, 공녀."

에바가 진심으로 감탄했다. 나는 뭐라고 말을 얹지 못하고 고개만 주억거렸다. 크리스텔의 대단한 협찬으로 간이 맞는 저녁 식사가 시작됐다. 야생동물을 잡았으니 누린내가 심할 걸 각오했는데, 황자의 성화聖火가 어마어마한 불 맛을 입힌 덕에 향까지 깔끔했다. 나는 먼저 멧돼지 구이를 한 입 뜯었다.

"앗, 뜨거…"

후우, 후. 입안에서 고기를 굴려 가며 살살 깨물었다. 꽉 찬 육즙이 고소하게 배어 나왔다. 질길까 봐 걱정했는데 육질은 신기할 만큼 부드러웠다. 이것도 황자의 불꽃 덕분인가 싶었다. 소금과 후추로만 간을 하니 오히려 고기가 낼 수 있는 최상의 맛이 나오는 것 같았다. 나는 눈을 휘며 바비큐의 풍미를 음미했다.

"맛있다."

-끼이

-뻐릇

무릎에 앉아있던 데미와 뚝심이가 기뻐했다. 어째 조용한 것 같아 얼굴을 드니 모두가 나를 빤히 보고 있었다. 순식간에 귀 끝이 뜨거워졌다. 너무 게걸스럽게 먹었나.

"왜, 안 드시고."

"잘 드시는 거 보니까 좋네요."

크리스텔이 기어코 말했다. 나는 대충 머리를 주억이며 사슴 고기를 공격했다. 헤릿이 맑게 웃는 소리가 들렸다. 쪽팔렸다. 우리는 그로부터 한 시간 넘게 식사에만 집중했다.

커다란 멧돼지와 사슴이 모두의 뱃속으로 들어가고, 각자 감자 두 알과 구운 토마토 두 개를 해치우고, 후식으로 과일까지 빠방하게 먹은 뒤에야 사람의 말이 나왔다.

"와, 진짜 배불러요."

"황도에 있을 때보다 많이 먹은 것 같네요."

크리스텔의 감상에 요한 경이 동의했다. 가장 걱정했던 에바와 헤릿도 맛있게 배를 채운 듯해 다행이었다. 나는 마지막으로 데미에게 물과 야생화를 듬뿍 먹여준 뒤 몸을 일으켰다. 소화도 할 겸, 먹은 것 뒷정리와 잠자리 준비를 하기 위해서였다.

"왕자님, 적응 잘하시는 것 같아서 신기해요."

데미의 도움으로 큼직한 이파리를 얻어 요처럼 깔고 있는데, 크리스텔이 다가와 말했다. 괜히 찔려 흠칫했다.

"그렇습니까?"

"네. 야생동물은 잘 못 드실 줄 알았는데 그렇지도 않으시고, 여전히 애들 잘 챙기시고."

"…"

"왕자님은 왕자님이니까 무조건 귀하게 자라셨을 거라 생각했나 봐요. 고생도 많이 하셨을 텐데."

"공녀도 그렇고 다들 노력하시는걸요. 저 혼자 가만히 앉아있을 수는 없죠."

내 대답에 크리스텔이 미소했다. 그녀의 말도 맞겠지만 나는 평생을 평범하게 자랐으니 이런 데서 '왕자처럼' 행동하는 법을 알지 못했다. 거기까지 생각하자 문득 떠오르는 인간이 있어 뒤를 살폈다. 황자가 멧돼지와 사슴의 부산물을 화려하게 소각하고 있었다. 그러고 보면 저 녀석도, 생각보다 적응을 잘하는 것 같았다.

* * *

-토독, 토독…

다시 모닥불을 가운데 두고 여섯 명과 두 마리가 모였다. 이번에는 씻고 잘 준비를 마친 후였다. 어른 몸뚱이만 한 잎사귀 이불은 물론, 데미의 굵직한 덩굴을 잘라 만든 베개까지 있었다. 다행히 8월이라 노숙하기엔 나쁘지 않은 온도였다. 우리가 도착한 길목에선 여전히 아무런 낌새가 없었다.

"헤릿은 벌써 자네요."

나는 크리스텔의 말에 반짝 고개를 돌렸다. 약을 챙겨 먹고 요한경의 옆에 누운 아이가, 새근새근 숨소리를 내며 꿈나라로 가있었다. 안타깝고 미안한 마음이 들었다. 푹신한 침대에 누워 자도 피로를 풀기에 부족할 텐데 이런 데서 야영이라니.

"죄송합니다, 요한 경. 다른 분들께도… 제가 아니었다면 여기까지 오실 일은 없었을 겁니다."

내가 사과했다. 따지고 보면 새끼 고라니를 치료해 주겠다고 나선 게 원인이었다. 그러자 요한 경이 눈꼬리를 휘었다.

"생명을 도우신 거잖아요. 그 자리에서는 전하밖에 하실 수 없는 일이었고요. 헤릿에게 좋은 가르침이 됐을 거라고 생각해요."

"…"

"저는 전하의 결정을 존중하니 괜찮아요. 시간을 돌린다고 해도 아마 같은 행동을 하시겠죠."

그거야, 그랬다. 나는 쓰게 웃으며 고맙다고 답했다. 크리스텔이 나를 돌아보고는 같은 생각이라는 듯 고개를 끄덕였다. 에바는 입을 뚝심이 부리처럼 뾰족 내밀었지만, 별말을 하지는 않았다. 또 호구 같다고 생각했으려나.

"…"

내 왼편에 자리한 황자 역시 차분한 눈빛이었다. 책봉식 때문에 신경 쓸 부분이 많은 데다 이틀 후엔 예행연습도 있는데, 그가 화를 내지 않는 게 의외였다. 고맙기도 하고.

"황자님, 책봉식 전에 무사히 돌아가실 수 있을 겁니다."

내가 격려하듯 말하자, 크리스텔이 장난스레 입을 열었다.

"묘하게 즐기시는 것 같은데. 에테르는 못 속이거든요. 혹시 태자 위에 오르기 싫으신 거 아닙니까?"

그러자 황자의 눈매가 매서워졌다. 요한 경이 재미있다는 듯 목을 울렸다. 에바의 시선이 탁구공처럼 바쁘게 움직였다. 나는 숲속에서 물과 불이 튀는 베개 싸움을 보고 싶지 않았으므로 즉각 중재에 나섰다.

"공녀가 농담하는 겁니다. 황자님이 태자 위에 부담감을 느끼시는 게 아닐까 싶어서…"

거기까지 말했을 무렵, 어렴풋한 깨달음이 머릿속을 스쳤다. 나는 눈을 깜빡였다.

"태자가 되는 게 부담스러우세요?"

"그건 내 의무야."

사내가 낮게 답했다. 평소처럼 단단한 목소리인데도 어쩐지 안쓰러웠다. 태어날 때부터 정해진 책임이라고 해서, 평생을 대비했다고 해서 그게 가볍고 쉬운 자리가 될 수는 없었다. 나는 그제야 그가 선선히 외출에 나선 이유를 눈치챘다. 이런 곳에 와서도 평온해 보이는 이유 또한.

"…부담스럽게 느끼셔도 괜찮다고 생각합니다."

내가 조심스레 말했다. 주황색 눈이 조금 커졌다. 모닥불에 아른거리는 옆얼굴이 오랜만에 제 나이로 보였다. 곧 스물다섯.

"뭐든지 덤덤하게 해내면 그게 이상한 거죠. 나중엔 온 제국을 걸머지는 자리에 오르시게 될 텐데, 무섭고 떨리는 게 당연하잖아요."

나는 씩 웃었다. 사원에서 주임을 건너뛰고 대리로 승진했을 때가 떠올랐다. 제국의 황자와 비교하자니 정말 별것 아니지만… 당시엔 성취감과 연봉에 기뻐하면서도, 맡을 일이 많아져서 어깨가 무겁다고 느꼈다. 하물며 본격적으로 국정에 참여하고 수많은 이의 목숨을 좌지우지하는 황태자의 지위라니. 나 같은 사람은 상상조차 할 수 없는 압박감일 터였다.

"그래도 곁에서 도와주는 분들이 계시니 어렵기만 하지는 않을 겁니다. 다비드와 로메로 궁 식구들이 있고, 폐하와 오렐리 전하도 계시고요."

"…"

"엘리자베트 경, 사르네즈 공녀, 요한 경, 에바 공녀도 있고. 뒤엠 후작도 있네요."

두서없는 말에도 황자의 미간은 웬일로 반듯했다. 그가 크리스텔의 이름에 거부감을 드러내지 않으니 기대감이 솟았다. 확실히 바운더리 안에 들어가긴 했구나.

"또요?"

크리스텔이 물었다. 즐겁고 설레어 하는 표정이었다. 야, 너도?

"산트 사제님도 있고요."

"그렇죠. 산트 사제님 보고 싶다. 정말 소중한 신관이시잖아요. 또?"

냉큼 대답하자, 그녀가 간드러진 목소리로 말하며 황자를 바라보았다. 또? 나는 고민에 빠졌다. 분위기 좋을 때 제대로 밀어줘야 하는데.

"훌륭한 분들 많이 계시죠. 뱅자맹과 가나엘도 황자님을 존경합니다. 폐하께 충성하는 대귀족들도 황자님을 도와드릴 거고… 데미, 레아, 페리, 뚝심이도 있어요."

무릎에 누운 데미를 바라보자, 녀석이 앞발로 자신의 얼굴을 덮었다. 뚝심이는 데미의 배에 머리를 박았다. 둘 다 졸린 듯했다.

"나중에 멋진 분을 반려로 맞으시면 그분도 큰 의지가 되어줄 겁니다. 사르네즈 공녀처럼요."

황자가 혜검을 쥐고 벌떡 일어섰다. 우리의 시선이 훅 올라갔다.

-화르륵-!

순간 모닥불이 힘차게 솟구쳤다가 가라앉았다. 제대로 된 캠프파이어 같았다! 아니, 이게 아니라.

"황자님, 어디 가십니까?"

그는 말도 없이 성큼성큼 걷기 시작했다. 내가 실수를 했나, 크리스텔을 너무 들이댔나 싶어서 반성하는데 요한 경이 침착히 설명했다.

"순찰을 가시나 봐요. 주변에 야행성 마수나 맹수가 있을지 모르니까요. 불침번은 제가 서죠."

과연. 나와 크리스텔, 황자에 뚝심이까지. 신물 또는 신물 보유자가 넷이나 되는데 지금껏 마수가 보이지 않는 게 미심쩍었다. 놈들은 신물에 본능적인 공격성을 드러내니 항상 경계를 늦추지 않는 게 좋았다.

나는 몸을 눕히다가, 진작 나뭇잎 이불을 뒤집어쓴 채 웃고 있는 옆자리의 크리스텔을 발견했다. 에바는 허망한 낯으로 나를 보고 있었다. …어쨌든 로판의 주인공이 좋아하니까 괜찮은 거겠지?

"다음 불침번은 제가 서겠습니다. 다들 안녕히 주무세요."

"네, 전하. 푹 주무세요."

나는 모두에게 인사를 건네고 베개에 머리를 댔다. 별이 총총 박힌 밤하늘이 엄청 가깝고 예뻤다. 아침이면 황실의 마차가 도착할 터였다. 제발 그래라. 내가 까무룩 잠들기 전까지도, 크리스텔은 간헐적으로 '망한 우정'이니 '정말로 재미있다' 같은 말을 중얼거렸다.

* * *

황도의 동쪽, 문제의 '전시戰時 포털'이 있던 곳에는 다시금 비가 쏟아졌다.
-쏴아아아…
프랑수아 뒤엠은 궂은 날에 악감정을 가져본 적이 없었다. 날이 흐리든 맑든 그의 미모와 두뇌는 한결같았기 때문이다. 예컨대 우천으로 거리가 진흙탕이 되고 마차가 거북이보다 느려져도 그는 신경 쓰지 않았다. 늘 여벌의 의상과 구두가 준비되어 있었고, 자신은 약속 시간까지 30분 이상의 여유를 두고 도착하는 신사였으므로.
"아저씨, 왜 세상 끝난 것 같은 표정을 짓고 계십니까."
"…"
그러니까, 기껏 섬세하게 발굴해 낸 반쪽의 포털 마법식이 갑작스러운 폭우로 진흙에 파묻힌 경험 따위는 처음이었다. 병사들이 바쁘게 뛰어다니며 포털 위에 천막을 치고 있었다. 문이 열린 마차 안에서 엘리자베트와 프랑수아가 시선을 마주했다. 후작이 연분홍색 눈동자를 떨며 극적으로 이마를 짚었다.

"엘리자베트, 내가 심사숙고해 봤다."

"아저씨는 깊이 생각하면 불길한 결과물을 내잖아요."

"들어보거라. 영원히 축복받으실 알렉상드르 국서께서는, 소공작이 되기 하루 전에 출가해 폐하의 배우자가 되셨다고 하지 않느냐?"

"네."

"혹시 황자 전하께서도 태자 위에 오르기 전에 반려를 찾기 위해 떠나신,"

-찰싹!

엘리자베트가 그의 손등을 냅다 쳤다. 프랑수아는 고통에 신음했다.

"약혼반지를 낀 손으로 때린 건 고의가 아니라고 해주련?"

"말이 되는 소리를 하십시오. 아저씨는 꼭 이렇게 한 번씩 약한 척을 하시네요."

소백작의 회색 눈매가 날카롭게 뜨였다. 그녀는 야무진 태도로 자신의 레이피어와 맹 고수를 점검했다. 슬슬 비가 그칠 것 같으니, 다시 나가서 후작을 호위하고 황궁에 중간 결과를 보고해야 했다.

"사르네즈 공작이나 블랑케르 공작보다 황자 전하를 늦게 찾고 싶으신 건 아니죠? 폐하께서 아저씨를 믿고 맡겨주시지 않았습니까."

"아아, 엘리자베트!"

"네. 이까짓 비는 아무것도 아닙니다. 저는 약혼자를 생각하면서 힘낼 테니까, 아저씨는 폐하와 동생들을 생각하면서 힘내십시오."

이건 그녀가 주로 제설이나 고강도 훈련 때 병사들을 달래기 위해 하는 말이었다. 그 사실을 알 리 없는 프랑수아는 자못 감격한 듯했다. 괴짜인지 천재인지 모를 남자가 혼자 사기를 끌어올리는 동안, 엘리자베트는 무심히 하늘을 올려다보았다. 오묘한 예감이 들었다. …세이디, 혹시 어느 시골 벽지로 가버린 건 아니지?

* * *

-할짝, 할짝

"데미, 그만…"

나는 온 얼굴을 핥아대는 혀 때문에 잠에서 깼다. 잎사귀 이불 너머로 아침 햇살이 들어오고 있었다.

덜 걷힌 새벽안개가 물 냄새를 풍겼고 여기저기서 새소리가 들렸다. 등이 배겨 불편했지만 맑은 공기엔 숨이 트였다. 여기가 어디더라.

-할짝

"아."

불침번 서야 하는데! 나는 벌떡 몸을 일으켰다. 데미와 뚝심이가 배 위에서 대구루루 떨어졌다. 이번에야말로 녀석들을 황급히 받아 안았다. 한 마리도 놓치지 않은 건 좋지만, 데미는 혀가 짧았다. 배에 누워서 내 뺨을 핥지는 못하는데.

"누구-"

나는 싸한 기분을 느끼며 뒤를 돌았다.

-삐약

"깜짝이야!"

그리고 어깨를 떨며 식겁했다. 고라니였다! 작은 새끼 고라니가 나를 보며 귀를 펄럭이고 서있었다. 설마 어저께 그 녀석인가 싶어 몸을 살펴보는데, 오른쪽 뒷다리에 하얀 천을 맨 것이 눈에 띄었다.

"너… 어제 만난 애냐?"

-빽, 삐악!

고라니가 긍정하듯 힘차게 병아리 소리를 냈다. 상처가 나았어도 핏자국은 그대로였을 테니, 누군가 녀석을 걱정해서 다리를 압박해 주었을 법했다. 하지만 크리스텔은 이 녀석이 여기 도착하자마자 깡충깡충 뛰어가 버렸다고 했다. 그럼 도대체 누가 천을 묶은 거지?

"왕자님… 몇 시예요?"

옆자리에 누워있던 크리스텔이 이마를 긁으며 인상을 찌푸렸다. 나는 그제야 두 공녀가 아직 일어나지 않았음을 깨달았다. 주위를 살피니 요한 경은 보이지 않았고, 나와 황자의 잠자리 사이에는 헤릿이 잠들어 있었다. 아이가 걱정돼 이곳으로 옮겨두고 간 듯했다. 황자도 행방불명이었다.

"몇 시인지는 모르겠는데 해가 떴습니다. 안녕히 주무셨어요?"

"네. 좋은 아침…"

그녀가 배시시 웃더니 나를 보며 옆으로 돌아누웠다. 아니, 잠깐만.

"이상한데요."

분위기가 묘했다. 나는 데미와 뚝심이, 고라니까지 끌어안으며 궁둥이로 후진했다. 크리스텔의 눈끝이 가늘어졌다.

"뭐가 이상합니까?"

"이러면 안 될 것 같습니다."

"아직 아무것도 안 했는데."

"아직?"

그녀가 팔을 뻗으며 슬금슬금 내 쪽으로 몸을 움직였다. 나는 무서워서 돌처럼 굳었다. 지금 이게 무슨 일인지는 모르겠지만 아무튼 안 된다, 이 개연성 없는 소설아. 여긴 애들도 있다고. 에바랑 헤릿이 자고 있다고!

"뭐 하는 짓이지?"

그때, 써늘한 중저음이 내려앉았다. 동시에 크리스텔이 터진 크림빵처럼 웃기 시작했다.

"아하하하! 악! 왕자님 너무 웃겨, 아… 표정, 흐흐흐. 어떡해요. 배 아파…"

그녀가 배를 잡고 구를 즈음에야, 나는 아침 댓바람부터 크리스텔에게 놀림당했음을 깨달았다. 순식간에 볼이 달아오르고 귀가 뜨거워졌다. 후딱 세드리크 황자를 올려다보았다. 그가 이렇게 반가울 수 없었다.

"안녕히 주무셨어요, 황자님. 요한 경은 어디 갔는지 아십니까?"

"정찰."

대충 나 혼자 쪽팔린 상황을 파악했는지, 그가 평소의 목소리로 돌아와 답했다. 그러더니 손에 쥐고 있던 것을 쑥 내밀었다. 나는 전날처럼 소리를 지를 뻔했지만 기적적으로 참아냈다. 식사용으로 잡아온 듯한 산토끼가 주렁주렁 매달려 있었다. 인간적으로 예고 정도는 해줄 수 있지 않나.

"…감사합니다. 애쓰셨습니다."

내가 겨우 말하자, 그는 눈썹을 까닥이더니 모닥불 쪽으로 향했다. 이어 사내의 뒤편으로 백발의 성기사가 착지했다. 이번에도 하늘로 올라가 주변을 살핀 모양이었다. 민트색 눈동자가 나를 발견하고는 호선을 그렸다.

"푹 주무셨어요, 전하."

"요한 경, 저를 깨우시지 않고요."

"추기경은 사나흘쯤 깨어있어도 멀쩡하니까요."

그러자 크리스텔과 황자가 일시에 미간을 구겼다. 뭔지는 몰라도 텔레파시가 통했나 보다. 나는 차분히 현재의 상황으로 돌아왔다.

"간밤에 수고해 주셔서 고맙습니다. 혹시 요한 경이나 황자님께서 이 녀석의 다리에 천을 묶어주셨습니까? 어제 치료해 준 고라니인 것 같은데 갑자기 나타나서요."

"어! 그러고 보니 애가 있었네요. 용케 살았구나."

크리스텔이 고라니를 쓰다듬으며 반갑게 미소했다. 고라니는 일행을 모두 알아보는지, 도망가지도 않고 제자리에서 폴짝폴짝 뛰어댔다. 요한 경이 재미있다는 듯 말했다.

"저와 황자 전하도 오늘 고라니를 보는 건 처음인데… 근처에 마을이 하나 있더군요. 아마 그곳의 주민이 처치해 주지 않았을까요?"

"마을요?"

내가 되물었다.

"어제는 안개 때문에 보이지 않았는데, 아주 작은 동네예요. 전방에 있는 산과는 반대 방향이죠. 스무 집도 안 되는 것 같아요."

요한 경의 설명에 머릿속이 팽팽 돌아갔다. 시선을 옮겨 일행이 도착했던 길목을 살폈다. 여전히 감감무소식이었다. 하지만 우리의 행렬엔 엘리자베트 경이 있었고, 교황청에서 헤릿을 데려온 신관을 포함해 사제도 두 명이었다. 신수인 레아와 페리까지 있었다. 마수의 습격에 당해서 우리를 찾지 못하는 거라 생각하기는 힘들었다. 역시, 포털 자체에 문제가 생긴 거겠지.

"마을로 가보는 게 어떻습니까?"

"마을로 가지."

나와 황자가 동시에 말했다. 크리스텔과 요한 경이 고개를 주억이며 의견을 보탰다.

"하룻밤 내내 소식이 없었다면, 안 오는 게 아니라 못 오는 거겠죠. 마을에선 지도라도 구할 수 있지 않을까요?"

"네. 마차가 있다면 빌릴 수 있을 테고, 없어도 영주성에 도움을 청할 수는 있을 거예요."

훌륭한 해설이었다. 우리는 비장한 눈빛을 주고받으며 아이들을 깨우고 밥을 준비했다. 씻고 든든히 먹고, 황궁으로 돌아가기 위한 두 번째 모험을 시작하기 위해서였다.

* * *

…이걸 모험이라고 부를 수 있을지는 모르겠지만. 그냥 트레킹 같다.

-삐익! 삐약!

앞서가던 고라니가 재촉하듯 울었다. 황자는 일행의 선두에서 혜검으로 가지를 쳤다. 데미가 그를 보조하고 있었고, 뚝심이는 이따금 나무 위로 날아올라 방향을 확인했다. 에바는 '다 같이 날아가면 안 되냐'며 요한 경을 처량하게 바라봤으나, 그냥 둥둥 뜨는 것과 비행은 에테르 소모량의 차이가 극심했다.

게다가 여섯 명이나 컨트롤하는 일은 엄청난 공기 저항력과 집중력을 필요로 했다. 나와 에바가 있긴 하지만, 비전투 시에 성기사의 에테르를 바닥내는 건 어느 책에서도 권장하는 일이 아니었다. 마을이 멀지 않다고 했으니 운동 겸 숲을 걷는 것도 괜찮을 듯싶었다. 황자의 뒤에서 크리스텔이 즐거워했다.

"밤톨이를 구했더니 길잡이가 돼 주네요."

"그러게요."

나는 그녀를 따르며 답했다. '밤톨이'는 우리가 고라니에게 붙여준 이름이었다. 크리스텔이 '밤비' 어쩌고 중얼거리기에 드디어 괜찮은 이름이 나오나 싶었는데, 결국 한 번 꼬아서 '생률이'라는 결과물을 냈다. 그걸 내가 조금 다듬었고.

"이러다가 온천이라도 나오면… 옷 훔쳐서 사람을 인질로 잡아야 하는 건가?"

우리의 주인공이 무시무시한 혼잣말을 했다. 나는 모른 척하며 품 안의 헤릿이 들었을까 눈치를 봤다. 요한 경은 후방을 호위하며 우리의 자취를 없애고 있었다. 황실의 수색을 돕기 위해 흔적을 남겨야 하나 싶었지만, 마수나 맹수가 따라와 마을을 덮칠 수도 있으니 지우는 게 나았다. 헤릿은 나를 한참 들여다보더니 내 머리에 조심조심 꽃을 꽂았다.

"삼촌 주는 거야?"

끄덕끄덕.

"고마워."

방싯방싯. 내일모레 서른인데 머리에 꽃을 다는 게 상당히 부담스러웠지만, 아이가 좋아하니 나도 괜찮았다. 옆에서 나와 헤릿을 보던 에바가 불쑥 말했다.

"전에, 제가 왕자님께 호구냐고 여쭤봤잖아요."

"네, 에바."

내가 대답했다. 소공녀는 찢어진 드레스와 흙을 뒤집어쓴 구두로도 씩씩하게 바위를 오르내렸다.

"지금도 왕자님이 호구 같다는 생각은 합니다. 그렇게 다 도와주다가 나중에 왕자님 혼자 알거지? 되실 수도 있으니까요."

나는 쓴웃음을 지으며 아이의 말을 경청했다.

"근데 하나는 알겠어요."

에바가 커다란 흑갈색 눈동자로 나를 바라보았다.

"그때, 같은 출발선에서 다시 시작할 기회를 가져야 한다고 하셨잖아요."

나와 소공녀의 눈길이 마주쳤다. 크리스텔과 황자, 에바가 쥘리에트 궁의 발코니를 넘어왔던 날. 자신이라면 앞으로 요한 경을 믿지 못할 거라는 아이의 말에, 나는 분명 그런 이야기를 했었다. 에바는 비틀거리다가도 내 옷깃을 붙들어 중심을 잡았다.

"왜 그런 얘기를 하셨는지 이제는 압니다. 그 애도 그렇고… 헤인스 경도 계속 웃고 있으니까요. 바보같이."

에바가 입을 비죽이며 뒤를 돌아보았다. 우리의 시선을 느낀 요한 경이 멀찍이서 손을 흔들었다. 아이는 후다닥 고개를 돌렸다.

"그래서 제 오빠한테 화가 나셨던 거예요?"

응? 이건 의외의 질문이었다. 나는 눈을 깜빡이며 소공녀를 내려다보았다. 에바의 목소리가 작아졌다.

"오빠가, 저한테 자꾸 나쁜 말 하고 움츠러들게 해서. 저를 남들하고 똑같이 출발할 수 없게 만들어서 화가 나신 거예요?"

"…"

일순 말문이 막혔다. 나는 쉼 없이 발을 놀리는 아이와 나란히 걸으며, 입안이 쓴맛으로 가득 차는 것을 느꼈다. 기꺼이 배움을 얻은 에바가 고마우면서도 안타까웠다.

"네, 그런 것도 있고…"

내가 운을 뗐다. 에바는 나를 올려보다가 크게 발을 헛디뎠다.

"앗!"

"으쌰."

나는 한 팔로 아이의 어깨를 단단히 붙들었다. 놀란 에바가 '고맙습니다' 하고 인사했다.

"블랑케르 소공작은 이렇게 잡아주지 않았을 테니까요. 그래서 화가 났었습니다."

"…"

"동생이 넘어지면 일으켜 주고, 부족하면 응원해 주고, 나쁘게 행동하면 타일러 주고."

헤릿이 내 목을 끌어안았다.

"오빠는 그래야 하는 건데. 정반대로 하는 놈이라고 해서 열 받았어요."

내가 씩 웃었다. 에바는 멍하니 나를 보더니, 작게 입꼬리를 씰룩였다. 그러고는 내 팔을 잡고 휘두르며 걸었다.

"제가 다음 달에 사교계 데뷔를 합니다. 동부 최대의 행사가 될 거라고, 아버지께서 그러셨어요."

"네, 들었습니다."

"그런데 아직 무도회 동행이 없습니다."

…왜 그 이야기를 나한테 하지? 나는 설마 하는 심정으로 소공녀를 돌아보았다. 아이의 눈동자가 짓궂게 빛났다.

"에바,"

-삐악! 빡빡!

가이드 밤톨이가 큰 소리로 울었다. 우리는 흠칫하며 전방을 주시했다. 어느새 숲이 끝나고 새파란 여름낮의 하늘이 우리를 반겼다. 아기자기하게 꾸민 가정집 뒤뜰이 모습을 드러냈다. 잠깐, 이거 주거 침입 아닌가?

"밤톨아, 너 위험한 고라니구나."

-삐약!

크리스텔의 꾸지람에 밤톨이가 반항적으로 대꾸했다. 황자는 작은 집을 보고 '마구간인가?' 따위를 진지하게 중얼댔다. 나는 헤릿을 내려주고, 다시 엉겨오는 데미와 뚝심이를 안으며 사방을 둘러보았다. 일단 집주인을 만나서 정중하게 사과하고 말씀을 여쭤야-

"에구머니나!"

뜰 구석에서 극적인 감탄사가 터져 나왔다.

허리가 굽은 노인이 우리를 보고 깜짝 놀란 얼굴로 일어섰다. 양손에는 호미와 당근 뿌리를 쥔 채였다. 나는 반사적으로 자세를 숙이며 그녀에게 말을 건넸다.

"안녕하세요, 선생님. 실례합니다. 저희가 숲에서 길을 잘못 들어서,"

"이게… 이게 뭔 일이여. 천사가 떼로 내려온 겨? 주신의 조화여?"

"아뇨, 저희는…"

내가 말끝을 흐렸다. 의심을 사더라도 바로 신분을 밝히는 게 낫나?

"제게 맡기세요, 전하. 가장 빠른 방법이 있어요."

그때였다. 마지막으로 숲에서 걸어 나온 요한 경이, 나직이 말하며 우리 앞을 막아섰다. 믿음직한 뒷모습이었다.

"어르신, 제발 저희를 도와주십시오. 목숨이 오가는 급한 일입니다."

요한 경이 손을 떨며 크리스텔과 황자를 가리켰다. 노인이 곧장 집중했다.

"여기 두 분은 황도로 사랑의 도피 중입니다. 공자가 다른 집안 사람과 억지로 혼약을 올리고 있었는데, 공녀가 간신히 빼냈거든요. 양가에서 병사를 풀어 이분들을 쫓고 있어요."

"어이구, 어쩌자고 그런 짓을 했어!"

어르신이 안쓰러워 죽겠다는 듯 당근을 휘둘렀다. 나는 입을 쩍 벌렸다. 황자와 크리스텔이 자신들의 선생을 뚫어져라 노려보았다.

"그리고 저희는… 같은 마차에 합승한 일가족입니다. 여기 도련님과 아가씨는 남매고, 저와 제 아들은 두 분을 살리기 위해 따라온 하인이에요. 안타깝게도…"

"안 봐도 알겠구먼! 맏이가 혼외 자식들 죽이려고 쫓아오는 게지. 재산 한 푼 안 주려고!"

"…네."

요한 경이 힘없이 고개를 떨어뜨렸다. 어르신은 호미를 휘저으며 집의 뒷문을 벌컥 열어젖혔다.

"여기 딱 있어! 내가 동네 사람들 싹 모아다가 올 테니까. 머리를 맞대면 다 수가 생기는 법이여! 하이고, 쩐지. 옷은 비단인데 다 해졌더라니…!"

할머니가 놀라울 만치 빠른 걸음으로 사라졌다. 나는 충격적인 전개에 넋을 잃었다. 요한 경이 눈을 휘며 나를 돌아보았다. 용병이 아니라 배우 출신인가?

* * *

"확실히… 효과적인 것 같기는 합니다."

내가 말했다. 요한 경이 그림처럼 웃으며 건너편 소파에 앉았다. 스무 명도 안 되는 마을 주민들은, 우리에게 빈집 하나를 기꺼이 내주었다. 먼지가 쌓여있고 좁긴 해도 필요한 가구는 얼추 갖춰져 있었다.

우리는 가까운 우물에서 물을 퍼다가 깨끗하게 목욕했다. 찢어지고 흙투성이가 된 옷은 어째야 하나 고민했는데 역시 어르신들이 해결해 주었다. 지금 우리가 입고 있는 건, 오래전 마을을 떠난 청년들이 두고 간 셔츠와 바지였다. 수수한 평민 차림이 된 에바가 헤릿과 동물들을 데리고 마당에서 놀고 있었다.

"평민은 어딜 가나 비슷해요. 우리가 신분을 드러내면, 주민의 절반은 불신하고 나머지 반은 공포에 질릴 거예요."

요한 경은 엄청난 연기를 해놓고도 아무렇지 않은 얼굴이었다. 도대체 어떤 과거를 살아온 거야?

"이렇게 노년층만 모여 사는 곳이라면 더욱 그렇죠. 적극적인 협조를 얻기 어려워져요. 높으신 분이 행차하면 무서워서 끼니조차 넘기지 못하는 게 시골 사람들이거든요. 경계가 심해요."

풀썩. 크리스텔이 젖은 머리를 수건으로 털며 내 옆자리에 퍼졌다. 그녀와 나의 새 옷에선 오래된 서랍 냄새가 났다. 크리스텔은 여전히 '사랑의 도피' 설정에 불만스러운 얼굴이었지만, 요한 경은 신경 쓰지 않고 설명을 이었다.

"하지만 도움이 필요하다고 하면 반응이 달라져요. 통속적인 사연엔 더더욱 발 벗고 나서려 하죠."

내가 이 빠진 찻잔으로 물을 마시며 고개를 끄덕였다. 정말 그랬다. 아까 어떤 할아버지는 크리스텔을 보며 '그려, 잘했어. 불같은 사랑도 할 수 있을 때 해야지' 하고 격려했다. 나와 에바에겐 거친 빵을 쥐어 주었다. 어지간히 불쌍해 보인 듯했다.

"《이성과 감성과 신성》은 인간의 그런 심리를 꿰뚫는 수작이에요."

"예?"

나는 눈을 깜빡였다. 갑자기요?

"주인공 셋 중 평민 출신이 있다는 점도 그렇지만, 공간적인 배경부터 소수민족이 세운 약소국이잖아요. 평범한 백성이 이입하기 좋은 소재예요."

그게 그런 설정이었어? 캐서린이니 제인이니, '이감신'에 영어 이름이 나오는 게 특이하단 생각은 했는데 그게 여기선 소수민족의 언어인 모양이었다. 나는 새롭게 얻은 상식과 뱅자맹의 감각에 경탄했다. 그때였다.

"다른 셔츠는 없나?"

불만스러운 중저음과 함께, 욕실 쪽에서 짐승 같은 사내가 걸어 왔다. 원래도 덩치가 좋은데 공간이 작으니 평소보다 더 커 보였다. 세드리크 황자는 목에 수건을 걸고 셔츠를 든 채, 머리에서 물을 뚝뚝 흘리며 우리 앞에 섰다. 나는 경악하며 입을 쩍 벌렸다. 상의는 왜 안 입고 나오셨습니까?

"아니… 저게 사람 몸이냐?"

"왕자님, 속마음이 밖으로 나왔어요."

크리스텔이 지적했다. 황자가 주황색 눈동자를 가늘게 떴다. 나는 그제야 턱을 다물고 고개를 흔들었다. 퇴계공은 사실 전체 이용가가 아니라 15세 이용가 아닐까 하는 생각이 머릿속을 가득 채웠다. 꼰대라고 해도 상관없다. 삽화까지 있는 소설인데 너무 외설적이잖아. 어떻게 이런 걸 초등학생이 보게 할 수 있냐고!

"공녀는 보시면 안 됩니다."

일단 침착하게 크리스텔의 눈앞을 가렸다. 아닌가? 보게 하는 게 낫나?

"벌써 다 봤습니다."

그녀가 꿍얼거렸다.

"쟤도 브라를 안 하는데 내가 왜,"

"옷 입으세요, 황자님."

주인공의 혼잣말이 위험 수위에 도달하려 했으므로 나는 즉시 황자를 다그쳤다. 그러나 메인 남주는 지지 않았다.

"품이 안 맞아."

내가 오만상을 썼다. 어르신들이 동네에서 제일 큰 옷을 너한테 줬는데 그게 왜 작아. 단추를 강하게 키워!

"하하."

우리를 지켜보던 요한 경이 낮게 웃었다. 아무래도 여기서 심각한 건 나뿐인 것 같았다. 그때,

-벌컥!

"웃통은 왜 벗어젖히고 있어! 더워?"

우리와 처음 만난 노인장, 마를렌 할머니가 노크도 없이 문을 열고 들어왔다. 우리에게 빵을 주었던 레미 할아버지도 함께였다. 황자가 미간을 찌푸렸고 나와 크리스텔은 자리에서 일어났다. 요한 경도 따라서 기립했다. 할머니가 내게 묵직한 바구니를 건넸다.

"동네에서 모은 빵하고 치즈. 햄도 있어. 이거는 새벽에 짠 우유여. 강아지들부터 먹여."

"정말 감사합니다, 어르신."

내가 환하게 웃으며 인사했다. 할머니는 나를 보며 혀를 끌끌 차고는 요한 경의 곁에 몸을 앉혔다. 할아버지도 착석했다. 황자가 셔츠에 팔을 꿰며 다가오기에 나는 재깍 옆을 내주었다.

평소에도 둘 사이에 끼어 앉긴 했는데, 오늘은 절대로 그렇게 하고 싶었다. 퇴계공의 심의 등급을 준수해야 한다는 이유 모를 의무감이 솟았다. 할아버지가 먼저 입을 열었다.

"내가 동네를 한 바퀴 싹 돌았는데, 아무래도 우리 마을에는 지도가 없는 것 같네."

아…

"글 깨친 사람도 없고, 다들 평생 여기 살아서 밖에 나간 일도 없어. 지도를 볼 일이 없는 것이지."

할아버지의 말에 짧은 침묵이 흘렀다. 요한 경이 입을 뗐다.

"마차는,"

"없어. 한 20년 전에 뉘 집 아들이 장사하겠다고 끌고 가서는 안 와."

젠장, 나쁜 놈. 나는 포기하지 않고 물었다.

"혹 여기가 어디인지 아십니까?"

"에이츠. 우리 마을 이름이여."

"멋진 이름이네요. 그럼 위치도 아세요? 황도와 멀다든지, 가깝다든지. 황도에서 어느 방향에 있는 마을인지요."

"그거는… 우리가 황도에 가본 적이 없어서. 그래도 북쪽이긴 할 거여. 젊은이들이 전부 남쪽으로 간다고 했거든."

황도의 북쪽이구나. 할아버지가 허허 웃었다. 나는 함께 미소하며 다음 질문을 꺼냈다.

"영주님의 이름을 들어보신 적은 있습니까?"

"영주님?"

바구니에서 사과를 꺼내 깎던 마를렌 할머니가 되물었다. 두 노인장이 마주보며 인상을 찡그렸다.

"영주님이… 있나?"

"있기야 하겠지, 마를렌. 우리도 세금을 내는데."

"그런가? 본 적이 있어야 알지!"

할머니는 큰소리를 내고 다시 사과에 집중했다. 황도의 북쪽에 있는 '에이츠' 마을. 하지만 영주의 이름을 모르니, 이곳이 누구의 땅이며 황도에서 얼마큼 떨어져 있는지는 알 수 없었다. 이번엔 크리스텔이 운을 뗐다.

"세금을 내실 때요. 누가 걷어가나요? 그, 마을 이장님… 그러니까 대표님이 계신가요?"

"대표? 대표는 있어!"

할머니가 안색을 밝히며 과도를 휘둘렀다. 요한 경이 부드러운 몸짓으로 그녀의 손에서 과일과 칼을 빼냈다.

"생각해 보니까 그려. 황도가 아주 멀지는 않을 거여. 에이츠에서 제일 잘 배운 집 자식이 황도에서 일을 혀."

드디어 긍정적인 소식이 나왔다! 크리스텔과 내가 할머니 쪽으로 몸을 기울였다.

"글 읽고 쓸 줄 알고, 게서 귀한 나리들도 만난다고 했어. 그 애가 다달이 왔다 갔다 하면서 마을 대표 노릇을 해줘. 어찌나 자상하고 기특한지."

"그자는 지금 어디 있지?"

황자가 날카롭게 반말을 던졌다. 나는 그의 옆구리에 팔꿈치를 꽂아 넣었다.

"억."

그러고는 바로 나가떨어졌다. 팔이 뎅뎅 울렸다. 무슨 철근이냐?!

"…어디 있습니까?"

나의 매서운 눈빛을 이해했는지, 황자가 내키지 않는 투로 어미를 고쳤다. 두 어르신네가 그의 눈치를 봤다. 아무것도 모르는 그들의 눈에도 황자가 존귀해 보이긴 하는 모양이었다.

"그, 매달 중순이면 오는데. 정확히 날짜가 정해진 것은 아니고."

"아니지, 레미! 금방 오겠네!"

손에 쥔 것이 없는 마를렌 할머니가 이제 양팔을 휘저었다.

"뭣이냐, 황자 전하가 높은 자리에 올라간다면서. 그것 때문에 말일까지 바쁠 것 같다고, 일찍 온다고 그랬어."

"그랬나… 어이! 기억나네. 그 애가 야무지게 도와줄 거여!"

레미 할아버지가 고개를 주억였다. 나는 눈을 크게 떴다. 황태자 책봉식은 모레였다. 그것보다 일찍 온다면 오늘, 늦어도 내일은 마을 대표를 만날 수 있다는 뜻이었다. 왼편의 황자를 돌아보자 그의 시선이 차분하게 가라앉았다.

"어떻게 하시겠습니까?"

내가 물었다. 하지만 결국 선택지는 하나였다. 마을엔 마차는커녕 말 한 마리 없는 데다, 황도까지 얼마나 남쪽으로 가야 하는지도 모르는 상황이었다. 황궁과 영주성에 소식을 전하려면 마을 대표를 기다리는 게 합리적이었다. 이곳에 있으면 포털 근처를 수색할 황실 근위대와 만날 확률도 높았다. 비록 내일 있을 예행연습은 참석하기 힘들겠지만…

"…"

"잘생긴 총각은 여기 있을 생각인가 보네."

할머니가 말했다. 나는 이놈의 무표정 해석에 시간이 꽤 걸렸는데 초면에 곧장 파악하시는 게 신기했다. 이게 바로 연륜이라는 걸까.

"그려. 우리 대표 올 때까지 예서 세끼 챙기고, 애인이랑 같이 강아지들 건사해."

"겸사겸사 장작도 좀 패주면 좋고. 아예 눌러살면 더 좋고."

"아이고, 주책! 인제 그만 일어나!"

할머니의 거친 손놀림에 할아버지의 팔뚝이 밀려났다. 두 노인장이 거실을 폭풍처럼 휘젓고 집을 나서자, 요한 경이 낡은 접시에 사과를 올렸다. 앙증맞게 깎은 어른 토끼 네 마리, 아기 토끼 네 마리였다.

* * *

"…알았다. 가봐."

"예, 폐하. 전하."

소년과 청년의 중간쯤 되어 보이는 남자가, 화려한 로브를 덮어쓰고 황제의 집무실을 떠났다. 오렐리는 문이 닫힐 때까지 그의 뒷모습을 바라보았다. 베이지색 눈빛은 혼란에 잠겨있었지만, 기실 그는 당혹보다 즐거움에 가까운 감정이었다.

"의외야."

"그래."

추기경과 황제가 말을 주고받았다.

"거짓말인 것 같지도 않고, 플뢰르 드 리스가 우리를 속일 이유도 없고."

"오렐리, 뭐가 그렇게 재밌어?"

"그렇잖아. 우리는 아이들의 행방도 모르는데, 책봉식이 '백성의 환희와 주신의 축복 속에 무탈히 치러질 것'이라니."

추기경이 대답했다. 조금 전 집무실을 빠져나간 예언자는, 스무 살의 나이로 황제 직속 마법사 자문단 '플뢰르 드 리스'의 최연소 단장이 된 이였다. 책봉식이 황자의 생일에 잘 치러질 수 있겠느냐는 갑작스러운 물음에 그는 흔들림 없이 긍정했다.

다혈질인 황제의 성정을 알기에, 질문이 나오게 된 전후 사정조차 궁금해하지 않았다. 프레데리크는 재킷을 벗어 소파에 아무렇게나 집어던졌다. 오렐리가 차분히 물었다.

"이블린에서는 전령이 왔어?"

"그래. 거기에도 없다더군. 그곳으로 갔다면 녀석들이 먼저 연락했겠지."

황제가 불퉁하게 답했다. 프랑수아 뒤엠이 악천후에도 쉼 없이 노력하고 있으나, 포털의 분석 결과는 내일 저녁에야 나올 것이라는 보고가 있었다. 그 무렵이면 책봉식 전야제가 시작될 터였다.

"그놈의 포털 하나 읽는 게 왜 그리 오래 걸려?"

"우리는 마법사가 아니잖아. 전쟁 시대의 좌표법은 요즘 쓰이는 것과 달라서 그렇대."

추기경이 달래듯 말했다. 이어진 영혼을 통해 황제의 초조한 심정이 전해졌다. 8급 검사이자 7급 마법사이며, 곧 서임 받을 성기사 아들이 설마 잘못될 거라 여겨서는 아니었다.

그녀는 세드리크가 완벽한 예식을 치르고 황태자가 되기를 바랐다. 훗날 자신이 세상을 떠나더라도, 감히 누구도 그를 헐뜯을 수 없도록. 언젠가 아들의 '약점'이 온 세상에 드러난다 해도 그 위용과 품격만큼은 의심받지 않게.

"이브."

"…"

"나 좀 봐."

체리색 눈동자가 자신의 계약자를 향했다. 오렐리는 천천히 눈꼬리를 휘었다.

"그 애는 혼자가 아니야. 알잖아."

"…"

"예언이 내려졌으니 반드시 돌아올 거야."

추기경의 손이 황제의 손등을 덮었다. 기다렸다는 듯 엄지가 얽혀들었다.

"그리고 자신만의 책봉식을 무사히 치르겠지."

마지막 속삭임은 신탁에 가까웠다. 프레데리크는 말이 없더니, 마침내 짧게 헛숨을 터뜨렸다.

*　*　*

-쿵! 쩍!
-꼬꼬댁! 꼬꼬!
"으…"

요란한 아침 소음에 잠이 깼다. 나는 낡은 싱글 침대에서 느릿느릿 기상했다. 어제 에이츠 마을에 도착하고, 우리는 주민들의 환대로 저녁 식사까지 배불리 마친 뒤 잠자리에 들었다. 마을의 대표란 청년은 밤까지 모습을 보이지 않았으니 아무래도 오늘 올 것 같았다. 혹시 벌써 도착했나?

"애들이 어디 갔지."

내가 게슴츠레 사방을 살폈다. 옆 침대의 황자는 물론이고, 나와 같이 구겨져 누웠던 데미와 뚝심이까지 보이지 않았다. 불편해서 거실로 나갔나 싶었다. 거기도 비슷할 텐데.

-끽, 끼익, 터엉!

잠깐의 씨름 끝에 창문을 열 수 있었다. 맑은 공기가 순식간에 폐를 채웠다. 나는 행여 경첩이 떨어지지 않을까 조심하며 마당을 내다보았다. 대단한 구경이 난 듯했다. 구석에 앉은 크리스텔이 주민들과 팝콘을 주워 먹고 있었다. 그리고 맞은편에선-

-쿵, 쩍!

흑발의 미남자가, 웃옷 단추를 세 개나 풀어헤친 채 장작을 패고 있었다. 나는 주변에서 홰치는 닭들과 똑같이 질겁하며 물러났다.

 "저, 저…"

 야! 이거 15세 아니라고!

10.　　　　　　　　　　　　✦ 이장과 천사

-쿵, 쩍!

"이야!"

요란한 소음과 함께 굵은 나무통이 두 쪽 났다. 몇 노인장이 감탄사를 뱉었다. 옆에서 대기하던 에바가 잽싸게 새로운 나무를 올려놓았다. 생글생글하니 누가 봐도 재미를 붙인 표정이었다. 크리스텔이 '펜션'이라고 부르는 우리의 숙소 앞이 에이츠 마을 주민으로 가득했다. 동네의 대표는 아직 오지 않았다고 했다.

"레미 말이 맞네. 금발 총각은 천사같이 고와."

"고생도 안 해봤는가 봐. 목이 허옇구먼."

내가 구경꾼 사이에 합류하자, 어르신들이 나를 기웃기웃 관찰하며 말했다. 나는 민망해서 머리만 열심히 꾸벅였다.

"총각 눈 색깔이 아주 이쁘고 희한하네. 보라색인 것이여?"

"네? 네. 보라색입니다."

어느 할아버지가 눈매를 가늘게 뜨며 물었다. 나는 바닥에 궁둥이를 붙이며 다소 긴장했다. 그러고 보니, 온 대륙을 통틀어 보랏빛 홍채를 지녔다고 알려진 건 나뿐이었다. 처음부터 들킬 수밖에 없는 거짓말이었나?

"그것이, 그. 주신의 축복을 받았다는 색 아닌가?"

"무슨 소리여! 그건 노란색이지."

"아, 그려?"

"총각이 이해해, 저 노친네는 태어나서 신전에 딱 한 번 가봤어. 세례받을 때."

낯선 할머니가 달래듯 말했다. 나는 입꼬리만 작게 올렸다. 다행인지 불행인지 이곳 어르신들은 종교의 세부에 어두웠다. 금색과 보라색 모두 주신교의 상징색이긴 하지만, 전자는 주신의 권능을 의미했고 후자는 주신의 축복을 뜻했다. 신국에서 예시 왕자의 인기가 높았던 건 그가 두 빛깔을 모두 지닌 채 태어났기 때문이고.

"사실 타지 사람이 왔다고 해서 긴장했는데. 잠만 달게 잤어."

"자네도 그랬어? 나는 손주들 태몽을 꾼 것 같다니까. 총각도 잘 잤는가?"

"네, 고맙습니다."

내가 공손히 답했다. 꿈자리가 좋았고 푹 잤다는 건 아마 내 에테르의 영향일 터였다.

"총각은 만나는 사람 없고?"

"아이고, 인제 그만 괴롭히고 저거 구경해! 애인이 쌍으로 힘이 장사여. 아주 잘 만났어."

마를렌 할머니가 좌중을 다그치고는 내게 뜨끈한 팝콘을 쥐어

주었다. 나는 애매하게 웃으며 감사를 전했다. 조금 전 세드리크 황자의 15세 이용가 장작 패기 쇼가 끝났고, 지금은 크리스텔 차례였다.

아침부터 무슨 소란인가 했더니 둘이서 대결 비슷한 걸 시작한 듯했다. 계기는 전혀 모르겠다. 머리를 꼼꼼히 틀어 올린 크리스텔이, 거대한 도끼를 망설임 없이 휘둘렀다.

-쿵! *쩌억!*

"와아!"

"…"

나는 울타리에 걸터앉아 물을 마시는 황자를 흘끔 바라보았다. 이런 일은 절대 안 할 줄 알았는데, 주민들에게 밥값을 하겠다고 겨울에 쓸 장작을 미리 패둔 모양이었다.

역시 '세레기' 소리까지 들을 녀석은 아니지 싶었다. 시선을 느낀 그의 눈빛이 이쪽을 향했다. 나는 재깍 고개를 돌리며 내 웃옷 안을 슬쩍 확인했다. …스펙 차이 너무하지 않냐, 진짜로. '메인 남주'는 다 저런가?

-쿠웅, *쩍!*

"사르네즈 공녀는 근력 단련이 필요하겠어요."

부엌에서 도브를 끓이던 요한 경이 국자를 들고 나와 말했다. 나는 품에 안기는 헤릿과 데미, 뚝심이, 고라니 밤톨이까지 챙기며 그를 올려보았다.

"성기사도 근력이 필요합니까?"

"그럼요. 기사라면 기본적인 체력과 몸이 있어야죠. 그런데 사르네즈 공녀는 20년 가까이 평범하게 살다 각성한 경우라, 모든 체능을 에테르에 의존하고 있어요. 보세요."

나는 다시 크리스텔을 돌아보았다. 쩌적! 몇 개째인지 모를 나무 토막이 갈라졌다. 내 눈에는 그냥 엄청난 힘이고 능력인데, 추기경인 그의 시선에는 달리 보이는 듯싶었다.

"공녀의 근육엔 힘이 들어가고 있지 않아요. 체내의 특수 에테르가 근육의 일을 대신하는 거죠. 저러면 에테르 효율이 크게 떨어져요. 최근까지는 성기사 서임이 우선이라 기술 위주로 가르쳤지만… 심사도 끝났으니 기초부터 닦게 해야겠어요."

요한 경은 어쩐지 즐거워 보였다. 이어 앞치마 차림으로 내게 스튜의 간을 봐달라고 요청했다. 나는 그의 국물 맛에 곧장 엄지를 세웠다. 작고 값싼 소고기 덩이를 얻어서 끓였는데, 채소가 신선해서 그런지 깊은 풍미가 났다. 열 그릇도 먹을 수 있을 것 같았다.

"아유, 젊은이들도 여기서 지내면 맘 편하고 좋겠구먼."

"이놈의 영감탱이가 또!"

우리를 지켜보던 레미 할아버지의 말에 마를렌 할머니가 언성을 높였다. 확실히, 이렇게 작은 동네에 숨어있으면 천하의 베르너르 국서라고 해도 못 찾을 것 같기는 했다. 실랑이하는 노인장들을 보며 쓴웃음을 짓는데 황자와 눈길이 마주쳤다. 주황색 눈동자가 묘하게 일렁거렸다.

"들어봐, 서로 이득 아녀. 청년들은 안전하고 편안하니 좋고, 우리는 힘 써주고 글 읽는 사람 생기니 좋고. 잘생긴 총각은 어찌 생각해?"

레미 할아버지가 황자를 보며 물었다. 무시할 거라 생각했는데 그는 웬일로 답을 내놓았다.

"…저는 안식을 원합니다."

"것 봐! 총각도 나랑 생각이 똑,"

"그러니 저자를 끌고 돌아갈 겁니다."

나를 보는 그의 눈빛에서 맹렬한 불꽃이 타올랐다. 나는 순간 할 말을 잃고 입을 벌렸다. 아니, 누가 안 돌아간다고 했냐?

"왐마야…"

마를렌 할머니가 중얼거리며 눈길을 피했다. 황자는 몸을 일으키더니 성큼성큼 집 안으로 들어가 버렸다. 나는 기어코 바닥에 떨어진 그의 셔츠 단추 하나를 수습했다. 황자가 말하는 '안식'이 무슨 뜻인지는 대충 알았다. 언제나 에테르가 불안정한 데다 혜검으로도 완벽히 다스릴 수 없으니, 나를 황궁에 두고 싶다는 거겠지. 내가 짝꿍이기도 하고.

"벌써 들어가시는 겁니까? 그럼 제가 이긴 거네요!"

그러자 크리스텔이 허리를 세우고 자신의 승리를 자축했다. 에바가 손뼉을 쳤고, 주민들은 좋은 구경에 장작까지 얻었다며 기꺼워했다. 공복에 먹은 팝콘 역시 맛있었다.

* * *

"…됐어. 나왔다, 엘리자베트! 이리 와 보거라!"

움찔.

"음."

마차에서 졸던 엘리자베트가 퍼뜩 깨어났다. 어느새 창밖으로 노을이 지고 있었다. 황명으로 푹 쉬며 잘 먹고 있지만, 친구들의 실종에 신경이 곤두선 탓인지 피로가 쉽게 가시지 않았다. 그녀는 자신의 어깨에 기대 잠든 가나엘의 머리를 조심스레 좌석에 눕혔다.

소년은 왕자를 걱정하느라 이틀간 잠을 설쳤고, 결국 오늘 뱅자맹에게 허락을 받아 황궁 밖으로 나온 참이었다. 엘리자베트는 부드러이 미소하며 약혼자의 이마에 키스했다. 왕자님이 있을 때는 매일 좋은 꿈을 꾼다고 노래를 하더니.

"엘리자베트! 어서!"

프랑수아 뒤엠 후작이 다급히 외쳤다.

"네, 갑니다."

그녀는 금세 부근위대장의 낯으로 돌아와 마차에서 내렸다. 소중한 친구들을 찾아 어서 마음 편해지고 싶고, 약혼자를 행복하게 해주고 싶지만 분명 저것도 별일 아닐 터였다.

프랑수아는 작은 단서에도 몹시 기뻐하는 학자였고 약간의 진척만 있어도 벌써 황자를 만난 것처럼 설레발을 쳤다. 어쩌면 자신과 아저씨보다는 사르네즈나 블랑케르 공작가의 사병이 세드리크 일행을 찾는 게 빠를 것 같았다. 그들은 황도의 외곽을 샅샅이 뒤지고 있다고 했다.

"뭐라도 건지셨습니까?"

그녀가 건조하게 물으며 천막으로 들어섰다. 오늘은 날이 맑지만, 8월의 날씨가 언제 다시 비를 뿌릴지 몰라 거두지 않은 공간이었다.

프랑수아가 연분홍색 눈동자를 빛내며 두 팔을 널찍이 벌렸다.

"환희하거라! 드디어 황자 전하께서 향하신 곳을 알아냈으니!"

"뭐라고요?"

소백작의 목소리가 커졌다. 프랑수아는 원하던 반응이라는 듯 샐쭉했다.

"새삼스레 프랑수아 뒤엠의 천재성에 탄복한 게야? 그랬겠지! 폐하께서도 분명 경이로워 하실 것,"

"본론만 합시다. 그래서 어딥니까? 너희, 당장 말들 출발시킬 준비해. 후작가의 마차에도 채비를 하라고 일러라. 전원 무장!"

"예, 부근위대장님!"

천막 안에서 프랑수아를 호위하던 황실 근위대가 신속히 움직였다. 엘리자베트는 후작의 멱살이라도 잡을 기세로 그에게 다가갔다.

"아저씨, 빨리요."

"그래, 보거라. 여기! 전쟁 시대의 포털 마법식은 요즘 것과 달리 무척 복잡해. 게다가 암호가 이중, 삼중으로 걸려 있어서 좌표를 구하기 심히 어려웠다. 하지만 처음부터 황도의 북쪽 아니면 남쪽이라는 사실은 확실했지."

"그건 어제 말씀하셨잖습니까. 위치요."

"결과는 북쪽, 그중에서도 여기였어."

잉크로 얼룩덜룩한 후작의 손끝이 지도의 한군데를 짚었다. 깃펜으로 둥글게 표시된 부분이었다. 엘리자베트의 눈이 튀어나올 듯 커졌다.

"…지금 장난 하시는 거 아니죠?"

"내가 설마 황자 전하를 걸고 그런 짓을 할까. 나조차 믿지 못해 세 번을 검산했으니 그런 반응은 이해한다만."

"말도 안 돼요. 아니, 차라리 다행인가?"

그녀는 황당한 얼굴로 마른세수를 했다. 거기 있다면, 그런 곳이라면 상황은 생각만큼 나쁘지 않았다. 그럼에도 불구하고 어쩔 수 없는 허탈함에 웃음이 나왔다. 엘리자베트는 암녹색 단발을 거칠게 흩뜨렸다. 프랑수아가 그녀를 다잡았다.

"조르주."

"네. 아저씨는 세기의 천재고 제국 최고의 마법사 중 한 분이십니다. 그러니 당장 가나엘과 황궁으로 가서 폐하께 소식을 전하세요. 저는 친구들을 데리러 가겠습니다."

소백작이 폭포처럼 말을 쏟아냈다. 제대로 면도조차 하지 못한 얼굴로, 후작은 눈부시게 웃으며 턱을 까닥였다.

* * *

크리스텔과 황자는 마를렌 할머니의 밭일을 도우러 갔다. 요한경은 부엌에서 육포를 만들고 있었고, 에바와 헤릿은 근처 꽃밭으로 놀러 나갔다. 겉으로 불안을 드러내는 이는 우리 중 아무도 없었다.

"…다 말랐는데. 아직도 안 오네."

-끼잉

-삐르르

―삐약!

 희게 나부끼는 이불보 사이로 속 편하게 드러누운 산이 보였다. 나는 동물들과 함께 초조히 동네 어귀를 응시했다. 빨랫줄에 널린 우리의 옷이 전부 보송보송해졌는데도, 해가 넘어가고 있는데도 마을 대표는 모습을 보이지 않았다.

 황태자 책봉식이 무려 내일이었다. 내일! 예행연습은 진작 끝났을 시간이고 잠시 후 전야제가 시작될 터였다. 그런데 황자와 우리는 여태 황궁으로 돌아가지 못했다. 심장이 조여들고 가슴이 답답했다.

 만약 프레데리크 황제가 식을 연기했다면, 그건 그것대로 죄스러웠다. 온 제국이 목을 빼고 기다리는 이벤트인데 도대체 내가 무슨 짓을 한 건가 싶었다. 후회하지는 않지만…

 "나 지금 완전 그거다. 민폐 캐릭터."

 내가 중얼거렸다. 그러자 밤톨이가 곁에서 콩콩 뛰며 원을 그렸다. 그 모습이 꼭, '그래도 나를 구했으니까 긍정적으로 생각해라' 하는 것 같아 헛웃음이 났다. 나는 녀석의 목덜미를 쓸어준 뒤, 서둘러 빨래를 걷고 벤치에 앉아 우리의 짐을 정리하기 시작했다. 아무리 봐도 대형 사고를 친 꼴이지만 손 놓고 있을 수는 없었다. 당장 출발할 수 있게 모든 준비를 끝내 두어야 했다.

 "왕자님, 보세요!"

 그때, 에바의 밝은 목소리가 귓가를 간지럽혔다. 눈앞에 불쑥 작은 손 네 개가 나타났다. 이불보를 헤집고 나타난 헤릿과 소공녀가 방실방실 웃고 있었다. 에바의 손바닥에는 병아리 솜털 모양의 작은 꽃이 한 줌, 헤릿의 손엔 3센티쯤 되는 자갈 두어 개가 놓여있었다. 완전히 투명한 재질이라 손금까지 훤히 보였다. 유리는 아닌 듯한데.

"이게 뭡니까?"

"꽃은 헤릿이 먹는 약인 것 같아요. 산기슭 쪽에서 발견했습니다."

나는 놀라서 눈꺼풀을 깜빡였다. 헤릿에게 거듭 묻자 아이가 고개를 끄덕였다. 신국에서는 비싼 돈을 주고 구해야 하는 거라고 들었는데, 이런 곳에서 얻을 수 있게 되다니 기적 같은 일이었다. 기분이 급격히 밝아졌다.

"진짜 잘됐다, 헤릿. 축하해. 돌아가기 전에 잔뜩 캐놓자. 가능하면 황궁에서도 키워볼게."

"그리고 이것도 있어요."

에바가 내 무릎에 꽃을 올려두고는 헤릿이 들고 있던 투명 자갈을 집었다.

"무지 신기합니다. 잘 보십시오."

곧 소공녀의 손가락 끝에서 금빛 에테르 구슬이 동동 떠올랐다. 데미가 혀를 내밀며 관심을 보였다. 에테르 입자들은 잠시 허공에 머무르다가, 제집을 찾은 듯 순식간에 자갈 속으로 빨려 들어갔다. 그리고는 반딧불처럼 자갈 안에 갇혀 이리저리 움직였다. 충격적인 장면에 소름이 내달렸다. '그릇'이나 신물도 아닌데 에테르를 가두는 물질이 있다고?

"예서 왕자님?"

그때였다. 어디서 많이 들어본, 너무나도 귀에 익은 음성이 들렸다. 나는 두 번째 전율을 느끼며 삐걱삐걱 목을 돌렸다. 지붕이 없는 허름한 마차가 시야에 들어왔다.

짐칸에는 온갖 우편물과 고기, 참나무통 따위가 실려 있었다. 마부석에 홀로 앉은 여인이 나와 소공녀를 번갈아 보며 경악했다. 우리 중 가장 먼저 입을 연 것은 놀랍게도 에바였다.

"…아녜스?"

쥘리에트 궁 뒷산의 산지기이자, 레서판다들의 최초 발견자이며, 에바의 신전 청소를 지도했던 사람. 아녜스 리치오티가 에이츠 마을에 나타났다.

* * *

나는 낡은 벤치 위에 아이들이 가져온 꽃과 자갈을 놓고 일어났다.

"왜, 왜 여기에…"

아녜스는 허둥지둥하며 마차를 멈추더니, 몹시 당황한 낯으로 우리 앞에 내려섰다. 그녀를 알아본 데미가 꼬리를 반짝 들었다. 나와 에바는 벌어진 입을 다물지 못했다. 아녜스야말로 왜 여기 있는 거야?

"안녕하세요, 아녜스. 어쩌다가…"

그녀가 나와 에바에게 절을 올렸고, 나는 얼떨떨하게 인사를 건넸다. 헤릿을 제외한 우리 셋의 얼굴엔 물음표가 가득했다. 서로에 대한 의문을 어디서부터 어떻게 해소하면 좋을지 몰라 침묵이 흘렀다. 먼저 말문을 연 것은 아녜스였다.

"왕자님, 저는 이곳 에이츠 마을의 대표입니다. 그래서 매달 어르신들을 방문하는데,"

"응?!"

에바가 목청을 높였다. 소공녀의 흑갈색 눈이 똥그래졌다. 어제 마를렌 할머니와 레미 할아버지에게서 들은 이야기가 머릿속에 휘몰아쳤다. 황도에서 일하는, 에이츠에서 가장 잘 배운 집 자식. 글을 읽고 쓸 줄 알며 귀한 이를 만나기도 하는 사람. 자상하고 야무진 청년.

그게 바로 황궁의 산지기인 아녜스였다. 두 노인장의 해설엔 오류가 없었다! 상상도 못 한 반전에 혀가 쩍 굳고 뒤통수가 찌릿찌릿했다. 진작 이름을 물어볼걸. 아니지, 시골 이장님이 친구일 거라는 생각을 어떻게 하냐고!

"그, 저기. 그럼 황궁에서 오시는 길입니까?"

나는 겨우 논리적인 문장을 만들어 냈다. 마침 저편에서 갈퀴와 곡괭이를 든 크리스텔과 세드리크 황자가 걸어오고 있었다. 나란히 거니는 모습이 참 좋아 보였, 이럴 때가 아니다. 내가 둘을 향해 정신 사납게 손짓했다. 후딱 튀어와!

"예. 오늘은 짐이 많아서 산을 둘러 오는 데 오래 걸렸습니다. 평소엔 세 시간이면 되는,"

"잠시만요. 죄송합니다."

나는 그녀의 말을 잘랐다. 방금 아주 이상한 소리를 들은 것 같아서였다.

"산을 둘러 오셨다는 게."

"저기, 전방에 보이는 산입니다."

"…설마 저게."

"예?"

나와 에바의 눈 끝이 가늘어졌다. 아녜스의 눈매가 덩달아 가로누웠다.

"아녜스. 저 산이 황궁 뒤에 있는 산이야?"

"네, 블랑케르 공녀님. 그렇습니다."

-터엉!

가까이 온 크리스텔이 드라마틱하게 갈퀴를 떨어뜨렸다. 두 주인공이 아녜스와 나를 번갈아 훑었다. 재깍 앞뒤를 파악한 황자가 미간을 찌푸렸다.

"…고도가 완전히 달라 보이는데."

내 말이. 쥘리에트 궁에서 보면 되게 낮은 산이라고!

"고, 고귀하신 황자 전하를 뵙습니다!"

황자를 보고 대경한 아녜스가 후다닥 예를 갖추었다. 그제야 아녜스에게는 이게 무슨 날벼락일까 하는 생각이 들었다. 황궁에서 열심히 일하고, 퇴근해서 또 다른 일을 하러 왔는데 하늘같이 높은 이가 몇이나 있는 꼴이었다. 나는 마른세수를 하고 침착히 입을 뗐다.

"아녜스, 저희는… 아녜스가 와줘서 얼마나 반갑고 다행인지 모르겠습니다. 그러니까 에이츠 마을이."

말을 하려니 헛웃음이 터졌다. 질문을 완성한 건 부엌에서 나온 요한 경이었다.

"여기가 황궁의 뒷산 너머에 있는 동네란 뜻인가요?"

"예, 태사太師님. 맞습니다."

"…"

아녜스의 답에 정적이 흘렀다. 이어,

"으ㅎ흑."

크리스텔이 거의 우는 소리를 내며 주저앉아 웃기 시작했다. 데미와 뚝심이가 그녀에게 붙어 낑낑거리고 삐뽀삐뽀했다. 아무리 봐도 같이 즐거워하는 거였다. 너희는 진작 알았던 척하지 마!

"여기서, 여기서 황궁까지 금방 갈 수 있다는 뜻이군요."

내가 눈을 깜빡이며 상황을 정리하고자 애썼다. 단체로 밥통이 된 기분인 데다 어이가 없어서 피식피식 숨이 새지만, 아무튼 결과만 놓고 보면 잘된 일이었다. 당장 출발하면 황태자 책봉식에 맞춰 도착할 수 있을 터였다. 황자가 깊은 눈길로 서쪽을 바라보았다. 어느새 해가 넘어간 마을에 어둠이 내리고 있었다.

"그게… 왕자님, 지금은 시간이 늦어 떠나시기 힘들 겁니다."

아녜스가 난감한 얼굴로 말했다. 그녀 역시 돌아가는 정황을 파악한 듯했다. 하긴 책봉식 때문에 황궁의 하인인 그녀도 일이 많았을 것이다. 내일이면 태자 위에 올라야 하는 남자가 이런 곳에 와있으니, 황당하기도 하고 걱정스럽겠지.

"혹시 책봉식이 연기됐습니까?"

"예? 아뇨, 그런 이야기는 듣지 못했습니다."

내 물음에 아녜스가 머리를 저었다. 천만다행이었다. 프레데리크 황제와 부티에 추기경이 어떤 근거로든 우리의 환궁을 믿는 게 분명했다. 나는 설득하듯 말했다.

"아녜스의 마차가 있으니 어떻게든 되지 않을까요?"

"산을 넘는 길은 없습니다. 넘으면 곧장 황궁이니, 애초에 길을 내서도 안 되지요. 결계가 있기는 하지만 접근 자체를 막는 게 가장 좋으니까요."

젠장, 그렇겠네. 나는 포털을 이용해 도착했던 숲길을 떠올렸다. 생각해 보니 그건 산을 넘는 게 아니라 세로로 길게 지나가는 길이었다.

"산세가 험하기도 합니다. 저번에, 황자 전하와 사르네즈 공녀님께서 현장 학습을 나오셨던 것을 기억하시는지요?"

산지기가 우리를 보며 조심스레 물었다. 나는 몇 개월 전의 일을 더듬었다. 남쪽으로 '마수 대토벌'을 떠나기 전에 분명 그랬던 적이 있었다. 크리스텔과 황자가 대판 싸우는 바람에 실내 연무장이 작살났고, 이에 화가 난 황제와 추기경이 야외 수업을 결정했다. 당시 우리는 드넓은 풀밭에서 '도독황소'와 맞서 싸웠다.

"쥘리에트 궁 뒷산은 언덕 수준이었는데요. 평평했습니다."

내가 말했다. 아녜스가 머리를 끄덕였다.

"예. 황궁의 뒷산에 오르면 널따란 분지가 나타납니다. 분지를 통과하면 큰 봉우리가 나오지요. 그게 지금 보시는 저 산입니다."

우리의 고개가 한꺼번에 산을 향했다. 그러니까 그때 피크닉을 즐긴 곳은 낮고 평탄한 분지고, 저 높다란 놈은 그다음에… 어?

"아이고, 벌써 신등神燈이 뜨는구먼!"

건너편 집에서 나온 레미 할아버지가 큰 소리로 말했다. 나는 그가 가리킨 곳을 보며 눈을 휘둥그레 떴다. 황자의 홍채를 꼭 닮은 주황색 등불이, 하나둘 산등성이로 모습을 드러내고 있었다. 데미가 화다닥 내게 매달려 어깨를 등반했다. 높은 곳에서 보고 싶은 모양이었다.

-끼이이

"황자 전하 탄신일 전날만 되면 저렇게 날아와. 이쁘긴 겁나 이쁜데 가끔 여기 수두룩 떨어져서 골치여."

할아버지는 여상한 말투였지만, 우리에겐 특별한 경험이었다.

"와…"

남보라로 물든 하늘에 총총히 빛점이 퍼져나갔다. 처음에는 서너 개였던 등불이 조금씩 늘어나 예닐곱, 열아홉씩 번졌다. 모두가 잠깐 말을 잃고 그 광경을 바라보았다. 어느 애니메이션 영화에 나오는, 은서가 사랑하던 장면이 떠올랐다. 밤톨이가 감탄하듯 발을 굴렀다. 크리스텔이 녀석의 등을 쓰다듬으며 중얼거렸다.

"예쁘다…"

"전야제가 시작됐군."

흠칫. 나는 황자의 말에 감상에서 깨어났다. 그와 나의 시선이 얽혔다.

"저게 전야제의 시작을 알리는 겁니까?"

"늘 황도의 클레르 광장에서 신등을 날리지."

"사람들이 모여서요?"

"그래."

그의 눈빛과 목소리는 차분했다. 크리스텔이 물었다.

"혹시 전하께서도 전야제에 참석하십니까?"

"매년."

일행이 찬물을 끼얹은 듯 조용해졌다. 꼬마 헤인스가 아빠의 다리에 매달렸다. 나는 급히 산지기를 돌아보았다.

"아녜스. 지금부터 마차로 산을 돌아가면 광장까지 얼마나 걸릴까요?"

"왕자님, 밤에는 빛이 없어 위험합니다. 산기슭은 원체 해가 빨리 지기도 하지요. 차라리 이른 아침에 출발하시는 게…"

"이게 다 뭔 소리여? 아녜스, 무슨 일이냐?"

어깨에 낫을 지고 오던 마를렌 할머니가 불쑥 말했다. 우리를 지켜보던 레미 할아버지도 당황한 표정이었다. 총각이라고 편히 부르던 이들이 갑자기 황자, 왕자라고 하니 놀랄 법도 했다. 저분들에게도 사과하고 설명을…

"황자 전하는 제가 모셔다 드릴 수 있어요. 왕자 전하께서 허락하신다면요."

그때, 내 뒤에 서있던 요한 경이 부드럽게 말했다. 황자를 데리고 산을 넘는 비행을 하겠다는 뜻이었다. 나는 그의 민트색 눈동자를 들여다보고, 시선을 내려 헤릿을 살폈다. 아이가 손으로 아빠의 셔츠 자락을 꼭 붙들었다. 역시 그에게 부탁할 수는 없었다.

"요한 경은 헤릿과 내일 출발하십시오."

"전하, 저는 괜찮아요."

"헤릿은 안 괜찮을 겁니다. 아빠를 다시 만난 지 겨우 사흘째잖아요."

내 대꾸에 요한 경이 아들을 내려보았다. 나는 미소하며 말을 이었다.

"근처에서 헤릿의 약으로 쓰이는 꽃을 찾았다고 합니다."

"대박!"

크리스텔이 진심으로 기뻐했다. 요한 경은 놀란 낯으로 나를 응시했다.

"그러니 그것도 챙기셔야죠. 폐하께 말씀드리면 황궁 온실이나 정원에서 키울 수 있을 겁니다. 에바 공녀가 꽃이 피는 장소를 알아요."

"전하."

"황자님은 제가 모셔다 드리겠습니다."

내가 선언했다. 말끝이 떨린 것 같기도 했다. 일순 모두의 이목이 내게 쏠렸다. 어스름에 잠긴 주황의 눈동자가 선명하게 빛났다.

"전야제는 중요하지 않아."

황자가 나직이 말했다. 내 행동을 이해할 수 없다는 투였다. 그렇게 생각할 수도 있었다. 우리에겐 이제 아녜스가 있는 데다, 새벽에 떠나면 책봉식 전엔 충분히 도착할 테니까.

"아뇨, 중요해요."

"…"

나는 그를 똑바로 마주 보았다.

"많은 사람이 모여서 황자님의 생일과 태자 책봉을 축하하는 순간인데, 그걸 기쁘게 받아주는 것도 당사자의 의무라고 생각합니다."

바닥에 퍼질러 있던 크리스텔이 맞는 말이라는 듯 고개를 주억였다. 내 편을 들어주는 주인공을 보고 있자니, 앞으로 저지를 일에 조금은 자신감이 붙는 것 같았다.

"그리고 일찍 가서 편히 주무시면 좋잖아요. 내일 오전에는 본경기가 있고."

"…"

"또, 제가 밤톨이 치료하는 걸 도와주다 여기까지 오셨으니까요. 저도 황자님이 황궁으로 돌아가는 걸 돕고 싶습니다."

내가 씩 웃었다. 황자는 나를 묵묵히 바라보더니 낮게 코웃음 쳤다.

"그래서 직접 마차를 몰 생각인가?"

"아뇨, 아녜스가 야행은 위험하다고 하지 않습니까. 저는 길도 모르고요."

내가 몰면 뒤엠 후작령까지 가게 될지도 모른다. 나는 마른침을 꿀꺽 삼키며 크리스텔을 보았다. 정확히는 그녀의 어깨에 이제껏 새침하게 붙어있던 뚝심이를.

"뚝심, 이리 와."

-삐르르

굴뚝새가 대답하듯 울고는 포르르 날아와 내 손등에 앉았다. 아무것도 모른다는 양 까만 눈알을 깜빡이며.

"내가 네 주인이 아니라고 했던 거, 기억나?"

-삐이

뚝심이가 몸통을 갸웃거렸다. 나는 팔을 들어 신물을 마주하고, 녀석에게만 들릴 정도로 작게 제안했다.

"그러니까 거래를 하자."

　　　　　　　　　　＊　＊　＊

그리하여 내 등에는 다시 날개가 붙었다. 커다란 한 쪽짜리, 연보랏빛.

-펄럭!

"억, 뚝심아! 살살!"

바닥에서 양발이 붕 뜨고 몸이 휘청했다. 소식을 듣고 우르르 나온 주민들이 '세상에!', '맙소사!' 하며 땅에 납죽 엎드렸다. 나는 난감한 웃음을 지었다. '괜찮습니다', '보셔도 돼요' 하고 말을 걸었지만 어르신들은 벌벌 떨며 머리를 조아릴 뿐이었다.

특히 마를렌 할머니와 레미 할아버지가 너무 겁을 먹은 것 같아 죄송했다. 우리에게 진심으로 잘 대해준 분들에게 나쁜 기억이 됐을까 신경이 쓰였다. 나와 크리스텔의 눈길이 마주쳤다.

"어르신들은 염려 마십시오. 제가 잘 달래드릴게요. 에바 공녀와 헤인스 경도 있는걸요."

그녀가 활짝 웃으며 내 양팔을 잡아 내려주었다. 뒤편에서 뚝심이, '비렴의 방주'를 보는 에바의 눈망울이 초롱초롱했다. 헤릿은 깃을 만져보고 싶은지 아까부터 쉬지 않고 손을 꼼지락거렸다.

"공녀만 믿겠습니다."

"네, 저야 누구와 달리 사근사근하니까."

크리스텔이 황자를 흘기며 대답했다. 긴장을 풀어주려고 일부러 짓궂게 말하는 게 보여 입꼬리가 올라갔다. 나는 데미가 몸에 단단히 감아준 덩굴을 마지막으로 점검한 뒤, 레서판다와 고라니를 한 번씩 안아주고 황자와 마주 섰다. 그의 허리에도 덩굴이 감겨있었다. 사내가 나를 내려다보았다.

"후회하지 않을 자신 있나?"

왜 무서운 대사를 하고 그러냐. 너는 남주라서 그런 말을 하면 플래그가 선다고.

"고소 공포증은 없습니다."

내가 씩씩하게 답했다. 물론 좀 무섭기야 하겠지만, 흔들다리나 유리 전망대도 곧잘 올라가는 편이니 괜찮지 않을까.

"그런 문제가 아니야. 광장에는 만 명 이상의,"

-펄럭, 펄럭!

"으와!"

방주가 황자의 말을 끊고 크게 날갯짓했다. 나는 해괴한 비명을 지르며 5미터 이상 날아올랐다. 황자가 재빨리 도약해 기다란 넝쿨에 부츠를 끼워 넣었다. 지상이 순식간에 멀어졌다!

"왕자님, 내일 아침에 봬요!"

크리스텔이 두 팔을 휘저으며 인사했다. 요한 경과 헤릿, 에바의 모습이 빠르게 작아졌다. 열댓 명의 동네 주민들이 고개만 들어 황자와 나를 올려보았다.

"네, 감사했습니다!"

내가 외쳤다. 그러자 방주는 기다렸다는 듯 힘차게 천공으로 솟았다.

* * *

어느새 하늘은 심해처럼 어두워졌다. 동쪽에선 큼직한 보름달이 고개를 내밀고 있었다.

"뚝심아, 너 진짜 능력 좋다. 최고의 신물."

-펄럭, 펄럭!

내가 칭찬을 쏟아내자, 방주는 맘에 든다는 듯 시원스럽게 날갯짓했다. 그러자 삽시에 몇십 미터가 뒤로 훅! 멀어졌다. 유쾌하고 재미있어서 절로 웃음이 났다. 자이로드롭 같은 놀이기구의 무중력과는 차원이 다른 감각이었다.

나는 선선한 고풍을 만끽하며 아래를 내려다보았다. 높고 시커먼 산을 넘어 어둠 속에서도 녹빛을 띠는 분지를 지나자, 우리의 발밑엔 황궁이 있었다. 다시 생각해도 어이가 없었다. 이렇게 가까웠다니.

"하늘에서 황궁을 보시는 건 처음이겠네요."

"…"

세드리크 황자는 답이 없었지만 불쾌해 보이지도 않았다. 새카만 머리칼이 부드럽게 흩날렸다. 방주의 신력에 힘입어 그는 아주 가벼운 공기 저항으로 내게 매달려 있었고, 반쯤은 비행 상태였다. 덕분에 덩굴로 연결된 황자의 몸이 작은 아령처럼 느껴졌다. 오래 날면 힘들겠지만 잠깐이니 괜찮았다.

"저기! 신등神燈이 날아옵니다."

신이 나서 내 목소리가 커졌다. 착각이겠지만 황자 놈이 한숨을 쉰 것 같았다. 가까워진 주황색 등불들은 인사하듯 우리 주변을 맴돌다가, 느릿느릿 뒷산 너머로 사라졌다. 나는 그 광경을 멍하니 보다 특이한 사실을 발견했다.

"등에 글자가 쓰여있네요. 알고 계셨습니까?"

황자가 내 말을 아무지게 씹어 먹었다. 나는 아랑곳하지 않고 등화 하나를 조심스레 붙잡았다. 누군가 삐뚤빼뚤한 글씨로 겉면에 적은 문장이 보였다.

"황자님이 늘 건강하셨으면 좋겠다고 합니다. 태자가 되시는 것도 축하한대요. 아직 어려서 그게 뭔지는 잘 모르겠다네요."

입꼬리가 호선을 그렸다. 아무래도 어린아이가 쓴 듯싶었다. 황자를 내려보았지만 그의 석양빛 눈엔 별 감흥이 없었다. 나는 잡고 있던 등을 보내주고 다음 등불을 살살 붙들었다. 이번에는 꽤 성숙한 필체였다.

"'마수 대토벌' 때 황자님이 혜검을 뽑으시는 모습을 보고 무척 감명받았답니다. 멋당 앉으셨네. 난 그거 못 봤는데."

내가 중얼거렸다. 황자는 턱을 들더니 한심하다는 눈빛을 보냈다. 뭐, 인마. 그때 너랑 크리스텔 건사한다고 얼마나 고됐는지 아냐.

"다음 사연은,"

바람에 이마가 드러나 시원했다. 나는 베스트 드라이버인 뚝심이에게 자율 주행을 맡기고 신등을 읽었다.

'황자 전하를 먼발치에서 한 번 바라본 뒤로, 와인을 팔던 제가 이제 양봉을 합니다. 눈에서 꿀이 떨어지는데 별수 있나요?'

이건 뭐야, 패스.

'나 20세 귀족 여성인데 내 동년배들 다 황자 전하한테 목숨 걸었다.'

"…적당히 합시다."

나는 신등을 세게 밀어냈다. 본인이 볼 일 없다는 전제하에 써서 그런지 내용이 갈수록 가관이었다. 메인 남주 미남인 거 누가 모르냐.

"모욕적인 언사가 있었나?"

"그럼 재밌기라도 하죠."

내가 대꾸했다. 황자는 알만하다는 듯 짧게 코웃음 쳤다. 방주가 한 차례 팔랑이자, 두 몸뚱이가 '퐁' 하고 등화 무리를 빠져나왔다. 꼭 빛나는 풍선 틈을 비집고 나온 기분이었다. 마지막으로 본 등불에는 딱 한 줄이 정갈히 적혀있었다.

'탄신을 진심으로 축하드립니다.'

"음."

…생일 선물 뭐 해주지? 숲길이나 에이츠 마을에선 환궁에 정신이 팔려 미처 생각지 못했다. 받은 것도 있는 데다 이제는 친구인데 그냥 넘어갈 순 없었다. 나는 황자를 흘끔했다. 그때-

-휘이이잉!

"억!"

뚝심이가 급강하했다. 아찔한 추락에 등줄기로 식은땀이 흘렀다. 기장님, 난기류예요?!

"뚝심, 허어!"

내가 숨넘어가는 소리를 냈다. 어느덧 지상엔 황도의 시가지가 펼쳐져 있었다. 서울의 야경하고는 비교할 수 없지만, 사방에 횃불과 마법 조명이 켜져있어 밝고 예뻤다. 나는 드문드문 떠오르는 등화 너머의 광경을 넋 놓고 구경했다. 진짜 멋있는…

"잠깐."

내 음성이 뚝 가라앉았다.

"뭐지?"

"저게 다 사람입니까?"

가슴이 꽉 막히는 것을 느끼며 황자에게 물었다. 어둑한 부분은 도로인 줄 알았는데 이제 보니 빼곡하게 모인 인파였다. 수천 장의 손수건과 꽃다발이 흔들려 아까와는 다른 의미로 눈앞이 어지러웠다. 아니, 나는 끽해야 마수 대토벌 수준일 줄 알았다고. 저건 너무…

"책봉식 전야를 겸하니 평년보다 수가 많군."

황자가 '내일 아침은 코코트 에그가 좋겠군' 하듯 평온하게 내뱉었다. 뚝심이가 천천히 고도를 낮추는 것이 느껴졌다. 나는 오만상을 쓰며 심호흡했다. 이제 와 물릴 수도 없고, 황자를 데려다주겠다는 결심엔 변함이 없었다. 비행이 아니라 긴장 때문에 속이 울렁거렸다. 슬슬 사람들의 떠들썩한 환호성이 들렸다.

"와아아아…!"

미치겠다. 이놈만 내려주고 후딱 쥴리에트 궁으로 돌아가야지. 그 생각만이 머릿속을 가득 채웠다.

* * *

"헛!"

-다각, 다각!

엘리자베트는 말에 박차를 가하며 달렸다. 코앞에 촌락의 불빛이 보였다. 입꼬리가 슬쩍 올라갔다. 이번에야말로 친구들을 찾을 수 있겠다는 확신이 들었다. 겨우 스물네 해를 살아온 그녀지만, 전국을 다니며 마수를 토벌하고 검을 수련한 자에게는 특유의 직감이 있는 법이었다. 소백작은 황실 근위대를 이끌고 컴컴한 동네 어귀를 통과했다. 빌어먹을 전시戰時 포털의 목적지에서 가장 가까운 마을, '에이츠'였다.

-히히힝!

"워어, 워!"

준마가 급하게 정지하며 앞다리를 들었다. 엘리자베트와 부하들이 일제히 한곳을 바라보았다. 돼지 굽는 냄새가 진하게 풍겼다. 마을 입구에 위치한 작은 집 앞마당이 익숙한 얼굴로 복작했다. 여기 있을 거란 생각은 했는데 막상 이렇게 빨리 만나게 되니 당황스러웠다. 회색 눈동자에 혼란과 반가움이 동시에 깃들었다.

"…크리스텔 공녀?"

"엘리자베트 경!"

"엘리자베트 경이에요!"

두 볼을 고기와 상추로 빵빵하게 채운 크리스텔과 에바가, 벌떡 일어나 그녀에게 달려왔다. 볼록 솟은 광대엔 기쁨이 들어찼다. 엘리자베트는 파안대소하며 말에서 내렸다. 세 사람은 한 덩이로 뭉쳐 서로를 끌어안았다. 며칠간 고생한 근위대원들이 뒤에서 박수를 보냈다. 엘리자베트는 그것이 못내 우스워 웃음을 터뜨렸다. 이게 뭐라고.

"엘리자베트 경, 고생하셨습니다. 저희를 찾으실 줄 알았어요."

크리스텔이 고기를 우물거리며 감격했다.

"네, 프랑수아 아저씨가 큰일 했습니다. 여러분도 일정에 없는 외박 하느라 애쓰셨습니다."

소백작의 답에 에바가 킬킬거렸다. 소공녀도 그렇고 크리스텔까지 소박한 평민의 복장이었다. 그동안 다친 곳은 없는지 살피고 있는데 산들바람 같은 목소리가 들렸다.

"어서 오세요, 무테 경. 조금 늦으셨군요."

고개를 들자 민트색 눈이 작게 휘었다. 그의 뒤에 숨은 꼬마 헤인스도 보였다. 엘리자베트는 부자에게 묵례하며 되물었다.

"헤인스 경, 무슨 뜻입니까?"

"두 분 전하께서는 이미 클레르 광장으로 떠나셨습니다. 신물의 도움을 얻어서요."

"신물이라면…"

소백작의 눈이 크게 뜨였다. 품에 안겨 있던 에바가 종알거렸다.

"비렴의 방주요. 뚝심이!"

이블린의 종탑에서 보았던, 헤인스 경에게서 예서 왕자님을 지켜낸 연보랏빛의 신물이 떠올랐다. 분명 조그마한 굴뚝새의 모습으로 왕자님과 동행했으니 이번에도 그를 도운 모양이었다. 엘리자베트는 피식했다. 명치끝부터 뜨뜻한 허탈함과 안도가 퍼져나갔다.

"저희는 새벽에 출발할 예정인데, 쉬었다가 같이 가요. 다들 얼마나 피곤했을까."

크리스텔이 그녀의 등을 쓸며 말했다. 내일이 황태자 책봉식이니 새로운 일거리를 찾아 나서자면 밤을 새워도 모자랐다. 하지만 엘리자베트는 선선히 머리를 끄덕였다.

몇 년 만에 친구들을 만난 기분이었고, 온몸에 긴장이 풀려 그냥 드러눕고 싶었다. 일이 잘 해결됐으니 곧 자신의 약혼자도 왕자님을 만날 수 있을 터였다. 그녀는 따라온 수하들을 돌아보며 턱을 한 번 까닥였다. 속없는 녀석들이 환성을 내질렀다.

"당연히 술은 금지다. 불침번도 잊지 마."

"아…"

엄격한 명에 어깨가 떨어졌다. 크리스텔은 맑게 웃으며 앞마당 쪽으로 손을 흔들었다.

"새로운 손님 오셨습니다, 어르신들! 하나도 안 무서운 분들이니까 걱정 마세요. 고기만 추가해 주시면 됩니다!"

"우리 친구예요!"

에바가 헤릿을 챙겨 가며 덧붙였다. 낯선 노인장들과 함께 굳어 있던 어느 여인이, 그제야 엘리자베트에게 절했다. 자세히 보니 고기 집게를 든 황궁 산지기 아녜스였다. 기사의 입술 사이로 헛숨이 터졌다. 도대체 어쩌다 여기 모인 건지.

"무테 경. 드릴 말씀이 있어요."

곁을 떠나지 않은 성기사가 나긋하게 말했다. 소백작은 말의 목을 두드려 주며 그를 바라보았다. 헤인스 경이 투명한 자갈을 내밀었다.

"이건,"

"성석聖石입니다. 제 아들과 블랑케르 공녀가 이곳 근처에서 발견했어요."

"…"

엘리자베트가 미세하게 미간을 구겼다. 자신이 아는 '성석'은 역사서에나 나오는 물건인 데다 제국에서는 발견된 적이 없었다. 혹 다른 의미가 있나 싶어 그를 응시했으나, 돌아오는 대답은 단출했다.

"네, 생각하시는 그거예요."

* * *

'리에스테르의 모든 비석에는 중간 이름이 새겨진다.'

로메로 클레르 리에스테르. 그것은 선황 셀린 리에스테르의 아버지이자, 비극의 연인 살해자이며, 중앙 광장에 자신의 동상을 세운 전쟁 군주의 이름이었다. 사라 벨리아르는 마차에 홀로 앉아 단상이 떠오르는 대로 수첩에 적었다. 내일 있을 책봉식에도 물론 초대를 받았으나, 그녀가 〈격주간 리에스테르〉의 다른 기자를 시키지 않고 직접 클레르 광장에 나온 데는 이유가 있었다.

-똑똑

벨리아르 준남작저의 시종이 마차를 두드렸다. 사라가 마주 노크하자 곧장 문이 열렸다. 광장에 모인 2만여 명의 소음이 무차별적으로 쏟아졌다. 그녀는 안경 너머로 시종을 바라보았다.

"아직인가?"

"예, 벨리아르 경! 황실 마차 행렬도 조용합니다. 올해는 오지 않으시는 것 같습니다!"

시종이 소리 지르듯 대답했다. 그녀는 손짓으로 답을 대신했다. 문은 금방 닫혔다.

"…건강 문제인가."

노인이 혼잣말했다. 황자가 오전의 예행연습에 참여하지 않았다는 사실은 황궁 밖으로 알음알음 퍼져, 어지간한 대귀족은 이미 알고 있었다. 여기에 배경지식을 더하면 가설을 세우는 것은 쉬웠다.

그는 어릴 적 심히 병약했다. '황자의 잠'에 빠져 하루에 고작 몇 시간밖에 깨어있지 못하던 때도 있었다. 국서가 세상을 떠난 뒤로는 상태가 많이 호전되었다고 하지만, 사라가 지닌 언론인의 육감이 그것을 부정했다. 황자는 어쩌면 지금도 저주에…

'건방진 소리일지 모르지만, 부디 그게 저주라고 생각하지는 않으셨으면 좋겠습니다.'

불현듯 어느 왕자의 말이 머릿속을 울렸다. 그녀는 씁쓸히 입술을 비틀었다. 그때였다.

"우와아아…!"

사라는 흠칫하며 고개를 돌렸다. 귀가 따가울 만큼 폭발적인 환호였다. 귀족과 평민이 한데 섞인 광장이 떠나갈 듯했다. 그녀는 반사적으로 마차 문을 열어젖혔다. 모두의 눈길이 천공을 향해 있었다. 구경꾼들이 던져 올린 수천 개의 모자가 시야를 가로질렀다.

"와아아!"

"리에스테르! 리에스테르! 리에스테르!"

그것은 주신의 날개였다.

-팔락, 팔락팔락…!

만월의 은혜 속에 두 인영이 모습을 드러냈다. 달빛에 반짝이는 금발과 선명한 보라색 눈동자는 마치 이 세상의 것이 아닌 듯했다. 연보라의 거대한 날개를 단 예서 페네티안 왕자가, 화려한 넝쿨로 황자를 인도하며 클레르 광장에 강림하고 있었다. 사라는 먼 거리에서도 넝쿨에 만개한 꽃을 알아보았다. 튤립이었다.

"황자 전하! 황자 전하! 황자 전하!"

"은총! 은총! 은총…!"

군중의 연호에 광기가 어렸다. 왕자는 하얀 얼굴로 요요ㅈㅈ하게 웃어 보였으나, 노련한 기자는 그것이 난감함을 숨기는 가면임을 알았다. 자수정의 시선이 축복할 곳을 찾듯 이리저리 헤매더니, 곧 조각상처럼 아름다운 황자를 이끌고 한곳을 향했다. 사라는 기어코 안경을 벗어던졌다.

"맙소사…"

"세드리크 전하 만세! 만세! 만세!"

왕자가 황자를 내려준 곳은, 근위대가 호위하고 있던 로메로 선황 동상의 자리였다. 스르륵 풀린 튤립 덩굴이 황자의 발치를 장식했다. 흑단 같은 머리카락과 불꽃을 닮은 눈동자가 황홀한 광휘를 뿜으며 그의 증조부 옆에 자리했다. 사라는 벼락같은 전율에 몸서리쳤다.

-필릭!

이내 왕자가 나래짓 하며 황자에게서 멀어졌다. 뭐라고 말을 건

넨 것 같기도 했다. 황자는 당장이라도 그를 쏘아 떨어뜨릴 기세로 쳐다보았지만, 결코 실행에 옮기지는 않았다. 왕자는 그를 향해 눈부시게 미소하더니 순식간에 밤하늘로 날아올랐다. 인파가 이제는 그의 이름을 외치기 시작했다.

"예서 왕자! 예서 왕자! 예서 왕자…!"

사라 벨리아르는 떨리는 손으로 다급히 자신의 수첩을 찾았다. 그러고는 깃펜이 부서져라 글씨를 휘갈겼다. 자애로운 눈빛과 하나뿐인 날개…

'군중 속의 타천사墮天使.'

11.   ✦   그리고 오래오래
　　　　　행복하게 살았답니다?

그렇게, 우리 모두는 무사히 황태자 책봉식에 참석할 수 있었다!

 -*끼잉!*

"어허, 얌전히 있자."

나는 주교관을 기어오르는 데미와 페리를 살살 잡아 내렸다. 레아는 에바의 무릎 위에서 몸을 말았다. 크리스텔의 어깨에 앉은 뚝심이가 꾸벅꾸벅 졸고 있었다. 전야제에 데려다준다고 무리를 한 탓인지, 굴뚝새는 새벽부터 잠투정을 했다.

참고로 밤톨이는 에이츠 마을에서 보호하게 됐다! 8월 13일의 날씨는 구름 한 점 없이 쨍하고 맑았다. 나는 하얀 천막 너머의 하늘을 올려다보며 씩 웃었다. 대로를 통해 황궁과 직선으로 이어진 클레르 광장은, 어젯밤과 달리 점잖은 흥분으로 술렁였다.

오래된 기둥과 높다란 가로수마다 제국의 깃발이 나부꼈다. 수천의 귀족이 광장의 객석을 빽빽이 채웠고, 골목골목은 밤새며 자리를 지킨 평민들로 가득했다. 거대한 원형 광장의 중앙엔 금실을 수놓은 휘장이 그늘을 만들었다. 그곳 단상에는 암적색 벨벳과 황금으로 장식한 세 개의 보좌가 놓여있었는데, 그중 두 자리에만 주인이 있었다.

"…"

기웃기웃하다가 프레데리크 황제와 눈길이 닿았다. 나는 서둘러 묵례했다. 그녀의 곁에서 부티에 추기경이 나를 향해 미소를 보냈다. 호사스러운 정복 차림의 그녀와 달리 황제는 평소와 비슷한 복장이었다.

"왕자님, 저기 오렐리 전하가 나와요."

나와 나란히 앉은 크리스텔이 손짓했다. 나는 고개를 들어 황제의 휘장 뒤편을 올려보았다. 당당히 광장의 중심을 차지한 대형 수정판이, 추기경의 자애로운 표정과 자주색 머리칼을 투영하고 있었다.

군중의 웅성임이 커졌다. 나조차 이런 세계관에서 스크린을 보는 게 신기한데 이곳 토박이는 오죽할까 싶었다. 맞은편에 앉은 뒤엠 후작이 우리를 보며 요란하게 윙크했다. 진짜 난사람이야.

"와아아아…!"

그때, 대로 쪽에서 엄청난 환호가 터졌다. 크리스텔과 나는 반사적으로 목을 빼고 상황을 확인했다. 황실과 가장 가까운 위치라 광장 밖이 잘 보이지 않았다. 귀족들이 부채를 팔랑이며 기대를 드러냈다. 희미한 말발굽 소리와 마부의 목소리가 들렸다. 이어-

-♪♬♩!

황실 문장으로 장식한 북과 나팔이 음악을 연주하기 시작했다.

광장 외곽에서 평민들이 선율에 맞춰 쩌렁쩌렁 노래했다. 난생처음 들어보는 곡인 데다 사람이 많아 박자도 엉망이었지만, 그들의 애정과 희열만큼은 똑똑히 느낄 수 있었다.

"지상에 강림하사 제국을 일으키신…"

-휘잇!

가사를 곱씹고 있는데 누군가 격앙된 휘파람을 불었다. 광장의 귀족들이 일제히 기립 박수를 했다. 장갑을 벗어 흔드는 이도 제법 보였다. 나는 몸을 일으켜 시선이 집중된 곳을 살폈다. 옆에 선 에바가 넋을 놓고 감탄했다.

"우와…"

엘리자베트 경을 위시한 근위대의 호위를 받으며, 세드리크 황자가 마차에서 내려 광장에 들어서고 있었다. 관중 절반의 입이 떡 벌어졌다. 그는 어느 때보다도 화려한 제복을 입고 있었다.

하얀 털을 두른 망토가 돌바닥의 붉은 융단에 닿았고, 브로치는 크리스텔이 골라준 레드 다이아몬드였다. 햇살에 빛나는 흑발과 화염을 담은 눈동자가 지독히도 선연한 존재감을 자랑했다.

진한 눈썹, 오뚝한 콧날과 날렵한 턱선은 섬려한 얼굴의 중심을 잡았다. 여기에 곧은 목과 넓은 어깨, 큰 키가 어우러지니 누구도 부정할 수 없는 '메인 남주' 비주얼의 완성이었다. 하다못해 그가 신은 구두까지 잘생겨 보였다.

"맙소사, 주신께서는 전하의 영혼과 육체를 모두 굽어살피시는군요."

"말도 마세요. 멋모르고 국혼을 꿈꾸는 가문이 여럿입니다."

뒤쪽에 앉은 귀족들이 숨을 몰아쉬며 소곤거렸다. 황자는 용케 자신의 긴 다리에 걸려 넘어지지 않고 황제가 있는 곳까지 도달했다. 나는 급히 크리스텔을 돌아보았다. 설마 그렇게 되지는 않겠지만, 황자가 다른 가문의 영애와 결혼하는 건 곤란했다. 지금 반하지 않았다면 그건 주인공의 시력에 문제가 있는 것이다.

"많이 못 잤을 텐데 화장 잘 먹은 거 봐. 피부 타고났네."

응? 나는 그녀의 뚝뚝한 혼잣말에 목이 타는 것을 느꼈다. 새벽 마차로 황도에 도착한 크리스텔은 이제 졸린 표정까지 짓고 있었다. 아니, 로판 대작가님께서 이렇게 판을 깔아주시는데…

"술, 담배 안 하니까 관리가 쉽겠습니다. 그죠?"

"예? 예."

크리스텔의 덤덤한 물음에 나는 겨우 긍정했다. 혹시, 진작 반했는데 스스로 깨닫지 못한 걸까? 가능성 있는 이야기였다. 퇴계공은 두 주인공이 앙숙에서 연인 관계로 발전하는 내용이었다. 크리스텔과 내가 빙의하고 이제 다섯 달쯤 됐으니, 갑자기 사이가 풀리고 연애 감정을 느끼기엔 개연성이 부족할 수도…

"그래도 그렇지."

내가 불쑥 중얼거렸다. 저 얼굴에 아무 감흥이 없다고?

"헉, 크게 보입니다. 왕자님. 전하가 산처럼 크게 보여요!"

에바가 내 팔을 흔들었다. 어느 틈에 음악이 멎어있었다. 나는 기계적으로 움직이던 손을 멈추고 수정판을 올려보았다. 묵직한 마석 수정구를 끌고 다니며 '촬영'을 하던 두 마법사가, 드디어 황자의 얼굴을 담아냈다. 뒤엠 후작의 지시가 있었는지 그들은 금세 홀륭한 각도를 찾았다.

"오오오…"

관중이 탄식했다. 나는 화면과 실물을 번갈아 구경했다. 수정판에 비친 황자는, 황제의 앞에 두 무릎을 꿇은 채 고개를 숙이고 있었다. 연례 기도회에서 본 몇몇 대주교가 푹신한 쿠션에 보관寶冠을 받쳐 들고 다가왔다.

형과 은서가 같이 있었으면 좋겠다는 생각이 들 정도로 엄숙하고 멋진 장면이었다. 아들의 앞에 선 황제는 황태자의 관을 두 손으로 높이 들어 올리더니, 천천히 그의 머리에 씌워주었다. 마른침이 꿀꺽 넘어갔다.

-짝!

"아직이에요."

내가 손바닥을 세게 치자마자 에바가 나를 잡아 말렸다. 황자의 눈길이 찰나 이쪽을 향했다. 어?

"…"

이어서 황제가 아들의 손가락에 반지를 끼워주었다. 나를 제외한 모두가 조용히 모자의 의식을 지켜보고 있었다. 순식간에 뺨이 달아올랐다. 처음이라 그렇다고, 예행연습을 안 해서 몰랐다고 정신승리하고 싶은데 크리스텔까지 얌전했다. 나는 대충 소매로 입가를 가리며 아무 데나 바라보았다. 그리고…

"깜짝이야."

밤하늘처럼 어두운 로브를 뒤집어쓴 반대쪽의 남자와 눈이 마주쳤다. 열아홉, 스물 정도로 앳돼 보였으나 기백만큼은 날카롭기 그

지없었다. 혹 다른 손님을 보는 건가 싶어 뒤를 확인했지만 아무래도 불만의 대상은 나인 듯했다. 거 박수 타이밍 좀 모를 수도 있지, 까칠하시네.

"이제 거의 끝나가나 봐요."

나는 크리스텔의 말에 반짝 시선을 돌렸다. 어느덧 홀(笏)까지 받아 쥐고 일어선 황자가, 주신교 성서에 왼손을 얹고 황위 계승자의 서약을 하고 있었다. 나는 낮은 목소리를 들으며 조금 전 나를 노려보던 남자를 찾았다.

"…뭐야."

아직도 째려보고 있냐. 이쯤 되니 기분이 나빴다. 나는 오른쪽에 선 에바에게 허리를 숙였다. 우리의 주교관이 콩 맞닿았다. 아이가 의문스러운 눈길로 나를 보았다.

"왜 그러세요?"

"건너편 좌측 상단에, 남색 로브를 입은 남자요. 누군지 아십니까?"

"으음…"

소공녀의 눈빛이 매서워졌다. 아직 사교계 데뷔를 하지 않은 에바가 확실히 알아볼 거라 기대하진 않지만, 뱅자맹과 가나엘이 동석하지 못했기에 물어볼 사람이 마땅치 않았다. 그러자 크리스텔이 살벌한 소리를 했다.

"왜요. 누가 왕자님 괴롭혔습니까? 때릴까요?"

"아뇨, 그런 건 아닙니다. 괜찮습니다."

나는 곧장 그녀를 만류했다. 단순히 궁금해서 그렇지, 저자에게

화를 내거나 잔소리할 생각은 없었다. 제국의 모든 이가 내게 호의적이진 않다는 사실도 알고 있었다. 아무렴 볼모인데.

"저치의 이름은 모르겠지만, 옷을 보니 '플뢰르 드 리스' 소속인 것 같습니다."

"그 사기꾼 집단요?"

"공녀, 사기꾼이 아니라 예언자입니다."

에바가 결론을 냈고, 나는 크리스텔의 말을 정정해 주었다. 그녀가 입을 비죽이며 그게 그거라고 꿍얼거렸다. 우리 셋은 데미, 레아, 페리를 안고 서서 속닥댔다.

"네, 남빛 공단에 은실로 황도 십이궁을 새긴 로브를 입고 다닌다고 들었습니다. 저 재수 없는 남자도 같은 차림새네요."

"그렇군요. 정보 고맙습니다."

"별 이유도 없이 왕자님을 저렇게 쳐다보고 있는 건가요? 가서 이유를 만들어 줘야 하나."

"제발 참아주십시오."

두 공녀의 말에 내가 적절한 반응을 내놓을 무렵,

"와아…!"

객석에서 고상한 갈채가 터져 나왔다. 그새 모든 의식을 마친 황제와 황자, 아니 황태자가 단상 가운데 서 있었다. 어머니가 아들에게 한 손을 내밀었고, 아들은 자신의 손을 어머니의 손바닥 위에 올렸다. 황제는 그렇게 태자를 에스코트하며 융단 위를 걷기 시작했다. 스승님이 둘의 배후를 든든히 지키고 섰다.

-♩♬♪!

북소리와 함께 다시금 나팔이 울렸다. 귀족들은 고운 꽃다발과 비단 손수건을 던지며 기뻐했고, 우리도 진심으로 축하의 박수를 보냈다. 태자의 오렌지색 눈이 평소보다 밝은 빛을 띠고 있었다. 저 녀석도 속으로는 설레고 두근두근하려나.

"생일 축하드립니다, 전하! 나중에 한턱 쓰세요!"

우리 중 가장 먼저 고함친 건 크리스텔이었다. 나는 활짝 웃으며 그녀를 보았다. 그래도 많이 친해지긴 했네.

"탄신 축하드립니다! 책봉도 축하드려요!"

에바가 양손을 모아 입가에 대고 소리쳤다. 어디선가 꽃비가 흩날리고 있었다. 이상하게 내가 감격스러웠다. 맞은쪽에 선 뒤엠 후작, 황실을 따르는 엘리자베트 경, 우리의 대각선 멀리 자리한 요한 경과 산트도 웃는 낯이었다. 아마 앞으로는 이웃에 살아도 자주 보기 힘들겠지. 황태자는 바쁠 테니까.

"축하드립니다, 태자님!"

나도 큰 소리로 외쳤다. 마침 태자가 이쪽을 바라보았다. 주변이 워낙 시끄러워서 들렸을 것 같지는 않았다. 그때였다.

"왕자님, 우리 나와요!"

크리스텔이 들뜬 목소리로 말했다. 나는 놀라서 고개를 돌렸다. 별처럼 밝게 웃는 그녀와 멍청한 표정의 내가 수정판에 떡하니 잡히고 있었다. 혀를 내민 데미도 함께였다. 크리스텔이 정면으로 다가온 수정구를 향해 손을 흔들자, 거리를 메운 인파가 '우와!' 하며 환호성을 쏟아냈다. 과연 마수 대토벌의 영웅, 천생 주인공다웠다.

"이거. 반대쪽 손을 이렇게 해주십시오."

"네?"

그녀가 왼손으로 반쪽짜리 하트를 만들어 내게 내밀었다. 순간적으로 몸이 굳었다. 이래도 되나 싶었지만, 원작처럼 키스하는 것도 아니고 친구인데 이 정도는 문제없을 거라는 생각이 들었다. 나는 어설프게 웃으며 오른손을 내밀었다. 데미가 후다닥 내 품에서 내려가 앵글을 벗어났다.

"이렇게…"

"짜잔! 리에스테르 만세!"

내가 더듬더듬 하트의 절반을 채우자 크리스텔이 눈꼬리를 접으며 좋아했다. 그야말로 미친 쇼맨십이었다. 수정판을 지켜보던 군중이 환성을 터뜨리며 즐거워했다. 수정구에 마나를 불어넣는 마법사들도 싱글벙글이었다. 나는 크리스텔의 옆얼굴을 빤히 들여다보았다. 뭐지? 사무직이 아니라 아이돌 출신인가?

-휘이익-!

-쩌적!

그 순간, 어디선가 단검이 날아와 수정구를 두 쪽 냈다. '허억!' 마법사들이 기겁하며 나동그라졌다. '아아!' 일부 귀빈이 혼절했다. 수정판이 즉시 검게 물든 것은 물론이고, 반대편에서 자랑스러워하던 뒤엠 후작의 낯에도 금이 갔다. 광장의 귀족들이 일순 찬물을 끼얹은 듯 조용해졌다.

"만세! 만세! 만세…!"

"태자 전하 만세!"

그러나 바깥의 평민들은 여전히 우레와 같은 함성을 쏟아내고 있었다. 덕분에 분위기는 금세 회복됐다. 사르네즈나 블랑케르 공작 부부, 무테 변경백 부부처럼 진중한 대귀족들이 다시 품위 있게 손뼉 쳤다.

나는 어색하게 팔을 내리며 황실 가족을 바라보았다. 책봉식에 검이 날아들었는데도, 황제와 추기경은 예사로이 뒤엠 근위대장의 에스코트를 받아 마차에 올랐다.

꽃과 보석으로 꾸민 마차는 사방이 트여있었다. 대로변을 꽉꽉 채운 백성들도 환궁하는 세 사람에게 인사를 건넬 수 있을 듯했다. 마지막으로 마차에 오르던 태자가 우리 쪽을 똑바로 응시했다. 이번에야말로 그와 나의 시선이 정확히 얽혔다.

"…화났나?"

나는 그제야 수정구를 깨먹은 것이 태자임을 깨달았다. 자신이 주인공인 행사에서 우리가 이상한 행동으로 관심을 끈 게 마음에 들지 않은 모양이었다. 크리스텔이 재밌어 죽겠다는 듯 웃었지만, 나는 미안함을 담아 슬쩍 손인사 했다.

-끼으

어느새 어깨에 올라온 데미가 꼬리를 흔들며 한마디 거들었다. 태자는 미간을 살포시 구기더니 그대로 떠나버렸다. 이내 객석과 인파가 조금씩 흐트러졌다. 여기저기서 시종들이 나타나 주인을 찾았다.

나는 환한 낯으로 다가오는 뱅자맹과 가나엘을 맞으며, 내일모레 발간될 〈격주간 리에스테르〉의 머리기사를 상상했다. 태자가 되자마자 백주발검을 했으니, '빙점하의 귀공자' 타령이 또 나오려나?
실없는 웃음이 터졌다.

12. ✦ 낮달이 뜨는 식탁

이틀 후, 나는 빙의한 이래 가장 큰 시련에 봉착했다. 토요일이라 주인공들의 수업이 없는 게 천만다행이었다.

-뚜벅, 뚜벅

이번만큼은 자의식 과잉이 아니었다. 황제궁에서 마주친 모든 시종, 병사, 하인, 손님들이 내게 묘한 눈길을 보냈다. 오늘따라 황궁에 사람이 많은 것 같았다. 나는 귀 끝이 뜨끈뜨끈 익어가는 걸 느끼며 아무 생각이나 했다.

점심 맛있는 거 나왔으면 좋겠다. 밥 먹고 쥘리에트 궁으로 돌아가면 주말 내내 방에 처박혀 있어야지. 고개만 숙인 채 전력 질주하고 싶은데 황제궁이라 그럴 수도 없었다. 주먹을 쥔 채 최대한 빨리 걸었다. 함께 초대받은 뚝심이가 어깨에 앉아 몸통을 갸웃거렸다.

-삐르르

"왕자님, 저는 엄청 멋있다고 생각했습니다! 그냥 천사도 아니고 '타천사'잖아요."

움찔.

"가나엘."

"오페라나 희곡에 나올 법한 느낌이에요. 로메로 궁 시종들도 같은 이야기를 했습니다. 전야제 날 왕자님께서 쥘리에트 궁에 강림하시는 모습을 봤대요. 다비드 님은 왕자님이 태자 전하를 도와주실 줄 알았다면서…"

뱅자맹의 만류에도 가나엘이 재잘거렸다. 우리를 안내하던 황제궁 시종이 조용히 동의했다. 나만 중간에서 극심한 대미지를 입고 있었다. 언론의 힘이 이렇게 무서웠다. 벌써 온 동네 소문 다 났구나.

"사라 벨리아르 경의 감각은 여전해요. 왕자님을 제대로 표현한 문구인 것 같습니다. 왕자님께서는 모두에게 친절하시고 주신께서 내려보낸 천사처럼 고우시니까, 군중 속의…"

"군중."

내가 결국 걸음을 멈추고 소년의 말을 잘랐다. 세 남녀가 나를 바라보았다. 나는 복도를 살핀 뒤 소리를 낮추었다.

"그냥… 군중으로 하자."

짧고 좋네. 임팩트 있고.

"왕자님, 기사를 보셨겠지만 벨리아르 경은 왕자님에 대한 경외와 찬탄을 담아 그러한 칭호를 붙였다고 합니다. 다소 극적인 어감이 있으나 기억에 오래 남기는 하지요."

뱅자맹이 위로인지 희롱인지 모를 소리를 했다. 나는 기사를 읽어보지 않았기에 할 말이 없었다. 표지에 대문짝만하게 '군중 속의 타천사, 황실을 축성하다'라고 쓰여있는데 무슨 배짱으로 페이지를 넘기겠는가.

내가 거기서 얻는 정보만 아니었더라면, 대체재가 있었다면 당장 구독을 해지했을 것이다. 태자를 전야제에 데려다줄 때만 해도 나의 행동이 이렇게 확대해석 될 거라고는 생각지 못했다. 정확히는 '비렴의 방주'를 대중에 공개한 부분과, 그걸 내가 사용했다는 사실이 주로 회자되리라 여겼다. 태자도 그 점을 고려했었고.

—삐삐삐

뚝심이가 내 목깃을 쪼며 명랑하게 울었다. 가나엘이 덧붙였다.

"〈격주간 리에스테르〉에서 칭호를 붙이는 경우는 아주 드뭅니다. 사랑과 관심을 얻는 귀한 분께만 드리는 거니까요. '빙점하의 귀공자'와 '전율의 대마법사'도 벨리아르 경이 직접 작명했거나 내부 회의를 거쳐서 결정한 거랍니다."

"…"

까놓고 말해 전율의 대마법사 정도는 이제 평범해 보였다. 빙점하의 귀공자도 얼추 멋있게 느껴졌다. 뭔들 '그것'에 비하면 무난했다. 뺨이 또 화끈거렸다. 나는 세 사람을 독려해 다시 걷기 시작했다.

"폐하와 추기경 전하께서도 칭호를 갖고 계세요. 특히 폐하는 잡지가 아니라 리에스테르 백성들이…"

"어서 오십시오, 에서 왕자님."

모퉁이를 돌자, 오찬장 앞에서 대기하던 시종장 로라가 나를 보고 예를 차렸다. 이놈의 '칭호' 이야기를 그만 들어도 된다는 생각에 안도의 한숨이 나왔다. 나는 로라에게 묵례한 뒤 마지막으로 복장을 점검하고 식당에 들어섰다. 그래도 오전의 소동으로 좋았던 점 하나는, 황제가 먼저 식사 자리를 만든 이유에 관해 골을 썩일 틈이 없었다는 것이었다.

***

"왜 얼굴이 빨갛지? 평범한 천사가 아닌 타천사라 병약한 건가?"

그런데 왜 앉자마자 시비를 트세요?

"태의를 불러주랴?"

"…아닙니다, 폐하. 감사합니다."

나는 겨우 대답을 내놓았다. 상석에 자리한 프레데리크 황제가, 체리 향이 물씬 풍기는 리큐어를 부티에 추기경의 잔에 먼저 따랐다. 같은 색 눈엔 즐거운 기색이 역력했다. 나와 마주 보고 앉은 추기경이 미안한 얼굴로 입을 열었다.

"기사는 잘 읽었단다. 근사하게 실렸던걸. 책봉식 관련 내용도 좋았어."

읽지 말고 전부 회수해서 불태워 주시면 안 될까요. 나는 못된 말이 나오려는 것을 애써 참고 미소했다. 황제가 숟가락을 들었다.

"일단 먹고 얘기해."

제국의 지배자다운, 현명하고 사려 깊은 발언이었다. 나는 잽싸게 손을 닦고 식기를 잡았다. 뚝심이가 음식과 떨어진 곳에 앉아 우리를 지켜보았다. 한 시간여가 흘렀다. 황제궁의 요리는 언제나처럼 끝내줬다.

며칠 전 숲에서 노숙하며 먹은 바비큐도 맛있었고 에이츠 마을 어르신들이 챙겨준 집밥도 훌륭했지만, 역시 전문가의 손길은 남달랐다. 나는 적양파와 포도를 곁들여 부드럽게 쪄낸 송아지 고기를 다섯 접시 해치웠다.

소스에선 꿀과 상큼한 비니거의 맛이 났다. 바삭바삭한 아귀 튀김은 케이퍼 드레싱을 얹어 먹으니 조금도 느끼하지 않았다. 입안에서 하얀 살이 포근하고 매콤새콤하게 부서지는 게 일품이었다. 역시 세 접시를 깨끗하게 비운 뒤, 허브와 함께 구운 통닭을 반쯤 뱃속에 넣을 무렵이었다.

"저 새가 너를 구했다지. 이번에 클레르 광장까지 태자를 데려다 준 것도 저 꼬마고."

황제가 리큐어로 입가심을 하고는 물었다. 역시 그것 때문에 불렀군. 나는 냅킨으로 입가를 정리한 뒤 운을 뗐다.

"예. 이블린에서 처음 만났을 때부터 저 모습을 하고 있었습니다. 그래서 비렴의 방주라는 사실을 알지 못했고, 신수의 새끼가 아닐까 생각했습니다. 그런데 요한 헤인스 경이 저에게 성흔을 쓰니 본신의 힘을 드러내더군요."

"본신의 힘이라면."

"방주 안으로 저를 숨겨주었습니다."

추기경이 황제와 시선을 교환했다. 체리색 눈동자가 진중하게 가라앉았다.

"신물이 너를 주인으로 택했다는 뜻이냐?"

"그건 아닙니다."

내가 즉답했다. 황제는 목을 기울였다. 계속 설명해 보라는 의미였다. 나는 테이블 위를 쫑쫑거리며 다가온 뚝심이를 검지로 가볍게 쓸어주었다. 이블린은 알렉상드르 국서의 땅이었고, 현재는 황태자의 영지였다.

줄곧 그곳에 머무르던 신물이 난데없이 외국인 왕자를 따르기 시작했으니 황제로서는 호기심과 우려를 동시에 느꼈을 터였다. 헤인스 경이 나를 공격하던 날 엘리자베트 경의 보고가 있었을 텐데도, 그녀는 한 달이 넘도록 뚝심이에 관해 나를 추궁하지 않았다. 특유의 다혈질적 성향을 고려하면 놀라운 인내였다.

"말씀을 올리기 전에, 지금까지 해명을 기다려 주신 점 감사드립니다. 많이 참으셨다는 걸 알고 있습니다."

"안다니 다행이군. 내 계약자나 아들 녀석이 아니었다면 너는 진작 지하로 끌려갔을 거다."

"프레데리크."

황제가 툴툴거리자 추기경이 타이르듯 그녀를 불렀다. 나는 작게 입꼬리를 올렸다. 말은 저렇게 하지만 나는 그녀의 배려 덕분에 빠르게 충격에서 벗어났고, 요한 경과 헤릿을 빼낼 작전도 짤 수 있었다. 실행은 두말할 것도 없고.

"방주 내부에는 일종의 안내자가 있습니다. 신물이 인간의 모습을 취해 말을 걸더군요."

"세상에. 이런 이야기는 처음 들어보는구나."

선생님이 포크를 내려놓으며 단안경 아래의 눈을 빛냈다. 방주가 국서로 변했다는 걸 알려야 할까 고민했지만, 아픔을 줄 수 있는 이야기는 꺼내지 않는 편이 나을 것 같았다. 내가 말을 이었다.

"그가 설명하기를, 저는 신물의 주인이 아니며 방주를 개방한 것도 제가 아닌 방주의 의지라고 했습니다. 당장의 제 신력으로는 그를 감당할 수 없다고-"

-삐르르르, 삐삐!

뚝심이가 강조하듯 노란 부리를 벌려 울었다. 헛숨이 터졌다.

"그렇다네요."

"그런데도 녀석이 너를 따르는 이유는 뭐지?"

황제가 날카롭게 물었다. 나는 그날 '니키'와 주고받았던 대화를 더듬었다. 낮고 상냥한 음성과 긴 흑발, 아름답게 휘어지던 남청색의 눈동자.

'곁에 있겠습니다. 나는 그대와 벗들의 이야기가 궁금하니까요.'

"저도 확실히는 모르겠습니다. 하지만 저와 친구들의 이야기가 궁금해서 여기 있겠다고 했습니다."

나는 솔직히 이야기한 뒤, 난처하게 웃으며 뚝심이의 이마를 문질러 주었다. 녀석은 촉감이 마음에 드는지 가만가만 숨을 쉴 따름이었다. 고개를 들어 두 사람을 바라보자, 내 말이 진실임을 직감한 황제의 미간이 구겨졌다.

"주신의 변덕이 죽 끓듯 하는군."

"어쩌면 당연해. 본디 공기 속성은 홀로 자유롭다고 하니까."

절대자의 불평에 반려가 다정하게 답했다. 이어 흡족한 얼굴로 리큐어를 머금었다. 황제는 혀를 차며 도로 나이프를 잡았다. 내가 조심스레 질문했다.

"…데려가지 않으십니까?"

"무엇을?"

"뚝심, 방주 말입니다. 이블린에 남은 건 눈속임으로 만든 분신이거든요."

"내가 명한다고 해서 저것이 듣겠느냐? 신물은 인간의 소관이 아니야. 네가 거짓을 고하지 않았으니 그걸로 족해."

그녀가 투덜거렸다. 그러자 황제어 전문 번역기인 추기경이 부연했다.

"다른 이가 아닌 왕자님이 제국의 신물을 맡게 되어서 다행이라는 뜻이야."

"내가 언제."

"프레데리크는 세드리크와 비슷한 구석이 있거든."

황제가 입을 딱 다물었다. 그녀가 적안을 가늘게 뜨며 계약자를 응시했지만, 스승님은 늘 그렇듯 우아한 낯으로 응수할 뿐이었다. 어른들이 이런 분위기를 조성할 때는 대화에 끼는 게 아니었으므로 나는 라임 에이드에 입술을 묻었다.

추기경의 말마따나, 방주와 내가 함께하는 것에 대한 여론이 나쁘지 않다면 잘된 일이었다. 신물을 사적으로 쓰는 건 신벌 받을 죄라지만 뚝심이는 자아가 몹시 또렷하기도 했다. 싫은 일은 절대 안 하는 녀석이니…

"골랐다는 영지가 알짜배기던데."

내가 잔을 내려놓자마자 황제가 화제를 돌렸다. 나는 눈을 깜빡이며 타임라인을 정리했다. 그러니까, 헤릿을 데리러 가던 날 우리가 황제궁 정원에 모여 그런 논의를 했었다.

황실에서 내게 후작 위와 영지를 주겠다고 했고, 나는 이왕이면 호수가 보이는 곳이 좋겠다고 했고, 그래서 에바가 짚어준 땅이 아마 제국 서남부에 있었던 것으로 기억한다. 어제 뱅자맹이 확인차 묻기에 대충 좋다고 대답했는데 결국 확정이 난 듯했다. 나는 뜨끈한 부야베스 국물을 한 번 떠먹고 황제의 눈치를 살폈다.

"성심이 어지러우시면 다른 곳으로 바꿀까요?"

"뭐?"

"저는 사실 어느 지역이든 상관이 없습니다. 단지 뱅자맹과 가나엘이 호수 딸린 저택을 좋아해서-"

"웃기지도 않는군."

그녀가 시크하게 말을 끊었다. 조금 자존심이 상한 것 같기도 했다.

"무를 생각은 없다. 어디든 내게는 아주 작은 땅이니."

내가 얌전히 머리를 주억거렸다. 아무래도 의도치 않게 속을 긁은 모양이었다. 우리는 다시 한동안 식음에 집중했다. 내가 먹다 만 통닭을 끝장내고, 부야베스를 한 그릇 비우고, 파삭한 바게트 네 조각을 알알한 마늘 소스에 찍어 흡입했을 즈음.

"그곳의 어느 상단주가 희한한 놈이라지."

황제가 불쑥 말을 꺼냈다. 나는 움직이던 입을 멈추고 그녀를 보았다.

"자유 도시가 있는 영지엔 익살스러운 일이 많은 법."

샹들리에의 빛을 받은 은발이 유쾌하게 반짝거렸다. 꿀꺽. 어쩐지 불길했다.

"네 첫 시찰도 볼만하겠어."

"프레데리크, 괜히 심술부리지 마."

"영지 시찰요? 제가 직접 가는 겁니까?"

내 목소리가 살짝 커졌다. 리큐어를 마시는 황제 대신 추기경이 자상하게 답했다.

"황실에서 다스리던 곳이니 기본적인 것만 해주면 돼. 프레데리크의 이름으로 허하던 일들을 왕자님 이름으로 하게 되는 것뿐이란다. 하지만 한 번은…"

'시찰을 가야 해, 새로운 영주님이니까' 하고 그녀가 쓴웃음을 지었다. 안 그래도 뱅자맹에게서 받은 하반기 주요 일정표를 훑으며 앞으로의 전개를 추측하던 참이었다.

크리스텔과 세드리크 태자가 참석할 만한 행사를 전부 외우는 건 포기했다. 그놈의 무도회는 어찌나 많은지, 가나엘의 말로는 제국에서 '1일 1무'도 가능하다고 했다. 하루에 무도회를 한 탕씩 뛴다는 의미였다.

은서에게서 들은 정보와 일치하는 스케줄을 기억하는 것만으로 골치가 아픈데, 여기에 개인 일정이 추가됐다. …아니지. 둘만의 시간을 보낼 수 있도록 혼자 움직이는 게 낫나?

"죽상 하지 마라. 후작령을 '앙젤리크^{Angélique}'라고 부르는 수가 있으니."

나의 복잡한 표정을 본 황제가 톡 쏘았다. 나는 잠깐 프랑스어를 입속말했다. 한순간에 목덜미가 써늘해졌다. 천사 타령을 4절까지 하시려고요?

"걱정 말렴. 영지명은 프레데리크가 내리지 않기로 했어. 그리고 시찰을 떠날 때도 혼자는 아닐 거야."

추기경이 달래듯 말했다. 돌아본 그녀의 베이지색 눈동자가 휘어졌다.

"왕자님 영지의 자유 도시 '아스'가, 유월에 사르네즈와 자매결연을 했다고 해."

* * *

그 말은.

"사르네즈 공녀가 여정을 함께한다는 뜻입니까?"

"그렇게 되지 않을까 싶구나. 우리도 왕자님을 혼자 보내기엔 신경이 쓰이니까, 공작 가족이 아스 상단주를 만나러 가는 길에 동행하면 괜찮을 것 같아."

부티에 추기경이 조곤조곤 말했다. 나를 혼자 보내는 게 신경 쓰인다는 이유는 알 것 같았다. 헤인스 경의 암살 시도가 겨우 지난달의 일이니, 내가 아무리 대주교라 해도 불안하고 걱정스러울 터였다. 나는 고개를 주억이며 황제궁 시종이 끌고 들어오는 디저트 수레를 구경했다. 맛있겠다.

"왕자님, 지난번에 잘 드시던 프랄린을 더 많은 가짓수로 준비했습니다."

"감사합니다."

내가 거의 설거지한 주요리 접시들이 사라지고, 소담한 디저트가 식탁을 가득 채웠다. 나는 테이블 위에서 꾸벅꾸벅 졸고 있는 뚝심이를 보며 새롭게 각오를 다졌다.

또다시 크리스텔과 동선이 겹치게 됐지만, 굴뚝새와 흥정한 것도 있으니 주인공들과 얽히는 걸 더는 피하지 않을 생각이었다. 황제와 거래하던 날 이미 결심하지 않았던가. 어떻게 해도 메인 스토리에서 빠져나갈 수 없다면, 내가 흐름을 끌고 가는 쪽으로 노력해 보겠다고. 겸사겸사 정보도 얻고.

"혹 태자님도 같이 가십니까?"

"내 아들은 당분간 바쁠 거다."

황제가 칼같이 답했다. 이건 좀 의외였다. 이제 막 황태자가 되었으니 바쁜 거야 당연한데, 크리스텔과 내가 가는 곳에 녀석이 동반하지 않는 전개는… 어쩐지 놀라웠다.

"서운해 보이는군."

"아닌데요."

너무 어이가 없어서 황제의 농담을 다큐로 받고 말았다. 마주친 체리색 눈동자에 묘한 기운이 돌았다. 나는 뒤늦게 입술을 말아 물었다. 화제를 바꾸는 게 낫겠다 싶어 재빨리 차로 입을 정리하고 운을 뗐다.

"두 분께서 허하신다면, 다음 달에 블랑케르 공작가에서 열리는 무도회에 참석하고 싶습니다."

"드디어 왕자님이 춤을 추러 가는구나."

추기경이 노골적으로 기뻐했다. 그렇게 말하니까 왠지 쑥스러웠다. 그녀에게 외출 허락을 구하는 건 폴로 경기 이후 처음이었다.

나는 황태자 책봉식 때 눈을 빛내며 묻던 에바의 모습을 떠올렸다.

'결정하셨습니까? 제 댄스 파트너가 되어주실 거예요?'

그리고 순식간에 날카로워지던 눈길도.

'언제까지 생각하실 건데요? 밉습니다!'

"나는 찬성이야. 왕자님이 제국의 대귀족과 잘 지내고 있는 것 같아서 기쁘네. 블랑케르 공녀의 사교계 데뷔에 얼굴도장을 찍으려는 거니?"

"네. 공녀의 댄스 파트너가 되어주려고 합니다."

"뜻밖이야."

스승님이 말했다. 단안경 아래의 베이지색 눈동자가 의문스러운 빛을 띠었다.

"크리스텔의 댄스 파트너가 아니라?"

"제가요?"

어리둥절했다. 고개를 돌리니 황제 역시 같은 시선을 보내고 있었다. 이건 또 무슨 소린가 싶었다. 물론 크리스텔은 나와 가장 가깝게 지내는 아가씨이니 그렇게 생각할 법하지만, 누가 봐도 1순위는 따로 있지 않은가.

"사르네즈 공녀는 아마 간다고 해도 태자님과 짝을 이룰 것 같은데요."

"응?"

"뭐?"

두 어른이 일시에 정색했다. 무서울 정도로 표정이 똑같아서 순간 사레가 들릴 뻔했다. 나는 헛기침을 하고 침착히 말을 이었다.

오늘 이런 이야기를 하게 되리라고는 생각지 못했지만, 이왕 이렇게 된 거 두 남녀의 돈독한 관계를 어필하면 좋을 듯했다. 한 번 약혼 발표가 엎어졌다고 두 번 못 한다는 법은 없으니까.

"태자님이 최초로 로메로 궁에 들인 외부인이 사르네즈 공녀이지 않습니까. 공녀를 소개하기 위해 로메로에 두 분을 초청해서 만찬을 대접하기도 했고요."

"그건 연기였지. 내가 새파랗게 어린 것들의 어릿광대짓을 간파하지 못했으리라 생각하느냐?"

"아니, 그걸 또 그렇게…"

폐하께선 왜 갑자기 화가 나셨습니까? 나는 날 선 대꾸에 당황해서 뚝심이의 등을 문질렀다. 녀석이 자다 말고 뻬뽀뻬뽀 만족스러워했다. 난감해하는 나를 보고 추기경이 중재하듯 입을 뗐다.

"왕자님은 상상력이 좋은 편이야, 프레데리크. 슬슬 로라를 부르자."

"쯧. 내 자식만 고생하게 생겼어."

두 사람은 알 수 없는 대화를 하더니 시종장인 로라를 호출했다. 어쨌든 황제가 반대 의사를 표하지 않았으므로 에바의 사교계 데뷔를 가까이에서 지켜볼 수는 있을 것 같았다. 기분 좋게 가토 바스크를 한 입 먹고 있는데, 이내 로라가 들어와 데미만 한 나무상자를 테이블 위에 놓고는 물러갔다. 뭐지?

"이게 너를 오찬에 초대한 이유다."

황제가 불퉁하게 말했다. 나는 달콤한 블랙체리가 든 케이크를 꼼꼼히 씹어 삼키고 자세를 바로 했다. 뚝심이와 후작령에 관한 이야기로 끝난 게 아닌 듯했다. 그녀가 효율을 중시한다는 이야기는 들었지만, 식사 한 번에 이토록 많은 주제를 다룰 줄은 몰랐다.

"너희가 묵었던 에이츠 마을은 황실의 땅이야. 자급자족이 가능해 외부인의 출입이 거의 없고, 영지 자체도 인구가 적은 곳이지."

정적이 흘렀다. 내 입이 천천히 벌어졌다. 그렇다면 마를렌 할머니와 레미 할아버지가 영주를 본 적이 없는 것도, 영주의 이름조차 몰랐던 것도 당연했다. 그들의 영주는 아주 오랫동안 황제였을 테고 세금이야 나라에서 곧장 걷어갔을 테니까.

잠깐. 숲길에 신물이 넷이나 되는데 마수의 습격이 없었던 것 역시, 인제 보니 근처에 황궁을 둘러싼 결계가 있어서 그랬던 모양이었다. 내가 눈을 깜빡이자 추기경이 웃었다.

"정성을 다해 황족을 돌봐주었으니, 그곳 주민들에겐 적절한 대가가 지급될 거란다."

"머지않아 마을도 번성하겠지."

황제가 덧붙이며 상자를 열어 보였다. 익숙한 식물과 광물이 시야에 들어왔다. 하나는 헤릿과 에바가 찾은 병아리 솜털 모양의 약초였고, 다른 하나는 두 아이가 주워 왔던 투명한 자갈이었다. 단지 이번에는 크기가 훨씬 컸다. 내 주먹만 한 것 같았다.

"이건,"

"아는 바가 있느냐?"

허스키한 음성이 낮게 가라앉았다. 나는 황제를 보며 솔직하게 대답했다.

"둘 다 에이츠에서 처음 봤습니다. 이쪽은 헤릿이 약으로 먹는 꽃이라 들었고, 이건 에테르를… 가두는 성질을 지녔더군요. 신기했습니다."

"그게 다인가?"

"예."

내가 즉답했다. 황제와 추기경이 의미심장한 눈빛을 교환했다. 먼저 입을 연 것은 스승님이었다.

"일단… 이건 '햇무리초'라고 해. 국경 지역에서만 드물게 난다고 들었는데 어쩐 일인지 에이츠에서 자라고 있더구나."

정신이 번쩍 났다. 그날, 고통에 잠겨있던 헤인스 경의 목소리가 떠올랐다.

'달무리초엔 독성이 없어요. 그저 햇무리초의 진액과 섞이면 에테르를 교란하는 부작용이 있을 뿐이죠.'

'그날 찻잔을 만지면서, 햇무리초의 진액을 발랐어요.'

나는 급히 양손을 테이블 아래로 내리고 주먹을 쥐었다. 이미 지나간 일인데도 몸이 공포를 기억하고 손끝을 떨어댔다. 추기경이 나를 보며 눈썹을 늘어뜨렸다.

"요한이 프레데리크의 결정에 모든 걸 맡겼어. 햇무리초가 아들의 약인 건 맞지만, 동시에 왕자님을 괴롭게 했던 식물이라고 하면서. 자신은 감히 황궁에서 키우게 해달라고 청할 수 없대."

"…"

"그래서 프레데리크는 왕자님의 의견을 묻고자 하는 거야. 괜찮겠니?"

순간적으로 말문이 막혔다. 그가 도대체 무슨 심정으로 그런 말을 했을지 상상조차 할 수 없었다. 추기경이 이해한다는 듯 말했다.

"왕자님이 원하지 않는다면 황궁의 지원 없이-"

"아뇨, 요한 경과 헤릿을 도와주십시오. 부탁드립니다."

이건 생각하고 말고 할 것도 없는 문제였다. 나는 살포시 인상을 찡그렸다가 폈다.

"저는 달무리초를 섞어 마신 탓에 부작용을 겪었을 뿐이고, 그건 과거의 일입니다. 그리고 헤릿은 약이 없으면 평생 고통에 시달려야 하는 어린아이예요."

설령 나를 공격한 게 헤릿이었더라도 나는 같은 말을 했을 것이다.

"국경에서 약을 공수하는 건 비싸고 어려울 텐데, 폐하께서 허락하신다면 황궁 온실과 정원에서 튼튼한 모종을 많이 키울 수 있을 겁니다."

황궁의 정원사들은 유능하고 부지런했다. 나는 간절히 황제를 바라보았다. 나를 응시하던 그녀가 짧게 코웃음 쳤다.

"네가 이러니 건방진 용병 녀석이 내게 온전한 충성을 바치지 않는 거다."

"예?"

"됐어, 넘어가."

그녀는 내게 설명을 해주는 대신 속이 훤히 비치는 광석을 가리켰다.

"모른다는 말이 거짓 같지는 않으니 알려주지. 이건 '성석聖石'이라는 거다."

일순 벼락이라도 맞은 것처럼 온몸에 찌릿한 소름이 내달렸다.

내 반응을 본 황제가 목을 기울였다.

"아는군."

"그건… 성석이라고 하시면 모를 수가 없습니다. 전쟁 시대에 신국의 무기로 쓰인 물질 아닙니까?"

성석은 내가 지금껏 들춰본 모든 역사서에 등장한 광물이었다. 오직 신국에서만 채굴되는 것으로 유명했는데, 신국 군대는 이것을 적당한 크기로 절단한 뒤 주신의 네 가지 권능을 담아 폭탄처럼 투하했다.

어떤 광석은 땅에 닿자마자 폭발하며 제국 병사 수백 명을 사살했고, 어느 광석은 근방에 있던 제국군 수천의 피부를 얼려 괴사시켰다. 제국의 머릿수가 압도적이었음에도 전쟁이 빨리 끝나지 않았던 건, 신국의 이러한 반격이 상당히 유효했기 때문이었다. 황제가 침잠한 눈길로 대답했다.

"그래."

"그게 어떻게 제국에…"

내가 말끝을 흐렸다. 이게 왜 하필 지금 황제의 땅에서 발견된 건지 알 수 없었다. 전시에 쓰였다는 포털이 여태 남아 주인공들과 나를 딴 동네로 옮긴 것도, 이쯤 되니 일종의 복선처럼 느껴졌다. 갑자기 등줄기가 서늘했다. 퇴계공의 작가는 '전쟁' 키워드를 잊지 않은 게 분명했다.

"그야 나도 몰라. 주신이 짓궂고 변덕스럽다는 것은 신국 출신인 네가 더 잘 알지 않느냐?"

"…"

"허나 제국에 새로운 자원이 생긴 것은 기꺼운 일이다. 내가 이것의 쓸모를 찾지 못한다고 해도 말이야."

이상하게도 그 말이, 언젠가는 반드시 쓸모를 누리겠다는 의미로 들렸다. 그녀가 소드마스터의 위압을 가하지 않았는데도 손바닥이 절로 축축해졌다.

"세드리크가 시험 삼아 이것에 불꽃을 깃들게 했지만, 오래 견디지 못하고 깨져버렸다. 태사太師가 불어넣은 바람도 금방 새어 나갔어. 담을 수 있는 건 신관의 순수 에테르뿐이더군. 아무래도 무기로 안정화하는 데는 특별한 요령이 필요한 모양이야."

나는 마른침을 꿀꺽 삼켰다. 황제의 적안이 나를 또렷이 겨누었다. 다음 질문은 짓눌려 숨쉬기가 어려울 만큼 묵직했다.

"그 방법을 알고 있느냐?"

"…모릅니다."

-파아아아…!

내 답과 동시에 추기경의 성소가 오찬장을 눈부시게 밝혔다. 꼭 다른 세상의 공기를 끌어온 것처럼, 서클에서 은은한 기류가 흘러나와 우리의 머리칼을 간지럽혔다. 추기경이 망설임 없이 신탁을 읊었다.

[주신께서는 이 아이의 위언을 용서하십시오.]

"…"

성소는 아무 반응 없이 시계 방향으로 느릿느릿 회전했다. 나는 그제야 참고 있던 숨을 뱉어냈다. 사실을 말했는데도, 스승님이 나를 시험할 것을 직감했는데도 몇 초간은 정말로 긴장했다. 내가 진실을 말한 것이 밝혀지자 추기경이 성소를 해제하고 자리에서 일어나 다가왔다. 나는 서둘러 몸을 일으켰다.

"미안해, 왕자님. 한 번은 확인을 해야 했어."

"괜찮습니다. 이해합니다."

진심이었다. 나는 적국의 왕자이니, 극비를 알고도 모른 척하는 것이라 해석할 여지는 다분했다. 하지만 추기경은 안타까운 얼굴로 내 뺨을 쓰다듬을 따름이었다. 그 애정에 작게 미소하고 있자 황제가 툴툴거렸다.

"그만해, 오렐리. 내가 악당이 된 것 같잖아."

"악당 맞는걸."

"하."

그녀는 헛숨을 뱉으며 은발을 쓸어 넘겼다.

"제왕학도 가르치지 않는 둘째에게 군사 비밀을 알렸을 거란 기대는 하지 않았다. 게다가 너는 줄곧 국서의 견제를 받았을 테니… 아는 게 이상하겠지."

그러고는 성석을 향해 턱짓했다.

"이걸 챙겨서 이것저것 실험을 해보도록 해라. 태자와 태사, 사르네즈 꼬마도 협조할 거야."

"실험이라면,"

"성석을 안정화하는 비책을 찾으라는 뜻이다. 급할 건 없지만, 방법을 알아놓아야 속이 편하지 않겠느냐?"

황명이었다. 거부하지 못하고 고개를 끄덕이는데 한 가지 아이디어가 불현듯 머릿속을 스쳤다. 특수 에테르는 버티지 못하고, 순수 에테르만을 담아내는 광물. 나는 다급히 질문을 꺼냈다.

"폐하, 혹시 제가 이것의 일부를 잘라서 사적으로 써도 되겠습니까?"

"사적으로?"

추기경이 의아한 목소리로 되물었다. 내가 약간의 쪽팔림을 느끼며 답을 내놓자 황제가 소리 내어 비웃었다. 그리하여 나는 두 어른의 '참 별난 놈이야' 하는 눈빛을 견뎌내고, 오찬장에서 큼직한 성석을 얻는 데 성공했다.

나의 계획을 누구에게도 발설하지 말아달라는 간청도 남겼다. 3분의 1만 실험하는 데 쓰고, 나머지는 세공을 맡겨서… 잘하면 괜찮은 선물이 될 것 같기도 한데. 으음.

* * *

생일이 벌써 나흘이나 지났으니, 아마 내가 마지막으로 선물을 주는 사람 아닐까 싶다. 감히 누가 황태자의 탄신일을 '늦게' 챙길 생각을 하겠냐고.

"생일 선물은 내년, 억, 죽겠다! 생일 전날까지만 주면 잘 챙긴 거죠!"

크리스텔이 큰 소리로 말하며 스쾃을 반복했다. 주인공의 다리가 부들부들 떨렸다. 나와 산트는 그녀가 뒤로 넘어가진 않을까 우려하고 있었지만 요한 경의 낯은 평화롭기만 했다. 에이츠 마을에서 크리스텔의 근력 단련 이야기를 하더니, 그는 정말로 수업이 재개

되자마자 그녀의 코어 근육에 집착하기 시작했다.

"피에르, 힘내!"

"허벅지가 죽은 것 같아…"

덕분에 야외 연무장은 세드리크 태자가 없는데도 요란했다. 구경 나온 쥘리에트 궁 시종들이 크리스텔의 자세를 따라 하며 진동 벨처럼 바들거렸다. 레서판다 삼총사와 뚝심이, 아녜스를 따라 황궁에 방문한 밤톨이까지 동물들도 한가득했다.

"악! 다리 힘 풀릴 것 같아요. 으하하."

"자세 흐트러지지 않게. 잘못하면 무릎을 다쳐요, 공녀."

크리스텔이 소리를 지르다가 난데없이 웃으며 비틀거렸다. 요한경은 부드러우면서도 엄격한 얼굴로 그녀의 자세를 교정했다. 에테르를 사용하지 않고 근육만 움직여 보자는 그의 제안에 크리스텔은 군말 없이 따랐다. 파란 여름 재킷과 크라바트까지 벗어던지고 소매를 걷은 채 열심이었다.

"공녀님은 에테르 쓰는 걸 정말 좋아하시는데, 저렇게 잘 따르시는 게 놀랍습니다."

산트가 속삭였다. 나는 고개를 끄덕였다. 그녀가 체력 단련을 마다치 않는 이유는 어렴풋이 짐작이 갔다. 크리스텔은 처음부터 근력이 부족해 검이나 창, 활을 쓰지 못했다. 겨우 고른 게 특수 기능이 딸린 마도구 채찍이었다.

19년간 운동을 하지 않은 데다 그중 3년은 와병했으니 당연한 결과였다. 현재도 '창해의 축복'을 흡수하며 얻은 힘으로 체능을 커버하고 있었다. 아마 크리스텔 본인이 자신의 한계를 가장 잘 알고 있을 것이다. 그간 태자와 대련하면서 느끼기도 했을 테고. 지난번엔…

'강해질게요. 이왕이면 대륙에서 제일.'

그런 엄청난 대사까지 했으니까. 나는 안아달라고 조르는 레아와 페리를 품에 올리며 쓰게 웃었다. 다른 녀석들은 뭐 하고 있나 보니,

-삐약, 삐약!

-끼잉!

-삐르르!

고라니 밤톨이가 등에 데미를 태우고, 데미의 머리에 뚝심이를 얹은 채 나무 그늘 아래를 활보하고 있었다… 셋 다 즐거워 보여서 다행이네.

"태자 전하의 탄신일 선물을 준비하시는 겁니까, 왕자님?"

산트가 조심스레 물었다. 나는 찻잔을 쏟으려는 페리를 말리며 대답했다.

"네, 세공을 맡긴 게 오늘 나올 예정입니다. 그런데 달랑 그것만 주기가 뭐해서요."

일단 황제가 준 성석聖石을 절단하는 데는 성공했다. 황궁 산지기인 아녜스에게서 이번에는 황궁 대장장이 프랑크를 소개받은 덕분이었다! 프랑크는 황궁 대장간에서 40년이나 일한 베테랑이었는데, 나와 초면임에도 불구하고 '어찌 귀한 분이 이런 누추한 곳까지 오셨느냐'며 살갑게 맞아주었다. 나는 며칠 전 그에게 주문을 넣으며 선금도 두둑이 지불했다.

"그냥 드리시는 건 아닙니다. 에테르를 담을 거라고 하셨잖아요."

내 오른편에 앉아 책을 읽던 가나엘이 반짝 고개를 들며 말했다. 산트가 근사한 계획이라며 응원했다.

"그야 그런데. 내가 받은 게 있으니까 상대적으로 성의 없어 보이는 것 같고."

"태자 전하께서 선물하신 크리스털 종이 국보처럼 멋지기야 합니다만, 왕자님의 에테르가 더 아름답지 않을까요?"

소년이 열심히 나를 변호했다. 정말 고마운데, 그게 아버지 유품이라더라…

"생일 선물은 센스만 있어도 8할은 성공입니다, 왕자님. 제가, 악! 뭐 선물해 드렸는지 아세요?"

"오늘 하체 운동은 여기까지 하죠."

크리스텔과 요한 경이 번갈아 말했다. 망한 젠가처럼 우르르 무너진 크리스텔이 흙바닥 위를 나뒹굴었다. 나는 서둘러 목을 빼고 그녀를 살폈다.

"공녀, 괜찮으십니까?"

"그럼요! 저는, 헉. 손수건 스물다섯 장 보내드렸습니다. 하나하나 태울 때마다 불꽃색도 다르게 나오도록 주문 제작했어요. 남의 수건 버리지 말고 본인 걸로 실컷 즐기시라고."

"와."

내가 입을 벌리며 감탄했다. 그녀가 태자의 선물을 깊이 생각해 준비했다는 점에 감동했고, 선물 자체도 둘만의 추억이 깃든 유쾌한 느낌이라 좋았다. 태자는 세상의 모든 부와 권력을 지닌 집안

아들이니 비싼 선물은 의미가 없었다. 역시 주인공의 위트는 남달랐다.

"오후 일정이 없다면, 잠시 쉬었다가 상체 운동도 하고 가는 게 어떨까요?"

요한 경이 처진 눈꼬리로 무서운 말을 했다. 크리스텔이 도리질했다.

"첫날부터 사람 잡으시네… 참! 제가 〈파드트루아의 유령〉 표 드렸잖아요. 그거 오늘 아닌가요? 헤릿이랑 보고 오셔야죠."

"그러고 보니 그게 있었네요."

그녀가 눈을 빛내며 탈출구를 찾아냈다. 요한 경은 어쩔 수 없다는 듯 미소했다. 내 입꼬리도 절로 올라갔다. 요한 경과 헤릿이 잘 적응할 수 있도록 많은 이가 배려해 주고 있는 건 알았지만, 주인공의 마음씨엔 특별한 부분이 있었다.

"왕자님, 한 시간 후 의상실 시종들이 쥘리에트 궁에 들를 겁니다."

요한 경을 물끄러미 보고 있는데, 왼편에 앉은 뱅자맹이 나의 오후 일정도 상기시켜 주었다.

"네, 기억하고 있습니다. 오늘은 치수만 재는 거죠?"

"그렇습니다. 영지에 가서 입으실 옷과 대주교 정복, 예복…"

새로 지을 옷이 한두 벌이 아니었다. 특히 제국의 후작이 되는 건 말처럼 간단하지 않았다. 영지 시찰 때는 지금처럼 신국의 복장이 아닌 제국식 차림을 하는 게 좋다고 했다. 영지민들에게 위화감과 이질감을 줄 수 있다는 게 이유였는데 상당히 그럴듯했다.

게다가 황실에서 후작의 문장紋章과 영지명을 내리는 데도 시간이 걸린다고 들었다. 후작령 사람들이 손님을 맞이할 여유도 충분히 주어야 했다. 그러니 당분간은 황궁에서 평소와 같은 안온을 만끽할 수 있을 성싶었다.

"그럼 그거 끝나고 고해받으러 가면 되겠-"

헉. 나는 말을 하다 말고 눈을 크게 떴다.

"예서 왕자님?"

"왜 그러세요?"

"아니… 뭐가 생각나서. 저 잠깐 방에 다녀오겠습니다!"

후다닥 신수들을 내려놓고 쥘리에트 궁으로 향했다. 산트와 크리스텔의 눈이 회동그래졌다. 자리를 정리하는 뱅자맹 대신 가나엘이 황급히 내 뒤를 따랐다. 빠르게 궁의 뒷문을 열고 들어가서, 침실로 향하는 계단을 냅다 뛰어올랐다. 8월의 날씨 탓에 금방 더워지고 땀이 났다.

"가나엘, 힘드니까 거기 있어. 나 침실 서랍만 확인하고 올게!"

"왕자님?"

소년은 물론이고 복도를 오가던 이들이 전부 놀라서 나를 바라보았지만, 나는 아랑곳하지 않고 침실로 들이닥쳤다. 분명 버린 기억은 없다. 협탁 어딘가에 넣어둔 것 같은데…

-드르륵!

"찾았다."

기념품을 보관하는 마지막 칸에 들어있었다. 나는 활짝 웃으며 크리스텔과 태자의 '일일 교제 계약서' 옆에 놓인 물건을 집어 들었다. 싹둑 잘린 고해소의 장식 줄.

'세이디'를 처음 만난 날, 녀석이 단검으로 훼손한 부분을 내가 챙긴 것이었다. 바느질 경력이라고는 우리 삼 남매의 교복 단추를 꿰맨 경험뿐이지만… 곧 의상실 실장님이 오니까 속성으로 배우면 어떻게든 할 수 있겠지.

* * *

"후…"

마르티어 제일스트라는 홀린 듯이 복도를 배회했다. 엘리서 왕세녀의 명을 받아 헤릿 헤인스의 구명을 책임진 그녀는, 페네터안을 떠난 지 근 한 달이 돼서야 왕성으로 복귀할 수 있었다.

그간 제대로 쉬지 못한 기사에게 보름의 휴가가 주어졌으나, 마르티어는 자신의 침대에 놓인 선물을 풀어보고 다시금 숙소를 뛰쳐나왔다. 그녀의 옆구리엔 비단으로 둘둘 만 꾸러미가 들려있었다.

만나야 할 이는 언제나 그렇듯 한 명이었다. 그러나 왕세녀의 수행 기사는 길 잃은 새처럼 통로를 서성일 뿐이었다. 보고할 말이 명백한데도, 향할 곳이 분명한데도 용기가 나지 않았다. 그녀는 주먹을 세게 쥐었다 펴며 자신의 상태를 인정했다.

무섭다. 수십 년간 도끼를 휘두르며 마수를 잡고, 어린 예서 왕자를 한 차례 죽음의 위기에서 구해낸 자신이 겁을 내고 있었다. 왕세녀에게 끔찍한 가정을 전하고 싶지 않다는 이유 하나로.

"마르티어 님?"

그때, 익숙한 목소리가 귓전을 울렸다. 돌아본 곳에는 왕세녀의 충직한 시종 자닌이 서있었다. 마르티어가 점잖게 묵례했다. 중년인이 같은 예를 차리고 다가왔다.

"무슨 일 있습니까? 어찌 방황하시는지요."

"아닙니다. 그저 왕세녀 전하께서 어디 계시는가 하여…"

기사가 자신의 민머리를 문지르며 둘러댔다. 자닌은 잔잔히 웃어 보였다.

"침실 곁방에서 간단히 점심을 들고 계십니다. 모시겠습니다."

"예… 또 끼니를 대충 때우시나 보군요."

"그래도 제국에서 돌아오신 뒤로는 한 끼도 거르시지 않았습니다. 필시 왕자 전하께서 당부를 하신 게지요."

왕자. 마르티어는 그를 떠올리며 평정을 유지하기 위해 애썼다. 한동안 두 여인 사이엔 대화가 오가지 않았다. 기사는 조용히 리에스테르에서 있었던 일을 복기했다.

'전하께서도 건강하시고, 조심히 돌아가십시오. 끼니 거르지 마시고요.'

왕자의 말투가 묘하게 바뀌었다는 생각은 했다. 같은 경어를 사용했으나 신국에서 지낼 때와는 다른 말씨였다. 다만 이상하다는 감상은 들지 않았다. 왕자와 가까운 것으로 보이는 어느 공녀도 유사한 어투를 쓰기에, 그저 친구를 닮아가시나 보다 했을 뿐이었다.

무엇보다 그의 성정이 여전했다. 약자와 동물에게 한없이 너그러우며, 아픈 존재를 보면 지나치지 못하는 성품은 볼모로 끌려간 지금도 똑같았다. 설령 상대가 자신의 목숨을 노렸다고 해도.

'에서, 그자는 즉결 처분해야 한다. 비키거라!'

'전하! 부디 무기를 거두어 주십시오. 어린아이입니다.'

왕세녀가 지켜보는 가운데 왕자에게 화살이 날아온 날도 그랬다. 마르티어가 그의 앞으로 달려들어 대신 공격을 받아냈다. 당시 왕자는 열아홉이었고 활시위를 당긴 것은 막 열여섯이 된 평민 여자아이였다.

어리되 여리진 않았던 왕자는, 기사의 어깨를 지혈하는 동시에 경련하는 소녀의 앞을 가로막았다. 폭우 가운데서도 그의 보랏빛 눈동자는 또렷하게 빛났다.

'제일스트라 경의 출혈이 심합니다. 이 아이도 상태가 좋지 않습니다. 채찍을 맞은 것처럼 간헐적으로 등을 떱니다.'

'…'

'이리 부탁드립니다, 누님. 태의와 신관을 불러주십시오.'

그때를 생각하면 아직도 어깨가 욱신거렸다. 결과적으로 마르티어는 살아남았다. 그러나 화살촉에는 마수의 피와 맹독이 발려있었고, 이에 따른 후유증으로 그녀는 평생 마도구를 사용할 수 없게 됐다.

마도구가 체내에 남은 마수의 흔적에 반응해 고장을 일으키기 때문이었다. 마르티어가 통증에 시달릴 때마다 왕자는 죄책감에 젖은 낯으로 찜질을 돕곤 했다. 그것이 자신의 탓이 아님을 누구보다 잘 알면서.

'대단한 건 아닙니다. 전하를 보필하느라 고생하시는 듯해서요.'

그러니, 그가 제국을 떠나는 자신에게 마도구 발열기를 선물한 것은 어불성설이었다.

"전하, 마르티어 님이 뵙기를 청합니다."

"들어오거라."

마르티어는 흠칫하며 상념에서 깨어났다. 어느새 왕세녀의 침실이었다. 자닌이 소리 없이 곁방의 문을 열어주었다. 기사는 팔에 든 마도구를 비장하게 내려다보고는 걸음을 내디뎠다.

참혹하고 지독한 일이다. 하지만 자신의 주인에겐 알려야 했다. 그녀는 알 자격이 있었다. 소중한 동생이 어쩌면 기억을 잃었고, 그러한 상태로 낯선 땅에 홀로 남겨졌다는 사실을.

"네 노고를 치하하고자 휴식을 내렸는데, 어찌 첫날부터 내게 왔느냐?"

왕세녀가 수프 그릇을 밀어내고 상냥한 투로 수행 기사를 맞았다. 신전의 장식처럼 정교한 얼굴은 조금의 균열도 허하지 않을 듯 강인해 보였다. 마르티어는 절을 올린 뒤, 긴 호흡과 함께 말을 풀어냈다.

"전하, 긴히 드릴 말씀이 있어 걸음했습니다. 왕자-"

"왕세녀 전하!"

벌컥, 왕세녀의 또 다른 시종이 곁방 문을 열고 들어왔다. 무례하고 불경하기 이를 데 없는 행동에 모두가 경악했다. 어린 시종은 개의치 않고 소식을 전했다. 뺨이 온통 눈물로 젖어있었다.

"폐하께서, 국왕 폐하께서 광증을 떨치고 깨어나셨습니다! 왕세녀 전하를 찾으십니다. 당신의 자녀분들을 찾으십니다!"

"주신이시여."

엘리서가 자리에서 벌떡 일어났다. 자닌은 두 손으로 입을 가리며 눈시울을 붉혔다. 급히 문을 나서는 왕세녀의 얼굴엔 순수한 기쁨이 가득했다. 그토록 밝게, 아무 걱정이 없던 어린 시절처럼 웃는 그녀는 몹시 보기 드물었다.

"마르티어, 네 이야기는 나중에 들어도 되겠느냐?"

왕세녀가 촉촉한 벽안으로 기사를 돌아보며 물었다. 마르티어는 입을 벙긋거리다, 끝내 고개를 주억였다.

《서브 남주가 파업하면 생기는 일》 4권에 계속

서브 남주가 파업하면 생기는 일 3

초판 1쇄 인쇄 2025년 6월 4일
초판 1쇄 발행 2025년 6월 18일

지은이 | 숙임
발행인 | 강봉자, 김은경

펴낸곳 | (주)문학수첩
주소 | 경기도 파주시 회동길 503-1(문발동633-4) 출판문화단지
전화 | 031-955-9088(대표번호), 9534(편집부)
팩스 | 031-955-9066
등록 | 1991년 11월 27일 제16-482호

ISBN 979-11-7383-001-3 04810
(세트) 979-11-93790-92-2

*파본은 구매처에서 바꾸어 드립니다.